Alice Oseman
Nothing Left for Us

Alice Oseman

Nothing Left for Us

Aus dem Englischen übersetzt
von Anne Brauner

 Loewe

Klimaneutral
Druckprodukt
ClimatePartner.com/18521-2202-1001

ISBN 978-3-7432-1220-6
2. Auflage 2022
Zuerst erschienen in Großbritannien in englischer Sprache bei
HarperCollins *Children's Books*, a division of HarperCollins*Publishers* Ltd.
unter dem Originaltitel RADIO SILENCE
Copyright © Alice Oseman 2016
The author asserts the moral right to be identified as the author of this book.
Für die deutschsprachige Ausgabe © 2022 Loewe Verlag GmbH,
Bühlstraße 4, D-95463 Bindlach,
übersetzt in Lizenz von HarperCollins*Publishers* Ltd.
Aus dem Englischen übersetzt von Anne Brauner
Die Lyrics von »lonely boy goes to rave«
mit freundlicher Genehmigung von Teen Suicide © 2013.
Alle Rechte vorbehalten.
Coverdesign © HarperCollins*Publishers* Ltd. 2021
Umschlaggestaltung: Ramona Karl
Printed in the EU

www.alice-oseman.de

School sucks.
Why oh why is there work? I don't – I don't get it.
Mm.
Look at me. Look at my face.
Does it look like I care about school?
No.

»lonely boy goes to rave«, Teen Suicide

UNIVERSE CITY: Folge 1 – dunkelblau
UniverseCity

Notfall. Komme nicht raus aus Universe City. Schickt Hilfe.

Scrollt runter zur Abschrift>>>

Hallo.
Hoffentlich hört mir jemand zu.

Ich sende diesen Notruf über Funkradio – super altmodisch, ich weiß, aber vielleicht ist das eins der wenigen Kommunikationsmittel, die noch nicht von der City überwacht werden – es ist ein finsterer und verzweifelter Hilferuf.
In Universe City ist nicht alles so, wie es scheint.
Ich kann euch nicht verraten, wer ich bin. Bitte nennt mich ... bitte nennt mich einfach Radio. Radio Silence. Schließlich bin ich nur eine Stimme im Radio und vielleicht hört auch niemand zu.
Ich frage mich – falls wirklich niemand meine Stimme hört, ob ich dann überhaupt einen Klang erzeuge?
[...]

ZUKUNFT (PLURAL)

»Hörst du das?«, fragte Carys Last und blieb so ruckartig vor mir stehen, dass ich beinahe mit ihr zusammengestoßen wäre. Wir standen auf dem Bahngleis. Wir waren fünfzehn und wir waren Freundinnen.

»Was?« Ich hörte nur die Musik, die durch einen meiner Kopfhörer dröhnte. *Animal Collective* vielleicht.

Carys lachte, was nicht oft vorkam. »Du spielst deine Musik zu laut ab«, sagte sie, legte den Finger um das Kopfhörerkabel und zog es zu sich. »Hör mal.«

Wir blieben stehen und lauschten, und ich weiß noch genau, was ich in dem Moment gehört habe: wie der Zug, aus dem wir gerade gestiegen waren, ratternd weiter in die Stadt fuhr. Und wie der Sicherheitsbeamte bei der Ticketkontrolle einem alten Mann erklärte, dass der Schnellzug nach St. Pancras an diesem Tag wegen des Schnees ausfiel. Ich hörte das Verkehrsrauschen in der Ferne, den Wind, der über unseren Köpfen wehte, die Spülung der Bahnhofstoilette sowie die Durchsage: *»Auf Gleis eins fährt nun der Zug – nach Ramsgate ein. Die Abfahrt ist um – 8.02 Uhr.«* Ich hörte, wie jemand Schnee schippte, hörte ein Feuerwehrauto und Carys' Stimme und …

Dass es brannte.

Wir drehten uns um und blickten auf das verschneite öde Viertel hinterm Bahnhof. Normalerweise konnten wir von hier aus unsere Schule sehen, doch heute war eine Rauchwolke im Weg.

»Wieso haben wir den Qualm vom Zug aus nicht gesehen?«, fragte Carys.

»Ich habe geschlafen«, sagte ich.

»Ich nicht.«

»Du hast nicht drauf geachtet.«

»Tja, anscheinend ist die Schule abgebrannt«, sagte sie und setzte sich auf eine Bank im Wartebereich. »Der Traum der siebenjährigen Carys ist wohl endlich in Erfüllung gegangen.«

Ich starrte noch ein wenig länger hin und setzte mich dann zu ihr.

»Glaubst du, es waren diese Typen?« Ich meinte die anonymen Blogger, die unsere Schule im Laufe des vergangenen Monats verstärkt ins Visier genommen hatten.

Carys zuckte mit den Schultern. »Ist doch eigentlich egal, oder? Das Endergebnis ist dasselbe.«

»Es ist überhaupt nicht egal.« In diesem Augenblick begriff ich erst, was das alles bedeutete. »Das ist doch eine ernste Angelegenheit. Wir müssen auf eine andere Schule gehen. Wie es aussieht, sind der gesamte C- und D-Flügel ... weg.« Ich vergrub die Finger in meinem Rock. »Mein Schließfach ist im D-Flügel. Mein GCSE-Skizzenblock für die Abschlussprüfungen ist da drin. Für ein paar Zeichnungen habe ich Tage gebraucht.«

»Oh, scheiße.«

Ich erschauerte. »Wieso machen die so was? Damit haben die jede Menge harte Arbeit zunichtegemacht und so vielen

Leuten die Prüfungen und Noten versaut, und damit teilweise ihre Zukunft. Sie haben im wahrsten Sinne des Wortes ihr Leben zerstört.«

Carys wirkte nachdenklich und öffnete den Mund, sagte dann aber doch nichts.

1

SOMMERTRIMESTER

a)

ICH WAR INTELLIGENT

»Das Glück unserer Schüler liegt uns ebenso am Herzen wie ihr Erfolg«, sagte unsere Schulleiterin Dr. Afolayan während des Elternabends zum Sommertrimester vor vierhundert Eltern und ihren Kindern der Oberstufe. Ich war siebzehn, in der Zwölf und Schülersprecherin, und ich saß hinter der Bühne, weil ich in zwei Minuten meinen Beitrag leisten sollte. Obwohl ich mir keine Rede überlegt hatte, war ich kein bisschen nervös. Ich war eigentlich sogar sehr zufrieden mit mir.

»Wir betrachten es als unsere *Pflicht*, den jungen Menschen Zugang zu den besten Chancen zu ermöglichen, die die heutige Welt zu bieten hat.«

Letztes Jahr wurde ich zur Schülersprecherin gewählt, weil ich mich auf dem Kampagnenposter mit Doppelkinn präsentiert hatte. Außerdem hatte ich in meiner Wahlrede das Wort »meme« benutzt, womit ich ausdrücken wollte, dass mir die Wahl scheißegal war, obwohl das Gegenteil der Fall war. Aber deshalb haben die Leute mir ihre Stimme gegeben. Keiner kann behaupten, ich würde mein Publikum nicht kennen.

Dennoch wusste ich nicht genau, worüber ich an diesem Elternabend reden sollte. Afolayan sagte bereits alles, was ich mir auf dem Club-Night-Flyer notiert hatte, den ich vor fünf Minuten in der Tasche meines Blazers gefunden hatte.

»Unser Oxbridge-Programm war in diesem Jahr von besonderem Erfolg gekrönt ...«

Ich zerknüllte den Flyer und ließ ihn fallen. Improvisation war angesagt.

Da ich bereits Reden aus dem Stegreif gehalten hatte, war es keine große Sache, abgesehen davon, dass es sowieso niemand merken würde. Niemand würde auch nur einen Gedanken daran verschwenden. Ich war bekannt dafür, dass ich gut organisiert war, pünktlich meine Hausarbeiten erledigte, konstant gute Noten hatte und auf die Cambridge University gehen wollte. Meine Lehrer liebten mich und meine Mitschüler beneideten mich.

Ich war intelligent.

Ich war die beste Schülerin meines Jahrgangs.

Ich würde nach Cambridge gehen, einen super Job an Land ziehen und einen Haufen Geld verdienen. Ich würde glücklich werden.

»Im Übrigen denke ich«, sagte Dr. Afolayan, »dass der Lehrkörper einen besonders lauten Applaus für die harte Arbeit verdient hat, die er in diesem Jahr geleistet hat.«

Die Anwesenden klatschten, doch ich sah, wie einige Schüler die Augen verdrehten.

»Und jetzt darf ich Ihnen unsere Schülersprecherin vorstellen: Frances Janvier.«

Sie sprach meinen Nachnamen falsch aus. Daniel Jun, der Schülersprecher, beobachtete mich vom entgegengesetzten Rand der Bühne. Er hasste mich, weil wir beide krasse Streber waren.

»Seit Frances vor einigen Jahren zu uns gestoßen ist, hat

sie kontinuierlich hervorragende Leistungen erbracht, und es ist mir eine große Ehre, dass sie alles repräsentiert, wofür wir hier an der Academy stehen. Heute wird sie Ihnen ihre Erfahrungen schildern, die sie im letzten Jahr in der Oberstufe gemacht hat, und Ihnen ihre Zukunftspläne präsentieren.«

Ich stand auf, betrat mit einem Lächeln die Bühne und fühlte mich großartig, weil ich genau dafür geboren war.

DER SPRECHER

»Du willst doch nicht wieder improvisieren, Frances?«, hatte Mum eine Viertelstunde zuvor gefragt. »Letztes Mal hast du am Ende deiner Rede den Daumen gehoben.«

Sie hatte mit mir im Gang vor dem Bühneneingang gewartet.

Meine Mum stand auf Elternabende, vor allem, weil sie die verwirrten Blicke liebte, wenn sie sich als meine Mutter vorstellte. Das rührte daher, dass ich mixed-race bin, während sie weiß ist. Aus unerfindlichen Gründen werde ich von den meisten für eine Spanierin gehalten, weil ich letztes Jahr den Spanischkurs mit privater Nachhilfe gerockt hatte.

Dazu kam, dass Mum sich von den Lehrern immer wieder gern erzählen ließ, was für ein wundervoller Mensch ich war.

Ich hatte mit dem Club-Flyer gewedelt. »Entschuldige mal. Ich bin mega vorbereitet.«

Sie nahm ihn mir aus der Hand und las meine Notizen. »Hier stehen genau drei Stichpunkte und einer davon lautet ›Internet erwähnen‹.«

»Mehr brauche ich nicht. Die Kunst, Blödsinn zu reden, beherrsche ich perfekt.«

»Das ist mir klar.« Mum gab mir den Flyer zurück und

lehnte sich an die Wand. »Trotzdem wäre es mir lieb, wenn du nicht wieder volle drei Minuten über *Game of Thrones* reden würdest.«

»Das wirst du mir nie verzeihen, oder?«

»Nein.«

Ich zuckte mit den Schultern. »Ich habe alle wichtigen Punkte berücksichtigt. Ich bin intelligent, ich werde studieren, blah, blah, blah Noten, Erfolg, Glück. Alles bestens.«

Zeitweise hatte ich das Gefühl, dass sich mein ganzes Leben nur um diese Themen drehte. Schließlich zog ich fast mein gesamtes Selbstbewusstsein aus meiner Intelligenz. Genau genommen bin ich in jederlei Hinsicht eine traurige Gestalt, aber immerhin werde ich zur Uni gehen.

Mum zog eine Augenbraue hoch. »Du machst mich nervös.«

Ich versuchte, nicht mehr darüber nachzudenken, sondern konzentrierte mich lieber auf meine Pläne für den Abend.

Nach der Schule wollte ich nach Hause gehen, mir einen Kaffee machen und ein Stück Kuchen genehmigen, mich oben in meinem Zimmer aufs Bett setzen und mir die neueste Folge von *Universe City* anhören. *Universe City* war eine Podcast-Show auf YouTube über einen Studierenden, der einen Anzug trug und als Detektiv einen Ausweg aus einer monsterverseuchten Sci-Fi-Universität suchte. Wer den Podcast produzierte, wusste niemand, aber die Stimme des Sprechers machte mich süchtig nach der Show – sie war so sanft, dass man einschlafen wollte. Auf eine minimal schräge Weise fühlte man sich dabei, als würde einem jemand übers Haar streichen.

Genau das würde ich tun, wenn ich nach Hause kam.

»Bist du sicher, dass du zurechtkommst?«, fragte Mum und blickte auf mich hinunter, wie sie es oft tat, bevor ich öffentlich auftrat – häufig also.

»Ich komme zurecht.«

Sie strich meinen Blazerkragen glatt und tippte mit dem Finger auf das silberne Abzeichen, das mich als Schülersprecherin auswies.

»Warum wolltest du noch mal Schülersprecherin werden?«, fragte sie.

Und ich antwortete: »Weil ich großartig darin bin«, dachte aber gleichzeitig: *Weil es bei den Unis gut ankommt.*

STERBEN, ABER AUF EINE GUTE ART

Nachdem ich meinen Teil gesagt hatte, ging ich von der Bühne und checkte mein Handy, weil ich das den ganzen Nachmittag über nicht getan hatte. Und da sah ich es. Ich sah die Twitternachricht, die mein Leben verändern würde, vermutlich für immer.

Keuchend sank ich auf einen Plastikstuhl und packte Schülersprecher Daniel Jun so fest am Arm, dass er zischte: »Aua! Was?«

»Mir ist gerade etwas Weltbewegendes auf Twitter passiert.«

Daniel, der bis zu dem Wort »Twitter« vage interessiert schien, runzelte die Stirn und riss sich von mir los. Dann rümpfte er die Nase und wandte den Blick ab, als hätte ich etwas unerhört Peinliches getan.

Über Daniel Jun muss man vor allem wissen, dass er wahrscheinlich Selbstmord begehen würde, wenn ihm das bessere Noten einbrächte. Für die meisten Leute wirkten wir wie ein und dieselbe Person – intelligent und auf dem Weg nach Cambridge. Sie sahen in uns nur zwei glänzende Götter der akademischen Welt, die hoch über der Schule schwebten.

Der Unterschied zwischen uns bestand darin, dass ich unsere »Konkurrenz« total witzig fand, während Daniel sich benahm, als kämpften wir mit aller Macht darum, wer der größere Nerd war.

Egal.

Genau genommen waren sogar zwei weltbewegende Dinge geschehen. Das war das erste:

@UniverseCity folgt dir jetzt

Das zweite war eine Direktnachricht an *Toulouse*, meinen Online-Benutzernamen:

Direktnachrichten > **von Radio**

> hi Toulouse! klingt vielleicht schräg, aber ich habe die *Universe-City*-Fanart gesehen, die du gepostet hast und finde sie so toll

> dass ich fragen wollte, ob du vielleicht bei der Show mitmachen und Visuals für neue Folgen von *Universe City* erstellen willst?

> ich suche schon länger jemanden mit dem richtigen Stil für die Show und deine Sachen finde ich mega.

> da *Universe City* kein Geld einbringt, kann ich dir nichts zahlen und wenn du deshalb nein sagst, verstehe ich das natürlich. andererseits habe ich den Eindruck, dass du echt

> angefixt bist von der Show und denke, dass du vielleicht doch interessiert bist. selbstverständlich würde das alles unter deinem Namen laufen. ich würde dir wirklich gern Geld geben, aber ich hab keins

(ich studiere). yeah. sag bescheid ob du bock hast. wenn nicht stehe ich immer noch auf deine zeichnungen. ich meine so richtig. Ok.

Radio X

»Na los«, sagte Daniel und verdrehte die Augen. »Was ist passiert?«

»Etwas Unglaubliches«, flüsterte ich.

»Ja, das habe ich kapiert.«

Mit einem Mal begriff ich, dass ich das niemandem erzählen konnte. Vermutlich hatten die anderen noch nie von *Universe City* gehört, außerdem war Fanart ein schräges Hobby und sie könnten auf die Idee kommen, ich würde heimlich Pornos zeichnen, und dann würden alle meinen Blog auf Tumblr finden und meine superpersönlichen Posts lesen und alles würde furchtbar enden. *Streberin und Schülersprecherin Frances Janvier entlarvt als Fandom Freak.*

Ich räusperte mich. »Ähm ... das interessiert dich bestimmt nicht. Alles gut.«

»Na dann.« Daniel schüttelte den Kopf und wandte sich endgültig ab.

Universe City. Hatte mich erwählt. Als Künstlerin für die Show.

Ich dachte, ich sterbe, aber auf eine gute Art.

»Frances?«, fragte jemand sehr leise. »Geht's dir nicht gut?«

Als ich den Blick hob, schaute ich Aled Last, Daniels bestem Freund, direkt ins Gesicht.

Aled Last sah immer ein bisschen aus wie ein Kind, das im Supermarkt seine Mutter verloren hatte. Wahrscheinlich

21

hatte es etwas damit zu tun, dass er so jung aussah, weil seine Augen so groß und rund waren und seine Haare babyweich. Er schien sich in seiner Kleidung niemals wohlzufühlen.

Aled ging nicht auf unsere Schule, sondern auf ein Jungengymnasium am anderen Ende der Stadt, und obwohl er nur drei Monate älter war als ich, war er eine Stufe über mir. Die meisten Leute kannten ihn über Daniel. Ich dagegen kannte ihn, weil er gegenüber wohnte und weil ich früher mit seiner Zwillingsschwester befreundet gewesen war. Wir fuhren mit demselben Zug zur Schule, allerdings in verschiedenen Wagen und ohne ein Wort miteinander zu reden.

Nun stand Aled Last neben Daniel und blickte auf mich hinab, während ich nach wie vor auf dem Stuhl hyperventilierte. Er wich ein Stück zurück und schob nach: »Äh, sorry, ich dachte, dir würde gleich schlecht werden.«

Ich gab mir große Mühe, einen Satz herauszubringen, ohne hysterisch zu lachen.

»Alles in Ordnung«, sagte ich, musste dabei jedoch grinsen und sah deshalb wahrscheinlich aus, als wollte ich jemanden ermorden. »Was machst du hier? Daniel unterstützen?«

Gerüchten zufolge waren Aled und Daniel schon ihr Leben lang unzertrennlich, und das, obwohl Daniel ein hochnäsiges, selbstherrliches Arschloch war und Aled vielleicht fünfzig Worte am Tag sagte.

»Äh, nein«, antwortete er wie gewohnt so leise, dass man ihn kaum verstehen konnte. Er wirkte total gestresst. »Dr. Afolayan will, dass ich eine Rede halte. Über die Uni.«

Ich sah ihn verblüfft an. »Du gehst doch nicht einmal auf unsere Schule.«

»Stimmt.«

»Was soll das dann?«

»Es war Mr Shannons Idee.« Mr Shannon war Aleds Schulleiter. »Irgendwie geht's um gute Verbindungen zwischen den beiden Schulen. Eigentlich sollte das ein Freund von mir übernehmen ... er war letztes Jahr Schülersprecher ... aber er hat so viel um die Ohren ... da hat er mich gefragt ... tja.«

Aleds Stimme wurde immer leiser, als würde er nicht daran glauben, dass ich wirklich zuhörte, obwohl ich ihn unverwandt ansah.

»Und du hast dich breitschlagen lassen?«, fragte ich.

»Ja.«

»*Wieso?*«

Aled lachte nur. Er zitterte sichtlich.

»Weil er ein Idiot ist«, sagte Daniel und verschränkte die Arme.

»Genau«, murmelte Aled, immer noch lächelnd.

»Du musst das nicht tun«, sagte ich. »Ich kann behaupten, du wärst krank geworden und das war's.«

»Irgendwie muss ich es machen«, sagte er.

»Man muss überhaupt nichts, wenn man nicht will«, sagte ich. Doch ich wusste, dass es nicht stimmte, und Aled wusste es auch, denn er lachte nur und schüttelte den Kopf.

Mehr gab es dazu nicht zu sagen.

Afolayan war auf die Bühne zurückgekehrt. »Und jetzt möchte ich Ihnen Aled Last vorstellen, der zu den wundervollen Schülern der Stufe 13 am Jungengymnasium gehört und im September auf eine der renommiertesten britischen Universitäten wechseln wird. Vorausgesetzt, die Prüfungsergebnisse stimmen!«

Darüber mussten die Eltern lachen. Daniel, Aled und ich lachten nicht mit.

Afolayan und die Zuschauer klatschten, als Aled auf die Bühne kam und ans Mikrofon trat. Obwohl ich es selbst schon tausend Mal getan hatte, machte mein Magen vorher noch immer einen kleinen Salto. Aber Aled dabei zuzusehen, war irgendwie unendlich viel schlimmer.

Vorher hatte ich mich noch nie richtig mit ihm unterhalten. Ich wusste so gut wie nichts über ihn.

»Äh, hi, yeah«, sagte er und hörte sich an, als hätte er bis zu diesem Moment geweint.

»Mir war nicht klar, dass er derart schüchtern ist«, flüsterte ich Daniel zu, der jedoch nichts erwiderte.

»Also, im letzten Jahr hatte ich ein Bewerbungsgespräch … «

Während Daniel und ich zuschauten, wie er sich mehr schlecht als recht mit seiner Rede abmühte, schüttelte Daniel, der genau wie ich ein erprobter Redner war, hin und wieder den Kopf. Einmal sagte er: »Er hätte sich verdammt noch mal weigern sollen.« Da ich nicht wirklich gern dabei zusah, lehnte ich mich während der zweiten Hälfte zurück und las die Twitternachrichten noch weitere fünfzig Mal. Ich versuchte, abzuschalten und mich auf *Universe City* und die Nachrichten zu konzentrieren. Radio fand meine Kunst gut. Dumme kleine Zeichnungen der Figuren, seltsame Strichzeichnungen, Kritzeleien, die ich um drei Uhr morgens in meinen billigen Skizzenblock gezeichnet hatte, als ich eigentlich meinen Essay für Geschichte hätte schreiben sollen. So etwas wie jetzt war mir im ganzen Leben noch nicht passiert.

Nachdem Aled die Bühne verlassen hatte und zu uns zurückgekehrt war, sagte ich: »Bravo, das war echt gut!«, obwohl wir beide wussten, dass ich schon wieder log.

Als sich unsere Blicke trafen, fielen mir seine dunkelblauen Augenringe auf. Vielleicht war er wie ich eine Nachteule.

»Danke«, sagte er und ging. Und ich dachte, dass ich ihn wahrscheinlich nie wiedersehen würde.

TU, WAS DU WILLST

Mum konnte gerade noch »nette Rede«, sagen, als wir uns an ihrem Auto trafen, und schon erzählte ich ihr alles über die Sache mit *Universe City*.

Ich hatte schon einmal versucht, ihr die Show ans Herz zu legen, indem ich sie auf dem Weg in einen Urlaub in Cornwall gezwungen hatte, sich die ersten fünf Folgen anzuhören. Aber sie hatte nur gesagt: »Ich kapier's einfach nicht. Soll das jetzt lustig oder gruselig sein? Und ist Radio Silence ein Mädchen oder ein Junge oder keins von beiden? Wieso geht er oder sie nie zu den Vorlesungen?«

Es war nicht weiter schlimm, schließlich schaute sie noch *Glee* mit mir.

»Bist du sicher, dass sich da nicht jemand über dich lustig macht?«, fragte Mum stirnrunzelnd, als wir losfuhren. Ich zog die Füße auf den Sitz. »Es hört sich ein bisschen so an, als wollte man deine Sachen klauen, wenn es nicht einmal Geld dafür gibt.«

»Es war der verifizierte Twitter-Account«, entgegnete ich, doch das beruhigte Mum nicht so wie mich. »Radio fand meine Kunst so toll, dass ich mit ins Team soll!«

Mum schwieg und zog die Augenbrauen hoch.

»Bitte freu dich mit mir«, sagte ich und sah sie an.

»Ja, das ist großartig! Super! Ich will nur nicht, dass dir jemand deine Zeichnungen wegnimmt. Sie bedeuten dir so viel.«

»Das ist es nicht! Mein Name wird überall genannt werden.«

»Hast du einen Vertrag abgeschlossen?«

»*Mum!*«, stöhnte ich entnervt. Es hatte keinen Zweck, es ihr zu erklären. »Ist auch egal, ich muss sowieso absagen.«

»Moment, was? Warum?«

Ich zuckte mit den Schultern. »Weil ich für so etwas keine Zeit habe. Wenn ich in ein paar Monaten in der 13 bin, muss ich *immer* lernen und zusätzlich das Bewerbungsgespräch in Cambridge vorbereiten … ausgeschlossen, dass ich für alle wöchentlichen Folgen etwas zeichne.«

Mum zog die Stirn kraus. »Das verstehe ich nicht. Ich dachte, du freust dich total.«

»Das stimmt, diese Nachricht ist unglaublich, und dass meine Zeichnungen so gut ankommen, ist der Wahnsinn, aber ich muss realistisch bleiben … «

»Dir ist schon klar, dass Gelegenheiten wie diese sich nicht jeden Tag ergeben«, sagte Mum. »Ich sehe doch, dass du es unbedingt machen willst.«

»Na ja, ja, aber ich habe immer so viele Hausaufgaben auf und es wird noch mehr Stoff dazukommen und ich muss alles Mögliche wiederholen …«

»Ich finde, du solltest da mitmachen.« Mum blickte geradeaus und ließ das Lenkrad kreisen. »Meiner Meinung nach arbeitest du ohnehin zu viel für die Schule. Pack die Gelegenheit doch ausnahmsweise beim Schopf und tu, was *du* willst.«

Und was ich tun wollte, war das hier:

Direktnachrichten > **mit Radio**

Hey! Wow … danke! Ich fasse es nicht, dass du meine Zeichnungen magst. Und es wäre mir eine große Ehre, mitzumachen!

Hier ist meine E-Mail-Adresse, falls wir uns darüber besser verständigen können: toulouser@gmail.com. Ich will unbedingt mehr darüber wissen, wie du dir das Design vorstellst!

Universe City ist echt meine allerliebste Lieblingsserie. So super, dass du auf mich zugekommen bist!!

Hoffentlich höre ich mich nicht zu sehr wie ein durchgeknallter Fan an haha! xx

ICH WOLLTE IMMER SCHON
EIN HOBBY HABEN

Ich musste lernen, als ich nach Hause kam. Eigentlich musste ich fast immer lernen, und hätte es auch diesmal beinahe getan, denn wenn ich es nicht machte, fühlte es sich wie Zeitverschwendung an. Das klingt trostlos, ich weiß, und ich wollte auch immer ein Hobby haben, etwas wie Football oder Klavierspielen oder Eislaufen, doch ich war nur in einem gut: im Bestehen von Prüfungen. Was okay war. Ich war nicht undankbar und andersherum wäre es schlimmer gewesen.

An dem Tag, an dem ich vom Erfinder von *Universe City* eine Twitternachricht bekam, tat ich zu Hause absolut gar nichts für die Schule.

Ich ließ mich aufs Bett fallen, schaltete meinen Laptop an und ging direkt auf meinen Tumblr-Blog, in dem ich all meine Zeichnungen postete. Ich scrollte nach unten. Was hatte der Creator darin nur gesehen? Meine Sachen waren der letzte Mist, Kritzeleien, um abzuschalten und einschlafen zu können und um wenigstens für fünf Minuten die Aufsätze für Geschichte, die Kursarbeit für Kunst und die Reden als Schülersprecherin zu vergessen.

Dann sah ich bei Twitter und in meinen E-Mails nach, ob der Creator schon geantwortet hatte – vergeblich.

Ich liebte *Universe City*.

Vielleicht war das ja mein Hobby, Zeichnen für *Universe City*.

Obwohl es sich nicht wie ein Hobby anfühlte. Eher wie ein schmutziges Geheimnis.

Außerdem war das mit dem Zeichnen sowieso sinnlos, schließlich konnte ich die Bilder nicht verkaufen oder auch nur meinen Freundinnen zeigen. Nach Cambridge würden sie mich mit Sicherheit nicht bringen.

Ich scrollte weiter, Monate zurück, bis ins letzte Jahr und das davor, ich scrollte durch die Zeit. Alles hatte ich gezeichnet, einfach alles, die Figuren, den Sprecher Radio Silence und Radios verschiedene Sidekicks. Ich hatte das Setting gezeichnet, die finstere und staubige Sci-Fi-Universität, *Universe City*. Auch die Bösen mit ihren Waffen und die Monster, Radios *Lunar Bike* und Radios Anzüge. Ich hatte das *Dunkelblaue Gebäude* gezeichnet und die *Verlassene Straße*, sogar February Friday. Ich hatte echt alles gezeichnet.

Warum tat ich das?

Wieso war ich so?

Ehrlich gesagt, war es das Einzige, was mir Spaß machte. Das Einzige, was ich, außer den guten Noten, gut konnte.

Nein – Moment, das wäre wirklich zu traurig. Und eigenartig.

Es half mir lediglich, einzuschlafen.

Vielleicht.

Keine Ahnung.

Ich klappte den Laptop zu und ging nach unten, um mir etwas zu essen zu holen und nicht länger darüber nachzudenken.

EINE NORMALE JUNGE FRAU

»Also dann«, sagte ich, als wir einige Tage später um neun Uhr abends bei Wetherspoon's vorfuhren. »Ich melde mich ab, um mich volllaufen zu lassen, Drogen zu nehmen und jede Menge Sex zu haben.«

»Oh«, sagte Mum mit ihrem typischen verhaltenen Lächeln. »Okay, alles klar. Meine Tochter ist ganz schön wild geworden.«

»Wenn du es genau wissen willst, ist das zu hundert Prozent meine echte Persönlichkeit.« Ich öffnete die Wagentür, sprang auf den Bürgersteig und rief: »Mach dir keine Sorgen, dass ich sterben könnte!«

»Und du verpass nicht den letzten Zug!«

Es war der letzte Schultag vor den Studientagen zu Hause und ich wollte mit meinen Freundinnen im Johnny Richard's feiern, einem Club in der Stadt. Da ich noch nie einen Club von innen gesehen hatte, war ich im wahrsten Sinne des Wortes verängstigt, doch andererseits hatte ich mit dieser Freundinnengruppe letztens so wenig Zeit verbracht, dass sie mich vielleicht nicht mehr als »richtige Freundin« betrachten würden, wenn ich auch diesmal nicht mitkam. Dann wäre das alltägliche Miteinander allmählich peinlich geworden. Ich hatte keine Vorstellung von dem, was mich erwarten würde, außer betrunkenen Jungs in pastellfarbenen Hemden, oder dass Maya und Raine mich überreden wollten, auf peinliche Art und Weise zu Skrillex zu tanzen.

Mum fuhr weg.

Ich ging über die Straße und spähte durch die Tür ins Spoons, wo meine Freundinnen trinkend und lachend in der hintersten Ecke saßen. Sie waren alle total nett, aber sie machten mich nervös. Nicht, dass sie gemein zu mir gewesen wären, aber sie hatten ein klares Bild von mir – Frances aus der Schule, Schülersprecherin, langweilige Streberin, Lernmaschine. Womit sie gar nicht so unrecht hatten.

Ich ging zur Bar und bestellte mir einen doppelten Wodka und eine Limo. Obwohl ich für den Notfall einen gefälschten dabeihatte, wollte der Barkeeper meinen Ausweis nicht sehen – erstaunlich, weil ich meistens für eine Dreizehnjährige gehalten wurde.

Dann kämpfte ich mich durch die dicht gedrängte Menge aus Typen und anderen Leuten mit ihren Feierabenddrinks – die mich noch nervöser machten – zu meinen Freundinnen durch.

Ernsthaft, ich sollte langsam aufhören, mich davor zu fürchten, eine normale junge Frau zu sein.

»Was? Blowjobs?« Lorraine Sengupta, die alle nur Raine nannten, saß neben mir. »Kannst du vergessen. Jungs sind schwach. Danach wollen sie einen nicht mal mehr küssen.«

Maya, die Lauteste in der Gruppe und infolgedessen die Anführerin, lehnte mit beiden Ellbogen auf dem Tisch. Vor ihr standen drei leere Gläser. »Ach komm, die können doch nicht alle gleich sein.«

»Aber genug von ihnen, deshalb gehen sie mir buchstäblich am Arsch vorbei. Lohnt sich einfach nicht, fyi.«

Raine sagte tatsächlich die Buchstaben »fyi«. Das meinte sie anscheinend nicht ironisch und ich wusste nicht, was ich davon halten sollte.

Die Unterhaltung hatte mit meinem Leben so was von gar nichts zu tun, dass ich in den nächsten zehn Minuten so tat, als würde ich texten.

Radio hatte weder auf meine Twitternachricht reagiert noch gemailt. Seit vier Tagen.

»Nö, ich glaube nicht an Paare, die eng umschlungen einschlafen«, sagte Raine. Mittlerweile sprachen sie über etwas anderes. »Das halte ich für ein Gerücht der Massenmedien.«

»Oh, hey, Daniel!«

Mayas Stimme riss mich von meinem Handy los. Daniel Jun und Aled Last gingen an unserem Tisch vorbei. Daniel trug ein schlichtes graues T-Shirt und Jeans. In dem einen Jahr, seit ich ihn kannte, hatte er noch nie irgendetwas Gemustertes getragen. Aleds Kleidung sah ähnlich aus – als hätte Daniel sie ausgesucht.

Daniel schaute zu uns und fing kurz meinen Blick auf, bevor er Maya antwortete: »Hi, was geht?«

Sie unterhielten sich, während Aled stumm hinter Daniel stehen blieb, leicht gebückt, als wollte er sich am liebsten unsichtbar machen. Ich fing auch seinen Blick auf, doch er schaute schnell weg.

Raine beugte sich im Laufe des Gesprächs zu mir. »Wer ist dieser weiße Junge?«, murmelte sie.

»Aled Last? Er geht aufs Jungengymnasium.«

»Ach, dann ist er Carys Lasts Zwillingsbruder?«

»Ja.«

»Warst du nicht früher mit ihr befreundet?«

»Äh … «

Ich wusste nicht, was ich dazu sagen sollte.

»Schon irgendwie«, erwiderte ich. »Wir haben im Zug gequatscht. Hin und wieder.«

Vermutlich redete ich von allen in der Gruppe am meisten mit Raine. Sie zog mich nicht wie alle anderen ständig damit auf, was für eine elende Streberin ich war. Wenn ich mich mehr wie ich selbst verhalten hätte, wären wir vielleicht richtig gut befreundet gewesen, denn wir hatten den gleichen Humor. Da sie nicht Schülersprecherin war, durfte sie so cool und merkwürdig drauf sein, wie sie wollte. Außerdem hatte sie die rechte Kopfseite rasiert, sodass niemand sonderlich überrascht war, wenn sie etwas Ungewöhnliches tat.

Raine nickte. »Alles klar.«

Aled trank einen Schluck aus dem Glas, das er in der Hand hielt, und ließ den Blick ausdruckslos durch den Raum schweifen. Anscheinend fühlte er sich sehr unwohl.

»Frances, bist du bereit für Johnny R?« Eine meiner Freundinnen beugte sich über den Tisch und sah mich mit einem Haifischgrinsen an.

Wie gesagt, meine Freundinnen waren nicht gemein zu mir, aber sie behandelten mich, als hätte ich so gut wie keine Erfahrung und wäre grundsätzlich nur vom Lernen besessen.

Das stimmte auch und war insofern berechtigt.

»Äh, ja, bestimmt«, sagte ich.

Zwei Typen kamen auf Aled zu und unterhielten sich mit ihm. Sie waren groß und strahlten eine gewisse Aura der Macht aus, was wohl daran lag, dass der Junge rechts von

Aled – mit olivfarbener Haut und einem karierten Hemd – fast das ganze letzte Schuljahr Schülersprecher am Jungengymnasium gewesen war, und der andere auf der linken Seite – eher gedrungen und mit Undercut – ebendort früher Kapitän der Rugbymannschaft war. Als ich in der Zwölf an einem Tag der offenen Tür an ihrer Schule teilgenommen hatte, hatten sie beide etwas vorgetragen.

Aled lächelte sie an und ich konnte nur hoffen, dass er außer Daniel noch andere Freunde hatte. Ich versuchte, hier und da einen Gesprächsfetzen aufzuschnappen. »Ja, Dan hat mich diesmal doch überredet!«, sagte Aled und der Schülersprecher meinte: »Wenn du keine Lust auf Johnny's hast, musst du nicht. Wir gehen wahrscheinlich schon eher nach Hause.« Bei diesen Worten sah er den Rugbykapitän an, der zustimmend nickte und sagte: »Ja, sag Bescheid, wenn wir dich mitnehmen sollen, Mann! Ich bin mit dem Auto da.« Ehrlich gesagt, wünschte ich, das könnte ich auch machen, einfach nach Hause gehen, wann ich wollte, doch das ging nicht, weil ich zu viel Schiss hatte, das zu tun, was ich wollte.

»Es ist ganz schön schmierig«, sagte eine andere Freundin und zog meine Aufmerksamkeit auf sich.

»Ich habe ein schlechtes Gewissen!«, sagte wieder eine andere. »Frances ist so unschuldig! Es fühlt sich an, als würden wir dich beschmutzen, wenn wir dich in die Clubs zerren und dich zwingen, etwas zu trinken.«

»Aber sie hat einen freien Abend verdient!«

»Ich will die betrunkene Frances sehen.«

»Meinst du, du wirst dann weinerlich?«

»Nein, ich glaube, betrunken wird sie lustig. Sicherlich hat sie eine geheime Seite, die wir gar nicht an ihr kennen.«

Was sollte ich dazu sagen?

Raine stupste mich an. »Keine Sorge. Wenn dich irgendein Widerling anmacht, kippe ich ihm aus Versehen meinen Drink aufs Hemd.«

Jemand lachte. »Das macht sie wirklich, es wäre nicht das erste Mal.«

Ich lachte mit und wünschte, ich hätte den Mut, etwas Lustiges zu sagen, aber das ging nicht, weil ich in Gegenwart meiner Freundinnen nicht lustig war. Sondern langweilig.

Nachdem ich meinen Drink ausgetrunken hatte, schaute ich mich um und fragte mich, wo Daniel und Aled hingegangen waren.

Mir war ein wenig komisch zumute, weil Raine über Carys gesprochen hatte und ich mich immer komisch fühlte, wenn jemand Carys erwähnte, weil ich ungern an sie dachte.

Carys Last lief von zu Hause weg, als sie in der Elf und ich in der Zehn war. Niemand wusste warum und niemand interessierte sich sonderlich dafür, da sie nur wenige Freunde hatte. Genau genommen gar keine. Außer mir.

VERSCHIEDENE WAGEN

Ich lernte Carys Last im Zug auf dem Weg zur Schule kennen, als wir fünfzehn waren.

Es war 7.14 Uhr und ich saß auf ihrem Platz.

Sie blickte auf mich herab wie eine Bibliothekarin von einem hoch gelegenen Tresen. Ihr Haar war platinblond mit einem derart dichten, langen Pony, dass ihre Augen verborgen blieben. In der Sonne wirkte ihr Umriss wie eine himmlische Erscheinung.

»Oh«, sagte sie. »Hallo, mein kleiner Zugkumpel, du sitzt auf meinem Platz.«

Es hört sich gemein an, aber so war es nicht gemeint.

Es war merkwürdig, weil wir uns schon tausendmal gesehen hatten. Jeden Morgen saßen wir am Dorfbahnhof, Aled nicht zu vergessen, und waren abends die Letzten, die ausstiegen. So lief das, seit ich aufs Gymnasium gekommen war, doch wir hatten noch nie ein Wort miteinander gesprochen. So sind die Menschen wohl.

Ihre Stimme klang ganz anders als in meiner Vorstellung. Sie hatte diesen überheblichen Londoner Akzent, der jedoch eher charmant als nervig war. Außerdem sprach sie langsam und leise, als wäre sie ein wenig high. Es ist vielleicht auch nicht ganz unwichtig zu erwähnen, dass ich zu diesem Zeitpunkt deutlich kleiner war als sie. Sie sah aus wie eine majestätische Elfe, ich wie ein Kobold.

Plötzlich kapierte ich, dass sie recht hatte und ich tatsächlich auf ihrem Platz saß. Keine Ahnung, warum. Normalerweise fuhr ich in einem ganz anderen Wagen mit.

»Oh Gott, tut mir leid, ich setz mich gleich ...«

»Was? Oh nein, ich meinte nicht, dass du dich *woanders hinsetzen* sollst, wow, sorry. Das muss sich ja wirklich schrecklich angehört haben.« Sie nahm den Platz gegenüber.

Carys Last lächelte nicht und verspürte offenbar auch nicht das Bedürfnis, so wie ich, peinlich berührt zu lächeln. Das beeindruckte mich sehr.

Aled war nicht bei ihr, was mir damals nicht seltsam vorkam. Nach diesem Vorfall bemerkte ich, dass sie in verschiedenen Wagen zur Schule fuhren, aber auch das fand ich nicht weiter auffällig. Ich kannte ihn nicht, also interessierte es mich nicht.

»Sitzt du nicht normalerweise im hintersten Wagen?«, fragte sie mich, als wäre sie ein Geschäftsmann mittleren Alters.

»Ähm, ja.«

Sie zog die Augenbrauen hoch.

»Und du wohnst im Dorf, oder?«, fragte sie weiter.

»Ja.«

»Gegenüber von uns?«

»Ich glaub schon.«

Carys nickte nur. Es war sonderbar, wie sie im Laufe unseres Gesprächs kein bisschen das Gesicht verzog, während alle, die ich kannte, einen permanent anlächelten. Ihre Haltung ließ sie deutlich älter und gleichzeitig bewundernswert elegant erscheinen.

Als sie die Hände auf den Tisch legte, sah ich, dass sie überall winzige Brandnarben hatte.

»Ich mag deinen Pulli«, sagte sie.

Mein Pulli, den ich unter dem Schulblazer trug, war mit einem Computer bedruckt, der ein trauriges Gesicht machte.

Ich schaute an mir herunter, weil ich vergessen hatte, was ich angezogen hatte. Es war Anfang Januar und eiskalt, deshalb trug ich einen zweiten Pulli über meinem Schulpullover. Dieser hier zählte zu den vielen Teilen in meinem Kleiderschrank, die ich gekauft, aber nie in Gegenwart meiner Freundinnen getragen hatte, weil ich fürchtete, ausgelacht zu werden. Meine persönlichen Modevorlieben ließ ich zu Hause.

»E-echt?«, stammelte ich und befürchtete, ich hätte mich verhört.

Carys kicherte. »Ja?«

»Danke«, sagte ich mit einem leichten Kopfschütteln, schaute auf meine Hände und schließlich aus dem Fenster. Mit einem Ruck fuhr der Zug an und verließ den Bahnhof.

»Also, warum sitzt du heute in diesem Wagen?«, fragte Carys.

Ich sah sie erneut an, diesmal richtig. Zuvor war sie einfach ein Mädchen mit blond gefärbtem Haar gewesen, das jeden Morgen am anderen Ende unseres Dorfbahnhofs gesessen hatte. Doch jetzt sprachen wir miteinander und sie saß mir gegenüber – sie hatte Make-up aufgetragen, obwohl sie noch nicht in der Oberstufe war und damit gegen die Schulregeln verstieß. Sie war groß und sanft und irgendwie stark und wie konnte sie so nett sein, ohne zu lächeln? Man hätte meinen können, dass sie im Notfall jemanden umbringen könnte; sie sah so aus, als wüsste sie immer genau, was sie tat. Aus unerfindlichen Gründen wusste ich bereits, dass dies nicht unsere letzte Unterhaltung sein würde. Gott, ich hatte ja keine *Ahnung*, was noch alles geschehen würde.

»Weiß ich auch nicht«, antwortete ich.

JEMAND HÖRT ZU

Eine weitere Stunde verging, bevor es akzeptabel schien, ins Johnny R zu gehen, während ich mich zur Ruhe zwang und dem Impuls widerstand, meine Mum über Facebook zu bitten, mich abzuholen. Das wäre echt öde gewesen. Ich wusste, wie öde ich war, aber das sollte sonst niemand erfahren.

Als wir aufstanden, um ins Johnny R zu gehen, war mir ein bisschen schwindelig, und meine Beine fühlten sich an, als wären sie aus Wackelpudding, aber ich hörte dennoch, wie Raine sagte: »Das ist hübsch.« Sie zeigte auf mein Top, ein simples Chiffonshirt, das ich gewählt hatte, weil es aussah wie etwas, das Maya tragen würde.

Aled hatte ich mittlerweile fast vollkommen vergessen, doch als wir auf der Straße waren, klingelte mein Handy. Ich holte es heraus und schaute aufs Display. Daniel Jun rief mich an.

Daniel Jun hatte meine Nummer nur, weil wir als Schülersprecher zahlreiche Schulveranstaltungen managten. Er hatte mich noch nie angerufen und mir höchstens vier, fünf Nachrichten geschickt, in denen es um banale Angelegenheiten in der Schule ging wie zum Beispiel »Wer baut den Kuchenstand auf, du oder ich?« oder »Du sammelst an der Tür die Tickets ein und ich bringe die Leute vom Schultor ins Gebäude«. Wenn man noch dazu bedachte, dass Daniel mich nicht leiden konnte, hatte ich keinen Schimmer, wieso er mich anrufen sollte.

Doch ich war betrunken. Deshalb ging ich ran.

Frances: Hallo?
Daniel: (gedämpfte Stimmen und lauter Dubstep)
F: Hallo? Daniel?
D: Hallo? (Gelächter) Klappe! Sei still! – *hallo?*
F: Daniel? Wieso rufst du mich an?
D: (Gelächter) (noch mehr Dubstep)
F: Daniel?
D: (legt auf)

Ich blickte auf mein Handy.

»Okay«, sagte ich laut, aber keiner hörte mich.

Als eine Gruppe junger Männer sich an mir vorbeidrängelte, kam ich vom Bürgersteig ab und lief auf der Straße weiter. Ich wollte nicht hier sein. Ich musste lernen, Essayfragen überarbeiten, Mathenotizen aufschreiben, meine Nachricht von Radio wieder und wieder lesen und ein paar Ideen für die Videos aufs Papier bringen – ein Berg von Arbeit wartete auf mich und es war, ehrlich gesagt, eine einzige Zeitverschwendung, dass ich hier war.

Mein Handy klingelte schon wieder.

F: Daniel, ich schwöre –
Aled: Frances? Bist du das, Frances?
F: Aled?
A: Franceeeees! (Dubstep)

Ich kannte Aled eigentlich gar nicht. Bis zu dieser Woche hatte ich kaum mit ihm geredet.

Wieso …

Was?

F: Äh, wieso hast du mich angerufen?

A: Oh … Dan wollte dir einen Telefonstreich spielen, glaube ich … keine Ahnung, ob es funktioniert hat …

F: … Okay.

A: …

F: Wo bist du? Ist Daniel bei dir?

A: Oh, wir sind im Johnny's … voll komisch, weil ich nicht mal weiß, wer Johnny ist … Dan ist … (Gelächter, gedämpfte Stimmen)

F: … alles okay bei dir?

A: Bestens … tut mir leid … Daniel hat dich noch mal angerufen und mir das Handy in die Hand gedrückt … ich weiß echt nicht so ganz, was hier läuft. Oder warum ich mit dir rede! Haha …

Ich ging ein bisschen schneller, um meine Freundinnen nicht vollends aus den Augen zu verlieren.

F: Aled, wenn Daniel bei dir ist, dann lege ich jetzt auf …

A: Ja, sorry … äh … yeah.

Er tat mir echt leid und ich verstand nicht, warum er mit Daniel befreundet war. Schubste Daniel ihn wirklich so herum, wie er es mit vielen Leuten machte?

F: Geht schon.

A: Mir gefällt's hier nicht so richtig.

Ich runzelte die Stirn.

A: Frances?
F: Ja?
A: Mir gefällt's hier nicht so richtig.
F: ... Wo?
A: Findest du es gut hier?
F: *Wo denn?*

Einen Augenblick blieb es still – na ja, bis auf die blecherne Tanzmusik und die Stimmen und das Gelächter.

F: Aled, bitte sag mir, ob Daniel bei dir ist, damit ich weiter mit den anderen den Abend verbringen kann, ohne mir Sorgen um dich zu machen.
A: Keine Ahnung, wo Daniel ist ...
F: Soll ich kommen und dich nach Hause bringen oder so?
A: Hey ... weißt du was ... du hörst dich an wie im Radio ...

Meine Gedanken schweiften sofort zu *Universe City* und Radio Silence.

F: Gott, du bist total betrunken.
A: (lacht) Hallo. Hoffentlich hört mir jemand zu ...

Er legte auf. Seine letzten Worte zogen mir den Boden unter den Füßen weg.
»Hallo. Hoffentlich hört mir jemand zu«, sagte ich leise.

Diesen Worten hatte ich in den vergangenen zwei Jahren immer wieder gelauscht, hatte sie in Sprechblasen und an die Wand über meinem Bett gezeichnet. Die Worte hatte ich eine Männer- und eine Frauenstimme sagen hören, alle paar Wochen abwechselnd, aber immer mit diesem klassischen, blechernen Ton wie aus einem Funkgerät im Zweiten Weltkrieg.

Jede Folge von *Universe City* wurde mit diesen Worten eröffnet:

»Hallo. Hoffentlich hört mir jemand zu.«

GESCHAFFT

Der Türsteher hinterfragte den Führerschein nicht, den ich ihm vorlegte und der Raines großer Schwester Rita gehörte – und das, obwohl Rita Inderin war und kurze glatte Haare hatte. Ich hätte nicht gedacht, dass jemand ein indisches Mädchen mit einem britisch-äthiopischen Mädchen verwechseln könnte, aber ja.

Bei Johnny's zahlte man vor dreiundzwanzig Uhr keinen Eintritt. Eine gute Nachricht für mich, weil ich es hasste, Geld für etwas auszugeben, das ich eigentlich gar nicht tun wollte.

Ich folgte meinen Freundinnen in den Club.

Es war genau wie erwartet.

Betrunkene. Grelle Lichter. Laute Musik. Klischees.

»Kommst du mit, noch was trinken?«, schrie Raine mir aus einer Entfernung von fünfzehn Zentimetern zu.

Ich schüttelte den Kopf. »Mir ist ein bisschen schlecht.«

Als Maya das hörte, lachte sie. »Ach, Frances! Du bist so süß! Komm schon, noch einen kleinen Shot!«

»Ich glaub, ich geh mal eben zur Toilette.«

Doch Maya redete schon mit jemand anderem.

»Soll ich mitkommen?«, fragte Raine.

»Nein, nein, geht schon.«

»Okay.« Raine legte mir die Hand auf den Arm und zeigte vage aufs andere Ende des Raums. »Das Klo ist dahinten! Danach treffen wir uns an der Bar, ja?«

Ich nickte.

Ich hatte absolut nicht vor, zur Toilette zu gehen.

Raine winkte mir zu und ging.

Ich wollte Aled Last finden.

Sobald meine Freundinnen an der Bar waren und nicht mehr auf mich achteten, ging ich nach oben. Auf dieser Etage spielten sie Indierock und außerdem war es sehr viel leiser, was mich beruhigte, denn Dubstep löste allmählich eine Art Panik in mir aus, als wäre es die Titelmelodie eines Actionfilms und ich hätte zehn Sekunden, bevor irgendetwas explodierte.

Und dann stand ich quasi direkt vor Aled Last.

Ich wollte ihn eigentlich erst gar nicht suchen, doch seit er *Universe City* zitiert hatte … das konnte ja kein Zufall sein, oder? Der Wortlaut war genau derselbe. Wort für Wort, dazu mit der richtigen Betonung, dem gehauchten H in »Hoffentlich« und dem leichten Zögern zwischen »mich« und »jemand« sowie dem hörbaren Lächeln nach dem zweiten Punkt.

Hörte er sich den Podcast etwa auch an?

Ich hatte noch nie jemanden getroffen, der auch nur davon gehört hatte.

Eigentlich war es ein Wunder, dass sie Aled nicht längst rausgeschmissen hatten, denn er war bewusstlos. Oder er schlief. Er saß auf eine Weise auf dem Boden an die Wand gelehnt, die eindeutig bewies, dass jemand ihn dort platziert hatte. Daniel vermutlich. Das erstaunte mich, weil Daniel

47

Aled normalerweise beschützte. Hatte ich jedenfalls gehört. Vielleicht war es auch andersherum.

Ich ging vor Aled in die Hocke. Die Wand hinter ihm war nass vom Kondenswasser. Ich schüttelte seinen Arm und rief, um die Musik zu übertönen: »Aled?«

Ich schüttelte ihn noch mal. Er sah nett aus im Schlaf, während die Clubscheinwerfer rot und orange über sein Gesicht flackerten. Er sah aus wie ein Kind.

»Sei nicht tot. Das würde mir den Tag verderben.«

Ruckartig wurde er wach, schoss von der Wand weg nach vorn und stieß voll gegen meine Stirn.

Es tat so weh, dass ich außer einem leisen »Verdammte Sch…« nichts sagen konnte, während mir eine Träne aus dem linken Auge lief.

Ich rollte mich zusammen, um dem Schmerz auszuweichen, und Aled schrie: »Frances Janvier!«

Und er sprach meinen Nachnamen immerhin richtig aus.

»Habe ich dich gerade ins Gesicht geschlagen?«, fuhr er fort.

»Das ist untertrieben«, schrie ich zurück und richtete mich wieder auf.

Ich dachte, er würde lachen, doch er hatte die Augen aufgerissen und war eindeutig immer noch ziemlich betrunken. Dann sagte er nur: »Oh Gott, das tut mir schrecklich leid.« Und da er betrunken war, legte er einfach seine Hand auf meine Stirn und tätschelte sie ein wenig, als wollte er den Schmerz fortzaubern.

»Es tut mir schrecklich leid«, wiederholte er sichtlich besorgt. »Weinst du? Oh, wow, es klingt wie bei Wendy in *Peter Pan*.« Sein Blick verschwamm kurz, bevor er mich erneut ansah. »Mensch, warum weinst du?«

»Tue ich nicht … «, sagte ich. »Na ja, innerlich vielleicht.«

Da fing er an zu lachen und es war irgendwie so ansteckend, dass ich mitlachte. Aled lehnte beim Lachen den Kopf an die Wand und eine Hand vor den Mund. Er war so betrunken, der Schmerz pochte in meinem Kopf und der Club war dermaßen ekelhaft, doch einige Sekunden lang war alles unfassbar lustig.

Danach packte Aled meine Jeansjacke, nahm meine Schulter als Stütze und kam auf die Beine. Sofort schlug er mit der Hand an der Wand auf, weil er sonst umgefallen wäre. Ich stand auch auf, unsicher, was ich jetzt tun sollte. Ich wusste nicht einmal, wie Aled in diesen Zustand gekommen war. Andererseits wusste ich ohnehin nicht viel über ihn. Im Übrigen gab es keinen Grund, warum ich mich um ihn kümmern sollte.

»Hast du Dan gesehen?«, fragte er, ließ seine Hand zurück auf meine Schulter fallen und beugte sich mit zusammengekniffenen Augen vor.

»Wen – oh, Daniel.« Meines Wissens wurde er von allen Daniel genannt. »Nein, leider nicht.«

»Oh … « Er senkte den Blick auf seine Schuhe und wirkte wieder wie ein Kind, mit seinen langen Haaren, die eher zu einem Vierzehnjährigen gepasst hätten, und in Jeans und Pulli, die merkwürdig an ihm aussahen. Er sah einfach aus wie … keine Ahnung, wie.

Und ich wollte ihn wegen *Universe City* fragen.

»Komm, wir gehen kurz raus«, sagte ich, doch Aled hatte mich wohl nicht gehört. Also legte ich einen Arm um seine Schulter und schleppte ihn durch die Menge, durch die tiefen Bässe, den Schweiß und die Leute, bis zur Treppe.

»Aled!«

Ich blieb ruckartig stehen, während Aled sich weiterhin fast vollständig auf mich stützte, und drehte mich um. Daniel zwängte sich mit einem vollen Wasserbecher in der Hand zwischen den Tanzenden hindurch.

»Oh«, sagte er und sah mich an wie einen Stapel schmutziger Teller. »Ich wusste nicht, dass du heute ausgehst.«

Hatte er einen *Schaden*? »Du hast mich höchstpersönlich angerufen, Daniel.«

»Weil Aled mit dir reden wollte.«

»Aled hat gesagt, du wolltest mir einen Streich spielen.«

»Wieso sollte ich so etwas tun? Ich bin doch keine zwölf mehr.«

»Okay, und wieso sollte Aled mit mir reden wollen? Wir kennen uns überhaupt nicht.«

»Woher zum Teufel soll *ich* das wissen?«

»Weil du sein bester Freund bist und heute Abend mit ihm abhängst?«

Dazu sagte Daniel nichts.

»Oder scheinbar auch nicht«, fuhr ich fort. »Ich habe Aled gerade vom Fußboden aufgesammelt.«

»Was?«

Ich lachte verhalten. »Hast du deinen besten Freund bewusstlos auf dem Boden zurückgelassen, Daniel?«

»Nein!« Er hob die Hand mit dem Becher. »Ich habe ihm Wasser geholt. Ich bin doch kein Arschloch.«

Das wäre mir neu, aber es schien mir zu weit zu gehen, ihm das ins Gesicht zu sagen.

Stattdessen wandte ich mich an Aled, der leicht gegen mich schwankte. »Wieso hast du mich angerufen?«

Er sah mich stirnrunzelnd an, tippte mir dann sanft mit einem Finger auf die Nase und sagte: »Ich mag dich.«

Ich fing an zu lachen, weil ich es für einen Witz hielt, doch Aled lachte nicht mit. Er ließ mich los und schlang den anderen Arm um Daniel, der überrumpelt rückwärtstaumelte und mit der anderen Hand versuchte, das Wasser nicht zu verschütten.

»Ist es nicht komisch«, sagte Aled, dessen Gesicht nur wenige Millimeter von Daniels entfernt war, »dass ich ungefähr sechzehn Jahre größer war als du und du mich jetzt plötzlich überholt hast?«

»Ja, total komisch«, erwiderte Daniel mit einem Beinahe-Lächeln, wie ich es seit Monaten nicht an ihm gesehen hatte. Aled legte den Kopf auf Daniels Schulter und schloss die Augen. Dieser tätschelte leicht seine Brust, murmelte etwas Unverständliches und reichte ihm den Wasserbecher. Aled nahm ihn wortlos und trank.

Während ich mal den einen, mal den anderen ansah, fiel Daniel offenbar wieder ein, dass ich auch noch da war.

»Gehst du jetzt?«, fragte er. »Kannst du ihn nach Hause bringen?«

Ich steckte die Hände in die Taschen. Schließlich wollte ich sowieso nicht länger bleiben. »Okay.«

»Ich habe ihn nicht einfach auf dem Boden liegen lassen«, erklärte er. »Ich habe ihm Wasser geholt.«

»Das hast du schon gesagt.«

»Ja, aber ich dachte, du glaubst mir nicht.«

Ich zuckte nur mit den Schultern.

Daniel reichte Aled an mich weiter, der sich unverzüglich wieder an meine Schultern klammerte und ein bisschen Wasser auf meinen Ärmel schüttete.

»Ich hätte ihn gar nicht herbringen sollen«, sagte Daniel mehr zu sich selbst und ich erkannte ehrliches Bedauern in seinem Blick auf Aled, der kurz davor war, in meinen Armen einzuschlafen. Die Clublichter zuckten schnell über seine Haut.

»Was ... «, murmelte Aled, als wir auf die Straße hinaustraten. »Wo ist Dan?«

»Er meinte, ich soll dich nach Hause bringen«, sagte ich und überlegte, wie ich das meinen Freundinnen erklären sollte. Im Geiste machte ich mir eine Notiz, Raine zu schreiben, sobald wir am Bahnhof waren.

»Okay.«

Ich sah ihn an, weil er mit einem Mal so sehr dem schüchternen Aled glich, mit dem ich beim Elternabend gesprochen hatte – dem Aled mit der Flüsterstimme und dem unsteten Blick.

»Du fährst mit meinem Zug«, fuhr er fort, als wir über die leere Highstreet gingen.

»Jep«, sagte ich.

»Du und Carys – ihr habt zusammengesessen.«

Bei Carys Namen geriet mein Herzschlag kurz aus dem Takt.

»Ja.«

»Sie hatte dich gern«, sagte Aled, »sie hatte dich lieber als ... ähm ... «

Er hatte offenbar den Faden verloren und ich bedrängte ihn auch nicht, da ich meinerseits nicht über Carys sprechen wollte.

»Aled, hörst du *Universe City*?«, fragte ich.

Er blieb sofort stehen und ließ den Arm von meiner Schulter fallen.

»Was?« Die Straßenlampen tauchten ihn in ein bronzefarbenes Licht, in seinem Rücken flackerte schwach das Neonschild von Johnny R.

Ich blinzelte. Wieso hatte ich ihn das gefragt?

»*Universe City*?« Seine Lider wirkten schwer, als hätte er Mühe, sie offen zu halten, aber er fragte mich so laut, als wären wir noch im Club. »Wieso?«

Ich schaute weg. Offenbar tat er es nicht. Zum Glück würde er sich an dieses Gespräch nicht erinnern. »Egal.«

»*Nein*«, sagte er, kippelte an der Bordsteinkante und wäre beinahe wieder gegen mich gefallen. Seine Augen waren nun weit geöffnet. »Wieso hast du mich das gefragt?«

Ich erstarrte. »Äh … «

Er wartete.

»Du hast … ich dachte, du hättest daraus zitiert. Vielleicht habe ich mich vertan … «

»*Du* hörst *Universe City*?«

»Äh, ja.«

»Das kommt mir total … unwahrscheinlich vor. Ich habe noch nicht mal fünfzigtausend Abonnenten.«

Moment.

»Was?«

Aled kam einen Schritt näher. »Woher weißt du das? Dan hat gesagt, niemand würde es herausfinden.«

»*Was*?«, fragte ich mit mehr Nachdruck. »Was rausfinden?«

Aled sagte nichts, er grinste nur.

»Also, hörst du *Universe City*?«, fragte ich noch einmal, obwohl ich zu diesem Zeitpunkt nicht mehr wusste, warum ich überhaupt fragte. Entweder weil die Vorstellung, jemand würde den Podcast genauso toll finden wie ich, mir das Gefühl gab, doch nicht komplett daneben zu sein, oder weil ich

Aled dazu zwingen wollte auszusprechen, was er anscheinend zurückhielt.

»Ich *bin Universe City*«, antwortete er und blieb stehen.

»Was?«

»Ich bin Radio«, sagte er. »Ich bin Radio Silence. Ich mache *Universe City*.«

Jetzt blieb auch ich stehen.

Keiner von uns sagte etwas.

Ein Windstoß erfasste uns und in einem nahe gelegenen Pub lachten ein paar Mädchen. Die Alarmanlage eines Autos schrillte.

Aled wandte den Blick ab, als stünde jemand neben uns, den nur er sehen konnte.

Dann sah er mich wieder an, legte mir eine Hand auf die Schulter und fragte aufrichtig: »Alles in Ordnung?«

»Es ist … äh … « Doch ich wusste nicht, wie ich ihm erklären sollte, dass ich seit zwei Jahren von einer Podcast-Show auf YouTube besessen war, in der es um die Abenteuer eines Studenten an einer Science-Fiction-Uni ging, der agender war, Tag und Nacht Handschuhe trug, Superkräfte hatte und mit seinem detektivischen Geschick Verbrechen in einer Stadt aufklärte, deren Name das blödeste Wortspiel bildete, das ich je gehört hatte. Oder dass in meinem Zimmer siebenunddreißig Skizzenblöcke voll mit Zeichnungen dieser Show lagen und ich noch nie jemanden getroffen hatte, der auch nur davon gehört hatte, und ich ausgerechnet jetzt vor Johnny R am letzten Schultag vor der Studienphase erfuhr, dass jemand, dessen Zwillingsschwester zeitweise meine beste Freundin gewesen war und immer schon auf der anderen Straßenseite wohnte, jemand, der nüchtern kein Wort mit mir reden würde, diesen Podcast erstellte.

Dieser winzige blonde Siebzehnjährige, der nie etwas sagte und mit mir auf der Highstreet stand.

»Ich hör dir zu«, sagte Aled mit einem verschwommenen Lächeln. Er war dermaßen betrunken – wusste er überhaupt, was er da redete?

»Es würde Stunden dauern, dir das zu erklären«, sagte ich.

»Ich kann dir stundenlang zuhören«, erwiderte er.

1

SOMMERTRIMESTER
b)

ALED LAST IN MEINEM BETT

Ich lasse eigentlich niemanden in mein Zimmer, weil ich Angst habe, jemand könnte meine Geheimnisse aufdecken, zum Beispiel meine Fanart-Süchte oder meine Browser-Chronik, oder dass ich immer noch jede Nacht mit meinem Teddybär einschlafe.

In mein Bett lasse ich schon gar niemanden, seit ich mit zwölf einen Albtraum von einem Tamagotchi hatte, das mit einer unheimlich tiefen Stimme sprach, während eine Freundin bei mir übernachtete. Ich verpasste ihr eine und sie bekam Nasenbluten und weinte. Eine zutreffende Metapher für die meisten meiner verflossenen Freundschaften.

Dennoch landete ich in jener Nacht mit Aled Last in meinem Bett.

Haha.

Nein, nicht so.

Als Aled und ich aus dem Zug stiegen – beziehungsweise, in Aleds Fall, aus dem Zug fielen – und die Treppe hinuntergingen, die den Bahnhof mit unserem ländlichen Dorf verband, verkündete Aled, dass Daniel Jun seine Schlüssel hatte, weil er Aleds Jacke hatte, in der sie immer noch steckten. Seine Mutter konnte er nicht wecken, weil sie ihm »den Kopf abreißen würde, ernsthaft«. Aled klang sehr überzeugend, und da seine Mum in der Elternpflegschaft saß, glaubte ich ihm ein paar Sekunden lang. Ich hatte Aleds Mutter schon immer als sehr streng empfunden, und so einschüchternd, als könnte sie mein Selbstbewusstsein mit einem Wort vernichten und ihrem Hund zum Fraß vorwerfen. Nicht, dass das sonderlich schwer wäre.

Wie auch immer. Ich also: »Wie, willst du etwa bei mir schlafen, oder was?«, was selbstverständlich scherzhaft gemeint war, doch er stützte sich mit seinem ganzen Gewicht auf meine Schulter ab und meinte: »*Tja* ...«, und ich lachte, als hätte ich es von dem Moment an kommen sehen, als Aled sich mitten auf die Straße gehockt hatte.

Deshalb sagte ich nur: »Na gut, okay.« Er würde ohnehin direkt einschlafen und ich gehörte ganz bestimmt nicht zu diesen hirnrissigen Vierzigjährigen, die es nicht für möglich hielten, dass Jungs und Mädchen platonisch ein Bett teilen konnten.

Aled kam mit zu mir und fiel wortlos auf mein Bett, und als ich aus dem Badezimmer zurückkam, wo ich mir meinen Schlafanzug angezogen hatte, schlief er mit dem Gesicht zur Wand. Seine Brust hob und senkte sich gleichmäßig und ich schaltete das Licht aus.

Ich wünschte, ich wäre auch ein bisschen betrunkener gewesen, denn ich brauchte wie immer gute zwei Stunden, um einzuschlafen, und musste, da ich nicht auf meinem Handy spielte oder durch Tumblr scrollte, die gesamten zwei Stunden Aleds Hinterkopf im warmen blauen Licht meines Zimmers anschauen. Als Letzte hatte Carys mit mir in meinem großen Doppelbett geschlafen, nur wenige Nächte bevor sie weggelaufen war. Ich war damals fünfzehn. Wenn ich jetzt die Augen zusammenkniff, konnte ich mir fast einbilden, sie wäre jetzt hier, mit demselben blonden Haar und den Elfen-ohren. Doch als ich die Augen wieder öffnete, war es eindeu-tig Aled, der in meinem Bett lag, und nicht Carys. Irgendwie beruhigte mich das, keine Ahnung, warum.

Aled brauchte einen Haarschnitt. Außerdem fiel mir plötz-lich auf, dass sein Pulli Daniel gehörte.

GENAU

Ich wurde als Erste wach, so gegen elf. Aled sah aus, als hätte er sich die ganze Nacht nicht bewegt, weshalb ich schnell überprüfte, ob er noch einen Puls hatte (hatte er), und aufstand. Ich dachte kurz über meine Entscheidungen vom Vorabend nach. Sie passten alle zu dem, was ich von mir erwarten würde – leicht zu bequatschen, bereit, mich in eine peinliche Lage zu bringen, um Leuten zu helfen, die ich kaum kannte, noch peinlichere Fragen zu stellen, die ich später zutiefst bereute ... Dass Aled Last sich in meinem Bett befand, war ein klassisches Beispiel dafür, was Frances Janvier so passierte. Was sollte ich bloß zu ihm sagen, wenn er aufwachte?

Hey, Aled, du liegst in meinem Bett und weißt vermutlich nicht mehr, warum. Ich habe dich nicht gewaltsam verschleppt. Und weißt du übrigens noch, was für eine schräge Show du für YouTube produzierst? Tja, ich bin seit Jahren besessen davon.

Ich ging sofort nach unten, um es meiner Mum beizubringen, bevor sie ihn entdeckte und auf die Idee kam, ihre Tochter hätte auf einmal einen kleinen, blonden, scheuen Freund, von dem sie ihr nichts erzählt hatte.

Mum saß in ihrem Einhorn-Hausanzug im Wohnzimmer

und schaute *Game of Thrones*. Sie hob den Blick, als ich reinkam und mich neben sie aufs Sofa sinken ließ.

»Hallo«, sagte sie. Sie hatte eine Packung Shreddies in der Hand und steckte sich eins in den Mund. »Du siehst ein bisschen verschlafen aus.«

»Ja«, sagte ich, ohne zu wissen, wie ich weitermachen sollte.

»Hattest du Spaß in der Disco?«, fragte sie und grinste dabei. Mum tat gerne so, als hätte sie keine Ahnung, womit sich Teenager im 21. Jahrhundert beschäftigten. Das machte ihr genauso viel Spaß wie ihr ironischer Umgang mit Lehrern. »Hast du *abgerockt*? Und *voll aufgedreht*?«

»Oh yeah, wir haben Jive und alles Mögliche getanzt«, antwortete ich und legte einen kleinen Jive aufs Parkett.

»Sehr gut, dann wirst du bald flachgelegt.«

Ich musste laut lachen. Als ob ich in welcher Situation auch immer »flachgelegt« werden würde. Doch dann drückte Mum übertrieben langsam auf die Pausentaste der Fernbedienung, legte die Shreddies beiseite und sah mir in die Augen. Gleichzeitig verschränkte sie die Finger im Schoß wie eine Oberlehrerin auf dem Pult.

»Da wir gerade beim Thema sind«, fuhr sie fort, »frage ich mich, wer der hübsche junge Kerl in deinem Bett ist.«

Oh. Okay.

»Tja«, lachte ich erneut. »Ja. Dieser hübsche junge Kerl.«

»Ich bin in dein Zimmer gegangen, um deine Wäsche zu holen, und da lag er.« Mum drehte die Handflächen nach oben, als würde sie die Szene vor ihrem inneren Auge noch einmal erleben. »Zunächst habe ich ihn für einen riesigen Teddybären gehalten, oder für eins dieser japanischen Comic-Kissen, die du mir im Internet gezeigt hast.«

»Yeah … nein, er ist echt. Ein echter Junge.«

»Er war angezogen, also vermute ich, dass es bei der Fummelei geblieben ist.«

»Mum, selbst wenn du den Begriff ›Fummelei‹ ironisch benutzt, möchte ich mir die Ohren mit Sekundenkleber zustopfen.«

Mum sagte zunächst nichts und ich auch nicht, und dann hörten wir es oben krachen.

»Er ist Aled Last«, sagte ich. »Carys' Zwillingsbruder.«

»Der *Bruder* deiner Freundin?«, kicherte Mum. »Oh wow, das entwickelt sich hier ja zu einer Beziehungskomödie, was?«

Es war lustig, aber als ich nicht lachte, wurde Mum wieder ernst.

»Was ist los, Frances? Ich dachte, du wärst länger mit deinen Freundinnen ausgegangen. Du hast es dir mehr als verdient zu feiern, dass du ab jetzt erst mal keine Schule mehr hast. Bevor du wieder komplett zum Lernen abtauchst.«

Sie sah mich mitfühlend an. Mum fand immer schon, dass ich den Hausaufgaben zu viel Bedeutung zumaß. Im Allgemeinen war sie das genaue Gegenteil von normalen Eltern und schaffte es irgendwie dennoch, ziemlich toll zu sein.

»Aled war so betrunken, dass ich ihn mit nach Hause nehmen musste. Er hat seinen Schlüssel vergessen und seine Mutter ist anscheinend ziemlich arschig.«

»Oh ja, *Carol Last*.« Mum verzog das Gesicht und schaute sich erinnernd in die Ferne. »Sie quatscht mich immer in der Post an.«

In meinem Zimmer gab es einen weiteren dumpfen Aufprall. Mum runzelte die Stirn und schaute nach oben. »Du hast ihn doch nicht schwer verletzt, oder?«

»Ich sehe besser mal nach.«

»Ja, kümmere dich um deinen Kerl. Wahrscheinlich klettert er gerade aus dem Fenster.«

»Echt, Mum, als ob meine Liebhaber jemals aus dem Fenster klettern wollten.«

Sie lächelte ihr warmherziges Lächeln, das in mir stets die Vermutung auslöste, sie wüsste mehr als ich. Ich stand auf.

»Lass ihn nicht entkommen!«, sagte Mum. »Das könnte deine einzige Chance sein, dir einen Ehemann zu sichern!«

Dann fiel mir die zweite Sache ein, die Mum wissen sollte.

»Ach, und weißt du was?«, sagte ich und drehte mich an der Tür noch einmal um. »Du kennst doch *Universe City*?«

Mums Lachen wich einer verwirrten Miene. »Äh, ja klar?«

»Ja, also, das ist Aleds Ding.«

In dem Moment wurde mir klar, dass Aled wahrscheinlich mittlerweile nicht mehr wusste, dass er mir erzählt hatte, er wäre der Creator von *Universe City*. Super. Noch eine peinliche Situation, die ich bewältigen musste.

»Was?«, fragte Mum. »Was soll das heißen?«

»Er hat mir diese Twitternachricht geschickt. Er ist der Creator von *Universe City*. Habe ich gestern erfahren.«

Mum sah mich verblüfft an.

»Yeah«, sagte ich. »Genau.«

SCHRÄG

Als ich mein Zimmer betrat, kauerte Aled neben dem Bett und hielt einen Bügel in der Hand wie eine Machete. Er wirbelte zu mir herum, mit wildem Blick, seine – zu langen – Haare klebten vom Schlafen an seinem Gesicht. Ich würde sagen, er befand sich in einer Art … Schockstarre. Verständlich.

Ich brauchte ein paar Sekunden, um zu entscheiden, was ich sagen wollte.

»Wolltest du mir … mit einem Bügel den Kopf abschlagen?«

Er blinzelte, ließ die Waffe sinken und richtete sich auf, während seine Angst ein wenig nachließ. Ich musterte ihn von oben bis unten – klar, er hatte das Gleiche an wie letzte Nacht: Daniels dunkelroten Pullover und eine schwarze Jeans. Doch erst jetzt fiel mir auf, dass er fantastische limettengrüne Sneaker mit fluoreszierenden violetten Schnürsenkeln trug. Ich musste ihn unbedingt fragen, wo er sie gekauft hatte.

»Oh. Frances Janvier«, sagte er und sprach meinen Namen immer noch richtig aus.

Dann atmete er tief aus und setzte sich aufs Bett.

Ich hatte das Gefühl, einen ganz anderen Menschen vor

mir zu haben. Seit ich wusste, dass er der Creator war, die Stimme von Radio Silence, sah er nicht einmal mehr wie Aled Last aus – jedenfalls nicht wie der Aled Last, den ich kannte. Nicht wie Daniel Juns stummer Schatten, jemand, der gar keine eigene Persönlichkeit zu besitzen schien. Ich sah nicht mehr den Jungen, der lächelte und mit allem einverstanden war, was man zu ihm sagte, und den ich, ehrlich gesagt, für den langweiligsten Loser im ganzen Universum gehalten hatte.

Er war *Radio Silence*. Seit über *zwei* Jahren hatte er eine YouTube-Show. Eine wundervolle, grenzenlose Explosion von einer Geschichte.

Zum Teufel, ich war kurz davor, auszurasten wie ein Fangirl. Wie peinlich war das denn?

»Krass«, sagte er. Jetzt, da er wieder nüchtern war, sprach er so leise, als wäre er an normale Unterhaltungen nicht gewöhnt und müsste sich zwingen, laut zu sprechen. »Ich dachte, jemand hätte mich entführt.« Dann vergrub er sein Gesicht in den Händen und stützte die Ellbogen auf die Knie.

So verharrte er eine ganze Weile, während ich verlegen an der Tür stand.

»Äh, sorry«, sagte ich, obwohl ich nicht wusste, wofür ich mich entschuldigte. »Also, du hast mich gefragt. Ich habe dich nicht in unser Haus gelockt und hatte auch keine Hintergedanken.« Als er mich erneut mit aufgerissenen Augen ansah, stöhnte ich auf. »Als ob jemand mit Hintergedanken nicht genau das sagen würde!«

»Das Ganze ist total peinlich«, stellte Aled fest und lächelte verhalten. »Ich sollte mich bei dir entschuldigen.«

»Peinlich trifft es gut.«

»Soll ich vielleicht einfach gehen?«

»Äh …« Ich machte eine Pause. »Na ja, ich halte dich nicht davon ab. Schließlich bin ich wirklich keine Kidnapperin.«

Aled bedachte mich mit einem langen Blick.

»Moment«, sagte er. »Wir haben doch nichts … miteinander angefangen?«

Die Vorstellung war so unfassbar abwegig, dass ich lachen musste. Rückblickend war das möglicherweise ein bisschen gemein.

»Oh nein. Nein. Nichts passiert.«

»Okay«, sagte Aled. Er senkte den Blick und ich konnte nicht erraten, was er dachte. »Ja, das wäre schräg gewesen.«

Eine weitere Pause entstand. Bevor er ging, musste ich noch etwas über *Universe City* sagen. Offenbar hatte er keine Erinnerung daran. Ich war schrecklich schlecht im Lügen und konnte auch kein Geheimnis für mich behalten.

Schließlich legte Aled den Bügel zur Seite, den er immer noch umklammert hatte.

»Übrigens ist dein Zimmer richtig cool«, sagte er schüchtern und wies mit dem Kopf auf mein *Welcome to Night Vale*-Poster. »Ich finde *Welcome to Night Vale* super.«

Klar. *Welcome to Night Vale* war eine andere Internet-Podcast-Show, die ich auch toll fand, genau wie *Universe City*. *Universe City* hatte ich allerdings noch lieber – die Figuren gefielen mir besser.

»Ich hatte keine Ahnung, dass du auf so etwas stehst«, fuhr Aled fort.

»Oh.« Worauf wollte er hinaus? »Ja, also, schon.«

»Ich dachte, du … also, du lernst gerne … ähm … und bist gerne Schülersprecherin … und so.«

»Oh, richtig.« Ich lachte verlegen. Schule war mein Leben,

daran hatte ich mein Herz gehängt und mehr gabs nicht. Da hatte er wohl recht. »Na ja, die Noten sind mir schon sehr wichtig, genau wie Schülersprecherin zu sein und all das. Ich bewerbe mich in Cambridge, da muss ich – also, ich muss sehr viel lernen ...«

Er sah mich an, während ich redete, und nickte bedächtig. »Verstehe, klar«, sagte er, aber er klang nicht halb so interessiert wie eben, als es um das *Welcome to Night Vale*-Poster ging. In dem Moment merkte er, wie er mich anstarrte, und schaute weg. »Sorry, ich mache das hier nicht gerade normaler.« Er stand auf und strich sein Haar mit einer Hand glatt. »Ich gehe jetzt. Wir werden uns sowieso nicht mehr oft sehen.«

»Was?«

»Weil ich mit der Schule fertig bin und so.«

»Oh.«

»Haha.«

Wir sahen uns an. Es war so was von peinlich. Meine Schlafanzughose war mit Teenage-Mutant-Ninja-Turtles bedruckt.

»Du hast mir erzählt, dass du *Universe City* produzierst«, sagte ich so schnell, dass ich befürchtete, er hätte es gar nicht gehört. Ich dachte mir, da es eh keine Möglichkeit gab, es auf die leichte Art zu sagen, könnte ich auch gleich ohne Umschweife damit herausplatzen. So läuft das meistens in meinem Leben.

Aled sagte zwar nichts, doch er wirkte niedergeschlagen und wich einen Schritt zurück.

»Das habe ich dir erzählt ...«, sagte er und verstummte.

»Keine Ahnung, woran du dich erinnerst, aber ich bin ...« Ich konnte mich gerade noch davon abhalten, etwas total Irres zu sagen. »Ich liebe deine Show total und das von Anfang an.«

»Was?« Er klang vollkommen überrascht. »Aber sie läuft seit … über zwei Jahren.«

»Ja.« Ich lachte. »Wie schräg ist das jetzt?«

»Das ist wirklich …« Er sprach lauter. »Das ist wirklich cool.«

»Ja, ich finde es wirklich absolut fantastisch, zum Beispiel sind die Figuren so vielseitig und ausgewogen und ihr Verhalten ist so gut nachvollziehbar. Das gilt vor allem für Radio, das ganze Agender-Ding ist einfach genial, also, als zum ersten Mal die Mädchenstimme kam, habe ich mir die Folge ungefähr zwanzigmal angehört. Aber es ist perfekt, wenn man nicht weiß, ob es eine Jungen- oder eine Mädchenstimme ist, das ist richtig gut gemacht. Ich meine … man kann die ganzen Stimmen nicht eindeutig einem Jungen oder einem Mädchen zuordnen, oder? Radio hat kein Geschlecht. Wie auch immer, yeah, die Sidekicks sind ebenso brillant, aber ohne die sexuelle Spannung von *Doctor Who*, weil sie sie selbst sind, und zum Glück sind sie auch nicht ständig BFFs mit Radio und manchmal sogar Feinde. Jede Geschichte ist so lustig, aber man kann nicht erraten, was geschehen wird, und trotzdem sind alle laufenden Plots so gut, also ich habe zum Beispiel immer noch keinen Schimmer, warum Radio siere Handschuhe nicht ausziehen kann oder was in dem *Dunkelblauen Gebäude* gehalten wird oder ob Radio Vulpus jemals treffen wird. Ich werde dich auch nicht mit der Frage nerven, was die Verschwörung rund um February Friday zu bedeuten hat, weil es ja alles zerstören würde, wenn du es mir sagen würdest. Echt, es ist einfach … es ist so gut, dass ich nicht beschreiben kann, wie toll ich es finde. Ernsthaft.«

Währenddessen wurden Aleds Augen immer größer und etwa in der Mitte meines Redeschwalls setzte er sich wieder aufs Bett. Gegen Ende zog er die Ärmel über seine Hände. Als ich endlich fertig war, bereute ich das alles sofort.

»Ich habe noch nie einen Fan der Show getroffen«, sagte Aled. Seine Stimme erneut leise, fast unhörbar. Und dann lachte er. Er schlug die Hand vor den Mund wie am Abend zuvor und ich fragte mich nicht zum ersten Mal, warum er das tat.

Ich schaute zur Seite.

»Außerdem …«, fuhr ich fort, in der Absicht, ihm gleich zu verraten, dass ich Toulouse war, die Fan-Artistin, die er auf Twitter kontaktiert hatte. Ich ließ die bevorstehende Szene an meinem geistigen Auge vorbeiziehen, wie ich es ihm sagte, wie er ausflippte, wie ich ihm meine siebenunddreißig Skizzenblöcke zeigte und er nur noch mehr ausflippte und mir an den Kopf warf, wie durchgeknallt ich war, wie er davonrannte und ich ihn nie wiedersah.

Ich schüttelte den Kopf. »Ähm, ich habe vergessen, was ich noch sagen wollte.«

Aled ließ die Hand sinken. »Okay.«

»Du hättest mein Gesicht sehen sollen, als du es mir gestern gesagt hast«, meinte ich mit einem gekünstelten Lachen.

Er lächelte, aber er wirkte nervös.

Ich blickte auf meine Füße. »Ja … dann. Egal. Äh. Wenn du willst, kannst du jetzt nach Hause gehen. Sorry.«

»Du musst dich nicht entschuldigen«, sagte er mit seiner Flüsterstimme.

Es kostete mich einige Mühe, mich nicht auch noch dafür zu entschuldigen, dass ich »sorry« gesagt hatte.

Aled stand auf, machte sich jedoch nicht auf den Weg zur

Tür. Er sah aus, als wollte er noch etwas sagen und würde nicht die passenden Worte finden.

»Oder … soll ich dir etwas zum Frühstück besorgen? Wenn du willst? Kein Stress, du musst nicht …«

»Ähm … da hätte ich ein schlechtes Gewissen«, sagte er, doch er lächelte ein wenig und zum ersten Mal hatte ich das Gefühl, zu wissen, was er denkt.

»Musst du nicht. Ich bekomme nicht oft Besuch, also wäre es … schön!« Kaum hatte ich das gesagt, merkte ich, wie traurig sich das anhörte.

»Okay«, sagte Aled, »wenn es dir nichts ausmacht.«

»Cool.«

Er ließ noch einmal den Blick durch mein Zimmer schweifen, über meinen Schreibtisch und das Durcheinander von Arbeitsblättern und Zusammenfassungen, die überall verstreut waren, sogar auf dem Fußboden. Er betrachtete meine Bücherregale, in denen eine Mischung aus klassischer Literatur, die ich für mein Vorstellungsgespräch in Cambridge lesen wollte, und DVDs stand, darunter die komplette Studio-Ghibli-Kollektion, die Mum mir zum sechzehnten Geburtstag geschenkt hatte. Aled schaute aus meinem Fenster auf sein eigenes Haus. Ich wusste nicht, welches Fenster drüben seins war.

»Ich habe noch nie jemandem etwas über *Universe City* erzählt«, sagte er und blickte zu mir zurück. »Ich dachte, jeder würde es verrückt finden.«

Darauf hätte ich hundert verschiedene Antworten geben können, doch ich sagte nur: »Ich auch.«

Dann schwiegen wir wieder. Ich glaube, wir versuchten beide zu verarbeiten, was gerade geschah. Bis heute habe ich keine Ahnung, ob er sich über die Enthüllung gefreut hat, und denke manchmal, ob es nicht insgesamt besser gewesen wäre, wenn ich ihm nie verraten hätte, dass ich Bescheid wusste. Andererseits denke ich oft, es war das Beste, was ich je in meinem Leben gesagt habe.

»Also ... Frühstück?«, fragte ich, weil dieses Gespräch, diese Begegnung, dieser lächerlich extreme Zufall auf keinen Fall hier enden durfte.

»Ja, gern«, sagte er, und obwohl seine Stimme immer noch sehr leise und schüchtern klang, hörte ich heraus, dass er wirklich hierbleiben wollte, damit wir noch ein bisschen länger reden konnten.

WIR WÜRDEN MILLIONEN VERDIENEN

Aled blieb nicht wirklich lange. Ich glaube, er hatte gemerkt, dass ich angesichts der Gesamtsituation innerlich zusammenbrach und ihm dennoch Toast machte, ohne ihn mit Fragen zu bombardieren, obwohl ich es gern getan hätte. Nachdem ich ihn gefragt hatte, wer von *Universe City* wusste (nur Daniel), warum er damit angefangen hatte (aus Langeweile) und wie er die Voice Effects hinbekam (mit einer Schnittsoftware), hielt ich es für besser, wieder runterzukommen, und setzte mich mit einem Müsli ihm gegenüber an die Frühstücksbar. Es war Mai, noch nicht richtig Sommer, doch die Morgensonne brannte durchs Küchenfenster in meinen Augen.

Wir sprachen über typische Themen wie Schule und die Studientage und wie viel Stoff wir bereits wiederholt hatten. Die Kunstprüfung hatten wir beide bereits hinter uns, aber Aled hatte englische Literatur, Geschichte und Mathe noch vor sich, und ich englische Literatur, Geschichte und Politik. Voraussichtlich würde er in allen Fächern mit A* abschließen, wenig überraschend für jemanden, der auf eine der besten Universitäten des Landes gehen würde. Außerdem meinte er, er wäre wegen der Klausuren irgendwie nicht sonderlich gestresst. Ich verschwieg ihm mein hohes Stresslevel, das mich in der Dusche mehr Haare kostete als normal gewesen wäre.

Als er irgendwann fragte, ob wir Schmerzmittel im Haus hätten, merkte ich plötzlich, dass seine Augen blutunterlaufen waren und tränten. Seinen Toast hatte er kaum angerührt. Die Erinnerung, wie er an diesem ersten Tag an unserer Frühstücksbar aussah, hat sich in mein Gedächtnis eingebrannt. Im Sonnenlicht hatten sein Haar und seine Haut beinahe die gleiche Farbe gehabt.

»Gehst du oft aus?«, fragte ich und gab ihm ein paar Paracetamol und ein Glas Wasser.

»Nein«, antwortete er und lachte verhalten. »Ehrlich gesagt, gehe ich nicht wirklich gerne weg. Ich bin so eine Art Loser.«

»Ich auch nicht«, sagte ich. »Gestern war ich zum ersten Mal im Johnny R. Die Leute haben viel mehr geschwitzt, als ich dachte.«

Er lachte erneut mit der Hand vor dem Mund. »Stimmt, echt eklig.«

»Die Wände waren *nass*!«

»Jep!«

»Wahrscheinlich hätte man eine Rutschbahn bauen können. Mit der hätte es mir besser gefallen, ungelogen.« Ich ahmte mit den Händen eine Rutschbewegung nach. »Betrunken Wasserrutschen, dafür würde ich glatt Geld bezahlen.«

Es war abgefahren, so etwas zu sagen. Wieso sagte ich so etwas? Ich rechnete damit, dass er mir einen »Frances, was redest du da?«-Blick zuwerfen würde.

Fehlanzeige.

»Ich würde für eine Betrunkenen-Hüpfburg zahlen«, sagte

er. »Zum Beispiel, wenn ein ganzer Dancefloor nur aus einer Hüpfburg bestünde.«

»Oder wenn es einen Raum gäbe, der eigentlich ein Abenteuerspielplatz für Kinder wäre.«

»Warst du schon mal im Monkey Bizz?«

»Ja!«

»Kannst du dich an die Schaukeln aus Autoreifen über dem Bällebad erinnern, ganz hinten? Das wär's doch.«

»Oh mein Gott, ja. Das sollten wir machen, wir würden Millionen verdienen.«

»Echt.«

Während wir beide weiteraßen, entstand eine Pause. Sie war nicht peinlich.

Kurz bevor er ging und wir an der Haustür standen, fragte ich: »Wo hast du diese Schuhe gekauft? Ich finde sie super.«

Er sah mich an, als hätte ich ihm mitgeteilt, dass er im Lotto gewonnen hatte.

»ASOS.«

»Ah, cool.«

»Sie sind …« Beinahe hätte er es nicht gesagt. »Ich weiß, dass sie schräg sind. Sie waren bei den Damenschuhen.«

»Oh. So sehen sie nicht aus.« Ich schaute auf seine Füße. »Wie Männerschuhe aber auch nicht. Einfach wie Schuhe.« Ich sah ihm wieder ins Gesicht und lächelte, unsicher, worauf ich hinauswollte. Er erwiderte meinen Blick mit einem Gesichtsausdruck, der mir ein absolutes Rätsel war.

»Ich habe einen Mantel von Topman«, fuhr ich fort. »Und weißt du was, in der Männerabteilung von Primark findet man die besten Weihnachtspullover.«

Aled Last zog die Ärmel über seine Hände.

»Vielen Dank für das, was du über *Universe City* gesagt hast«, sagte er, ohne mir in die Augen zu sehen. »Ich … also, das hat mir echt gutgetan. «

Da war sie, die perfekte Gelegenheit, es ihm zu verraten.

Dass ich die Künstlerin war, die er über Twitter kontaktiert hatte.

Doch ich kannte ihn praktisch nicht und hatte keine Ahnung, wie er reagieren würde. Ich fand zwar, dass ich noch nie jemanden getroffen hatte, der cooler war, doch darum vertraute ich ihm noch lange nicht.

»Gerne!«, sagte ich.

Nachdem er zum Abschied gewunken und unsere Einfahrt entlanggegangen war, dachte ich unwillkürlich, dass ich mich mit ihm wahrscheinlich länger unterhalten hatte als mit irgendjemand anderem aus meiner Altersgruppe. Und dass wir vielleicht Freunde werden könnten, doch auch das war vielleicht eher wieder ein wenig schräg.

Ich ging zurück in mein Zimmer, wo meine Skizzenblöcke unter dem Bett hervorschauten, und dachte, *wenn er nur wüsste*. Außerdem musste ich an Carys denken, ob ich sie irgendwann erwähnen sollte. Aled wusste schließlich, dass wir früher befreundet waren. Er war ja auch die ganze Zeit mit demselben Zug gefahren.

Ich hatte das Gefühl, ihm sagen zu müssen, dass ich die Künstlerin war, weil er mich sonst hassen würde, wenn ich es zu lange hinauszögerte. Das wollte ich nicht. Beim Lügen kommt nie etwas Gutes heraus. Das sollte ich allmählich kapiert haben.

MACHT

Carys log nie. Sie sagte auch nie die volle Wahrheit, was sich irgendwie noch schlimmer anfühlte. Obwohl ich das erst verstanden hatte, nachdem sie längst weg war.

Im Zug beherrschte sie unsere Gespräche mit ihren Geschichten. Zum Beispiel über Diskussionen mit ihrer Mutter, ihren Freunden und ihren Lehrern. Sie erzählte von schrecklich schlechten Schulaufsätzen und von Klausuren, die sie verhauen hatte. Von Partys, auf die sie sich geschlichen und wo sie sich betrunken hatte, sowie den ganzen Klatsch aus ihrem Jahrgang. Sie verkörperte alles, was ich nicht war – sie bestand aus Drama, Gefühlen, Intrigen und Macht. Ich war nichts. In meinem Leben passierte nichts.

Doch sie erzählte nie die ganze Wahrheit und ich merkte es nicht. Ich war derart geblendet von ihrer strahlenden Art, ihren unglaublichen Geschichten und ihrem platinblonden Haar, dass ich nicht hinterfragte, warum sie und Aled morgens getrennt am Bahnhof ankamen und er am Nachmittag zwanzig Meter hinter uns ging. Es kam mir nicht komisch vor, dass sie nie miteinander sprachen oder beisammensaßen. Ich stellte keine Fragen. Mir entging so vieles.

Ich war verblendet, ich hatte versagt und würde etwas Ähnliches nie wieder zulassen.

UNIVERSE CITY: Folge 2 – skater boy
UniverseCity

Von nun an suche ich mir Verbündete. Bis ich von euch höre, geht es ums nackte Überleben.

Scrollt nach unten zur Abschrift>>>

[...]
Er hat ein tolles Fahrrad, das kann ich euch schon mal sagen. Es hat drei Räder und leuchtet im Dunkeln. Außerdem ist es natürlich nützlich, jemanden zu haben, der mit bloßen Händen arbeiten kann. Es ist unbeschreiblich lästig, ständig mit diesen Handschuhen herumzulaufen.

Ich weiß immer noch nicht genau, warum ich ihn um Hilfe gebeten habe. So lange schon habe ich allein überlebt. Doch seit ich Kontakt zu euch aufgenommen habe, habe ich es mir wohl ... anders überlegt.

Falls ich hier rauskomme, muss ich mich ab und zu mit Leuten aus der City verbünden. In Universe City gibt es Dinge, die im Metallstaub herumkriechen und die man sich in der realen Welt da draußen nicht vorstellen kann: Monster und Dämonen und synthetische Gräuel.

Täglich hört man von neuen Opfern – irgendein armer Außenseiter auf dem Rückweg von einer Vorlesung, ein müder Streber in der hintersten Ecke der Bibliothek oder ein unglückliches junges Mädchen, allein in ihrem Bett.

Zusammenfassend will ich damit Folgendes sagen, alter Kumpel:

Ich bin zu dem Schluss gekommen, dass es unmöglich ist, allein in Universe City zu überleben.

[...]

ONLINE

Ich aß mit meiner Mum Pizza und wir schauten *Das fünfte Element*, als mein Handy vibrierte und eine neue Facebook-Nachricht ankündigte. Ich griff danach in der Erwartung, dass es meine Freundinnen waren, und hätte mich beinahe an der Pizzakruste verschluckt, als ich den Namen auf dem Bildschirm las.

(19:31) Aled Last
hey frances, ich wollte mich nur noch mal dafür bedanken, dass du mich gestern nach hause gebracht hast. wahrscheinlich habe ich dir den abend verdorben ... das tut mir wirklich total leid xx

(19:34) Frances Janvier
Hey, alles gut! Mach dir keinen Kopf!! <3
Um ehrlich zu sein, wollte ich da sowieso nicht uuuuuunbedingt bleiben ...
Du hast mir eine Ausrede geliefert, nach Hause zu gehen

(19:36) Aled Last
ah dann ist ja gut!
ich fand die idee cool, mich zu betrinken, aus lauter nervosi-

tät, ins Johnny's zu gehen, aber ich habe die menge über-
schätzt, die ich dafür trinken musste haha
ich war noch nie im leben so besoffen

(19:37) Frances Janvier
Nicht schlimm! Daniel war doch auch noch da, alles in Ordnung! Als ich dich gefunden habe, war er losgegangen, um dir
ein Wasser zu bringen :-)

(19:38) Aled Last
jep stimmt :-)

(19:38) Frances Janvier
:D

Danach blieben wir beide noch ein paar Minuten online und
ich wollte gern noch etwas anderes schreiben und hatte das
Gefühl, er auch, doch da keinem von uns etwas einfiel, klickte ich das Display weg und versuchte, mich auf den Film zu
konzentrieren. Aber ich dachte nur an Aled.

ZEITRAFFER

Der nächste Tag war ein Sonntag. Der Tag, an dem ich mit der Wiederholung des Klausurenstoffs anfangen wollte, aber auch der Tag, an dem ich unerwartet eine E-Mail von Radio Silence – sprich Aled – bekam, während ich bei einer Matheaufgabe mitten in der Ableitung steckte.

Radio Silence <universecitypodcast@gmail.com>
An: **Toulouse**

Hi Toulouse,
vielen Dank für deine Antwort auf Twitter! Ich freue mich total, dass du bei der Show mitmachen willst, weil ich schon länger visuelle Effekte einbauen will.

Die E-Mail ging noch weiter. Aled erzählte von all den Ideen, die er für die Show hatte – wiederholt auftauchende Pixelgifs wie die, die er auf meinem Blog gesehen hatte, oder Zeitraffer-Zeichnungen auf einem Whiteboard, vielleicht auch ein Update des *Universe City*-Logos, falls er mir damit nicht zu viel Verantwortung auflud. Er fragte, ob ich ganz sicher dauerhaft mitarbeiten wollte, weil er seine Abonnenten nicht enttäuschen durfte – wenn ich das machen würde,

würde ich das machen und könnte ohne guten Grund nicht einfach aussteigen.

Mir wurde schlecht.

Ich legte mein Handy auf die Mathelösungen, die ich in ein Notizbuch geschrieben hatte. Die Buchstaben der E-Mail und die Zahlen auf dem Papier verschwammen einen Augenblick lang miteinander.

Ich musste ihm sagen, dass ich es war.

Bevor ich noch eine Freundschaft vermasselte.

#BESONDERESCHNEEFLOCKE

Ich brauchte bis Montagabend, um einen Plan zu schmieden.

Ich hatte vor, ihn nach seinen Schuhen zu fragen. Auf diese Weise konnte ich erneut ein Gespräch anfangen.

Irgendwie sollte es dann dazu führen, ihm zu verraten, dass ich Toulouse war, die Fanartistin, der er wegen des Podcasts gemailt hatte, von dem ich, wie ich ihm bereits gesagt hatte, besessen war.

Irgendwie. Wie genau, wusste ich nicht.

Es würde schon gut gehen.

Ich war bewandert in der Kunst, Blödsinn zu labern.

(16:33) Frances Janvier
Aled!! Es ist nicht wirklich wichtig aber wo hast du noch mal deine Schuhe gekauft?? Ich will sie unbedingt auch haben und scrolle schon eine Stunde durch alle möglichen Webseiten. LOL

(17:45) Aled Last
hi! Oh äh von ASOS aber es sind uralte Vans, die man vermutlich nicht mehr kaufen kann

(17:49) **Frances Janvier**
Ah Mannnnn wie blöd

(17:50) **Aled Last**
sorry!! :-(
falls es dich tröstet: Dan sagt immer sie sehen aus wie schuhe
für zwölfjährige und er schaut jedes Mal richtig angewidert
wenn ich sie anhabe

(17:52) **Frances Janvier**
Tja, deshalb mag ich sie wahrscheinlich so, weil die meisten
Sachen in meinem Kleiderschrank aussehen wie von einer
Zwölfjährigen. Innerlich bin ich zwölf.

(17:53) **Aled Last**
was?? in der schule bist du doch immer voll profimäßig angezogen!!

(17:53) **Frances Janvier**
Oh yeah … na ja … ich muss auf meinen Ruf als Schülerspre-
cherin / Superstreberin achten
Zu Hause ziehe ich nur Burgersweats und Simpson-T-Shirts an

(17:55) **Aled Last**
Burgersweats?? Die muss ich sehen

(17:57) **Frances Janvier**
[Webcam-Foto von Frances' Sweatshirt, das sie gerade
trägt – und das von oben bis unten mit Burgern bedruckt ist]

(17:58) Aled Last
ALTER
Das ist mega
Und
Ich habe ein Sweatshirt von der gleichen Webseite?? Und das
habe ich gerade an?

(17:58) Frances Janvier
WAS!!
Zeig sofort her

(18:00) Aled Last
[Webcam-Foto von Aleds Sweatshirt, das er gerade trägt – mit
UFOs auf den Ärmeln]

(18:00) Frances Janvier
Omfg
Ich liebe es
Ich wusste nicht, dass du solche Sachen trägst?? Ohne Uni-
form hast du immer einfarbige Sachen an

(18:01) Aled Last
yeah ich hab immer angst dass die Leute mich auslachen ... ka
ist wahrscheinlich Quatsch haha

(18:02) Frances Janvier
Nein ist es nicht ich mach's genauso
Meine Freundinnen sehen immer so cool und wunderschön
und elegant aus ... wenn ich mit einem Burger-Sweatshirt an-
käme würden sie mich nach Hause schicken

(18:03) **Aled Last**
omg deine Freundinnen hören sich gemein an

(18:03) **Frances Janvier**
Nee sie sind okay, nur ... ka ich bin manchmal eben anders.
#besondereschneeflocke, stimmt's???

(18:04) **Aled Last**
nein passt schon das Gefühl kenne ich! haha

Letztendlich ging unser Facebook-Chat bis nach zehn Uhr und ich vergaß vollkommen, ihm zu beichten, dass ich die Künstlerin war. Bis es mir um drei Uhr wieder einfiel und ich in Panik geriet und erneut zwei Stunden brauchte, um wieder einzuschlafen.

PEINLICH

»Du bist eine Chaotin«, sagte Mum, als ich ihr am Mittwoch davon erzählte. »Also keine unintelligente Chaotin, aber naiv. Eine, die in schwierige Situationen gerät und dann aus lauter Peinlichkeit nicht wieder rauskommt.«

»Du hast gerade mein ganzes Leben beschrieben.« Ich lag auf dem Wohnzimmerteppich und wühlte mich durch eine ältere Matheklausur, während Mum im Schneidersitz auf dem Sofa und mit einer Tasse Tee in der Hand eine alte Folge *How I Met Your Mother* schaute.

Sie seufzte. »Du weißt schon, dass du es einfach nur sagen musst, oder?«

»Es fühlt sich zu wichtig an, um es auf Facebook zu regeln.«

»Dann geh zu ihm. Er wohnt gegenüber.«

»Zu merkwürdig, niemand klopft mehr einfach so an Haustüren.«

»Okay – dann schreib ihm, du musst bei ihm vorbeikommen, weil du ihm etwas Wichtiges sagen musst.«

»Mum, das hört sich an, als wollte ich ihm eine Liebeserklärung machen.«

Sie seufzte noch einmal. »Tja, dann fällt mir dazu nichts mehr ein. Du warst diejenige, die sich beklagt hat, du könntest dich deswegen nicht auf den Stoff konzentrieren. Ich dachte, es wäre wichtig.«

»Ist es auch!«

»Du kennst ihn kaum! Wieso macht dir das so viel aus?«

»Montag haben wir uns lange unterhalten, deshalb wäre es eigenartig, jetzt damit herauszurücken.«

»So ist das Leben, oder?«

Ich wälzte mich herum, um Mum anzusehen.

»Ich habe das Gefühl, wir könnten Freunde sein«, sagte ich. »Und das will ich nicht vermasseln.«

»Ach, Schatz.« Mum sah mich mitfühlend an. »Du hast doch viele andere Freunde.«

»Aber die mögen nur die Schul-Frances. Nicht die echte Frances.«

LOGARITHMEN

Obwohl ich bisher in allen Klausuren gut abgeschnitten hatte, verfiel ich vorher immer in Panik. Das mag sich normal anhören, fühlt sich aber nicht so an, wenn man wegen Exponenten und Logarithmen den Tränen nahe ist – einem total unnötigen Thema in einer Matheklausur. In meinem Ordner konnte ich keine Notizen dazu finden und das Schulbuch versagte bei der Erklärung. Heute kann ich mich an absolut nichts mehr aus meinem Fortgeschrittenen-Mathekurs erinnern.

Um 22:24 Uhr am Vorabend meiner Klausur saß ich mit meiner Mum auf dem Wohnzimmerboden, umgeben von einem Haufen Mathenotizen und Schulbüchern. Mum hatte ihren Laptop auf dem Schoß und klickte sich auf der Suche nach einer anständigen Erklärung von Logs durch mehrere Webseiten, während ich mir zum dritten Mal an diesem Abend die Tränen verkniff.

Die Vorstellung, ich könnte eine Note schlechter abschneiden, weil ich praktisch nicht in der Lage war, eine Erklärung für eine bestimmte Thematik zu finden, fühlte sich an, als würde ich unkontrolliert mit einem Messer auf mich einstechen.

»Kannst du mit irgendwem darüber reden?«, fragte Mum,

während sie fleißig googelte. »Ist eine deiner Freundinnen in diesem Kurs?«

Maya war in meinem Mathekurs, aber sie war schrecklich schlecht in Mathe und konnte mir sicher nicht weiterhelfen. Und selbst wenn, wusste ich nicht, ob ich ihr einfach schreiben konnte. Bis auf Gruppenchats hatte ich sie noch nie kontaktiert.

»Nein«, antwortete ich.

Mum runzelte die Stirn und klappte den Laptop zu. »Geh doch einfach ins Bett, Süße«, sagte sie beschwichtigend. »Es kann nur schlimmer werden, wenn du bei der Klausur müde bist.«

Dazu fiel mir nichts ein, weil ich nicht schlafen gehen wollte.

»Ich denke nicht, dass du noch etwas tun kannst. Du kannst nichts dafür.«

»Ich weiß«, sagte ich.

Also ging ich ins Bett.

Und heulte.

Was, ehrlich gesagt, ziemlich erbärmlich war. Aber so war ich eben. Es sollte mich nicht überraschen.

Das könnte erklären, warum ich tat, was ich an diesem Abend tat.

Ich schrieb Aled schon wieder.

(00:13) **Frances Janvier**
Bist du wach?

(00:17) **Aled Last**
Hallo ja bin ich? Alles okay bei dir??

(00:18) Frances Janvier
Ah sorry dass ich dir schon wieder einfach so schreibe … Ich hatte einfach einen harten Abend iwie lol

(00:19) Aled Last
kein problem echt!!!! was ist los??
wenn man sich scheiße fühlt ist es immer besser drüber zu reden

(00:21) Frances Janvier
Okay morgen ist meine C2 Matheklausur
Und heute habe ich gemerkt, dass ich ein großes Thema beim Wiederholen vergessen habe
Und zwar eins der schwierigsten – Logarithmen?
Und ich dachte gerade (falls du im Moment nichts anderes zu tun hast!!) ob du eine gute Webseite oder so was kennst, wo das gut erklärt wird?? Ich kapiere es einfach überhaupt nicht und das macht mich total fertig

(00:21) Aled Last
oh gott, das ist ja schrecklich

(00:23) Frances Janvier
Und wenn ich in Mathe ein B bekomme … gibt es vielleicht kein Bewerbungsgespräch in Cambridge
ka
Hört sich bestimmt bescheuert an und ich weiß ich sollte nicht so ein Theater machen haha

(00:23) Aled Last
nein, ich versteh dich total … nichts ist so stressig wie wenn

man in eine Prüfung geht und genau weiß, dass man nicht gut
vorbereitet ist
ich schau mal, ob ich meine Notizen finde, warte kurz

(00:24) Frances Janvier
Nur wenn's für dich wirklich okay ist!! Ich habe ein schlechtes
Gewissen, weil ich dich darum bitte aber eigentlich ... bist du
der Einzige, den ich fragen kann

(00:25) Aled Last
hey das ist vielleicht eine verrückte Idee aber ich könnte vorbeikommen wenn du willst?
ich meine jetzt?
um dir zu helfen?

(00:25) Frances Janvier
Echt!??? Das wäre so was von fantastisch

(00:26) Aled Last
Jep! ich wohne doch direkt gegenüber und muss morgen nicht
früh aufstehen

(00:27) Frances Janvier
Ich fühle mich grässlich bist du sicher? Es ist nach Mitternacht

(00:27) Aled Last
ich will dir helfen! Du hast mir letzte woche bei johnny's geholfen, das fühlt sich auch grässlich an ... dann wären wir
quitt? Haha

(00:27) **Frances Janvier**
Okay!! Oh wow du rettest mir das Leben

(00:28) **Aled Last**
schon unterwegs

Als ich in der Nacht vor meiner C2-Matheklausur um halb eins unsere Haustür öffnete, fiel ich Aled direkt um den Hals.

Es war nicht peinlich, obwohl ich angefangen hatte und er »Oh« sagte und einen Schritt zurückwich, weil er damit nicht gerechnet hatte.

»Hi«, sagte ich, nachdem ich ihn losgelassen hatte.

»Hallo«, erwiderte er unglaublich leise und räusperte sich. Er trug einen Ravenclaw-Hoodie und graue Pyjamashorts, Bettsocken und seine limettengrünen Sneakers. Außerdem hatte er einen dunkelroten Aktenordner in der Hand. »Äh, sorry, dass ich im Schlafanzug gekommen bin.«

Daraufhin zeigte ich auf mich, weil ich einen Morgenmantel trug und darunter ein gestreiftes T-Shirt sowie Avengers-Leggins. »Nichts dagegen. Ich lebe praktisch im Schlafanzug.«

Nachdem ich ihn reingelassen und die Tür geschlossen hatte, ging er ein paar Schritte in den Flur hinein und drehte sich dann zu mir um.

»War deine Mum einverstanden?«, fragte ich.

»Vielleicht bin ich ja aus dem Fenster geklettert.«

»Das wäre extrem klischeehaft.«

Er lächelte. »Okay. Also … Logs?« Er hielt den Aktenordner hoch. »Ich habe meine Aufzeichnungen vom letzten Jahr mitgebracht.«

»Ich hätte gedacht, dass du sie verbrannt hättest oder so.«

»Die haben mich zu viel Mühe gekostet, um sie zu verbrennen.«

Wir saßen über eine Stunde im Wohnzimmer. Mum servierte uns warmen Kakao, während Aled mir mit seiner Flüsterstimme erklärte, was Exponenten und Logarithmen waren, mit welchen Fragen ich rechnen musste und wie die Lösungen aussehen könnten.

Für jemanden, der so leise sprach, konnte er schockierend gut erklären. Er führte mich Schritt für Schritt durch das Thema und bestand darauf, für jedes Unterthema eine Beispielaufgabe zu rechnen. Für jemanden wie mich, die vermutlich bis zu ihrem Tod ohne Ende schwafeln kann, war es höchst faszinierend, ihm zuzuhören.

Als wir fertig waren, hatte ich das Gefühl, dass alles gut gehen würde.

»Du hast mir im wahrsten Sinne des Wortes das Leben gerettet«, sagte ich dankbar, als ich ihn schließlich wieder zur Tür brachte.

Mittlerweile wirkte Aled deutlich müder, seine Augen waren ein wenig glasig und er hatte die Haare hinter die Ohren gestrichen.

»Nicht im wahrsten Sinne des Wortes«, sagte er und lachte leise. »Aber ich konnte dir hoffentlich helfen.«

Am liebsten hätte ich gesagt, dass er weit mehr getan hatte, doch das wäre peinlich gewesen.

In dem Moment begriff ich erst, was er für mich getan hatte. Er war mitten in der Nacht aufgestanden, schon im Schlafanzug, und war aus dem Fenster geklettert, um mir bei einer bestimmten Mathethematik zu helfen. Wieso würde jemand so etwas für jemand anderen tun? Und dann auch noch für *mich*.

»Ich muss dir etwas sagen«, verkündete ich. »Aber ich hatte bisher zu viel Angst davor.«

Aleds Miene verdüsterte sich. »Du musst mir etwas sagen?«, fragte er, sofort hochgradig nervös.

Ich holte tief Luft.

»Ich bin Toulouse«, sagte ich. »Touloser auf Twitter und Tumblr. Die Fan-Artistin, der du geschrieben hast.«

Darauf folgte eine lange Pause.

Dann fragte er:

»Lügst du gerade? Soll das … machst du dich über mich lustig? War das Dans – Daniels Idee oder so was?«

»Nein, ich – ich weiß, es hört sich an, als würde ich Witze machen … aber ich wusste einfach nicht, wie ich es dir sagen sollte. Als du mir verraten hast, dass du der Creator bist, bin ich innerlich total ausgeflippt und dann wollte ich es dir sagen, aber ich hatte keine Ahnung, wie du reagieren würdest und ich wollte nicht, dass du mich hasst.«

»Weil ich der Creator bin«, schnitt er mir das Wort ab. »Der Creator deines YouTube-Lieblingskanals.«

»Genau.«

»Also … okay.« Aled blickte nach unten zu seinen Schuhen.

Er wirkte beinahe traurig.

»Das heißt … hast du nur … hast du die ganze Zeit nur so getan, als wärst du nett zu mir?«, fragte er mit dieser sanften, leisen Stimme. »Ich meine … äh … dass du mich nach Hause gebracht hast und … keine Ahnung … hast du gelogen, über deine Anziehsachen und all das? Und hast du mich deshalb gebeten, dir bei Mathe zu helfen? Nur damit du dich mit dem Creator deines Lieblings-YouTube-Kanals anfreunden konntest und so was wie ... heimlich Zugang zu Spoilern bekommst, oder ...«

»Was? Nein! Nichts davon war gelogen, ich schwöre!«

»Und warum hast du dann mit mir geredet?«

In dem Moment, in dem er sagte »Ich bin so unscheinbar«, antwortete ich: »Weil du cool bist.«

Wir sahen uns an.

Dann lachte Aled leise und meinte: »Das ist so seltsam.«

»Ja ...«

»Also, ich meine, dieser Zufall ist der totale Wahnsinn. So etwas sollte in diesem Moment nicht geschehen. Wir wohnen gegenüber. Und wir haben den gleichen Klamottengeschmack.«

Ich nickte nur.

»Du bist Schülersprecherin und zeichnest heimlich Fan-Art?«, fragte er.

Ich nickte noch einmal und widerstand dem Drang, mich zu entschuldigen.

»Und außer mir weiß das keiner?«

Als ich zum dritten Mal nickte, verstanden wir einander so gut wie noch nie.

»Okay«, sagte er und bückte sich, um seine Schuhe anzuziehen.

Ich sah ihm zu, wie er sich die Schnürsenkel band, dann richtete er sich wieder auf.

»Du – ich muss das nicht machen, wenn du nicht willst«, sagte ich. »Wenn es zu komisch ist.«

Aled zog die Ärmel über seine Hände. »Was willst du damit sagen?«

»Also, falls es zu merkwürdig wäre, dass ich für *Universe*

City zeichne … wir müssten uns nie wiedersehen, du kannst jemand anderen fragen, jemanden, den du nicht kennst. Wie du willst.«

Er riss die Augen auf. »Ich will dich nicht nie wiedersehen.« Er schüttelte den Kopf. »Und ich will, dass du die Zeichnungen machst.«

Und ich glaubte ihm. Wirklich.

Er wollte mich wiedersehen und er wollte, dass ich für die Serie zeichnete.

»Sicher? Es würde mich nicht stören, wenn du nicht willst, dass ich …«

»Doch, das will ich!«

Ich versuchte vergebens, mir das Grinsen zu verkneifen. »Okay.«

Aled nickte und wir sahen einander kurz ins Gesicht. Ich dachte zwar, er wollte noch etwas sagen, doch er öffnete die Tür. Bevor er ging, drehte er sich noch einmal um. »Ich melde mich morgen.«

»Okay!«

»Viel Glück bei der Klausur.« Er winkte und ging. Ich schloss die Tür und drehte mich um.

Mum stand hinter mir und sah mich an.

»Gut gemacht«, sagte sie mit einem leisen Lächeln.

»Was?«, fragte ich benommen, während ich zu rekapitulieren versuchte, was gerade alles geschehen war, bevor ich es wieder vergaß.

»Du hast es ihm gesagt.«

»Ja.«

»Er hasst dich nicht.«

»Nein.«

Ich stand da wie angewurzelt.

»Alles in Ordnung?«, fragte Mum.

»Ich habe einfach keinen Schimmer, was er denkt. Ich meine, zu neunundneunzig Prozent.«

»Ja, er ist so einer.«

»Was für einer?«

»Einer, der nicht spontan etwas sagt.« Sie verschränkte die Arme. »Einer, der nur spricht, wenn er gefragt wird.«

»Hm.«

»Magst du ihn?«, fragte sie.

Ich blinzelte, weil ich die Frage nicht ganz verstand. »Äh, ja, wie man sieht?«

»Nein, ich meinte, *gefällt er dir*?«

Ich blinzelte erneut. »Oh. Äh. Darüber habe ich noch nicht nachgedacht.«

Aber dann dachte ich darüber nach.

Und ich merkte, dass ich ihn überhaupt nicht auf diese Weise mochte.

Und dass es keine Rolle spielte.

»Nein, ich glaube nicht«, antwortete ich. »Das ist auch unwichtig, oder?«

Mum runzelte die Stirn. »Unwichtig wofür?«

»Keine Ahnung, einfach unwichtig.« Ich ging an ihr vorbei Richtung Treppe. »Was für eine komische Frage.«

EINS NOCH, BEVOR ES WEITERGEHT

Danach sahen wir uns eine Weile nicht, doch wir schrieben uns weiter über Facebook. Aus zögerlichen »Wie geht's?« gingen wir zu wütenden Schimpftiraden auf Fernsehshows über, und obwohl wir eigentlich erst zweimal Zeit miteinander verbracht hatten, fühlte es sich wie Freundschaft an. Wir waren Freunde, die bis auf das jeweils größte Geheimnis des anderen kaum etwas übereinander wussten.

Eins will ich aber noch sagen, bevor es hier weitergeht.

Vermutlich denkt ihr, Aled Last und ich, wir würden uns ineinander verlieben oder so etwas. Weil er ein Typ ist und ich ein Mädchen.

Dazu will ich nur eins sagen:

Das passiert nicht.

Und das war's auch schon.

WIR SIND DA DRAUSSEN

Der einzige Mensch, in den ich in meinem Leben verknallt war, ist Carys Last. Na ja, es sei denn, man zählt die Leute mit, die man nicht persönlich kennt, wie zum Beispiel Sebastian Stan, Natalie Dormer, Alfie Enoch, Kristen Stewart etc. Nicht dass man an Carys einfacher rangekommen wäre als an einen von denen.

Ich glaube, hauptsächlich war ich in sie verknallt, weil sie hübsch war, und dann, weil sie das einzige queere Mädchen war, das ich kannte.

Was ein bisschen albern ist, wenn ich richtig drüber nachdenke.

»Ich habe also mit diesem Mädchen von der Academy gechattet, die war *super*hübsch und – *Moment.*« Carys hielt inne und sah mich an. Das war ungefähr zwei Monate nachdem wir zum ersten Mal zusammen im Zug gesessen hatten. Jeden Morgen und Nachmittag stresste mich das total, weil sie sehr einschüchternd war und ich schreckliche Angst hatte, in ihrer Gegenwart etwas Dummes zu sagen. »Du weißt schon, dass ich lesbisch bin, oder?«

Wusste ich nicht.

Sie zog die Augenbrauen hoch, wahrscheinlich, weil ich sie vollkommen geschockt ansah. »Ah, ich dachte, das weiß jeder!« Sie stützte das Kinn in ihre Hand und den Ellbogen auf den Tisch zwischen uns und musterte mich. »Das ist lustig.«

»Ich habe noch nie jemanden getroffen, der homosexuell ist«, sagte ich, »oder bisexuell.«

Beinahe hätte ich »außer mir« hinzugefügt, doch ich konnte mich gerade noch bremsen.

»Doch, wahrscheinlich schon«, sagte Carys. »Du hast es nur nicht gewusst.«

Wie sie das sagte, hätte man meinen können, sie hätte alle Menschen auf der ganzen Welt getroffen.

Sie lockerte mit einer Hand ihren Pony auf und sagte mit einer unheimlichen Stimme: »*Wir sind da draußen.*«

Ich lachte und wusste nicht, was ich sagen sollte.

Carys erzählte ihre Geschichte von dem Mädchen an der Academy weiter und dass sie fand, an der Academy wären die Leute allgemein homophober, weil es eine gemischte Schule war und kein Mädchengymnasium wie unseres. Doch ich konnte mich kaum konzentrieren, weil ich noch verdauen musste, was sie gerade gesagt hatte. Ich brauchte ein paar Minuten, bis ich verstand, dass mein vorherrschendes Gefühl Neid war. Sie machte ihre Teenager-Erfahrungen und ich saß jeden Abend bis Mitternacht über den Hausaufgaben.

Ich konnte Carys einerseits nicht ausstehen, weil sie alles so gut im Griff hatte, und bewunderte sie andererseits, weil sie so perfekt war.

Ich war in sie verknallt und konnte nichts dagegen machten, doch küssen musste ich sie nicht.

Ich musste es nicht und hätte es auch lassen sollen.

Doch das hielt mich nicht davon ab, Carys Last an einem Sommertag vor zwei Jahren zu küssen und damit alles zu zerstören.

DANIEL JUN

Am Morgen meiner ersten Geschichtsklausur geschah etwas ziemlich Überraschendes.

Daniel Jun redete mit mir.

Es geschah im größten Raum im Oberstufenbereich, der angeberisch als »Unabhängiges Lernzentrum« oder ULZ bezeichnet wurde und nicht als Gemeinschaftsraum, was es besser getroffen hätte. Ich las ein paar Mindmaps, die ich in der Vorwoche angefertigt hatte, und versuchte, die Konsequenzen der Truman-Doktrin und des Marshallplans auswendig zu lernen (keine leichte Aufgabe um 8:20 Uhr in der Früh), als Daniel auf mich zukam und sich an den Tischen derjenigen vorbeischlängelte, die panisch versuchten, das bis auf die letzte Sekunde aufgeschobene Lernen nachzuholen.

Im Grunde dachte Daniel, er hätte in der Schule das Sagen, obwohl es neben dem Schülersprecher auch eine *Schülersprecherin* gab. Außerdem wütete er auf Facebook häufig gegen den Kapitalismus, und das sehr ausführlich.

Irgendwie fand ich es höchst merkwürdig, dass jemand, der so sanft und freundlich war wie Aled Last, ausgerechnet einen so furchtbaren Typen wie Daniel Jun zum besten Freund hatte.

»Frances«, sagte Daniel, als er an meinen Tisch gelangte, und ich hob den Blick von meinen Mindmaps.

»Daniel«, erwiderte ich hörbar misstrauisch.

Er stützte sich mit einer Hand auf meinem Pult ab, nachdem er zunächst die Mindmaps rasch zur Seite geschoben hatte, um Platz zu schaffen.

»Hast du in letzter Zeit mit Aled gesprochen?«, fragte er und strich sich durchs Haar.

Mit der Frage hatte ich nun wirklich nicht gerechnet.

»Ob ich mit Aled gesprochen habe?«

Daniel zog die Augenbrauen hoch.

»Na ja, ein paarmal auf Facebook«, antwortete ich. »Außerdem hat er mir letzte Woche geholfen, als ich alten Stoff wiederholen musste.«

Das war die Wahrheit, obwohl »ein paarmal« streng genommen jeden Tag bedeutete und er letztens mitten in der Nacht zwei Stunden bei mir zu Hause gewesen war, um »alten Stoff zu wiederholen«, und zwar im Schlafanzug und obwohl wir uns davor erst ein Mal persönlich unterhalten hatten.

»Okay«, sagte Daniel. Er nickte und senkte den Blick, ging aber nicht. Ich sah ihn an. Dann schaute er auf die Mindmaps. »Was ist das?«

»Das ist eine Mindmap, Daniel.« Ich wollte mich nicht aufregen und in meiner Geschichtsklausur schlecht gelaunt sein. Es war traurig genug, zwei Stunden über die Teilung Deutschlands zu schreiben.

»*Oh*«, sagte er und sah sie an, als wäre es ein Haufen Kotze. »Okay.«

Ich seufzte. »Daniel, ich muss wirklich dringend lernen und es wäre toll, wenn du gehen könntest.«

Er richtete sich wieder auf. »Na gut.« Doch er ging immer noch nicht, sondern sah mich weiterhin unverwandt an.

»*Was?*«, fragte ich.

»Hat …«

Er verstummte. Ich sah ihn unverwandt an, bis sich sein Gesichtsausdruck veränderte und Sorge ausstrahlte, was ich nicht sofort begriff.

»Ich habe ihn eine Weile nicht gesehen«, sagte er und klang plötzlich anders, sanfter, nicht so wie immer.

»Und?«

»Hat er irgendetwas über mich gesagt?«

Er machte immer noch keine Anstalten, zu gehen.

»Nee«, sagte ich. »Habt ihr euch gestritten, oder was?«

»Nein«, behauptete er, doch ich konnte nicht erkennen, ob er die Wahrheit sagte. Endlich wandte er sich zum Gehen.

Doch prompt blieb er wieder stehen und drehte sich um.

»Welche Noten brauchst du denn? Für Cambridge?«

»A*AA. Und du?«

»A*A*A.«

»Oh, braucht man für Naturwissenschaften bessere Noten?«

»Keine Ahnung.«

Wir sahen einander an, dann zuckte er mit den Schultern und sagte: »Okay, tschüss« und ging.

Hätte ich gewusst, was ich jetzt weiß, hätte ich wahrscheinlich etwas zu Aled gesagt. Ich hätte mehr nach Daniel und ihrer Beziehung gefragt. Vielleicht auch nicht. Was weiß ich, jetzt ist es sowieso zu spät.

LANGWEILIG

»Frances? Hallo?«

Ich schaute auf. Maya sah mich über den Tisch hinweg an, an dem wir zu Mittag aßen.

Die Klausuren waren geschafft und ich ging wieder zur Schule. Das bedeutete, dass wir mit unseren neuen A2-Kursen begannen, und da ich meine Konzentration hochhalten und bloß keine wichtige Information verpassen wollte, würde wenig Zeit bleiben, um mich vor den Sommerferien mit Aled zu treffen. Doch wir hatten uns fürs Wochenende verabredet und das fand ich, ehrlich gesagt, ziemlich aufregend.

»Hast du irgendetwas von dem gehört, was wir gerade gesagt haben?«, fragte Maya.

Ich hatte einige Matheaufgaben aus dem Schulbuch gerechnet. Hausaufgaben, die ich im Gegensatz zu den meisten Schülern immer erledigte.

»Äh, nein«, antwortete ich verlegen.

Meine Freundinnen lachten.

»Wir überlegen, Samstag ins Kino zu gehen«, sagte ein anderes Mädchen. »Kommst du mit?«

Ich suchte Raine, aber sie war nicht da.

»Ich glaube …« Ich machte eine Pause. »Äh, ich muss zu viel lernen. Ich sage euch noch Bescheid.«

Meine Freundinnen lachten erneut.

»Typisch Frances«, sagte eine im Scherz, doch es gab mir einen Stich. »Kein Stress.«

Die Ironie daran war, dass ich am Wochenende tatsächlich ausnahmsweise nicht lernen musste. Die AS-Klausuren waren vorbei und die A2-Kurse hatten gerade erst begonnen.

Doch am Samstag traf ich mich mit Aled, und auch wenn wir erst seit einem Monat miteinander sprachen, wollte ich lieber mit ihm abhängen.

In Gegenwart meiner Schulfreundinnen war ich langweilig. Ich war die stille, lernbesessene und langweilige Schul-Frances.

Mit Aled war ich anders.

BABAR

Nach der nächtlichen Logarithmen-Sitzung sahen Aled und ich uns erst an dem Samstag der ersten Schulwoche bei ihm zu Hause wieder. Ich war nicht einmal nervös, was mir merkwürdig vorkam, da ich, wie zuvor erwähnt, normalerweise immer nervös war, wenn ich mich mit meinen Freundinnen traf. Und Aled war schließlich ein Typ, den ich gerade mal vier Wochen kannte.

Ich stand vor seiner Tür, überprüfte kurz, ob ich nicht versehentlich etwas Absurdes oder Lächerliches angezogen hatte, und klingelte.

Aled öffnete nach zwei Sekunden.

»Hi!«, sagte er lächelnd.

Er sah ganz anders aus als bei unserer letzten Begegnung. Seine Haare waren länger und gingen ihm bis über die Ohren und Augenbrauen, außerdem war die nicht zueinanderpassende Kombi aus Hoodie und Shorts Vergangenheit. Diesmal trug er wieder Jeans und T-Shirt, die ihm jedoch irgendwie nicht standen.

»Hi«, sagte ich. Am liebsten hätte ich ihn kurz umarmt, doch das wäre vielleicht ein wenig merkwürdig geworden.

Obwohl ich ein Jahr lang mit Aleds Zwillingsschwester befreundet gewesen war, hatte ich das Haus nie betreten. Aled führte mich herum. Es gab eine Tafel mit einer To-do-Liste und einem Aufgabenplan für die Küche, auf den Fensterbänken und anderen Flächen standen Kunstblumen und ein ergrauender Labrador namens Brian trottete hinter uns her, bis wir nach oben gingen. Aleds Mutter war nicht zu Hause.

Sein Zimmer war dagegen eine Schatzhöhle. Alle anderen Räume im Haus waren in Beige und Braun gehalten, doch hier konnte man vor lauter Postern keine Wände sehen. Eine Lichterkette zierte die Decke, dazu kamen das Bett, mehrere Zimmerpflanzen, ein vollgeschriebenes Whiteboard und nicht weniger als vier Sitzsäcke. Die Tagesdecke war mit dem Muster einer Stadt bei Nacht bedruckt.

Aled wirkte ziemlich nervös, weil er mich in sein Zimmer ließ. Der Boden, der Schreibtisch und der Nachttisch waren wie leer gefegt, als hätte er aufgeräumt und einiges versteckt, bevor ich kam. Ich gab mir Mühe, mit meinem Blick nirgends allzu lange zu verweilen, und setzte mich auf seinen Schreibtischstuhl – das erschien mir sicherer als das Bett. Das eigene Zimmer ist ein Spiegel der Seele.

Aled setzte sich im Schneidersitz auf sein Einzelbett, das nur halb so breit war wie meins, doch er war ja auch nicht besonders groß – ungefähr so wie ich –, deshalb war es vermutlich okay.

»So!«, sagte ich. »*Universe City!* Kunst! Planen! Material!«

Als ich zwischen den Wörtern in die Hände klatschte, grinste Aled und senkte den Blick. »Ja …«

Unser heutiges Treffen sollte ein »Meeting« zu *Universe City* sein. Als ich es vorschlug, habe ich das Wort »Meeting« mit Bedacht gewählt. Es hätte sich komisch angefühlt, ihn zu fragen, ob er mit mir abhängen wollte, nur weil ich Lust hatte, ihn zu sehen. Obwohl es der Wahrheit entsprach.

Aled klappte seinen Laptop auf. »Ich habe mir deinen Blog gerade noch einmal angeschaut, weil mir ein paar Zeichnungen ganz besonders passend für die Videos erscheinen … stilistisch, meine ich …« Während er auf seiner Tastatur tippte, konnte ich den Bildschirm nicht sehen und drehte mich auf seinem Schreibtischstuhl nach links und rechts.

Schließlich hielt er inne, sah mich an und winkte mich zu sich. »Hier, sieh dir das an.«

Also setzte ich mich zu ihm aufs Bett.

Wir sahen uns meinen Blog gründlich an und überlegten eine Weile, welcher Stil zu zwanzigminütigen Videos passte, ohne dass ich einmal in der Woche eine ebenso lange Animation erstellen musste (ein Ding der Unmöglichkeit). Anfangs redete vor allem ich, aber im Laufe der Zeit wurde Aled immer selbstbewusster und schließlich redeten wir beide wie ein Wasserfall.

»Wenn man die Figuren zeichnet, wird es immer Leute geben, die enttäuscht sind, weil jeder sich die Charaktere ein wenig anders vorstellt«, sagte er und tippte unsere Notizen in Evernote. Wir waren auf dem Bett weiter zurückgerutscht und lehnten uns an die Wand. »Das gilt vor allem für Radio – wenn du versuchst, Radio zu zeichnen, hagelt es mit Sicherheit Fragen, ob zum Beispiel das Aussehen mit der jeweiligen Stimme wechselt, ob die Figur vollkommen androgyn ist, und dann stellt sich die Frage, wie vollkommene Androgynität eigentlich aussieht, wenn das Geschlecht nicht einmal etwas mit dem Aussehen oder der Stimme zu tun hat?«

»Ganz genau, man kann Radio jetzt nicht einfach mit männlicher Kleidung an einem dünnen weiblichen Körper darstellen … das ist eine viel zu stereotype Sicht von Androgynität.«

Er nickte. »Man kann auch agender sein und trotzdem Röcke oder Bart tragen und so was.«

»Stimmt.«

Aled tippte »Radio – ohne körperliche Darstellung« hinter einen neuen Stichpunkt, nickte nachdenklich und sah mich dann an. »Willst du vielleicht was trinken?«

»Ja, gerne! Was habt ihr denn?«

Er zählte auf, was sie im Haus hatten, und ich entschied mich für eine Limo. Als er ging, um sie zu holen, klappte er vorher sorgfältig den Laptop zu, als würde er befürchten, ich könnte heimlich in seiner Internetchronik stöbern. Ich nahm es ihm nicht übel, denn ich hatte selbst kein Vertrauen zu mir.

Einen Augenblick lang saß ich still da.

Doch dann konnte ich meine Neugier nicht länger im Zaum halten.

Zunächst sah ich mir das Bücherregal über seinem Bett an. Auf der einen Seite standen veraltete CDs, unter anderem eine komplette Sammlung von Kendrick Lamar, was mich überraschte, und fünf Alben von Radiohead, womit ich ebenfalls nicht gerechnet hätte. Auf der anderen Seite lag ein Stapel mit abgewetzten Notizblöcken, aber es wäre zu übergriffig gewesen reinzuschauen.

Der Schreibtisch war leer, aber bei näherem Hinsehen entdeckte ich Spritzer von getrockneter Farbe und weißem Holzleim. Ich wagte es nicht, die Schubladen zu öffnen.

Ich las etwas von dem Gekritzel auf dem Whiteboard, ohne viel zu verstehen, außer dass es sich um eine Mischung aus To-do-Listen und Notizen zu zukünftigen Folgen von

Universe City handelte. »Dunkelblau« war umkringelt. Rechts davon stand »Sterne – funkeln auf irgendetwas herab, Metapher?« Und in einer Ecke stand »JOAN OF ARC.«

Schließlich ging ich zu Aleds Kleiderschrank, der mit Filmpostern beklebt war, und öffnete ihn.

Das war extrem übergriffig, doch ich tat es trotzdem.

Ich glaube, ich wollte nachsehen, ob es auf dieser Welt noch so jemanden wie mich gab.

Der Schrank enthielt T-Shirts. Sehr viele T-Shirts. T-Shirts mit gemusterten Brusttaschen, T-Shirts mit Tieren drauf, T-Shirts mit flächendeckenden Mustern von Skateboardern und Fritten und Sternen. Dazu kamen Pullover, dicke aus Wolle mit breitem Kragen, Rollkragenpullis, Sweats mit Rissen, Strickjacken mit Ellbogenbesatz, Oversize-Sweatshirts, mit einem Bootmuster oder einem Computer auf dem Rücken oder eins mit dem Wort »NO« in schwarzer Helveticaschrift. Eine hellblaue Hose war über und über mit Marienkäfern bestickt, außerdem besaß Aled eine Five-Panel-Cap mit dem NASA-Logo und eine weite Jeansjacke mit Babar, dem Elefanten, auf dem Rücken.

»Durchsuchst du … meine Anziehsachen?«

Ich drehte mich langsam zu Aled um, der mit einem Glas Limonade in der Tür stand. Er wirkte ein wenig überrascht, aber nicht wütend.

»Warum trägst du das alles nicht?«, fragte ich beinahe benommen, weil sein Kleiderschrank genauso gut mir hätte gehören können.

Kichernd blickte er an den Sachen herunter, die er gerade anhatte – eine blaue Jeans und ein graues T-Shirt. »Äh, weiß ich auch nicht. Dan – Daniel findet mich richtig sonderbar.«

Ich holte die Babar-Jacke aus dem Schrank, zog sie an und

betrachtete mich in Aleds Spiegel. »Das ist mit Abstand das beste Kleidungsstück, das ich je gesehen habe. Das ist es. Du hast es geschafft. Du besitzt das beste Teil im ganzen Universum.« Ich drehte mich zu ihm und posierte wie ein Model. »Ich werde sie dir vermutlich klauen. Nur damit du Bescheid weißt.« Ich stöberte weiter in seinen Anziehsachen. »Das sieht ... einfach genauso aus wie in meinem Kleiderschrank. Ich war mir nicht sicher, ob du auf Facebook nicht vielleicht einen Witz gemacht hast – sonst hätte ich heute etwas anderes angezogen. Zum Beispiel habe ich eine Leggings mit Figuren aus *Monster AG* und ich hatte sogar überlegt, ob ich sie anziehen soll, aber dann, na ja ... du musst mir unbedingt verraten, wo du diese Hose herhast, weil die ist einfach ... so was habe ich überhaupt noch nie gesehen ...«

Ich redete einfach immer weiter und konnte mich nicht erinnern, wann ich das letzte Mal jemand anderen außer meiner Mum so zugeschwallt hatte. Aled sah mich an, aber da die Sonne durchs Fenster auf sein Gesicht schien, konnte ich nicht erkennen, was er dachte.

»Ich habe ernsthaft geglaubt«, sagte er, als ich endlich den Mund hielt, »dass du einfach nur eine stille, superdisziplinierte Person bist, die vom Lernen besessen ist. Nicht, dass daran irgendetwas *falsch* wäre, aber, äh, keine Ahnung. Ich habe dich ... einfach für langweilig gehalten. Dabei bist du alles andere als das.«

Als er das so unverblümt sagte, wäre ich beinahe rot geworden. Beinahe.

Aled schüttelte den Kopf und lachte über sich selbst. »Sorry, in meinem Kopf hat sich das nicht ganz so gemein angehört.«

Ich zuckte mit den Schultern und setzte mich wieder aufs

Bett. »Unter uns, ich dachte auch, du wärst langweilig. Und dann erzählst du mir, dass du das produzierst, was mir auf der ganzen Welt am liebsten ist.«

Er lächelte verlegen. »*Universe City* ist dir das Liebste auf der Welt?«

Ich hielt inne und überlegte, warum ich das gesagt hatte. Und ob es stimmte. Tja, es war zu spät, um es zurückzunehmen.

Ich lachte. »Äh, ja.«

»Das … das hast du wirklich schön gesagt.«

Wir kamen auf *Universe City* zurück, waren aber sehr bald wieder abgelenkt, als ich mir Aleds iTunes ansah und wir merkten, dass wir beide auf M.I.A. standen, und uns dann ihre Konzerte auf YouTube anschauten, während wir mit der Tagesdecke über unseren Beinen auf dem Bett saßen und Limonade tranken. Schließlich rezitierte ich den kompletten Rap aus »Bring the Noize« und Aled schaute mir mittelmäßig verwundert zu. Deshalb war es mir ungefähr bis zur Hälfte meiner Präsentation peinlich, genau genommen bis er anfing, im Takt zu nicken. Danach überlegten wir, ob wir mit *Universe City* weitermachen sollten, doch weil Aled müde war, schlug ich vor, einen Film zu gucken. Wir entschieden uns für *Lost in Translation* und Aled nickte ein.

Am nächsten Tag trafen wir uns wieder, fuhren mit dem Zug in die Stadt und gingen unter dem Vorwand, über *Universe City* reden zu wollen, zu Creams, einem Milchshake-Café, und redeten dann doch über sämtliche Fernsehshows, die wir als Kinder gesehen hatten. Wir waren beide besessen von Digimon und beschlossen, uns den Film gleich zu Hause anzusehen. Ich trug meine *Monster-AG*-Leggings und Aled seine Babar-Jacke.

2

SOMMERFERIEN

a)

DEINE KUNSTWERKE SIND
SO SCHÖN

»Redest du mit dir selbst?«, fragte Aled. »Laut, meine ich?«
Es war Ende Juli, das Schuljahr war vorbei und wir waren
in meinem Zimmer. Ich saß auf dem Boden und zeichnete
an meinem Laptop, was mir zu meiner ersten Folge von
Universe City so einfiel. Normalerweise nahm ich meinen
Laptop immer mit zu Aled, weil er aus unerfindlichen
Gründen etwas dagegen hatte, dass andere seinen Laptop
benutzten. In einem scherzhaften Tonfall behauptete er, er
vermute, seine Mutter würde ihn heimlich überprüfen,
wenn er in der Schule war, und deshalb wäre er paranoid.
Das konnte ich gut verstehen, ich würde auch nicht wollen,
dass jemand zufällig über meine Chronik stolpert, nicht
einmal Aled. Ein paar Dinge sollte man wirklich für sich behalten.

Aled saß auf meinem Bett und schrieb das Script. Das Radio lief und die Sonne warf einen hellen Streifen auf den
Teppichboden.

»Äh, hin und wieder«, antwortete ich. »Jep, wenn keiner
da ist. Es passiert einfach so.«

Als er nichts sagte, fragte ich: »Wieso?«

Er hörte auf zu tippen, hob den Kopf und stützte das Kinn
in eine Hand. »Ich habe vor Kurzem darüber nachge-

dacht … dass ich nie laut mit mir selbst rede. Und ich dachte, das wäre vielleicht normal, aber dann habe ich mich gefragt, ob es nicht im Gegenteil total seltsam ist.«

»Und ich dachte, es wäre seltsam, mit sich selbst zu reden«, sagte ich. Mum hatte mich ein paarmal dabei erwischt und ausgelacht.

Wir sahen uns an.

»Wer von uns beiden ist denn nun seltsam?« Ich grinste.

»Keine Ahnung«, sagte Aled und zuckte mit den Schultern. »Manchmal denke ich, wenn keiner mit mir reden würde, würde ich nie wieder etwas sagen.«

»Das klingt traurig.«

Er blinzelte. »Oh ja.«

Mit Aled war alles lustig oder gut. Meistens beides. Wir merkten allmählich, dass es keine Rolle spielte, was wir zusammen machten, weil wir mittlerweile davon ausgingen, Spaß zu haben, wenn wir uns nur trafen.

Mittlerweile waren mir die komischen Dinge, die ich so machte, nicht mehr ganz so peinlich, also zum Beispiel, wenn ich einfach ohne Kontext anfing zu singen, oder mein schier endloses Wissen beliebiger enzyklopädischer Fakten zutage trat, oder als ich einmal eine vierstündige Debatte auf Facebook angestoßen hatte, warum Käse ein Lebensmittel war.

Ich neckte Aled wegen seiner langen Haare, bis er eines Tages ziemlich nachdrücklich sagte, die Frisur würde ihm gut gefallen. Danach zog ich ihn nicht mehr damit auf.

Wir spielten Videospiele oder Brettspiele, oder schauten YouTube-Videos oder Filme oder Fernsehshows, wir backten Kuchen und Kekse und ließen uns Essen liefern. Da wir uns bei ihm nur aufhalten konnten, wenn seine Mutter nicht da war, waren wir meistens bei mir. Aled hielt es aus, wenn ich bei *Moulin Rouge* die ganze Zeit mitkreischte, und ich ertrug es, wenn er jeden Satz aus *Zurück in die Zukunft* auswendig mitsprach. Ich versuchte, auf seiner Gitarre Spielen zu lernen, gab es aber auf, weil ich es überhaupt nicht draufhatte. Aled half mir, ein Wandgemälde an meine Zimmerwand zu malen, das eine nächtliche Stadtlandschaft darstellte. Wir sahen uns vier Staffeln von *The Office* an. Wir saßen mit unseren Laptops auf dem Schoß bei dem jeweils anderen herum; Aled schlief weiterhin tagsüber kurz ein; ich überzeugte ihn, dass *Just-Dance*-Sessions eine gute Idee waren, und wir entdeckten, dass wir beide leidenschaftlich gern *Monopoly* spielten. In der Zeit, die ich mit Aled verbrachte, machte ich keine Schularbeiten und er lernte nicht für die Uni.

Doch im Kern ging es immer um *Universe City*.

Wir begannen mit Entwürfen für die Videokunst und klebten unsere Ideen an meine Wand, aber bei so vielen Ideen brauchten wir ewig für eine Entscheidung. Neuerdings bat Aled mich beim Plotten neuer Folgen um Rat oder spoilerte und ich fühlte mich so unwürdig, dass ich ihn fast gebeten hätte, damit aufzuhören. Fast.

»Irgendwie funktioniert das nicht«, sagte ich, nachdem wir eine Weile schweigend zeichnend und tippend dagesessen hatten. Als Aled aufschaute, ging ich zu ihm und zeigte ihm, was ich auf Photoshop zeichnete – eine Stadtansicht von *Universe City* mit grellen Lichtern und dunklen Gassen. »Die Formen stimmen nicht, alles ist zu spitz und zu rechteckig, das wirkt total flächig.«

»Hm«, meinte er. Ich fragte mich, ob er überhaupt wusste, wovon ich redete. Es passierte mir häufig, dass ich in seiner

Gegenwart Dinge sagte, die keinen echten Sinn ergaben, und ich hatte ihn im Verdacht, häufig nur so zu tun, als würde er mich verstehen. »Ja, vielleicht.«

»Ich bin mir einfach nicht sicher …« Meine Stimme wurde immer leiser.

Dann traf ich eine Entscheidung.

Ich beugte mich vor, steckte die Hand unters Bett und holte meinen aktuellen Skizzenblock hervor. Ich schlug ihn auf, blätterte durch die Seiten und fand schließlich das Gesuchte – eine andere Zeichnung der City, in der die Stadt ganz anders aussah. Es war eher wie eine Luftaufnahme und die Gebäude waren abgerundet und weich, als würden sie in der Brise schwanken.

Ich hatte meine Skizzenblöcke noch nie einer Menschenseele gezeigt.

»Wie wäre es mit so etwas?«, fragte ich Aled und reichte ihm die Zeichnung.

Aled nahm mir vorsichtig den Skizzenblock aus der Hand, schaute sich das Bild kurz an und sagte: »Deine Kunstwerke sind so schön.«

Ich hüstelte.

»Danke.«

»So etwas wäre wirklich richtig gut«, sagte er.

»Ja?«

»Ja.«

»Okay.«

Aled konnte den Blick nicht abwenden, fuhr mit den Daumen über die Ränder des Skizzenblock und drehte sich dann zu mir. »Haben diese Zeichnungen alle etwas mit *Universe City* zu tun?«

Ich zögerte und nickte schließlich.

Aled schaute erneut auf den Skizzenblock. »Darf ich mir das mal ansehen?«

Obwohl ich mit dieser Bitte gerechnet hatte, machte es mich irrsinnigerweise nervös, das zuzulassen. Doch dann sagte ich: »Na klar!«

ENGEL

Ein paar Tage später bekam Aled eine Erkältung, doch da wir weiterhin planten, die erste Folge mit meiner Beteiligung am 10. August zu senden, besuchte ich ihn auch, während er krank war. Im Übrigen hatte ich mich so sehr daran gewöhnt, ihn täglich zu sehen, dass ich mich direkt ein wenig einsam fühlte, sobald wir es nicht taten. Keine meiner Schulfreundinnen hatte in letzter Zeit mit mir geredet.

Aleds Mutter war anscheinend nie zu Hause. Als ich nach dem Grund fragte, erklärte er es mit langen Arbeitszeiten. Das Einzige, was ich über sie wusste, war, dass sie strenge Ausgangssperren verhängte – Aled musste jeden Abend um acht Uhr zu Hause sein –, das war es aber auch schon.

An einem Nachmittag, an dem er sich bibbernd unter seiner Skyline-Decke zusammengerollt hatte, sagte er: »Ich verstehe nicht, warum du immer noch herkommst.«

Mir war nicht klar, ob er meinte, weil er krank war oder so ganz im Allgemeinen.

»Wir sind Freunde«, sagte ich, »und ich weiß, das klingt albern, aber ich mache mir auch Sorgen.«

»Aber das macht dir doch keinen Spaß«, sagte er und lachte schwächlich. »Ich bin krank.« Seine Haare waren fettig und standen büschelweise ab. Ich saß auf dem Boden und war vollends damit beschäftigt, ihm ein Sandwich mit den verschiedensten Bestandteilen zuzubereiten, die ich in einer riesigen Kühltasche von zu Hause mitgebracht hatte.

»Also, ich weiß nicht, zu Hause würde ich nur allein herumsitzen. Und das macht noch weniger Spaß.«

Er grummelte vor sich hin. »Ich verstehe es eben nicht.«

Ich lachte. »Dafür sind Freunde doch da, oder?« Doch dann merkte ich, dass ich mir gar nicht sicher war. So etwas hatte noch nie jemand für mich getan. War es wirklich merkwürdig? Überschritt ich eine Grenze, drang ich etwa in seine Privatsphäre ein, war ich die reinste Klette …

»Weiß … ich nicht«, murmelte Aled.

»Dabei bist du doch derjenige mit einem besten Freund.« Kaum hatte ich das gesagt, bereute ich es auch schon, aber keiner konnte leugnen, dass es stimmte.

»Dan? Der würde nicht kommen, solange ich krank bin«, sagte Aled. »Warum auch? Wir würden uns nur langweilen.«

»Ich langweile mich nicht«, sagte ich, denn es entsprach der Wahrheit. »Ich kann mit dir quatschen. Und Sandwiches zubereiten.«

Aled lachte noch einmal und verbarg sein Gesicht unter der Decke. »Wieso bist du so nett zu mir?«

»Weil ich ein Engel bin.«

»Das bist du wirklich.« Er streckte den Arm aus und tätschelte meinen Kopf. »Und ich bin platonisch in dich verliebt.«

»Das war die Boy-Girl-Version von ›no homo‹, aber ich weiß das Gefühl zu schätzen.«

»Bekomme ich jetzt mein Sandwich?«

»Noch nicht. Das Verhältnis von Chips und Käse ist noch nicht vollends perfekt.«

Nachdem er das Sandwich gegessen hatte, schlief Aled ein. Ich schrieb »GUTE BESSERUNG« auf sein Whiteboard, dazu eine Zeichnung (ich am Steuer eines Rettungswagens) und ging in dem Bewusstsein nach Hause, dass ich wirklich keine Ahnung hatte, wie man sich gegenüber Freunden richtig verhielt.

DUMME NUSS

Ich verstand erst, warum Carys überhaupt mit mir abhing, als ich kapierte, dass niemand sonst mit ihr befreundet sein wollte und ich ihre einzige Chance war. Das machte mich ein wenig traurig, weil ich wusste, wenn sie die Wahl gehabt hätte, hätte sie sich wahrscheinlich für jemand anderen entschieden. Sie mochte mich nur, weil ich ihr zuhörte.

Nachdem wir von unserem früheren Gymnasium auf die Academy gewechselt waren, weil unsere alte Schule abgebrannt war, tratschte sie weniger über ihre Schulfreundinnen, und obwohl sie mir den Grund nicht verriet, lag es meiner Meinung nach daran, dass es nichts zu erzählen gab und niemanden, über den sie reden konnte.

»Wieso sprichst du eigentlich jeden Tag mit mir?«, fragte sie eines Tages im Frühling auf dem Weg zur Schule.

Ich wusste nicht, ob ich antworten sollte, weil *sie* jeden Tag mit *mir* redete oder weil ich sonst niemanden zum Reden hatte oder weil ich in sie verknallt war.

»Warum nicht?«, fragte ich grinsend zurück.

Sie zuckte mit den Schultern. »Dafür gäbe es wirklich genügend Gründe.«

»Zum Beispiel?«

»Weil ich irgendwie nerve, oder etwa nicht?«, erwiderte

sie. »Und weil ich im Vergleich zu dir eine dumme Nuss bin.«

Ihre Noten waren grauenhaft, das wusste ich, doch es gab mir nie das Gefühl, sie könnte mir unterlegen sein. Aus den verschiedensten Gründen fühlte es sich an, als würde Carys über die Schule hinausgehen – sie bedeutete ihr nichts und sie hatte nicht das Bedürfnis, sie wichtig zu finden.

»Du nervst nicht und du bist auch keine dumme Nuss«, sagte ich.

Ich hatte tatsächlich das Gefühl, das Ganze würde sich irgendwann in eine strahlende Liebesgeschichte verwandeln. Eines Tages würde sie aufwachen und merken, dass ich die ganze Zeit für sie da gewesen war. Ich würde sie küssen und sie würde kapieren, dass sie mir wichtiger war als alle anderen auf der Welt.

Wahnvorstellungen. Ich hatte Wahnvorstellungen. Ich war überhaupt nicht für sie da.

»Du würdest dich gut mit meinem Bruder verstehen«, sagte Carys.

»Wieso?«

»Ihr seid beide zu nett.« Sie schaute nach unten und dann aus dem Fenster, wo ihr die Sonne in die Augen schien.

UNIVERSE CITY: Folge 15 – c0mput3r m4g1c
UniverseCity

Über die Bedeutung der Magie in den Rohren unter unseren Füßen

Scrollt nach unten zur Abschrift>>>

[...]

Einen Klacks Computermagie. Mehr braucht es nicht, Freunde. Wenn ihr in einer Stadt wohnt, die so groß ist wie diese hier, wie sollt ihr kommunizieren, wenn nicht über Computermagie? Das Direktorium hat kürzlich alle Rohre reparieren lassen, eins der wenigen guten Dinge, die es in letzter Zeit für uns getan hat. Ich schwöre, es hat etwas Böses an sich, aber Unwissenheit ist hier vermutlich ein Segen.

Ich habe hier überall meine Kontakte und die nützen mir mehr als meine Freunde, echt. Überall habe ich meine Augen und Ohren, ich sehe und höre alles und ich bin bereit für das, was sie mir in den Weg legen werden. Ich weiß, dass sie das tun werden, ich habe es in meinen Träumen und in meinem Wahrsagespiegel gesehen. Aus einer Meile Entfernung kann ich es sehen, ja, aus einer Entfernung von zehn Meilen. Es wird so weit kommen.

Doch die Computermagie ist auf meiner Seite. Ich habe meine Freunde – nein, Kontakte. Sehr viel wertvoller, alter Kumpel, das sage ich dir: Unter unseren Füßen ist Magie, nicht nur in unseren Augen.

[...]

EINE WAHRE TATSACHE

»Frances, Schatz, was ist los?«

Mum verschränkte die Finger und beugte sich an der Frühstücksbar zu mir rüber.

»Waff?«, fragte ich mit dem Mund voller Müsli.

»Du hast die ganze Woche nichts für die Vorbereitung auf Cambridge getan.« Mum zog die Augenbrauen hoch und gab sich Mühe, eine ernste Miene aufzusetzen. In Kombination mit ihrem Einhorn-Hausanzug funktionierte das jedoch nicht so richtig. »Und du hast dich zu 500 Prozent häufiger mit Aled getroffen als mit deinen üblichen Freundinnen.«

Ich schluckte das Müsli runter. »Das ist ... eine wahre Tatsache.«

»Und du trägst deine Haare häufiger offen. Ich dachte, das gefällt dir nicht.«

»Es ist lästig, sie andauernd hochzustecken.«

»Aber ich dachte, das wäre dir lieber.«

Ich zuckte mit den Schultern.

Mum sah mich an.

Ich hielt ihrem Blick stand.

»Wo ist das Problem?«, fragte ich.

Jetzt zuckte sie mit den Schultern. »Kein Problem. Ich finde es nur faszinierend.«

»Wieso?«

»Weil es einfach anders und ungewöhnlich ist.«

»Und?«

Sie hob erneut die Schultern. »Weiß auch nicht.«

Ich hatte gar nicht darüber nachgedacht, aber Mum hatte recht. In den Sommerferien nahmen normalerweise die sommerlichen Hausaufgaben, die Wiederholung von altem Stoff, irgendwelche Praktika oder der ein oder andere furchtbare Job in einem der Restaurants in der Stadt oder in einem Modegeschäft meine gesamte Zeit ein.

Ich hatte an all das keinen Gedanken verschwendet.

»Du bist nicht gestresst oder so?«, fragte Mum.

»Nein«, antwortete ich. »Kein bisschen.«

»Und das ist eine wahre Tatsache, ja?«

»Eine wahre Tatsache.«

Mum nickte bedächtig und sagte: »Okay. Ich wollte nur nachfragen. Die Schul-Frances habe ich nämlich schon eine Weile nicht mehr gesehen.«

»Die Schul-Frances? Was soll das heißen?«

Sie lächelte. »Das hast du selbst vor einer Weile mal gesagt. Egal.«

LACHEN UND RENNEN

Es dauerte bis zur ersten Augustwoche, bis ich bemerkte, dass Aled mich absichtlich von seiner Mutter fernhielt.

Ich wusste nur sehr wenig über Carol Last. Sie war in der Elternpflegschaft. Sie war eine strenge alleinerziehende Mutter. Sie machte stets Konversation mit meiner Mutter, wenn sie sich im Dorf bei der Post trafen. Wenn sie zu Hause war, mussten Aled und ich uns seiner Aussage nach entweder bei mir treffen oder irgendwohin gehen, da sie anscheinend etwas gegen Besuch hatte.

Für mich hatte sich das wie eine faire Ausrede angehört, aber nur, bis ich sie kennenlernte.

An diesem besonderen Tag wollte ich zu Aled gehen, und da wir beide Langschläfer waren, trafen wir uns normalerweise gegen zwei. Seit unserem Ausflug zu Creams trugen wir unsere merkwürdigen Sachen – ich meine diese riesige Kollektion von bizarr gemusterten Leggings sowie Jacken und Pullovern in Übergröße, Aled seine gestreiften Shorts, überdimensionale Strickjacken und Schlabber-T-Shirts, dazu die grünen Plimsolls. An diesem Tag hatte er schwarze Shorts und ein weites schwarzes Sweatshirt mit der Zahl 1995 in dicken weißen Buchstaben an. Seine Haare waren gerade lang genug für einen Scheitel geworden.

Ich fand immer, dass er cooler aussah als ich, doch er fand seinerseits immer, dass ich cooler aussah als er.

Normalerweise hätte ich geklopft, doch er saß schon draußen und wartete auf mich. Brian, der in die Jahre gekommene Labrador, wartete geduldig am Bordstein, doch sobald ich aus dem Haus kam, trotete er auf mich zu. Brian hatte sich bereits in mich verliebt, was gut für mein Selbstbewusstsein war.

»Hallo du«, sagte ich zu Aled, nachdem ich die Straße überquert hatte.

Er lächelte und stand auf. »Alles klar?«

Wir umarmten uns mittlerweile nur noch zum Abschied. Auf diese Weise blieb es etwas Besonderes.

Als Erstes fiel mir auf, dass der Wagen seiner Mutter in der Einfahrt stand. Da wusste ich schon, was Aled sagen würde.

»Ich dachte, wir gehen ein wenig Gassi mit Brian«, sagte er und zog die Ärmel über seine Hände.

Wir waren ungefähr die Hälfte unserer Straße entlanggelaufen, als ich das Thema ansprach.

»Es ist komisch, dass ich noch nie ein Wort mit deiner Mum gesprochen habe.«

Die anschließende Pause zog sich.

»Ja?«, fragte Aled mit gesenktem Kopf.

»Ja, also ich habe sie noch nicht mal zu Gesicht bekommen. Du hast schon ganz oft mit meiner Mum geredet.« Ich fand, wir waren uns inzwischen so nahegekommen, dass ich die ein oder andere peinliche Frage stellen konnte. Das hatte ich in der vergangenen Woche schon häufiger getan. »Mag deine Mum mich nicht?«

»Was meinst du damit?«

»Ich war bereits um die zwanzigmal bei dir zu Hause und habe sie kein einziges Mal getroffen.« Ich steckte die Hände in die Taschen. Aled sagte zwar nichts, aber er trat von einem Bein aufs andere. »Im Ernst jetzt. Ist sie Rassistin oder so?«

»Nein, oh mein Gott, nein ...«

»Okay«, sagte ich und wartete darauf, dass er fortfuhr.

Er blieb mit halb geöffnetem Mund stehen, als wollte er etwas sagen. Doch er konnte mir ehrlicherweise nicht sagen, was es war.

»Also kann sie mich einfach nicht ausstehen oder so etwas?«, bohrte ich weiter und fügte ein Lachen hinzu, weil ich damit den Druck rausnehmen wollte.

Und Aled sagte: »Nein! Es hat nichts mit dir zu tun, versprochen!« Das kam so schnell aus ihm heraus und er hatte die Augen so weit aufgerissen, dass ich wusste, er log nicht. Dann merkte ich aber auch, wie daneben das Ganze von mir war.

»Ist ja gut, nicht so wichtig.« Ich wich ein Stück zurück und schüttelte den Kopf, womit ich das Thema lässig abtun wollte. »Du musst mir überhaupt nichts erzählen, wenn du nicht willst. Alles okay, das war blöd von mir.« Ich senkte den Blick auf Brian, der zu mir hochschaute. Ich bückte mich und wuschelte durch sein Fell.

»Allie?«

Aled riss den Kopf herum und ich schaute ebenfalls auf. Da war sie. Carol Last lehnte sich aus ihrem Autofenster. Ich hatte nicht einmal gehört, dass sie hinter uns fuhr.

Sie sah super einschüchternd aus, auf diese typisch weiße Mittelschicht-Mum-Art. Kurze gefärbte Haare, etwas rundlich, mit einem Lächeln, das sagte: »Wie wäre es mit einer

Tasse Tee?« Und Augen, die sagten: »Ich werde alles verbrennen, was dir lieb ist.«

»Gehst du weg, Schatz?«, fragte sie mit hochgezogenen Augenbrauen.

Da Aled sich ihr zugewandt hatte, konnte ich seinen Gesichtsausdruck nicht sehen.

»Ja, nur kurz Gassi mit Brian.«

Dann richtete sie den Blick auf mich.

»Geht's dir gut, Frances, Liebes?« Sie hob eine Hand und lächelte. »Lange nicht gesehen.«

Es war klar, dass wir beide an Carys dachten.

»Ah, ja, sehr gut, danke«, sagte ich.

»Und deine Prüfungen? Alles nach Plan verlaufen?«

»Das hoffe ich doch!«, antwortete ich mit einem höchst gezwungenen Lachen.

»Ja, wie wir alle!« Sie kicherte. »Aled muss richtig gute Noten rausholen, wenn er auf diese Uni gehen will, nicht wahr?« Das war an Aled gerichtet. »Aber er hat wie ein richtiger Champion gelernt, deshalb bin ich *sicher*, dass alles klappen wird.«

Aled schwieg.

Mit einem verhaltenen Lächeln wandte sich Carol wieder an mich. »Er war so fleißig. Die ganze Familie ist sehr stolz auf ihn. Schon als er noch ein Kleinkind war, wussten wir, was für ein kluger Junge er werden würde.« Sie gluckste erneut, als würde sie sich an einer schönen Erinnerung erfreuen. »Schon vor der Grundschule hat er ganze Bücher verschlungen. Er ist wirklich begabt, unser Allie, der geborene Akademiker.« Seufzend sah sie Aled an. »Aber wir wissen alle, dass einem nichts geschenkt wird, wenn man nicht *viel* dafür tut, oder?«

»Mmm«, sagte Aled.

»Nicht zu viel Ablenkung, richtig?«

»Nein.«

Carol hielt inne und sah ihren Sohn forschend an, bevor sie die Stimme senkte und sagte: »Du bleibst doch nicht lange weg, Allie? Nan kommt um vier und du hast gesagt, dass du dann da bist.«

»Um vier sind wir zurück«, sagte Aled mit einer seltsam monotonen Stimme.

»Na dann«, sagte Carol und lachte leise. »Lass Brian ja keine Schnecken fressen!«

Mit diesen Worten fuhr sie los.

Aled lief sofort weiter die Straße entlang und ich musste rennen, um ihn einzuholen.

Eine Minute lang liefen wir schweigend nebeneinanderher.

Am Ende der Straße fragte ich: »Also, kann sie mich nun nicht ausstehen, oder was?«

Aled kickte ein Steinchen weg. »Sie hat nichts gegen dich.«

Wir bogen links ab und stiegen über den Zaun, der das Dorf von den Feldern und Wäldern dahinter abgrenzte. Da Brian den Weg kannte, hatte er sich bereits darunter hergezwängt und schnupperte ein wenig weiter vorn am Gras.

»Jetzt bin ich aber erleichtert!«, sagte ich lachend, doch das war noch nicht alles.

Wir gingen weiter auf den Weg, der durch das Maisfeld führte. Der Mais stand so hoch, dass wir nicht drüberschauen konnten.

Nach einigen Minuten sagte Aled: »Ich wollte einfach nicht, dass du ihr begegnest.«

Ich wartete, doch er lieferte keine weitere Erklärung. Er tat es nicht. Er konnte es nicht. »Wieso? Sie scheint doch ganz in Ordnung zu sein …«

»Oh ja, das *scheint* so«, erwiderte Aled mit einer Verbitterung in der Stimme, die ich nicht an ihm kannte.

»Geht es ihr … nicht gut?«, fragte ich.

Er sah mich nicht an. »Lass *gut* sein.«

»Okay.«

»Okay.«

»*Aled.*« Ich blieb stehen. Aled ging noch ein paar Schritte, blieb dann auch stehen und drehte sich um. Brian war ein Stück weiter vorn und schnüffelte am Mais.

»Wenn du dich irgendwie scheiße fühlst«, sagte ich und zitierte genau das, was er mir in der Nacht gesagt hatte, in der er mir in einer Stunde eine vollständige Mathethematik beigebracht hatte, »solltest du drüber reden.«

Er blinzelte und grinste dann, als könnte er nicht anders. »Ich weiß es nicht mal. Tut mir leid.«

Er holte tief Luft.

»Ich mag nur meine Mum nicht wirklich. Das ist alles.«

Mit einem Mal begriff ich, warum es ihm so schwerfiel, es mir zu sagen. Weil es sich so pubertär anhörte. Nach Teenagerproblemen. Wie »argh, ich hasse meine Eltern«.

»Sie ist die ganze Zeit richtig furchtbar zu mir«, sagte er. »Ich weiß, dass sie eben nett rübergekommen ist. Sie ist nur … sie ist … normalerweise benimmt sie sich nicht so.« Er lachte. »Das klingt total dämlich.«

»Nein«, sagte ich. »Es klingt beschissen.«

»Ich wollte euch beide einfach irgendwie voneinander fernhalten.« Die Sonne verschwand hinter einer Wolke und ich konnte Aled endlich wieder deutlich erkennen. Die Brise wehte ihm das Haar aus der Stirn. »Weil … wenn wir abhängen, muss ich nicht über sie oder Familienangelegenheiten oder die Lernerei nachdenken. Ich kann dann einfach Spaß haben. Aber wenn sie dich näher kennenlernt, dann … vermischen sich die beiden Welten.« Er verdeutlichte den Gedanken mit einer Geste und lachte erneut, aber auf eine traurige Art und Weise. »Das ist doch dämlich.«

»*Nein.*«

»Ich …« Endlich hielt er meinem Blick stand. »Ich bin einfach sehr gern mit dir zusammen und das soll mir keiner kaputtmachen.«

Mir fehlten die Worte.

Deshalb nahm ich ihn einfach in den Arm.

Und er sagte wieder »Oh« wie beim ersten Mal.

»Ich würde mir eher ein Bein abhacken, als zuzulassen, wie uns das jemand kaputtmacht«, sagte ich mit dem Kinn auf seiner Schulter. »Das ist kein Witz. Ich würde für ein Jahr auf Internet verzichten. Oder all meine *Parks & Recreation*-DVDs verbrennen.«

»Ach, halt die Klappe«, schnaubte Aled. Doch gleichzeitig legte er die Arme um meine Taille.

»Ich meine es ernst«, sagte ich und drückte ihn fester. Niemand durfte das hier zerstören. Keine grässlichen Eltern, nicht die Schule, keine Entfernung, nichts eben. Unser Gespräch mag dumm und albern klingen, aber ich … ich weiß nicht, was das war. Ich weiß nicht, warum ich so fühlte, obwohl wir uns erst seit zwei Monaten kannten. Lag es daran, dass wir auf dieselbe Musik standen? Oder weil wir den gleichen Klamottengeschmack hatten? Weil es kein peinliches Schweigen zwischen uns gab, keinen Streit, oder weil er mir half, wenn es sonst niemand tat, und ich ihm half, wenn sein bester Freund zu beschäftigt war? Lag es vielleicht daran, dass ich die Geschichte verehrte, die er schrieb? Weil ich *ihn* verehrte?

Ich weiß es nicht. Und es ist mir egal.

Die Freundschaft mit Aled gab mir irgendwie das Gefühl, als hätte ich die ganze Zeit vorher noch nie richtige Freunde gehabt.

Eine halbe Stunde später diskutierten wir die nächste Folge von *Universe City*. Aled war sich nicht sicher, ob Radio den neuesten Sidekick Atlas umbringen oder ob Atlas sich für Radio opfern sollte. Aled gefiel die Opferidee, aber ich sagte, es würde viel trauriger und deshalb besser wirken, wenn Radio ihn tötete, da Atlas über drei Monate sein Kumpel gewesen war. Ich hing irgendwie an Atlas und war der Meinung, er hätte einen guten Tod verdient.

»Es könnte eine Zombie-Szene sein«, sagte ich. »Zum Beispiel, wenn Radio ihn beseitigen muss, bevor er sich in einen rasenden Flesh Eater verwandelt. Das ist quasi ein Garant für Stimmung.«

»Aber gleichzeitig so klischeemäßig«, sagte Aled und strich sich durchs Haar. »Es muss irgendwie originell sein, sonst macht es keinen Sinn.«

»Okay, keine Zombies. Drachen. Drachen statt Zombies.«

»Radio muss ihn töten, bevor er sich in einen *Drachen* verwandelt.«

»Ehrlich gesagt, schockt es mich ein bisschen, dass bisher noch keine Drachen vorgekommen sind.«

Aled legte die Hand aufs Herz. »Wow. Böse.«

»Immer lieber Drachen als Zombies. Komm.«

»Andererseits sind Drachen nicht so traurig wie Zombies. Atlas könnte locker ein glückliches Drachenleben leben.«

»Vielleicht *sollte* er ein glückliches Drachenleben leben!«

»Was, er soll also *nicht* sterben?«

»Nein, er verwandelt sich einfach in einen Drachen und fliegt davon. Immer noch traurig genug, aber auch hoffnungsvoll. Alle lieben ein trauriges, aber hoffnungsvolles Ende.«

Aled runzelte die Stirn. »Voller Hoffnung … auf ein glückliches Drachenleben.«

»Yeah. Eine Prinzessin bewachen oder so was. Ein paar mittelalterliche Ritter abfackeln.«

»*Universe City* spielt in den 2500er-Jahren. Wir geraten in Gebiete anderer Universen.«

Wir bogen auf eine Schafwiese ab, ohne zu merken, wie bewölkt es plötzlich war, und als es anfing zu regnen, hob ich die Hand, um zu checken, ob das wirklich sein konnte – es war Sommer, zweiundzwanzig Grad warm und vor fünf Minuten hatte noch die Sonne geschienen.

»Neeeiiiin.« Ich drehte mich zu Aled um.

Aled blinzelte zum Himmel. »Wow.«

Ich schaute mich um. Zweihundert Meter weiter vorn standen Bäume zum Unterstellen.

Ich zeigte in ihre Richtung und sah Aled an. »Lust zu rennen?«

»Haha, was?«

Aber ich war schon losgelaufen – Quatsch, ich sprintete über das Gras zu den Bäumen, während es bereits so heftig regnete, dass die Tropfen mir in den Augen brannten. Brian galoppierte neben mir her und im nächsten Augenblick hörte ich auch Aled rennen. Ich warf einen Blick zurück, streckte meinen Arm aus und rief: »Los, komm!«

Er nahm meine Hand, und als er lachte, erinnerte es mich an das Lachen eines Kindes. Ich wünschte, alle würden immer lachen und rennen wie wir gerade.

RADIO

Meine erste *Universe City*-Folge wurde am Samstag, den 10. August, veröffentlicht.

Wir hatten uns darauf geeinigt, dass ich für jede Folge eine kleine Animation erstellen sollte, nicht zu lang, die sich während der zwanzigminütigen Sendung wiederholte. Ein Vier-Sekunden-Gif, das immer wieder und wieder kam. Für diese Folge hatte ich eins von der City gemacht – Universe City –, wie sie unter blinkenden Sternen aus dem Boden wuchs. Im Rückblick finde ich es ganz schön schlecht, doch damals fanden wir es beide toll und darauf kommt es ja wohl an.

Am Vorabend hörte ich zu, wie Aled die Folge aufnahm. Ich war verblüfft, dass er mir das erlaubte, denn Aled war schließlich sehr viel stiller und introvertierter als ich. Auch wenn wir in jener Woche *High School Musical Just Dance* gespielt und das »Performen«, wenn man es so nennen konnte, anscheinend nicht sein Ding war, hätte ich nicht mit seinem Einverständnis gerechnet. Wie Aled eine Folge von *Universe City* darstellte, fühlte sich persönlicher an als alles, was ich zuvor von ihm gesehen oder gehört hatte, selbst wenn ich die Diskussion übers Darmgrummeln um zwei Uhr morgens dazuzählte.

Doch er hatte wirklich nichts dagegen.

Er schaltete die Deckenlampe in seinem Zimmer aus. Die Lichterketten über uns wirkten wie winzige Sterne und ließen Aleds Haarspitzen in verschiedenen Farben leuchten. Er sackte auf seinem Schreibtischstuhl zusammen und friemelte ein paar Minuten an seinem schönen Mikrofon herum, das einen Haufen Geld gekostet haben musste. Ich saß auf einem Sitzsack, gut eingewickelt in seine Tagesdecke, weil es in diesem Haus immer eiskalt war, und war müde. Das Zimmer war in nebelhaftes Dunkelblau getaucht, gerade richtig zum Wegdösen ...

»Hallo. Hoffentlich hört mir jemand zu ... «

Er hatte das Script auf seinem Laptop geschrieben und wiederholte Sätze, wenn er sie nicht richtig ausgesprochen hatte. Während der Aufnahme zuckten die Schallwellen auf seinem Bildschirm auf und ab. Es fühlte sich an, als würde ich einem vollkommen anderen Menschen zuhören – nein, keinem anderen, sondern einem vollständigen Aled. Aled bei hundert Prozent. Aled ganz bei sich. Ich lauschte Aleds Verstand.

Wie immer schaltete ich total ab. Ich verlor mich in der Geschichte. Ich vergaß alles andere.

Alle Folgen von *Universe City* endeten damit, dass ein Song vorgetragen wurde. Es war immer der gleiche Song, und zwar ein Dreißig-Sekunden-Rock-Song mit dem Titel *Nothing Left for Us*, den Aled selbst geschrieben hatte. Aber die Perfomance variierte jedes Mal.

Ich merkte erst, dass Aled den Song direkt vor Ort singen würde, als er seine E-Gitarre an den Verstärker anschloss. Aus den Lautsprechern drangen einige zuvor aufgenommene Schlagzeug- und Bassgitarrentöne, und als er dazu Gitarre spielte, wurde es so laut, dass ich mir die Ohren zuhielt. Alles war wie immer, nur live so viel besser. Wie tausend Gitarren, Kettensägen und Blitze auf einmal, während der Bass die Wand in meinem Rücken erbeben ließ. Und dann fing Aled auf seine schrille Art an zu singen, zu der ich hätte mitsingen können. Ich wollte schrecklich gerne mitsingen, doch ich verkniff es mir, weil ich die Aufnahme nicht ruinieren wollte. Die Melodie und den Text kannte ich schon.

There's nothing left for us any more
Why aren't you listening?
Why aren't you listening to me?
There's nothing left.

Als er fertig war, drehte er sich mit seinem Schreibtischstuhl wieder um und sagte erneut mit seiner ruhigen Stimme, als wäre ich gerade aus einem Traum gerissen worden: »Und welche Stimme jetzt? Hoch, tief oder mittig?«

Es war zehn Uhr abends. Aleds Zimmerdecke sah aus wie eine Galaxie. Er hatte sie mit vierzehn angemalt.

»Wie du willst«, sagte ich.

Er zog die Ärmel über die Hände. Allmählich dämmerte mir, was das zu bedeuten hatte.

»Das ist der beste Tag meines Lebens«, sagte ich.

Aled grinste. »Klappe.« Als er sich wieder seinem Laptop zuwandte und das grelle Licht des Bildschirms seine Silhouette umrahmte, sagte er: »Ich bin für eine mittelhohe Stimme. Androgyn ist Radio mir am liebsten.«

FEBRUARY FRIDAY

Auf Tumblr bekam ich an einem einzigen Tag tausend neue Follower. Ich wurde überschwemmt von Einträgen. Die Leute schrieben, wie toll sie meine Zeichnungen fanden, und gratulierten mir, dass ich bei der Show mitmachten durfte, von der ich derart besessen war. Andere schrieben aber auch, wie sehr sie meinen Kunstbeitrag hassten, und mich natürlich gleich mit.

In dem *Universe City*-Tumblr-Tag kam keiner an mir vorbei – an meinen Zeichnungen, meinem Blog, meinem Twitter, *mir*. In Wirklichkeit wusste niemand mehr über mich als vorher, und dafür war ich dankbar. Manchmal ist Anonymität im Internet auch etwas Gutes.

Aled durfte wissen, dass ich Toulouse, die Künstlerin bei *Universe City,* war, doch die Vorstellung, jemand anderes könnte es herausfinden, jagte mir eine Wahnsinnsangst ein.

Und sobald meine Mitarbeit bei *Universe City* bekannt wurde, bombardierte man mich selbstverständlich mit Tweets und Fragen auf Tumblr, wer der Creator wäre. Damit hatte ich gerechnet, doch das hieß nicht, dass es nicht stressig war. Mehrere Tage nach dieser ersten Folge war es mir nicht möglich, etwas zu posten, ohne eine weitere Lawine von Fragen nach meiner Identität und jener des Creators auszulösen.

Kaum hatte ich Aled die Nachrichten gezeigt, geriet er in Panik.

Wir saßen bei mir im Wohnzimmer auf dem Sofa und schauten *Chihiros Reise ins Zauberland*. Aled las die Einträge in meinem Tumblr-Posteingang, scrollte immer weiter und legte eine Hand an die Stirn. Schließlich sagte er leise: »Oh nein, oh Gott, nein.«

»Reg dich nicht auf, ich hab nicht vor, es ihnen zu verraten …«

»Das darf keiner rausfinden.«

Ich verstand nicht so richtig, warum Aled das Geheimnis von *Universe City* wahren wollte, und vermutete, dass es an seiner zurückhaltenden Persönlichkeit lag und er sein Gesicht nicht im Internet sehen wollte. Ihn direkt danach zu fragen, schien mir übergriffig.

»Okay«, sagte ich.

»Ich habe eine Idee«, sagte Aled.

Er öffnete Twitter auf seinem Laptop und postete einen Tweet.

RADIO *@UniverseCity*
February Friday – ich glaube noch, ich lausche noch.

»February Friday«, sagte ich. »Ja. Gute Idee.«

Die Beiträge mit February Friday beziehungsweise die *Briefe an February* lösten wahrscheinlich die größten Verschwörungstheorien in der Fangemeinde von *Universe City* aus.

Das Wiki der Fans erklärte das ganz gut.

February Friday und Theorien der Fangemeinde

Die <u>Universe City Fangemeinde</u> nimmt an, dass die gesamte Serie ein Geschenk des <u>anonymen Creators</u> an eine Person ist, in die sier verliebt ist/war.

Ein Großteil der ersten Folgen (<u>2011</u>) und ungefähr die Hälfte der späteren Folgen (ab <u>2012</u>) enthalten meist gegen Ende der Folge einen Beitrag, der sich an eine Figur wendet, die selbst nie in Erscheinung tritt oder über einen eigenen Erzählbogen verfügt: <u>February Friday</u>. In diesen Beiträgen beschwert sich Radio Silence normalerweise über siere Unfähigkeit, mit February Friday zu kommunizieren, kombiniert mit einer verworrenen abstrakten Bildwelt und undefinierbaren Metaphern.

Da diese Beiträge meistens keinen Sinn ergeben, folgt daraus die Annahme der Fangemeinde, dass sie zum Großteil aus <u>Insiderwitzen</u> bestehen, die der anonyme Creator <u>IRL</u> mit der Person teilt, für die February Friday steht. Da diese Beiträge nichts zur Handlung von Universe City beisteuern und keinen aufeinanderfolgenden eigenen Plot haben, geht die Fangemeinde davon aus, dass sie eine gewisse Bedeutung für den Creator haben.

Es wurden schon zahlreiche Versuche angestellt, die Bedeutung der mittlerweile sogenannten <u>Briefe an February</u> zu ermitteln, doch diese Versuche beschränken sich aufs Raten und objektive Analysen.

Deshalb löste Radios Tweet über February Friday erwartungsgemäß einen Shitstorm in der Fangemeinde aus. Zwar nur einen kurzen und folgenlosen, aber doch unbestreitbar einen Shitstorm.

Alle waren vollkommen abgelenkt und fragten nicht mehr bei mir nach, wer ich war und wer Radio war.

Seit ich Aled näher kennenlernte, dachte ich viel über die Verschwörung um February Friday nach – darüber, wer February sein könnte oder ob die Figur jemanden darstellte, den Aled kannte. Mein erster Gedanke galt Carys, doch ich verwarf diese Idee wieder, weil die Briefe an February so romantisch waren. Ich dachte sogar kurz, ich selbst wäre gemeint, bis mir einfiel, dass Aled mich ja noch gar nicht gekannt hatte, als er mit der Produktion von *Universe City* begann.

Da ich nun aber mit Aled befreundet war, konnte ich ihn selbstverständlich einfach nach February Friday fragen.

»Also ... nur mal so ...« Ich wälzte mich auf dem Sofa herum, um ihn anzusehen. »Würdest du mir das Geheimnis um February Friday verraten?«

Aled biss sich auf die Lippe und dachte ernsthaft darüber nach.

»Hmm ...« Er drehte sich ebenfalls zu mir um. »Okay, sei bitte nicht beleidigt, aber ich glaube, das muss absolut geheim bleiben.«

Es war sein gutes Recht.

UNIVERSE CITY: Folge 32 – kosmisches rauschen
UniverseCity

Habt ihr so weit zugehört?

Scrollt nach unten zur Abschrift>>>

[...]
February, ich fürchte, wir haben uns, wie man so sagt, »aus den Augen verloren«. Nicht dass wir uns überhaupt jemals wirklich nahe gewesen wären. Letztendlich sehe ich immer noch nur dorthin, wohin du geblickt hast, und laufe dort, wo du gelaufen bist. Ich befinde mich in deinem dunkelblauen Schatten, und du drehst dich irgendwie nie um und findest mich darin.

Hin und wieder frage ich mich, ob du schon explodiert bist wie ein Stern, und ich dich sehe, wie du vor drei Millionen Jahren warst, während du gar nicht mehr hier bist. Wie können wir hier und jetzt zusammen sein, wenn du so weit weg bist? Wenn du so lange her bist? Ich rufe so laut, aber du drehst dich nie um, du siehst mich nicht. Vielleicht bin ich die Person, die längst explodiert ist.

Wie auch immer, wir werden wunderschöne Dinge ins Universum einbringen.
[...]

IM GROSSEN UND GANZEN

Am 15. August wurden die Noten verkündet. Außerdem wurde Aled an diesem Tag achtzehn.

So weit war es mit unserer Freundschaft gekommen:

(00:00) Frances Janvier
HAPPY BIRTHDAY ICH HOFFE DIR IST VOLL NACH PARTY
ICH LIEBE DICH DU SCHÖNER MANN
NICHT ZU FASSEN DASS MEIN KLEINER KUMPEL ERWACHSEN
IST
ZUM HEULEN

(00:02) Aled Last
wieso quälst du mich mit peinlichen nachrichten

(00:03) Frances Janvier
¯_( )_/¯

(00:03) Aled Last
Wow
trotzdem danke hab dich auch lieb (<3)

(00:03) **Frances Janvier**
DAS war cringe m8

(00:04) **Aled Last**
das war meine rache

Ich machte mir ganz schön Stress wegen der Klausurergeb-
nisse, weil ich das immer tat. Zu diesem Stress kam hinzu,
dass ich mit meinen Schulfreundinnen seit fast drei Wochen
nicht gesprochen, geschweige denn eine von ihnen getroffen
hatte. Mit etwas Glück konnte ich rasch reingehen, mir die
Noten schnappen und wieder abhauen, bevor mir jemand
die schreckliche Frage »Und, wie hast du abgeschnitten?«
stellen konnte.
    »Bei dir ist bestimmt alles bestens«, sagte Mum und
schloss die Autotür. Wir waren gerade an der Schule angekommen und ich schwitzte mich in meinem Schulkostüm
zu Tode. »Oh Gott, sorry, aber etwas weniger Hilfreiches
konnte ich wohl nicht sagen.«
    »Stimmt«, sagte ich.
    Wir gingen schnell und schweigend über den Parkplatz,
weiter in den Oberstufenbereich und die Treppe hoch zum
ULZ. Mum sah mich immer wieder verstohlen von der Seite
an. Vermutlich hätte sie gern etwas gesagt, doch es gibt wirklich nichts zu sagen, wenn man gleich vier Buchstaben zu
sehen bekommt, die über den Rest des eigenen Lebens bestimmen werden.
    Es war rappelvoll, weil Mum und ich ein wenig zu spät ka-
men. Vorne händigten Lehrer an Pulten braune Umschläge
aus, während im rückwärtigen Teil Tische mit Weingläsern
für die Eltern aufgebaut worden waren. Nur fünf Meter von

151

uns entfernt weinte ein Mädchen aus meinem Geschichtskurs und ich versuchte, sie nicht anzusehen.

»Ich hole dir ein Glas Wein«, sagte Mum. Als ich sie ansah,
fügte sie hinzu: »Es geht nur um Schule, oder?«

»*Es geht nur um Schule.*« Ich schüttelte den Kopf. »Es geht
nie *nur um Schule.*«

Mum seufzte. »Trotzdem ist es nicht wichtig. Im Großen
und Ganzen.«

»Wenn du das sagst.« Ich verdrehte die Augen.

Ich hatte vier A-Noten. Besser geht es auf dem AS-Level
nicht.

Eigentlich hätte ich glücklich sein müssen. Ich hätte gedacht, ich würde vor Freude auf und ab hüpfen und heulen.

Doch ich fühlte nichts dergleichen. Es war nur keine Enttäuschung.

Der Tag, an dem in der Zehn die Noten verkündet wurden,
war der Tag, bevor Carys weglief. Sie bekam die Ergebnisse
für die Elf, was natürlich wichtig war, weil man dann die
meisten Leistungskurs-Noten bekommt. Obwohl ich wusste,
wie schlecht sie in der Schule war, hatte ich vor diesem Tag
noch nie erlebt, dass sie sich darüber aufregte.

Ich hatte gerade das Ergebnis des Leistungskurs-Naturwis-
senschafts-Kurses bekommen, den ich ein Jahr eher belegt
hatte und in dem ich mit einem A* benotet worden war, und
verließ mit Mum genau diesen Raum, das ULZ. Währenddessen betrachtete ich das winzige »a*« in Times-New-Ro-
man-Schrift, das erste von vielen. Wir gingen die Treppe hinunter und wollten das Gebäude gerade verlassen, als Carys
und Carol Last an der offenen Tür vorbei zum Parkplatz liefen.

Ich hörte die Worte »geradezu erbärmlich«, die vermutlich Carol gesagt hatte, aber sicher bin ich mir bis heute nicht.

Carys liefen die Tränen über die Wangen und ihre Mutter hielt ihren Arm so fest gepackt, dass es wehtun musste.

Ich trank den Wein, den Mum für mich gestohlen hatte, fast in einem Zug aus, mit dem Gesicht zur Wand, damit mich kein Lehrer erwischte. Danach gingen wir an Dr. Afolayan vorbei, die meinen Blick aufzufangen versuchte, und weiter in den Flur, die Treppe hinunter und raus in die Sonne. Ich hielt den Umschlag dermaßen umklammert, dass er schon ganz zerknüllt war, sogar mein Name war verschmiert.

»Geht's denn?«, fragte Mum. »Du siehst nicht besonders glücklich aus.«

Sie hatte recht, aber ich wusste nicht, warum.

»Frances!«

Während ich mich rasch umdrehte, betete ich, es möge keine meiner Freundinnen sein, doch natürlich kam es anders. Es war Raine Sengupta. Sie lehnte an einem Geländer und unterhielt sich mit jemandem, den ich nicht kannte. Dann kam sie zu uns. Die rechte Seite ihres Kopfes war frisch rasiert.

»Alles gut?«, fragte sie mit Blick auf den Umschlag.

Ich lächelte. »Yeah! Jep! Vier As.«

»Krass! Bravo!«

»Danke, ja, ich freue mich voll.«

»Dann ist der Weg nach Cambridge frei, oder?«

»Das dürfte so sein, ja.«

»Cool.«

Eine Pause entstand.

»Und bei dir?«, fragte ich.

Raine zuckte mit den Schultern. »Zwei Cs, ein D und ein E. Nicht gut, aber ich glaube, Afolayan lässt mich weitermachen. Wenn ich ein paar Klausuren wiederhole.«

»Ah …« Raine merkte offenbar, dass ich keinen Schimmer hatte, was ich dazu sagen sollte.

Sie lachte. »Halb so wild. Ich mache keine Hausaufgaben und das, was ich in Kunst abgegeben habe, war echt *scheiße*.«

Nachdem wir uns verlegen voneinander verabschiedet hatten, ging ich mit Mum weiter.

»Wer war das?«, fragte Mum, sobald wir am Auto waren.

»Raine Sengupta?«

»Ich glaube nicht, dass du sie schon mal erwähnt hast.«

»Sie ist in dieser Freundinnengruppe. Ich kenne sie nicht besonders gut.«

Mein Handy vibrierte, eine Nachricht von Aled:

Aled Last
4 A*s! ich bin drin.

Mum klappte die Sonnenblende herunter und fragte: »Können wir nach Hause fahren?«

Und ich sagte: »Yeah.«

EIN TEUFELSKREIS DES BÖSEN

Am selben Abend fand eine große After-School-Party bei Johnny R statt, ein Riesen-Facebook-Event, zu dem alle Oberstufenschüler eingeladen waren, doch ich hatte null Bock darauf. Erstens würden sich nur alle betrinken. Etwas, das ich auch sehr gut allein in unserem Wohnzimmer mit ein paar YouTube-Videos tun konnte, statt mir Sorgen zu machen, ich könnte den letzten Zug verpassen oder sexuell belästigt werden. Zweitens hatte ich, außer mit Raine, in letzter Zeit mit keiner meiner Freundinnen geredet und wenn wir bei den *Sims* wären, wäre die Freundschaftsanzeige fast leer.

Ich wusste, dass Aled mit Daniel seinen Geburtstag feierte, und fand es ein bisschen komisch, weil sie sich in letzter Zeit nicht oft gesehen hatten. Aber Daniel war immer schon sein bester Freund gewesen, deswegen war es okay für mich. Mum hatte Sekt gekauft und verkündet, wir könnten Pizza bestellen und *Trivial Pursuit* spielen. Mein Geschenk konnte ich Aled auch noch am nächsten Tag geben.

Dann geschah etwas Unerwartetes: Um 21:43 klopfte Daniel Jun an meine Tür.

Ich war ziemlich beschwipst, doch selbst stocknüchtern hätte ich mich kaputtgelacht. Er trug seine alte Schuluniform, die er bis zu dem Wechsel auf die Academy getragen hatte. Eigentlich war daran nichts Besonderes, sie bestand aus einem schwarzen Blazer, einer schwarzen Hose und einer schlichten blauen Krawatte mit einem goldenen »T«, doch da Daniel in der Zwölf einen Schuss gemacht hatte, hatte die Hose gehörig Hochwasser, und der Blazer war so eng und an den Armen zu kurz, dass er absolut lächerlich aussah.

Daniel stand nur da mit hochgezogenen Augenbrauen und ließ sich von mir auslachen.

»Oh mein Gott, du siehst aus wie Bruno Mars!« Mir kamen die Tränen.

Daniel runzelte die Stirn. »Bruno Mars hat puerto-ricanische und philippinische Wurzeln, keine koreanischen. Das ist eine unglaubliche Beleidigung.«

»Ich meinte die kurze Hose. Bewirbst du dich für die *Jersey Boys*?«

Er blinzelte. »Ja. Ja, das ist mein Lebensziel. Ich habe es in meinen Karriere-Fragebogen geschrieben.«

»Deine Bruno-Mars-Imitation ist echt beeindruckend.« Ich lehnte mich an den Türrahmen. »Du hast nicht zufällig Lust auf *Trivial Pursuit*, oder? Wir sind gerade mittendrin.«

»Tja, warum sollte ich sonst bei dir klopfen, Frances?«

Wir sahen uns an.

Eine Pause entstand.

»Gut, warum bist du *wirklich* hier?«, fragte ich. »Solltest du nicht bei Aled sein?«

Daniel zog erneut die Augenbrauen hoch. »Eigentlich wollten wir zu dieser Party im Johnny R, aber Aled will doch nicht so richtig und meinte, es wäre schön, dich an seinem Geburtstag zu sehen.«

»Ich dachte, ihr hängt zu zweit ab.«

»Machen wir ja auch.«

»Ohne mich.«

»Bis jetzt, ja.«

»Dann wäre ich das dritte Rad am Wagen.«

Daniel lachte. »Ganz genau!«

Ich war kurz davor, ihm die Tür vor der Nase zuzuschlagen.

»Kommst du jetzt mit oder nicht?«, fragte er.

»Wenn ja, bist du dann den ganzen Abend so ein Arsch zu mir?«

»Wahrscheinlich.«

Wenigstens war er ehrlich.

»Okay, na gut«, sagte ich. »Aber ich habe zwei Fragen. Erstens, warum trägst du deine alte Schuluniform?«

»Das war das Partymotto bei Johnny R.« Er steckte die Hände in die Taschen. »Hast du die Veranstaltungsinfo auf Facebook überhaupt gelesen?«

»Überflogen.«

»Aha.«

»Zweitens, warum ist Aled nicht selbst gekommen?«

»Ich habe gesagt, ich muss aufs Klo.«

»Er denkt, du bist auf der Toilette?«

»Jep.«

Ich sah Daniel an. Das Ganze war seine Idee. Er tat ausnahmsweise jemandem einen *Gefallen*. Klar, wenn er überhaupt jemals jemandem einen Gefallen tun würde, dann Aled, aber trotzdem. Das war … nicht nichts.

»Meinetwegen«, sagte ich. »Cool. Natürlich wird es komisch, schließlich verabscheust du mich.«

»Ich *verabscheue* dich nicht«, sagte er. »Das ist total übertrieben.«

Ich imitierte seinen Oberschichtakzent. »Oh, 'tschuldige, ich meinte natürlich, wir *verstehen uns nicht sonderlich gut*.«

»Nur weil du mich immer so böse anschaust.«

»Wie bitte, die bösen Blicke kommen ja wohl von dir!«

Wir starrten uns an.

»Ein Paradox des Bösen«, fuhr ich fort. »Die Wahrnehmung des Bösen.«

»Behältst du das an?«

Ich sah an mir hinunter. Ich trug meinen Batman-Hausanzug.

»Ja«, antwortete ich. »Hast du ein Problem damit?«

»Unendlich viele«, sagte er und wandte sich zum Gehen. »So viele Probleme.«

Also ging ich ins Haus und sagte meiner Mum, dass ich zu Aled gehen würde. Für sie war das in Ordnung, weil sie ein paar Folgen von *The Great British Bake Off* aufholen wollte. Ich sollte aber bitte bei meiner Rückkehr nicht so laut sein. Ich schnappte mir meinen Hausschlüssel aus der Schale an der Tür und die Geburtstagskarte und das Geschenk für Aled vom Küchentisch, zog meine Schuhe an und warf einen letzten Blick in den Spiegel am Treppenabsatz. Mein Make-up war ziemlich verschmiert und meine Haare lösten sich aus dem Knoten, doch das war mir alles ziemlich egal. Was sollten wir schon anderes machen, als uns in Aleds Wohnzimmer weiter zu betrinken? Mehr war anscheinend sowieso nicht drin. Keine Ahnung. Okay, trinken, cool, was weiß ich.

ELEKTRIZITÄTSWERK

»Ich weiß nicht, ob du es gemerkt hast«, sagte ich, als wir auf der Straße in die entgegengesetzte Richtung von Aleds Haus liefen, »aber hier geht's nicht zu Aled.«

»Du bist bemerkenswert intelligent«, sagte Daniel. »Hast du deine vier As bekommen? «

»Ja. Du?«

»Ja.«

»Gut.« Dann schüttelte ich den Kopf. »Wo gehen wir denn nun hin? Ich bin nicht dafür angezogen, auszugehen.«

Daniel war mir mehrere Schritte voraus. Er drehte sich um und ging rückwärts, um mich anzusehen. Die Straßenlaternen holten sein Gesicht aus der Dunkelheit.

»Wir dachten, wir campen auf dem Feld«, antwortete er.

»Darf man das?«

»Unwahrscheinlich.«

»Oha, du verstößt gegen ein Gesetz! Ich bin stolz auf dich.«

Er drehte sich einfach wieder um. Witzig.

»Ich habe dich und Aled den Sommer über nicht so oft zusammen gesehen«, sagte ich.

Er schaute mich nicht an. »Und?«

»Keine Ahnung. Warst du im Urlaub?«

Er lachte. »Schön wär's.«

»Du hast gesagt, ihr hättet euch wenig gesehen.«

»Wann habe ich das gesagt?«

»Äh.« Mich beschlich das Gefühl, mich auf dünnem Eis zu bewegen. »Weißt du nicht mehr, vor meiner Geschichtsklausur, als du zu mir gekommen bist …«

»Oh. Nein, wir hatten bloß beide viel zu tun. Ich arbeite fünf Tage die Woche bei Frankie & Benny in der Stadt. Und du weißt, wie gern er zurückschreibt.«

Also, auf meine Nachrichten antwortete Aled immer, doch das verriet ich Daniel nicht.

»Wieso wurdet ihr beide überhaupt plötzlich so dicke?«, fragte er stirnrunzelnd.

»Ich habe ihn aus einem Club gerettet«, erwiderte ich. Daniel schwieg dazu. Er wandte den Blick ab und steckte die Hände in die Taschen.

Der Himmel war noch nicht pechschwarz, sondern eher dunkelblau und verhangen, aber man konnte den Mond und ein paar Sterne sehen. Ganz nett, nehme ich an. Nachdem wir über den Zaun auf das leere Feld am Dorfrand geklettert waren, fiel mir auf, wie still es war. Kein Auto fuhr, kein Wind ging, *nichts*. Ich hatte das Gefühl, noch nie im Leben irgendwo gewesen zu sein, wo es so ruhig war, obwohl ich doch hier auf dem Land lebte, und das seit meiner Geburt.

Auf einem Streifen trockener Erde mitten auf dem Feld brannte ein kleines Lagerfeuer neben einem großen Zelt. Und neben dem Zelt stand Aled Last und leuchtete golden im Feuerschein. Er trug seine aktuelle Schuluniform, die ihm passte, weil er sie in den vergangenen beiden Monaten getragen hatte, und die dennoch komisch wirkte – vermutlich, weil ich es gewohnt war, ihn in Shorts mit interessanter Farbgebung und übergroßen Strickjacken zu sehen.

Wie konnte der achtzehn sein? Wie konnte überhaupt jemand, den ich kannte, achtzehn werden?

Ich rannte an Daniel und seinen Hochwasserhosen vorbei, rannte durchs Gras und landete auf Aled.

Eine Stunde später hatten wir uns durch eine Dreiviertelflasche Wodka gearbeitet, was mir nicht gut bekam, da ich von Alkohol einfach nur todmüde werde.

Aled hatte sein Geschenk geöffnet – ein Radio in Form eines Wolkenkratzers. Die Fenster leuchteten im Takt mit der jeweiligen Sendung. Aled meinte, das wäre das Beste, was er je im Leben gesehen hätte, was wahrscheinlich gelogen war, aber ich freute mich, dass es ihm gefiel. Da es batteriebetrieben war, hörten wir im Hintergrund Radio 1, elektronische Musik mit vielen weichen Synthie- und tiefen Basstönen. In der Ferne flackerten die Lichter der Stadt und des Elektrizitätswerks.

Daniel warf nur einen Blick auf das Radio und sagte: »Jesus fucking Christ, du weißt das mit *Universe City*, stimmt's?«

Betrunken war Daniel ironischer und herablassender als in nüchternem Zustand. Er fluchte auch mehr, aber irgendwie fiel es mir deswegen leichter, ihn auszulachen, als ihm eine reinzuhauen.

»Äh«, sagte ich.

»Äh«, sagte Aled.

»Äht mich nicht, ich durchschaue euch.« Daniel legte den Kopf in den Nacken und lachte. »Tja, es war nur eine Frage der Zeit, bis es herauskam.« Er beugte sich zu mir vor. »Seit wann hörst du da zu? Warst du schon dabei, als ich für die Titelmelodie Bass gespielt habe?«

Ich lachte. »Du spielst Bass?«

»Früher.«

Aled unterbrach uns, bevor ich noch etwas sagen konnte. In der letzten halben Stunde hatte er einen Stock angezündet und mit der Flamme Formen in die Luft gemalt wie mit einer Wunderkerze. »Sie ist die neue Künstlerin.«

Daniel runzelte die Stirn. »Künstlerin?«

»Ja, von ihr ist das Gif in der letzten Folge.«

»Oh.« Daniels Stimme klang ein wenig gedämpfter. »Ich habe noch nicht reingehört.«

Aled grinste. »Du bist so ein Fake-Fan.«

»Halt die Klappe, ich bin eindeutig ein Fan.«

»Fake-Fan.«

»Ich habe als Erster abonniert.«

»Fake-Fan.«

Daniel bewarf Aled mit Erde und Aled wich lachend zur Seite aus.

Es war ein durch und durch alberner Abend. Ich begriff nicht wirklich, was wir da zu dritt machten. Aled war nicht in meinem Jahrgang, er ging nicht einmal auf meine Schule. Daniel konnte mich nicht ausstehen. Was für eine Freundschaft sollte das zwischen zwei Jungs und einem Mädchen sein?

Daniel und Aled sprachen über ihre Noten.

»Ich bin … total erleichtert«, sagte Daniel. »Also, an einer guten Uni Biologie zu studieren … das wünsche ich mir schon seit mindestens sechs Jahren. Ich würde es mir nie verzeihen, wenn ich mir das jetzt vermasseln würde.«

»Ich freue mich wirklich sehr für dich«, sagte Aled, der auf der Seite lag und immer noch mit einem Stock im Lagerfeuer stocherte.

»Für *dich* freust du dich doch bestimmt erst recht.«

»Haha, yeah, weiß nicht«, erwiderte Aled. Das verstand ich nun überhaupt nicht. Wer würde sich nicht über seine Noten freuen? »Es passt, ich glaube nur nicht, dass mir irgendetwas *derart viel* bedeuten kann.«

»*Universe City* bedeutet dir viel«, sagte ich.

Aled warf mir einen Blick zu. »Ah, ja, das stimmt.«

Ich wurde immer müder, mir fielen schon die Augen zu. Carys ging mir durch den Kopf – an diesem Tag vor zwei Jahren, am Abend nach der Notenvergabe, hatten wir uns ebenfalls betrunken. Auf dieser Privatparty. Das war eine schlechte Nacht gewesen.

Wann würde ich endlich mit Aled über Carys reden?

»Also, ich habe viele gesehen, die heute Morgen wegen ihrer schlechten Noten geheult haben. Du hast echt Grund zum Feiern«, sagte Daniel und reichte die Flaschen mit Wodka und Cola an Aled weiter. »Trink, Birthday Boy.«

Ich wusste genau, dass ich bald eine Stufe der Betrunkenheit erreichen würde, in der ich Sachen sagen würde, die ich später bereute. Möglicherweise würde ich vorher einschlafen, vielleicht aber auch nicht. Ich rupfte Gras vom Feld und streute es über das Lagerfeuer.

KANYE HÄTTE DAS NICHT GEFALLEN

Wir waren auf einem Feld und auch wieder nicht und dann doch – irgendwie war ich zu einer Decke gekommen und sang mit Aled zu Kanye West. Im Gegensatz zu mir konnte Aled den Rap auswendig und gab eine theatralische Vorstellung unter den Sternen. Es war warm und der Himmel sah schön aus. Kanye hätte das nicht gefallen.

Wir hatten uns ins Zelt verkrochen und Daniel war eingeschlafen, nachdem er sich hinter den Brombeersträuchern übergeben hatte und mit einem ellenlangen Kratzer auf einem Arm zu uns zurückgewankt war. Aled sagte, nein, er *sagt*: »Einerseits ja, finde ich die Lernerei schon wichtig, also es ist schon wichtig, dass ich gute Noten bekomme und angenommen werde, aber andererseits sagt mein Verstand nur, keine Ahnung, mir doch egal, wird schon irgendwie gut ausgehen, bis zu dem Punkt, an dem ich einfach nicht weiterlerne, wenn ich nicht muss, ich mache nur so viel, wie ich muss, und das ist mir einfach egal. Ich weiß nicht, ich rede Quatsch …« Aus unerfindlichen Gründen nicke und lächele ich die ganze Zeit und sage: »Yeah.«

»Wer ist February Friday?«, frage ich Aled schließlich.

Doch er antwortet: »Das kann ich dir nicht sagen!«

Ich wieder: »Aber wir sind doch Freunde!«

Und er: »Das spielt keine Rolle!«

»Bist du in February Friday verliebt?«

Er lacht und gibt keine Antwort.

Wir stehen mitten auf dem Feld und wetten, wer am lautesten schreien kann.

Wir machen verschwommene Nachtfotos und schicken sie uns gegenseitig auf Twitter und ich frage mich kurz, ob das eine gute Idee ist, obwohl niemand unsere Gesichter erkennen könnte, aber irgendwie kann ich auch nicht dagegen an.

RADIO *@UniverseCity*
@touloser toulouse versteckte Kamera [unscharfes Foto von ihr mit Doppelkinn]

toulouse *@touloser*
@UniverseCity Radio enttarnt [unscharfes Foto von Aleds Schuhen]

Wir liegen im Gras.

»Ich glaube, ich höre einen Fuchs«, sage ich.

»Die Stimme in meinem Kopf ist die von Radio«, sagt Aled.

»Wie kann es sein, dass dir nicht kalt ist?«, frage ich.

»Ich fühle schon ewig nichts mehr«, antwortet er.

Wir liegen im Zelt.

»Früher hatte ich schlimme Albträume, Nachtängste. Da wird man wach und denkt, der Traum geht weiter«, sage ich.

»Ich habe jede Nacht Brustschmerzen und Angst, ich würde sterben«, sagt Aled.

»In der Pubertät sollte das eigentlich aufhören.«

»Schmerzen in der Brust oder Nachtängste?«

* * *

Seit zehn Minuten versuchen wir, eine Folge von *Universe City* aufzunehmen, doch bisher haben Aled und ich nur Fangen gespielt und ich bin schon wieder auf ihn draufgefallen (diesmal aber nicht mit Absicht). Dann habe ich mich ein paar Minuten lang als eine Figur ausgegeben, die ich gerade erst erfunden und nach meiner Internet-Identität »Toulouse« benannt habe, und jetzt spielen wir zu dritt *Ich habe noch nie*.

»Ich habe noch nie ...« Aled tippt sich ans Kinn. »Ich habe noch nie gefurzt und es jemand anderem in die Schuhe geschoben.«

Daniel stöhnt, ich lache und wir beide trinken einen Schluck.

»Hast du nicht?«, frage ich Aled.

»Nein, so dreist bin ich nicht. Ich übernehme Verantwortung für mein Handeln.«

»Na gut. Ich habe noch nie ...« Ich schaue von einem Jungen zum anderen. »Zu lange Party gemacht.«

Daniel lacht und sagt: »Du bist spießig«, und trinkt, doch Aled wirft ihm einen scharfen Blick zu und sagt: »Dann bin ich auch spießig.« Sofort ist Daniel das schlechte Gewissen anzusehen.

»Ich habe noch nie ...« Daniel klopft an seine Flasche. »... ›ich liebe dich‹ gesagt und es nicht gemeint.«

Ich gebe ein langes »Ohhhhhh« von mir. Aled hebt den Becher, als wolle er trinken, ändert aber offenbar seine Meinung und reibt sich das Auge. Vielleicht wollte er sich auch von Anfang an das Auge reiben. Keiner von uns trinkt darauf.

»Okay, ich habe noch nie …« Aled hält inne, sein Blick wird glasig. »Ich habe noch nie zur Uni gewollt.«

Daniel und ich sagen zunächst nichts, bis Daniel lacht, als würde Aled das wahrscheinlich nicht so meinen, und Aled lacht auch so, nur ich weiß nicht, was ich tun soll, weil es sich für mich kein bisschen wie ein Scherz anfühlt.

* * *

Kurz darauf döse ich im Zelt ein. Als ich aufwache, schläft Daniel neben mir, doch Aled ist nicht mehr da. Ich krieche aus dem Zelt und entdecke ihn, wie er auf dem Rasen im Kreis läuft und Sätze in sein Handy murmelt, die ich nicht verstehe. Ich gehe zu ihm und frage: »Was hast du gesagt?« Er schaut hoch, zuckt heftig zusammen und sagt: »Hilfe, ich habe dich nicht kommen hören.« Dann vergessen wir wieder, worüber wir gesprochen haben.

Daniel wacht auf und singt mit uns *Nothing Left for Us*. Das Bildmaterial besteht nur aus verschwommenen Formen – wie wir im Dunkeln durch die Landschaft rennen, hier ein Auge, da ein bisschen Haut. Ehe wir es uns anders überlegen können, posten wir die Folge auf YouTube.

Daniel und ich legen uns nebeneinander und er sagt: »Einmal, als ich fünf war, hat sich ein Mädchen über meinen echten Namen lustig gemacht, den ganzen Tag lang. Sie ist immer um den Spielplatz herumgelaufen und hat mit einer superalbernen Stimme laut geschrien: ›DAE-SUNG, DAE-SUNG, DAE-SUNG, DAE-SUNG HAT EINEN BLÖDEN NAMEN.‹ Das hat mich so fertiggemacht, also ich habe geweint und die Lehrerin musste meine Mutter anrufen. Als sie mich abgeholt hat, habe ich immer noch geweint. Meine

Mutter ist wirklich die liebste Frau auf der ganzen Welt, sie ist mit mir nach Hause gegangen und hat gesagt: »Sollen wir dir einen richtigen *englischen* Namen geben? Wir leben jetzt in England und du bist ein englischer Junge.« In dem Moment war ich so froh darüber. Meine Mutter wies die Schule an, meinen Namen im Schülerverzeichnis in Daniel zu ändern, und damit war das durch.

Ich nicke ihm zu. »Möchtest du lieber Dae-Sung genannt werden?«

»Ja. Meine Mutter hat es zwar gut gemeint, ich weiß, aber ›Daniel‹ fühlt sich für mich einfach an wie eine Lüge. Vielleicht mache ich die Änderung rückgängig, wenn ich studiere …«

»Ich wünsche mir manchmal, ich hätte einen äthiopischen Namen«, sage ich. »Oder wenigstens einen ostafrikanischen Namen … ich würde meine ethnische Zugehörigkeit grundsätzlich gern mehr spüren.«

Daniel dreht den Kopf zu mir. »Was ist denn mit deinen Eltern? Sind sie nicht …?«

»Meine Mutter ist weiß und mein Vater kommt aus Äthiopien, aber sie haben sich scheiden lassen, als ich vier war, und jetzt lebt er mit seiner neuen Familie in Schottland. Wir telefonieren ziemlich oft, aber ich sehe ihn nur ein paarmal im Jahr und meine Großeltern und Tanten und Onkel und Cousins und Cousinen von seiner Seite der Familie fast nie. Ich hätte einfach gerne mehr Kontakt … manchmal fühle ich mich, als wäre ich die einzige Schwarze, die ich kenne. Mein Dad heißt zum Beispiel mit Nachnamen Mengesha. Ich wäre gern Frances Mengesha.«

»Frances Mengesha. Hört sich gut an.«

»Ja, finde ich auch.«

»Deine Initialen wären FM. Wie FM Radio.«

Wir hören den Fuchs immer noch. Es klingt, als würde jemand brutal ermordet.

Als Aled sich ans Lagerfeuer legt und die Augen schließt, kommt Daniel auf die Knie und legt seine Hände links und rechts neben Aleds Kopf flach aufs Gras und beugt sich über ihn. Aled schlägt die Augen auf, bricht den Blickkontakt jedoch sofort wieder ab. Er kneift lachend die Augen zusammen, dreht sich auf die Seite und stößt Daniel weg.

Ich will die Sache mit dem Fuchs klären und gehe seinen Lauten nach, durch die Bäume zum National-Trust-Weg. Man sollte meinen, ich hätte Angst, nachts allein im Wald, aber die habe ich nicht.

Als ich fast da bin, kommt plötzlich jemand auf mich zu und in dem Moment fürchte ich mich zu Tode und falle beinahe hin. Ich bin kurz davor, umzudrehen und wegzulaufen, doch dann richte ich die Handy-Taschenlampe auf die Person. Es ist tatsächlich Carys Last, die mitten in der Nacht im Wald herumvagabundiert, und ich: »Oh mein Gott.«

Nein – Moment. Sie ist es nicht. Das ist nur ein Traum.

Augenblick mal, schlafe ich jetzt?

»Er ist es nicht«, sagt Carys. »Ich bin's.« Doch mich hätte es nicht überrascht, wenn es Gott gewesen wäre, weil sie aussieht, als käme sie direkt aus dem Himmel, doch möglicherweise liegt es nur an meiner Handy-Taschenlampe, die ihr Gesicht und ihre Haut beleuchtet.

Ich träumte nicht. Das ist damals wirklich passiert, vor zwei Jahren in der Nacht nach der Bekanntgabe der Noten.

Wir waren auf einer Privatparty gewesen und sie war in den Wald gegangen.

Wieso fällt mir das jetzt wieder ein?

»Bist du so was wie ein … Wer-Fuchs?«, fragte ich sie.

»Nein, ich bin nur gern in der Natur«, antwortete sie. »Nachts.«

»Nachts solltest du nicht im Dunkeln herumlaufen.«

»Du auch nicht.«

»Tja, scheiße, erwischt.«

Vielleicht passierte gar nichts.

Wir hatten getrunken, ich vor allem. Und wir waren schon auf zahllosen Privatpartys wie dieser gewesen. Ich gewöhnte mich allmählich daran, dass einer nach dem anderen bewusstlos wurde oder in die Pflanzenkübel kotzte. Ich gewöhnte mich an die Jungshorde, die immer im Garten saß und Gras rauchte, weil, also, warum genau, weiß ich nicht. Ich gewöhnte mich daran, dass die Leute gedankenlos miteinander rummachten, selbst wenn ich es ekelhaft fand, ihnen dabei zuzusehen.

Wir kehrten gemeinsam zur Party zurück. Es war zwei, vielleicht drei Uhr morgens.

Wir gingen durch das Gartentörchen und an mehreren Leuten vorbei, die im Gras lagen.

Carys war an diesem Tag so still gewesen. Still und traurig.

Wir setzten uns im Wohnzimmer auf ein Sofa. Drinnen war es so dunkel, dass wir unsere Gesichter kaum erkennen konnten.

»Was hast du denn?«, fragte ich.

»Nichts.«

Ich bohrte nicht weiter, doch einen Moment später fuhr sie fort.

»Ich beneide dich«, sagte Carys.

»Was? Wieso?«

»Weil du einfach … durchs Leben *gleitest*? Freunde, Schule, Familie …« Sie schüttelte den Kopf. »Wie du durch all das hindurch funktionierst, ohne es zu versauen.«

Ich wollte etwas sagen, aber mir fehlten die Worte.

»Du hast so viel mehr Power als du glaubst«, sagte Carys. »Aber du nutzt sie nicht. Du machst einfach das, was andere dir sagen.«

Da ich immer noch keinen Schimmer hatte, wovon sie redete, erwiderte ich nur: »Du bist echt schräg für fünfzehn.«

»Ha. Du hörst dich an wie eine Erwachsene.«

Ich runzelte die Stirn. »Du bist doch hier so scheiß arrogant.«

»Du fluchst, wenn du betrunken bist.«

»Innerlich fluche ich die ganze Zeit.«

»Innerlich sind alle anders.«

»Du bist so …«

Mit einem Mal sind wir am Lagerfeuer und Aled schläft im Zelt neben Daniel und die Zeit vergeht weiter in Sprüngen. Wie sind wir hergekommen? Ist Carys wirklich hier? Im goldenen Feuerschein wirkt sie dämonisch. »Wieso bist du so?«, frage ich sie.

»Ich will …« Sie hat einen Drink in der Hand, wo kommt der denn her? Das geschieht nicht wirklich. Das ist nicht wirklich geschehen. »Ich will nur, dass mir jemand zuhört.«

Ich erinnere mich nicht daran, wann sie gegangen ist oder ob sie noch mehr gesagt hat bis auf diesen Satz, zwei Minuten später, als sie aufstand: »Niemand hört mir zu.«

DECKENKNÄUEL

Wir legten uns auf den Fußboden in Aleds Wohnzimmer. Das Zelt war keine gute Idee gewesen – es war kalt draußen, wir hatten kein Wasser mehr und keiner von uns wollte im Freien pinkeln –, also wankten wir ins Haus. So muss es jedenfalls gewesen sein, erinnern kann ich mich daran nicht. Ich weiß nur noch, dass Aled gemurmelt hat, seine Mutter wäre für ein paar Tage bei Verwandten, was ja irgendwie seltsam war, denn wäre sie nicht gern am Geburtstag ihres Sohnes dabei gewesen?

Daniel schlief auf dem Sofa wieder ein und Aled und ich machten es uns auf dem Fußboden mit Decken einigermaßen bequem. Das Licht war aus, ich sah nur Aleds helle Augen und hörte lediglich ein leises Synthiegrollen aus dem Wolkenkratzer-Radio. Es war kaum zu glauben, wie sehr ich Aled Last liebte, wenngleich nicht auf die ideale Weise, die es gesellschaftlich akzeptabel erscheinen ließe, wenn wir bis zum Tod zusammenlebten.

Aled drehte sich auf die Seite, damit er mich ansehen konnte.

»Hast du oft was mit Carys gemacht?«, fragte er sehr leise. »Außer während der Zugfahrten.«

Über Carys hatten wir bisher nicht geredet.

»Wir waren nicht richtig befreundet«, log ich. »Wir haben ein paarmal was zusammen gemacht, als ich in der Zehn war, aber Freundschaft kann man das nicht nennen.«

Aled sah mich unverwandt an. Seine Augenbrauen zuckten leicht.

Ich hätte ihn gern gefragt, warum er im Zug zur Schule nicht mit seiner Schwester zusammengesessen hatte. Ich wollte fragen, ob Carys in dem Sommer, in dem wir alle fünfzehn waren, je etwas über mich gesagt hatte. Oder was sie gesagt hatte, als sie in jener Nacht, als ich sie geküsst hatte, nach Hause gekommen war. Ob sie immer noch wütend gewesen war und ihm erzählt hatte, wie sie mich angeschrien hatte, ob sie gesagt hatte, dass sie mich in dem Moment hasste, mich immer gehasst hatte.

Ich wollte ihn fragen, ob er je wieder etwas von ihr gehört hatte, doch das ging nicht, deshalb ließ ich es. Am liebsten hätte ich ihm verraten, dass sie meinetwegen abgehauen war.

Ich wollte ihm verraten, dass ich früher in seine Schwester verknallt war und sie geküsst hatte, als sie traurig war, weil ich es für das Richtige gehalten hatte, obwohl es eindeutig falsch war.

»Weißt du was?« Aled verstummte für eine halbe Minute. »Meine Mum will mir nicht sagen, wo sie ist. Oder wie es ihr geht.«

»Was? Wieso nicht?«

»Ich darf sie nicht treffen. Meine Mum *hasst* sie. Ernsthaft, sie hasst sie aus tiefstem Herzen. Mit mütterlicher Missbilligung hat das nichts mehr zu tun. Meine Mum will Carys nie wiedersehen.«

»Das ist echt … gestört.«

»Hm.«

Hin und wieder traf es mich wie ein Schlag, was ich alles nicht wusste, nicht nur über Carys, sondern über alles und jeden. Wie ist es, wenn man seine Eltern nicht ausstehen kann oder umgekehrt? Wie ist es, von zu Hause wegzulaufen? Ich weiß es nicht und werde es nie erfahren. Und ich werde mich immer scheußlich fühlen, weil ich es nicht weiß.

»Vielleicht war es meine Schuld«, sagte ich.

»Was?«

»Dass Carys abgehauen ist.«

Aled runzelte die Stirn. »Was? Wie kommst du denn dadrauf?«

Ich musste es ihm sagen.

»Ich habe sie geküsst. Damit habe ich unsere Freundschaft zerstört.«

Aled blinzelte perplex. »Was – das hast du?«

Ich nickte und atmete aus und fühlte mich, als wäre ich gerade aus dem Meer gesprungen.

»Du bist nicht schuld«, sagte Aled. »Das war nicht …« Er räusperte sich. »Es ist nicht deine Schuld.«

Ich hasste mich, hasste mich so sehr, dass ich durch den Boden bis zum Erdkern fallen wollte.

»Ich bin nicht ihretwegen mit dir befreundet«, sagte ich.

»Das habe ich auch nicht gedacht.«

Dann nahm Aled mich in den Arm. Es gestaltete sich ein wenig schwierig, weil wir beide auf dem Boden lagen, doch wir verwandelten uns einfach aus zwei getrennten Deckenknäueln in ein riesiges Deckenknäuel.

Keine Ahnung, wie lange wir so liegen blieben. Ich hatte seit einer Ewigkeit nicht auf mein Handy gesehen.

Dann fragte Aled: »Meinst du, eines Tages sind wir berühmt?«

»Weiß ich nicht und ich will auch eigentlich lieber nicht berühmt werden.«

»Ich stelle es mir stressig vor, wenn die Leute die ganze Zeit versuchen rauszufinden, wer du bist. Die Fans … die sind irre. Es ist schön und voller Leidenschaft, aber … irre.«

Ich lächelte. »Aber es macht auch Spaß. Es fühlt sich an, als wären wir Teil eines gigantischen Rätsels.«

Aled erwiderte das Lächeln. »Wir *sind* Teil eines gigantischen Rätsels.«

»Möchtest du berühmt werden?«

»Ich möchte nur … etwas Besonderes sein.«

»Bist du doch schon.«

Er lachte. »Halt die Klappe.«

DUNKELBLAU

Meine nächste Erinnerung bestand daraus, wie ich im Dunkeln auf dem eiskalten Teppichboden aufwachte – um drei, vielleicht vier Uhr morgens – und mein Mund wie etwas schmeckte, das man im Chemieunterricht benutzte. Meine Umgebung wirkte leblos, Staubkörnchen schwebten in der Luft. Aled und Daniel waren verschwunden.

Da ich dringend aufs Klo musste, wand ich mich aus den verknäulten Decken und verließ das Wohnzimmer Richtung Bad. Doch als ich Stimmen aus der Küche hörte, blieb ich ruckartig stehen.

Sie sahen mich nicht an der Tür stehen, weil es so dunkel war, und auch ich konnte sie kaum erkennen – gerade eben so als Kleckse im Mondschein –, aber das war auch gar nicht nötig. Sie saßen am Esstisch, Aled hatte den Kopf auf den Arm gelegt, Daniel das Kinn in die Hand gestützt – und so sahen sie einander an. Daniel trank einen Schluck aus einer Flasche, in der ich Wein vermutete.

Eine lange Pause entstand, in der keiner von beiden etwas sagte.

»Ja, aber es geht nicht darum, dass die Leute Bescheid wissen«, sagte Aled. »Es geht nicht um andere, mir ist total egal, was andere darüber denken könnten.«

»Du bist mir eindeutig aus dem Weg gegangen«, sagte Daniel. »Wir haben uns den ganzen Sommer über kaum gesehen.«

»Du – du hattest viel zu tun. Du hast gearbeitet ...«

»Das stimmt, aber ich hätte mir Zeit genommen, wenn du mich gefragt hättest. Ich habe das Gefühl, du willst das gar nicht.«

»Doch!«

»Warum kannst du mir dann nicht einfach sagen, was los ist?« Daniel klang verärgert.

Aleds Stimme wurde noch leiser. »Nichts ist los.«

»Wenn du mich nicht magst, sag's einfach. Lügen bringt da nichts.«

»Ist doch klar, dass ich dich mag.«

»Ich meinte, *so*.«

Aled hob seine freie Hand und pikste Daniel in den Arm, doch als er ihm antwortete, schien er nur mit sich selbst zu sprechen.

»Warum würden wir das dann tun, wenn ich dich nicht *so* mögen würde?«

Daniel rührte sich kaum. »Genau.«

»Genau.«

In dem Moment begriff ich, was geschah, sogar Sekunden bevor es geschah. In meiner Erinnerung war ich nicht einmal überrascht. Ich weiß nicht, wie ich mich fühlte. Ein bisschen einsam vielleicht.

Aled hob den Kopf und breitete die Arme aus. Nachdem Daniel sich vorgebeugt und die Stirn an Aleds Brust gelegt hatte, drückte Aled ihn an sich und strich mit einer Hand langsam über Daniels Rücken. Als sie sich voneinander lösten, saß Aled ruhig da und wartete darauf, dass es geschah.

Daniel fuhr mit den Fingern durch sein Haar, sagte: »Du musst zum Friseur«, und küsste ihn.

Ich kehrte um. Mehr musste ich nicht sehen.

Eine Weile danach wachte ich frierend im Dunkeln auf dem Teppichboden auf. Aled, der schnaufte wie ein Astronaut, dem der Sauerstoff ausging, setzte sich neben mir auf und vergrub das Gesicht in den Händen. Daniel war nicht da. Aled keuchte und keuchte und hielt sich den Kopf und ich richtete mich ebenfalls auf und legte ihm eine Hand auf die Schulter.

»Aled.«

Doch er sah mich nicht an, er zitterte weiter, bis ich endlich kapierte, dass er weinte. Ich rutschte ein Stück weg, damit er mich ansehen konnte, und sagte noch einmal laut seinen Namen. Vergeblich, bis er auf einmal fürchterlich aufstöhnte. Er weinte nicht nur, das hier war schlimmer. So weinte man, wenn man sich die Augen auskratzen oder eine Wand einschlagen wollte, und ich ertrug es nicht. Ich halte es einfach nicht aus, wenn andere weinen, und so schon gar nicht. Ich schlang die Arme um ihn, hielt ihn, während er von Kopf bis Fuß erbebte.

Da ich nicht wusste, was ich sonst noch machen sollte, blieb ich einfach so und fragte ihn immer wieder: »Was hast du denn?«

Er schüttelte nur den Kopf und ich verstand nicht, was er damit sagen wollte.

Nachdem ich ihn dazu gebracht hatte, sich auf den Boden zu legen, fragte ich ihn noch einmal und er sagte nur: »Es tut mir leid … es tut mir leid … «, und einige Minuten später: »Ich will nicht studieren.«

Kann sein, dass er immer noch weinte, während ich wieder einschlief.

Als ich das nächste Mal aufwachte, schlief Daniel in einem Schlafsack auf dem Sofa, als würde er unter Sternen zelten.

Plötzlich begriff ich, dass Daniel February Friday war.

Na klar. Eine geheime Liebesbeziehung, der beste Freund aus der Kindheit, ging es noch romantischer? Nicht dass ich mich damit gut auskannte. Ich hätte gedacht, ich wäre froh, es endlich zu wissen, doch ich fühlte gar nichts. Als ich den Blick zur Decke richtete, erwartete ich fast, dort Sterne zu sehen, aber da war nichts.

Da ich nach wie vor dringend pinkeln musste, setzte ich mich auf und schaute Aled an, der neben mir auf dem Boden lag und wieder eingeschlafen war, den Kopf zu mir gewandt, eine Hand unter der Wange. Ich kniff die Augen zusammen und fand, dass die Haut unter seinen Augen beinahe violett aussah, doch das lag sicher am Licht, das sich gegen das ewige Dunkelblau durchzusetzen versuchte.

2

SOMMERFERIEN

b)

DIE ALLERSCHLIMMSTE FOLGE

Ich war schon häufig woanders aufgewacht, nachdem ich bei einer Freundin übernachtet hatte, doch noch nie hatte jemand neben mir geschlafen und den Arm um mich geschlungen. Genau das tat Aled, als ich um 11.34 Uhr am nächsten Morgen die Augen aufschlug. Mein Kopf fühlte sich an, als würde dort ein Feuerwerk abgefeuert.

Viel war mir nicht im Gedächtnis geblieben, aber ich wusste noch, dass Aled und Daniel zusammen waren und Daniel February Friday war, dass Aled aus mir unbekannten Gründen geheult hatte und dass wir eine von Betrunkenheit geprägte Folge von *Universe City* aufgenommen und auf YouTube gestellt hatten.

Ich fühlte mich, als wäre etwas Schlimmes geschehen, obwohl gar nichts passiert war.

Als ich mit einer Müslischüssel ins Wohnzimmer zurückkehrte, saßen Aled und Daniel nebeneinander auf dem Boden. Ich überlegte, ob sie sich nachts gestritten hatten, was Aleds monumentalen Zusammenbruch erklären würde, doch sie lehnten quasi aneinander und sahen sich auf Aleds Handy ein Video an. Es dauerte zwei Sekunden, bis ich begriff, welches.

Ich setzte mich neben sie und schaute schweigend zu.

Als es vorbei war, sagte Daniel: »Nun, das ist peinlich.«

»Das ist die allerschlimmste Folge, die wir je produziert haben«, meinte Aled.

»Seht mal die Views«, sagte ich.

Die Views, die normalerweise nach einer neuen Folge bei fünf- oder sechstausend lagen, zeigten 30.327 an.

5 SONDERBARE DINGE,
VON DENEN ICH BESESSEN BIN

Ein berühmter YouTuber hatte auf seinem Kanal für *Universe City* die Werbetrommel gerührt. Der Titel seines Videos lautete »5 sonderbare Dinge, von denen ich besessen bin« und der YouTuber erzählte von seinem Sparschwein in Form eines Schweins im Tutu, einer Doge-App (das Internetphänomen des Jahres 2013), einem Spiel namens *Can your pet?* und einem Festnetztelefon, das wie ein Burger aussah. Außerdem gestand er, wie sehr er diesen schrägen unterschätzten Podcast *Universe City* liebte.

Der YouTuber hatte über drei Millionen Abonnenten und drei Stunden, nachdem er sein Video gepostet hatte, war es schon 300.000 Mal angeklickt worden. Er hatte es in der Videobeschreibung mit der *Universe City*-Folge verlinkt.

Ich brauchte zwei Minuten auf Tumblr, um genau das herauszufinden, und dann schauten Aled, Daniel und ich uns – immer noch auf dem Fußboden – das Video auf Aleds Handy an.

»Und zum Schluss möchte ich über diesen *bizarren* Kanal reden, von dem ich besessen bin.« Der YouTuber hob die Hand und auf dem Bildschirm ploppte das Logo von *Universe City* auf. »*Universe City*. In diesem Podcast sendet ein Studierender SOS aus einer futuristischen Uni, wo sier in der Falle sitzt. Besonders toll finde ich daran, dass niemand weiß, wer das produziert, außerdem gibt es alle möglichen verrückten Verschwörungstheorien dazu, zum Beispiel, ob die Figuren reale Menschen sind. Mir ist erst in letzter Minute eingefallen, den Podcast in dieses Video aufzunehmen, weil der Creator vor einer halben Stunde eine neue Folge gepostet hat – wahrscheinlich schon vor mehreren Stunden, wenn ihr dieses Video schaut. Und damit hat *Universe City* ein ganz neues Level der Merkwürdigkeit erreicht. Man kann sich kaum zusammenreimen, was gespielt wird, in der einen Minute rauscht es nur, man hört jemanden schreien, dann spielen welche *Ich hab noch nie* und schließlich wird das Ganze von einem Wortschwall der Hauptfigur Radio Silence getoppt ... das ist *so* schräg und einfach toll, dass man größtenteils keine Ahnung von der Handlung hat. Ich bin ganz im Ernst einmal bis sechs Uhr morgens aufgeblieben, um alles Mögliche über die zahllosen Rätsel und Verschwörungen in dieser Show zu lesen. Wenn euch meine seltsamen Geschichten auf diesem Kanal gefallen, solltet ihr euch das *unbedingt* anschauen – ich verlinke dazu in der Videobeschreibung!«

»Das ist so unwirklich«, sagte Aled.

»Ja.« Ich sah mir die Videos dieses YouTubers an, seit ich vierzehn war.

»Ich wünschte, er hätte die erste Folge verlinkt«, sagte Aled. »Diese Folge wollte ich runternehmen.«

Ich runzelte die Stirn. »Du willst sie löschen?«

»Ja«, sagte er. »Die Folge ist lächerlich. Und blöd.« Er machte eine Pause. »Ich habe sie nicht mal an einem Freitag hochgeladen. Bisher habe ich alle Folgen freitags hochgeladen.«

»Na ja … immerhin zieht es mehr Leute in die Show. Das ist gut!«

»Hm«, sagte Aled. Dann vergrub er stöhnend den Kopf in den Händen. »Wieso habe ich das ins Netz gestellt?«

Daniel und ich schwiegen. Wir wussten wohl nicht, was wir dazu sagen sollten. Ich fand, wir sollten uns freuen, doch das war vielleicht falsch. Aled wirkte alles andere als froh. Er stand auf und kündigte an, Toast zu machen. Daniel tauschte einen Blick mit mir, stand schließlich auf und ging ihm nach, während ich mich nicht vom Fleck rührte und mir noch einmal die neue Folge ansah.

??? was

Scrollt nach unten zur Abschrift>>>

[...]
Wisst ihr noch, wie die Kaninchen geglotzt haben, als wir an ihnen vorbeifuhren? Neidisch, vielleicht, oder ängstlich. Ich saß immer hinter ihr und wartete darauf, dass es passierte. Die lateinische Bezeichnung für den Fuchs lautet *Vulpes vulpes*. Du mochtest den Klang davon immer sehr. Ich bin so genervt von diesen Ghost-School-Problemen. ›Probleme‹ fühlt sich übertrieben an. Rauchst du deine schmalen Zigaretten, während du dich unter den Sternen aus dem Fenster lehnst? Du warst immer mutig genug, um im Feuer verbrannt zu werden. Ich frage mich, ob du deine Besessenheit von Bukowski bereust. Ich bedaure sie, dabei war ich es nicht einmal, der von ihm besessen war. Immerhin konntest du zugeben, von etwas besessen zu sein – so egal war es dir. Ich sage schreckliche Dinge nur, weil ich ein schlechtes Gewissen habe. Ich will mit alldem nichts mehr zu tun haben. Es nervt mich total, wenn man mir sagt, was ich tun soll. Wieso muss ich gehen, nur weil das jeder sagt? Meine M-Mutter? Niemand sollte Entscheidungen für mich treffen dürfen. Ich bin jetzt hier und ich warte und es wird passieren. Hatte ich überhaupt eine Wahl? Höre ich mich an, als würde ich mich für Schule interessieren? Ich kann mich nicht daran erinnern, wie es passiert ist. Ich kann mich nicht erinnern, was ich getan habe oder warum. Alles ist ein großes Durcheinander. Unter den Sternen ist alles besser, schätze ich. Wenn wir nach dem Tod noch ein Leben bekommen, treffen wir uns da, Kumpel ...
[...]

SCHLAF JETZT

Freitag, 16. August
(21:39) **Aled Last**
Frances, es ist schon bei 600.270
hilfe

(23:40) **Frances Janvier**
Jep … dieser verdammte YouTuber hat echt Einfluss
Ziemlich cool eigentlich

(23:46) **Aled Last**
dass ausgerechnet diese folge viral gehen muss …
es musste so kommen oder
lol super

(23:50) **Frances Janvier**
Oh Mann … es tut mir so leid
Du kannst es aber doch immer noch löschen? Es ist deine
Show, du hast die Kontrolle

(23:53) **Aled Last**
nein das kann ich mir nicht leisten
die folge hat mir schon über 3k neue abonnenten eingebracht

(23:53) **Frances Janvier**
Wahnsinn! Echt!????

(23:54) **Aled Last**
Ja
viele kommentare auf youtube loben Toulouse

(23:55) **Frances Janvier**
Wirklich wahr??? Dabei war ich so schlecht omg

(23:55) **Aled Last**
so eine positive reaktion auf einen sidekick hatte ich ewig nicht.
willst du auch in die nächste?

(23:56) **Frances Janvier**
JA bist du sicher???

(23:57) **Aled Last**
sonst hätte ich nicht gefragt haha

(23:58) **Frances Janvier**
<3 <3 <3 <3 <3 <3 <3 <3 <3 <3 <3 <3 <3 <3

Dienstag, 20. August
(11:20) **Aled Last**
FÜNFZIGTAUSEND ABONNENTEN das verlangt nach pizza hut. hast du cash?

(11:34) **Frances Janvier**
HERZLICHEN GLÜCKWUNSCH klar bis gleich

Mittwoch, 21. August
(02:17) **Aled Last**
hey willst du morgen bei der aufnahme nothing left for us singen?
alleine

(02:32) **Frances Janvier**
Alleine!???!?????
Du weißt schon, dass ich überhaupt nicht singen kann, oder …
Ich bin so was von unmusikalisch

(02:34) **Aled Last**
super das macht es interessanter

Freitag, 30. August
(04:33) **Aled Last**
FÜNFUNDSIEBZIGTAUSEND ABONNENTEN
WIE
WARUM
WIR HABEN UNS DOCH NUR BETRUNKEN UND VOR EINER KAMERA RUMGESCHWAFELT

(10:45) **Frances Janvier**
ICH KOMM JETZT ZU DIR
Oh aber jetzt schläfst du oder?
Wach auf sonst klingel ich dich aus dem Bett

(11:03) **Aled Last**
bitte nicht mehr klingeln

Sonntag, 1. September
(00:34) **Frances Janvier**
Ich will morgen nicht in die schule
Kann ich mit zur Uni

(00:35) **Aled Last**
nein
schlaf jetzt

(00:36) **Frances Janvier**
Da kennst du mich wirklich schlecht

(00:37) **Aled Last**
Um 4 uhr ins bett muss aufhören, der sommer ist vorbei

(00:37) **Frances Janvier**
:-(

(00:38) **Aled Last**
soll ich dir ein schlaflied singen

(00:38) **Frances Janvier**
Ja bitte

(00:39) **Aled Last**
schlaf jeeeeeeeeeeeeeetzt
schlaf jeeeeeeeeeeeeeeeeetzt
schlaf jeeeeeeeeeeeeeetzt kleine frances
das muss reichen

(00:41) Frances Janvier
Das war wunderschön. Ich werde mich ewig daran erinnern

(00:42) Aled Last
Klappe, geh schlafen

3
HERBSTTRIMESTER
a)

VERWIRRTE KIDS IN BÜROKOSTÜMEN

»Nicht zu fassen, dass wir uns *zwei Monate* nicht gesehen haben!«, sagte eine meiner Freundinnen am ersten Tag des Herbsttrimesters. Wir saßen mittags an unserem Tisch, alle nun im Abschlussjahrgang, und fühlten uns weniger wie verwirrte Kids in Bürokleidung, sondern eher wie alternde Veteranen des Bildungssystems. »Was hast du gemacht?«

Ich konnte es ebenfalls nicht fassen und hatte erst begriffen, wie lange es her war, als ich am ersten Tag nach den Ferien in die Schule kam und drei von meinen Freundinnen eine neue Haarfarbe hatten und eine so braun geworden war, dass sie fast an mich herankam.

»Äh ... nicht so richtig viel!«, antwortete ich spontan. Nicht so richtig viel. Die Untertreibung des Jahrtausends.

Die Freundin wartete, ob ich noch etwas hinzufügte, doch mir fiel nichts ein. Worüber hatte ich im letzten Schuljahr mit meinen Schulfreundinnen gesprochen? Über alles? Oder nichts?

»Hey, Frances«, sagte eine andere Freundin. »Hast du im Sommer nicht mit Aled Last abgehangen?«

»Wer ist Aled Last?«, fragte die erste.

»Ich glaube, er ist mit Daniel Jun befreundet – er war auf dem Jungengymnasium.«

»Und Frances ist mit ihm zusammen?«

Meine Freundinnen sahen mich erwartungsvoll an.

»Äh, nein«, erwiderte ich und lachte nervös. »Wir sind nur befreundet.«

Sie glaubten mir nicht. Ich schaute mich vergeblich nach Raine um.

»Was hast du dann mit ihm gemacht?«, fragte eine andere Freundin grinsend.

Aled hatte mir schon vor Wochen eingeschärft, niemand dürfe erfahren, dass er *Universe City* produzierte. Er hatte es ziemlich nachdrücklich gesagt, mit einer gewissen Panik im Blick – ganz im Gegensatz zu seinem üblichen zögerlichen Auftreten. Er meinte, wenn jemand davon wüsste, wären das Gesamtkonzept, das Rätsel und das Faszinierende der Show zerstört. Doch dann kicherte er und scherzte, dass auch seine Mutter auf keinen Fall davon erfahren durfte, weil es ihm schrecklich peinlich wäre und er sich komisch fühlen würde, wenn sie zuhörte.

Ich zuckte mit den Schultern. »Wir waren einfach viel zusammen! Wir wohnen gegenüber, deshalb … tja.«

Ich hörte mich nicht nur in meinen eigenen Ohren wenig überzeugend an, doch meine Freundinnen ließen es gut sein und unterhielten sich über andere Dinge. Ich schwieg, weil ich dazu nichts beitragen konnte, was im Gespräch mit meinen Freundinnen nichts Besonderes war. Doch mir kam es seltsam vor, weil ich vergessen hatte, wie ich mich normalerweise verhielt.

TOULOSER

»... mittlerweile war ich dermaßen verwirrt, was Freundschaften anging, alter Kumpel, dass ich einfach akzeptierte, keine zu haben«, sagte Aled mit seiner Radiostimme ins Mikrofon. Dann sah er zu mir herüber, weil ich meinen Satz nicht aufgesagt hatte, und tippte auf meine Hand. »Du bist dran.«

An einem Donnerstagabend, ungefähr zwei Wochen nach Schulanfang, nahmen wir die Folge für Mitte September auf. In Aleds Zimmer war es dunkel bis auf den grellen Schein seines Laptops und die Lichterketten an seinem Bett. Ich hatte nicht aufgepasst, weil ich auf mein Handy starrte. Ich hatte gerade eine E-Mail-Benachrichtigung bekommen, dass mir jemand anonym auf Tumblr geschrieben hatte. Die Message lautete:

Anonym schreibt:
heißt du in Wirklichkeit frances janvier

Ich starrte auf die Mitteilung, Aled auch. Schließlich vibrierte mein Handy, weil ich eine zweite E-Mail erhalten hatte.

Anonym schreibt:
Hey hast du vielleicht nicht gesehen, aber im Universe City

tumblr tag behaupten viele du wärst ein mädchen namens Frances? Kein stress, du musst dich nicht dazu äußern, aber ich dachte, du weißt es besser

»Scheiße«, sagte Aled. Aled fluchte selten.

»Ja.«

Wortlos ging Aled ins Internet und direkt auf Tumblr. Er postete nie etwas, sondern benutzte seinen Account nur dazu, seine Fangemeinde auszuspionieren.

Der oberste Post im *Universe City* Tumbler Tag mit über 5000 Kommentaren bestand aus einem langen Post, der mich als die Stimme von Toulouse, Show-Artistin und Betreiberin des Blogs toulouser enttarnte, die man online nur als »Toulouse« kannte.

Jemand – vielleicht eine Mitschülerin oder jemand aus der Stadt, keine Ahnung – hatte in einem weiteren Post bei Tumblr ein Video, auf dem ich anlässlich einer früheren Schulveranstaltung eine Rede vor der Schulpflegschaft gehalten hatte (die man auf der Website der Schule anklicken konnte), mit meiner Stimme in den letzten Folgen verglichen und einige unscharfe Screenshots aus der Ghost-School-Folge angehängt.

Unter ihr Beweismaterial hatte die Person geschrieben:

OMFG! Glaubt ihr Toulouse ist diese »Frances Janvier«!!? Sieht und hört sich gleich an lol!! XD
@touloser @touloser @touloser

Angesichts des »XD« knirschte ich mit den Zähnen.

»Sie sind praktisch kurz davor, mich zu finden«, sagte Aled und zog an den Ärmeln seines Pullis.

»Was soll ich deiner Meinung nach tun?«, fragte ich aufrichtig interessiert. »Oder wir beide? Ich gehe mal davon aus, dass sie sich zurückhalten würden, wenn ich sie bitte, nicht weiterzuforschen.«

»Das hält sie nicht auf«, sagte er und rieb sich die Stirn.

»Dann streite ich es eben ab ...«

»Sie würden dir nicht glauben.« Er stöhnte. »Und alles wegen dieser blöden Folge ... ich bin so ein Idiot ...«

Ich rutschte auf meinem Stuhl hin und her. »Also ... es ist nicht deine Schuld, aber wenn sie es nun rausfinden ... das wäre doch keine *Katastrophe*, oder? Ich meine, irgendwann wäre es bestimmt sowieso rausgekommen, vor allem, wenn es immer mehr Abonnenten –«

»*Nein*, es sollte für immer ein Rätsel bleiben! Nur darum ist es so toll!« Aled schüttelte den Kopf und stierte mit leerem Blick auf seinen Computerbildschirm. »Das ist das Besondere daran – es ist so – es ist so in sich geschlossen, es ist ätherisch, die besondere magische Glückskugel, die über allen Köpfen in der Luft hängt, und niemand kommt dran. Und das gehört nur mir und keiner mischt sich ein, weder die Fangemeinde noch meine Mutter, einfach *niemand*.«

Da ich bei alldem nicht mehr ganz mitkam, hielt ich den Mund und überprüfte meine E-Mails. Zehn neue waren bereits dazugekommen.

Ohne lang zu fackeln, schrieb ich doch einen Post.

touloser
ja, ihr habts erraten lol
in den vergangenen zwei jahren auf tumblr habt ihr mich als
toulouse oder touloser gekannt, was ihr sicherlich als fake-

namen erkannt habt. Ich wollte anonym bleiben, weil niemand in Wirklichkeit wusste, was ich da zeichnete oder dass ich peinlicherweise derart von diesem wahnsinnig tollen YouTube-Kanal besessen war.

anscheinend habe ich unterschätzt, wie gut man Stimmen Gesichtern zuordnen kann, beziehungsweise dass in den letzten Wochen so viele Gerüchte über mich aufkamen.

also ja, eigentlich heiße ich Frances Janvier und zeichne für universe City und spreche die stimme von toulouse. lange war ich nur ein totaler fan des podcasts und mittlerweile trage ich dazu bei. das ist merkwürdig, aber so ist es eben.

nein, ich verrate euch nicht, wer radio ist. hört bitte auf zu fragen. außerdem wäre es cool, wenn ihr mich nicht stalken würdet.

ok. bye.

#universe city #radio silence #universe citizens #lol #bittehörtaufmirimmerdieselbenfragenzustellen #danke #ichzeichnejetztweiter

Zu diesem Zeitpunkt hatte ich ungefähr 4.000 Follower auf Tumblr.

Am Wochenende waren es bereits 25.000.

Und am darauffolgenden Montag waren fünf verschiedene Leute auf mich zugekommen und hatten mich gefragt, ob ich die Stimme von Toulouse in *Universe City* war, was ich natürlich mit Ja beantworten musste.

Eine Woche später war es in der Schule allgemein bekannt, dass ich, Frances Janvier, die extrem fleißige und todlangweilige Schülersprecherin, heimlich schräge Dinge auf YouTube trieb. Beziehungsweise anscheinend nicht mehr heimlich.

KUNST WAR ENTTÄUSCHEND?

»Sie wissen vermutlich, warum ich Sie sprechen möchte, Frances.«

In der dritten Septemberwoche saß ich in Dr. Afolayans Büro auf einem Stuhl, der seltsam seitlich positioniert war, sodass ich den Kopf drehen musste, um sie anzusehen. Ich hatte keine Ahnung, wieso sie mich herbestellt hatte, und war deswegen total geschockt, als ich am Morgen erfuhr, dass ich in der Pause in ihr Büro kommen sollte.

Afolayan war eine ziemlich gute Schulleiterin, keine Frage. Besonders bekannt war sie, weil sie jedes Jahr eine Rede darüber hielt, wie sie es aus einem winzigen Dorf in Nigeria zu einer Promotion an der Universität Oxford gebracht hatte. Das entsprechende Zeugnis hing in einem hölzernen Zierrahmen an der Wand ihres Büros und erinnerte jeden Besucher daran, dass Leistungsrückstände nicht akzeptabel waren.

Ehrlich gesagt, konnte ich sie noch nie leiden.

Sie schlug die Beine übereinander und verschränkte die Hände auf dem Schreibtisch. Dann vermittelte sie mir mit einem verhaltenen Lächeln, wie enttäuscht sie von mir war.

»Äh, nein«, antwortete ich mit einem vagen Lachen am Ende, als würde es das irgendwie besser machen.

Afolayan zog die Augenbrauen hoch. »Verstehe.«

Eine Pause entstand, in der sie sich zurücklehnte und die Finger über einem Knie verschränkte.

»Sie haben offenbar an einem viralen Internet-Video mitgewirkt, das ein schlechtes Licht auf die Philosophie unserer Academy wirft.«

Oh.

»Oh«, sagte ich.

»Ja, das Video ist sehr unterhaltsam«, fuhr Afolayan mit ausdrucksloser Miene fort. »Und es enthält eine Menge … sagen wir, *Propaganda*.«

Keine Ahnung, was für ein Gesicht ich in diesem Moment machte.

»Außerdem hat es viel Beachtung gefunden, oder? Bisher wurde es fast zweihunderttausendmal angeklickt, richtig? Einige Eltern haben Fragen gestellt.«

»Oh«, sagte ich. »Wer – wer hat Ihnen das erzählt?«

»Eine Schülerin.«

»Oh.« Ich wiederholte mich.

»Seitdem frage ich mich ernsthaft, wie Sie auf die Idee kommen konnten, so etwas zu posten. Haben Sie die gleichen Ansichten wie«, sie warf einen Blick auf eine Post-it-Notiz, »*Universe City*? Sind Sie der Meinung, wir sollten das Schulsystem abschaffen, im Wald leben und lernen, Feuer zu machen? Oder Lebensmittel gegen eigene Hühner und selbst angebautes Gemüse eintauschen? Wünschen Sie das Ende des Kapitalismus herbei?«

Ich konnte Dr. Afolayan aus verschiedenen Gründen nicht ausstehen. Sie war unnötig grob zu den Schülerinnen und glaubte leidenschaftlich an sogenannte »Denkwerkzeuge«. Doch ich konnte mich nicht erinnern, wann mir zum letzten

Mal jemand so unsympathisch gewesen war wie sie in diesem Moment. Wenn ich mich über etwas richtig aufregen kann, dann darüber, dass man mich bevormunden will.

»Nein«, sagte ich, denn wenn ich versucht hätte, etwas anderes zu sagen, hätte ich sie entweder angeschrien oder angefangen zu heulen.

»Und wieso haben Sie es dann gepostet?«

Weil ich betrunken war.

»Ich fand, es war Kunst«, sagte ich.

»*Ach so.*« Dazu ein gemeines Lächeln. »Aha. Das ist … ich kann es nicht anders sagen, das ist wirklich sehr enttäuschend. Ich hätte etwas Besseres erwartet.«

Kunst war enttäuschend? Ich blendete mich aus diesem Gespräch aus und musste mich sehr zusammenreißen, um nicht zu weinen.

»Ja«, sagte ich.

Sie sah mich an.

»Mir bleibt nichts anderes übrig. Ich muss Sie als Schülersprecherin absetzen, Frances«, sagte sie.

»Oh«, sagte ich, aber ich hatte es kommen sehen, ich hatte es schon lange kommen sehen.

»Sie repräsentieren nicht mehr auf angemessene Art und Weise das Image der Schule. Unsere Schülersprecher*innen müssen an die Schule *glauben* und ihr Erfolg muss ihnen *am Herzen liegen.* Das trifft auf Sie eindeutig nicht zu.«

Jetzt reichte es mir.

»Ich finde das ein wenig unfair«, erwiderte ich. »Das Video war offensichtlich ein Fehler und das tut mir leid, aber, um ehrlich zu sein, haben Sie überhaupt nur Kenntnis davon, weil Ihnen jemand davon erzählt hat. Es kam noch nicht einmal von einem YouTube-Account, der mir gehören würde, und Sie gehen einfach davon aus, dass ich all diese Ansichten teile. Abgesehen davon sollten meine außerschulischen Aktivitäten keinen Einfluss darauf haben, ob ich Schülersprecherin bin oder nicht.«

Afolayans Gesichtsausdruck veränderte sich schon bei meinen ersten Worten. Jetzt sah sie wütend aus.

»Wenn Ihre außerschulischen Aktivitäten die Schule betreffen, hat das sehr wohl Einfluss auf Ihre Rolle als Schülersprecherin«, entgegnete sie. »Dieses Video haben viele unserer Schüler und Schülerinnen gesehen.«

»Wie bitte? Soll ich etwa mein ganzes Leben und alles, was ich mache, mit meiner Rolle als Schülersprecherin abstimmen, nur für den Fall, dass jemand zufällig mitbekommt, was ich so tue?«

»Sie wirken gerade sehr unreif auf mich.«

Ich verstummte. Diskutieren war sinnlos. Sie würde ohnehin nicht versuchen, mir zuzuhören.

Wie immer, oder? Sie geben sich nicht einmal *Mühe*, einem zuzuhören.

»Das ist kein guter Start ins Abschlussjahr, was?« Afolayan zog erneut die Augenbrauen hoch und vermittelte mir mit einem leicht mitleidigen Lächeln, ich sollte lieber gehen, bevor sie mich dazu auffordern musste.

»Danke«, sagte ich, ohne zu wissen, warum – wofür hätte ich mich bedanken sollen? Ich stand auf und ging zur Tür.

»Oh, ich brauche Ihr Schülersprecherinnen-Abzeichen«, sagte Afolayan und hielt die Hand auf, als ich mich umdrehte.

»Oh Gott, Frances, was ist los? Was ist passiert?«

Eine meiner Freundinnen – Maya – saß an unserem Tisch im ULZ, als ich hereinkam. Peinlicherweise weinte ich, also ich heulte nicht laut los oder so, aber meine Augen waren tränennass und ich musste sie ständig trocknen, damit meine Mascara nicht verlief.

Ich erklärte ihr, was geschehen war. Maya fühlte sich offenbar ein wenig unwohl, weil ich weinte. Sie hatten mich alle noch nie weinen sehen.

»Das wird schon wieder – es hat doch keinen Einfluss auf irgendwas, oder?« Maya lachte verlegen. »Immerhin musst du jetzt nicht mehr diese blöden Reden halten und an Veranstaltungen teilnehmen!«

»Damit habe ich mir meine Uni-Bewerbung vermasselt ... in meinem Motivationsschreiben geht es zum Beispiel in einem eigenen Abschnitt um meinen Status als Schülersprecherin, nur deshalb wollte ich überhaupt Schülersprecherin werden, damit ich etwas vorweisen kann. Andere Hobbys habe ich nicht ... und Cambridge verlangt, dass man irgendwie ... Führungsqualität beweist ...«

Maya hörte aufmerksam zu und sah mich mitfühlend an, rieb mir den Rücken und versuchte, mir zu helfen, doch sie kapierte es einfach nicht, deshalb sagte ich, ich würde zur Toilette gehen und mein Make-up auffrischen. Doch ich saß nur in einer Kabine und versuchte, mich zu beruhigen. Ich hasste mich, weil ich öffentlich geheult hatte und weil ich es so weit hatte kommen lassen. Dass mich jemand zum Weinen gebracht hatte.

RAINE

»Sag mal, Frances«, sagte Jess aus meinem Geschichtskurs und beugte sich über ihren Stuhl, um mich von einem anderen Tisch aus anzusprechen, »wenn du Toulouse aus *Universe City* bist, wer ist dann die Stimme von Radio Silence? Dein Freund Aled?«

Wir befanden uns in der vierten Septemberwoche, es war ein Mittwoch. In drei Tagen würde Aled ausziehen, um zu studieren.

Alle Schüler*Innen des Abschlussjahrgangs sollten in der ersten Stunde im ULZ an ihren Motivationsschreiben für die Universitätsbewerbungen arbeiten. Nicht, dass jemand voll bei der Sache gewesen wäre. Mein Motivationsschreiben war schon ziemlich gut und damit meine ich, dass es die eloquentesten fünfhundert Worte Bullshit umfasste, die ich je geschrieben hatte, doch ich grübelte immer noch darüber, was ich unter »außerschulische Aktivitäten« anführen könnte. Schließlich konnte ich nicht mehr mit meinem Posten als Schülersprecherin angeben.

»Wart ihr deshalb den ganzen Sommer zusammen?«

Offenbar hatten es viele mitbekommen, dass Aled und ich im Sommer abgehangen hatten. Das fanden sie aber nur interessant, weil sie mich für eine Einsiedlerin gehalten hatten, die von ihren Hausaufgaben besessen war. Was größtenteils auch zutraf, insofern nichts für ungut.

Ich erwog, Jess anzulügen, aber unter Druck gerate ich in Panik und sagte deshalb nur: »Äh, das – darf ich nicht verraten.«

»Wohnt ihr nicht im selben Dorf?«, fragte Jess' Tischnachbarin.

»Ja, schon«, antwortete ich.

Plötzlich sahen mich alle in einem Umkreis von fünf Metern Entfernung an.

»Denn wenn du jetzt bei der Show mitmachst, bist du sicherlich sehr nah dran am Creator.«

»Äh …« Meine Handflächen wurden schweißnass. »Also, das muss nicht unbedingt sein.«

»Das sagen aber alle auf Tumblr.«

Dazu schwieg ich, weil sie recht hatte. Auf Tumblr waren alle der Meinung, der Creator und ich wären BFFs.

Tja, damit kamen sie der Wahrheit ja auch ziemlich nahe.

»Wieso darfst du es uns denn nicht verraten?«, bohrte Jess grinsend weiter, als hätte sie lange nicht mehr so viel Spaß gehabt. Sie und ich waren nie besonders gut befreundet gewesen und sie war vor allem für ihre schlimmen Selbstbräunerstreifen bekannt. In der Zehn war ein Lehrer auf Bewährung gesetzt worden, weil er sie im Unterricht mit »Bacon legs« angesprochen hatte.

»Weil«, ich konnte mich gerade noch davon abhalten, »er« zu sagen, »die Person nicht möchte, dass es alle wissen.« Ich lachte leise, um Spannung rauszunehmen. »Weil das eben zum Rätsel dazugehört.«

»Bist du mit ihm zusammen?«

»Was? Mit wem? Radio?«

»Aled.«

»Äh, nein.«

Jess hörte gar nicht mehr auf zu grinsen. Die anderen, die ein wenig zugehört hatten, wandten sich bereits wieder ab und redeten über etwas anderes.

»Moment, sprecht ihr über Aled Last?«, mischte sich jemand vom anderen Ende meines Tisches ein. Raine Sengupta kippelte mit ihrem Stuhl an der Wand und klopfte mit einem Lineal auf den Tisch. »Das kann ich mir nicht vorstellen; Aled ist echt der stillste Typ auf der ganzen Welt.«

Als sie mich mit hochgezogenen Augenbrauen ansah und ein wenig grinste, begriff ich mit einem Mal, dass sie log.

»Außerdem würde Daniel Jun bei so einem Quatsch nicht mitmachen«, fuhr sie fort, »ich meine diese Künstlernummer. Ich kann mir nicht vorstellen, dass er einen YouTuber zum besten Freund hätte.«

»Hm, da hast du recht«, sagte Jess.

Raine schwang ihre Beine herum, obwohl sie sich mit dem Stuhl immer noch gefährlich weit zurücklehnte. »Wahrscheinlich ist es jemand, den wir gar nicht kennen.«

»Ich will es einfach *wissen*.« Das sagte Jess zu laut und unser Lehrer begriff endlich, dass niemand etwas für die Schule tat, und ermahnte alle.

Raine zeigte mir ein schnelles Peace-Zeichen, sobald Jess sich umgedreht hatte, und ich wusste nicht, ob es das Dümmste oder das Coolste war, das ich je gesehen hatte. Zufällig fiel mein Blick auf den Zettel auf ihrem Tisch. Es sollte ein ausgedruckter Entwurf ihres Motivationsschreibens sein, doch da lag nur ein leeres Blatt. Als ich am Ende der Stunde mit ihr reden wollte, war sie bereits gegangen.

Ich sah sie erst nach der Schule auf der Straße wieder, als sie praktisch drei Schritte vor mir herlief. Das war meine gewohnte Strecke zum Bahnhof, auf der ich normalerweise allen, die ich nur vage kannte, aus dem Weg ging. Aber … keine Ahnung. Vielleicht hatte ich den Blick vor Augen, den sie mir in Geschichte zugeworfen hatte.

»Raine!«

Sie drehte sich um. Für ihre Haare hätte ich einen Mord begehen können. Meine eigenen Korkenzieherlocken würden mit einem Undercut scheiße aussehen, obwohl ich sie jeden Tag hochstecke.

»Oh hey!«, sagte sie. »Alles okay?«

»Ja, schon«, antwortete ich. »Und bei dir?«

»Ziemlich fertig, ehrlich gesagt.«

So sah sie auch aus, aber das ging uns fast allen so.

»Ich habe dich in der Mittagspause gesucht …«

Raine lachte. Mit einem Lächeln deutete sie an, etwas zu wissen, das sie nicht wissen sollte. »Oh sorry, ich muss mittags nachsitzen.«

»Was? Wieso?«

»Na ja, du weißt, wie schlecht meine Noten waren?«

»Ja.«

»Seitdem soll ich mittags und in den Freistunden Stoff nachholen.«

»Wie bitte, sogar in der *Mittagspause*?«

»Jep, sie geben mir zehn Minuten zum Essen und danach muss ich vierzig Minuten vor Dr. Afolayans Büro sitzen und Hausaufgaben machen.«

»Das ist … unmoralisch.«

»Genau! Wir haben ein Menschenrecht auf Mittagspause.«

Als wir um die nächste Ecke bogen, fing es an zu regnen

und das Grau des Himmels verschwamm mit dem Grau des Bürgersteigs. Ich spannte meinen Schirm auf und hielt ihn über uns beide.

»Ja, und jetzt sag mal, du kennst Aled Last, oder wie? Es sah irgendwie so aus, als würdest du Jess frech ins Gesicht lügen, was übrigens echt witzig war.«

Raine lachte und nickte. »Oh mein Gott, ich kann sie echt nicht leiden. Moment«, sie riss den Kopf zu mir herum, »sie ist doch nicht etwa eine gute Freundin von dir, oder?«

»Wir reden nicht oft. Eigentlich weiß ich über sie nur das mit dem übergriffigen Lehrer.«

»Oh mein Gott – *Bacon legs*. Davon habe ich gehört. Und so werde ich sie einfach von heute an nennen.« Grinsend schüttelte sie ein wenig den Kopf. »Also, ich finde es echt blöd, wie sie den ganzen Klatsch aufsaugt und sich dabei einen Dreck um die Gefühle anderer schert. Typisch Bacon legs.«

Wir schwiegen. Als ich merkte, dass Raine auf die andere Straßenseite blickte, sah ich, wie sie einen Golden Retriever beobachtete, der Gassi geführt wurde.

Sie merkte, dass ich sie ansah, und kehrte in die Gegenwart zurück. »Oh sorry, ich stehe voll auf Hunde, echt jetzt. Wenn ich einen Wunsch frei hätte, würde ich einen Hund wählen. *Egal* ...«

Ich musste lachen. Raine sagte einfach, was sie wollte, wann sie es wollte. Unglaublich.

»Aled Last ...«

»Jep.«

»Daniel Jun hat mir von seinem YouTube-Ding erzählt.«

Ich sah sie völlig perplex an. »Im Ernst?«

»Ja.« Raine lachte. »Er war total hinüber. Und immer bin

ich es, die sich um diejenigen kümmert, die wirklich *sturz-besoffen* sind, also so fertig, dass einer aufpassen muss, dass sie nicht an ihrer eigenen Kotze ersticken. Wir waren auf einer Party und er fing einfach davon an.«

»Wahnsinn ... weißt du, ob Aled das weiß?«

Raine zuckte mit den Schultern. »Keine Ahnung, ich habe nichts mit ihm zu tun. Und da ich mir nicht mal die Videos anschaue ... ist doch auch egal. Ich weiß, dass er es nicht überall rumerzählt haben will, und daran halte ich mich.«

»War das ... gerade erst?«

»Oh ja, vor zwei Monaten vielleicht.« Raine hielt inne. »Daniel hatte sich irgendwie über Aled geärgert, glaube ich. Es schien so, als würde Aled seinen YouTube-Kanal lieber haben als Daniel, wenn du weißt, was ich meine?«

Mir fiel wieder ein, was ich in der Nacht nach der Notenvergabe gesehen hatte. Aled und Daniel. Und danach hatte Aled so heftig geweint, dass ich dachte, er würde komplett zusammenbrechen.

»Wenn das stimmt, ist es echt traurig«, sagte ich. »Sie sind beste Freunde.«

Raine musterte mich. »Jep, *beste Freunde*.«

Pause.

Ich warf ihr einen flüchtigen Blick zu. »Weißt du ... irgendwas?«

Sie strahlte mich an. »Ob ich weiß, dass Aled und Daniel es heimlich treiben? Allerdings.«

Wie sie das sagte, dermaßen *gleichgültig* – ich reagierte mit einem nervösen Lachen. Ich war gar nicht auf die Idee gekommen, dass sie Sex haben könnten. Die Vorstellung machte mich fertig, weil ich stets davon ausgegangen war, dass Aled und ich in diesem Punkt gleich unerfahren waren.

»Oh. Ich wusste nicht, dass noch jemand das weiß.«

»Nur ich, glaube ich. Dank Drunk Daniel.«

»Okay ...«

Wir waren an der High Street angekommen. Ich musste links zum Bahnhof abbiegen, Raine weiter geradeaus gehen. Wohin, wusste ich nicht.

»Danke jedenfalls«, sagte ich. »Du hast mich gerettet. Wenn man mich drängt, rede ich den letzten Mist.«

»Ach, kein Problem.« Sie lächelte. »Das tu ich doch gerne, wenn Bacon legs dann weniger Scheiße labert. Außerdem hast du in letzter Zeit eher wenig gesagt. Du wirkst ein wenig abwesend.«

Es überraschte mich, dass ihr überhaupt etwas an mir auffiel. Raine, Maya und unsere anderen Freundinnen beachteten mich nur selten.

»Oh«, sagte ich. »Ähm, na ja, viel zu tun.«

»Viel mit *Universe City*?«

»Ja. Es ist einfach ... ein bisschen heftig. Online. Und jetzt wissen es Leute im echten Leben ... das stresst mich.«

»Mist.« Sie sah mich mitfühlend an. »Mach dir keine Sorgen. Irgendwann reden sie auch wieder über etwas anderes.«

Ich kicherte. »Klar, *irgendwann*.«

Sie verabschiedete sich mit einem vagen »Bis dann« und einem weiteren komisch-coolen Peace-Zeichen, bevor ich selbst etwas sagen konnte. Das löste zwei Gefühle in mir aus. Erstens war ich erstaunt, dass Raine so viel wusste, obwohl sie auf mich immer super oberflächlich wirkte. Zweitens war ich traurig, weil ich sie überhaupt als oberflächlich abgestempelt hatte.

SO IST SIE IMMER

Donnerstagabend ging ich später als gewohnt zu Aled, weil seine Mutter für mehrere Tage weggefahren war, um Verwandte zu besuchen. Es war erst halb zehn und ich wusste, dass Aled achtzehn Jahre alt war, doch ehrlich gesagt fühlten wir uns beide noch wie kleine Babys. Zum Beispiel kam keiner von uns damit klar, wie man die Waschmaschine bediente.

Wir saßen an seinem Küchentisch und warteten darauf, dass die Pizza fertig wurde, und ich redete über etwas total Albernes und Aled hörte einfach ruhig zu und steuerte hier und da etwas bei. Alles ganz normal.

Doch nicht.

»Ist alles okay?«, fragte Aled, sobald eine natürliche Gesprächspause entstand. »In der Schule und so?«

Das überraschte mich, weil Aled selten derart allgemeine Fragen stellte.

»Ja. Ja.« Ich lachte. »Nur todmüde. Ich komme echt überhaupt nicht mehr zum Schlafen.«

Als der Ofenwecker piepte, klatschte Aled in die Hände, holte das Essen heraus, während ich mehrmals hintereinander das Wort »Pizza« sang.

In zwei Tagen würde er an die Uni gehen.

Als wir erst mal aßen, sagte ich: »Ich muss dir etwas Wichtiges sagen.«

Aled hörte kurz auf zu kauen. »Ja?«

»Kennst du Raine Sengupta?«

»Nicht wirklich.«

»Sie hat mir gestern erzählt, dass sie über *Universe City* Bescheid weiß. Also, dass du der Creator bist.«

Aled hörte ganz auf zu essen und sah mir in die Augen. Oh. Anscheinend hatte ich etwas gesagt, das ich besser nicht hätte sagen sollen. Schon wieder. Wieso passierte mir das andauernd? Wieso fand ich ständig alles Mögliche heraus?

»Oh.« Aled strich sich mit der Hand durchs Haar. »Verdammt …«

»Sie meinte, sie sagt es nicht weiter.«

»Als ob.«

»Außerdem hat sie gesagt …«

Ich verstummte. Eigentlich hatte ich sagen wollen, dass Raine auch das von Daniel und Aled wusste, doch dann fiel mir gerade noch rechtzeitig ein, dass er nicht einmal wusste, dass ich es wusste.

Aled starrte mich an und wirkte ziemlich verschreckt. »Oh Gott, was?«

»Ähm, okay, sie weiß das … ähm, von dir und Daniel.«

Es wurde grauenerregend still. Aled saß wie angewurzelt da.

»Was genau?«, fragte Aled langsam.

»Also …« Doch ich konnte meinen Satz nicht beenden.

»Oh«, sagte Aled.

Ich rutschte auf dem Stuhl herum.

Aled atmete geräuschvoll aus und hielt den Blick auf den Teller gerichtet. »Hast du es schon vorher gewusst?«

Warum hatte ich es ihm nicht längst gesagt? Ich glaube, ich spreche einfach nicht gern Themen an, die Leute quälen und in Verlegenheit bringen.

»An deinem Geburtstag habe ich gesehen, wie ihr euch geküsst habt«, sagte ich und fügte eilends hinzu: »Mehr nicht! Nur das. Und dann wurde ich ein bisschen später wach und du hast … geschluchzt.«

Aled fuhr sich erneut durchs Haar. »Oh, ja. Ich dachte, du wärst vielleicht zu betrunken gewesen, um dich daran zu erinnern.«

Als ich vergeblich darauf wartete, dass er weitersprach, fragte ich: »Wieso hast du es mir nicht gesagt?«

Er sah mir wieder in die Augen, sein Blick war traurig. Dann kicherte er. »Aus dem gleichen Grund, aus dem ich nicht wollte, dass du meiner Mum begegnest. Du bist irgendwie … weitab von all den … schwierigen Dingen in meinem Leben …« Er lachte. »Oh mein Gott, wie kann man nur so was Uncooles sagen. Sorry.«

Ich musste auch lachen, weil es wirklich sehr nach Weichei klang, doch ich hatte begriffen, was er sagen wollte.

Es war nicht so simpel wie »Daniel und ich sind in einer Beziehung«.

Aber was ist schon simpel?

»Warum hast du geweint?«, fragte ich.

Aled sah mich noch eine Sekunde länger an, blickte dann wieder auf sein Essen und spielte mit einer Hand am Pizzarand herum.

»Weiß ich nicht mehr. Ich war vermutlich ziemlich betrunken.« Er lachte, aber es klang gekünstelt. »Ich bin ein Gefühlssäufer.«

»Oh.«

Ich glaubte ihm nicht, doch er wollte es mir offenbar nicht verraten.

»Heißt das, Daniel ist schwul?«, fragte ich, weil ich es unmöglich nicht fragen konnte.

»Ja.«

»Hm.« Ich war ganz schön geschockt, weil ich nicht darauf gekommen war. »Also ... ich bin bisexuell.«

Aled machte große Augen. »Was – echt jetzt?«

»Haha, ja. Ich habe dir doch erzählt, dass ich Carys geküsst habe?«

»Ja, hast du, aber ...« Aled schüttelte den Kopf. »Keine Ahnung. Ich habe nicht richtig drüber nachgedacht.« Er machte eine Pause. »Wieso hast du mir das nicht eher gesagt?«

»Weiß ich nicht«, begann ich, doch das war gelogen. »Ich habe es noch niemandem erzählt.«

Mit einem Mal sah Aled unendlich traurig aus. »Nein?«

»Nein ...«

Wir aßen ein Stück Pizza.

»Wann hast du gemerkt, dass du bi bist?«, fragte Aled so leise, dass ich ihn über meinen eigenen Kaugeräuschen beinahe nicht gehört hatte.

Die Frage kam überraschend und ich hatte eigentlich wenig Lust zu antworten.

Doch dann kapierte ich, warum er mich das fragte.

»Es gab nicht den einen Moment«, sagte ich. »Es war eher so ... ich habe im Internet gelesen, dass es das gibt, und plötzlich passte alles ...« Ich hatte nie zuvor versucht, es jemandem zu erklären – nicht einmal mir selbst. »Irgendwie ... das klingt echt komisch, aber ich konnte mir immer schon vorstellen, sowohl mit einem Jungen als auch mit einem Mädchen zusammen zu sein. Klar gibt es gewisse Unterschiede, aber die Gefühle bleiben die gleichen ... weißt du, was ich meine? Ich rede wirres Zeug ...«

»Nein, das ist kein wirres Zeug«, sagte er. »Wieso hast du es deinen Schulfreundinnen nicht gesagt?«

Ich schaute ihn an. »Bisher war niemand es wert, das zu erfahren.«

Aled riss ein wenig die Augen auf. Möglicherweise wurde ihm jetzt erst klar, dass er im Grunde genommen mein einziger Freund war. Irgendwie hoffte ich, er würde es doch nicht kapieren. Das weckte nur mein Selbstmitleid.

»Unter anderem bin ich ja darum überhaupt so auf *Universe City* abgefahren«, fuhr ich fort. »Weil Radio sich in alle möglichen Leute verliebt, in Jungs und Mädchen und andere Geschlechter und ... was weiß ich, Aliens und so.« Ich lachte und auch Aled lächelte.

»Ich glaube, dass die meisten Leute Junge-Mädchen-Liebesgeschichten ohnehin ein bisschen langweilig finden«, sagte er. »Davon gibt's doch schon mehr als genug.«

Ich hätte ihn schrecklich gern gefragt.

Aber genau das kann man einfach nicht fragen.

Man muss warten, bis es einem gesagt wird.

Als die Haustür aufging, zuckten wir beide so heftig zusammen, dass ich beinahe die Limoflasche umgeworfen hätte.

Aleds Mutter kam in die Küche und blinzelte mich mit einer Tragetasche von Tesco über der Schulter und dem Autoschlüssel in der Hand an.

»Oh, hallo Frances, Liebes«, sagte sie mit hochgezogenen Augenbrauen. »Ich hätte dich hier so spät nicht erwartet.«

Ich warf einen Blick auf die Wanduhr. Es war fast zehn. Ich

219

sprang auf. »Oh Gott, das tut mir furchtbar leid, ich gehe jetzt lieber nach Hause …«

Sie reagierte nicht, doch nachdem sie die Einkaufstasche auf dem Küchentisch abgestellt hatte, sagte sie: »Unsinn, ihr seid ja noch gar nicht fertig mit dem Abendessen!«

Da ich nicht wusste, was ich sagen sollte, setzte ich mich wortlos wieder hin.

»Ich dachte, du bist bei Opa, Mum«, sagte Aled. Seine Stimme klang komisch – irgendwie gepresst.

»Ja, da war ich ja auch, Schatz, aber sie haben an diesem Wochenende einiges zu tun …« Sie erklärte langatmig, was Aleds Großeltern am Wochenende alles vorhatten. Ich versuchte währenddessen zwar wiederholt, Aleds Blick aufzufangen, doch er starrte in Carols Richtung wie ein wildes Tier, das wie angewurzelt verharrte, um ja nicht entdeckt zu werden.

Seine Mutter begann zu spülen und sah zum ersten Mal, seit sie die Küche betreten hatte, ihren Sohn an.

»Deine Haare sind ein bisschen lang, findest du nicht, Allie? Soll ich einen Friseurtermin für dich vereinbaren?«

Eine unerträglich lange Stille machte sich breit.

»Ähm … ich finde es gerade gut so«, sagte Aled schließlich.

Carol runzelte die Stirn, drehte den Wasserhahn zu und spülte Töpfe, als wollte sie den Boden rausschrubben. »Was? Aber meinst du nicht auch, dass sie so ein bisschen ungepflegt sind, Schatz? Du siehst aus wie einer dieser Drogensüchtigen vor dem Arbeitsamt.«

»Mir gefällt es, wie es ist«, sagte Aled.

Carol trocknete sich die Hände an einem Geschirrtuch ab. »Ich kann sie dir auch schneiden, wenn du möchtest.« Sie sah mich an. »Als er klein war, habe ich ihm immer die Haare geschnitten.«

Aled schwieg, aber dann schnappte Carol sich zu meinem unsagbaren Entsetzen die Küchenschere und ging damit zu Aled.

»Nein, Mum, lass es …«

»Komm«, sagte sie, »nur die Spitzen, das geht ganz schnell.«

»Ich finde es wirklich gut so, Mum.«

»Du würdest so viel besser aussehen, Allie.«

Ich konnte mir nicht vorstellen, dass es tatsächlich geschehen würde. Ich sah es buchstäblich vor mir, konnte mir aber andererseits nicht vorstellen, dass es so ablaufen würde. Dies war das wahre Leben und kein TV-Drama.

»Nein, nein, nein, nein, Mum, *nicht* –«

Sie packte ein Haarbüschel und schnitt ungefähr zehn Zentimeter ab.

Aled wich ruckartig aus und stand so schnell auf, dass man meinen könnte, er hätte auch nicht wirklich damit gerechnet. Plötzlich fiel mir auf, dass ich ebenfalls aufgestanden war – wann hatte ich das denn gemacht?

Sie hatte ihm einfach die Haare abgeschnitten.

Was. Zum Teufel.

»Mum –« Aled wollte etwas sagen, doch Carol unterbrach ihn.

»Ach. Komm, Schatz, sie sind viel zu lang. Wenn du so in der Uni erscheinst, wirst du gleich zum Außenseiter!« Sie wandte sich erneut an mich, während sie das Haarbüschel mit der einen und die Schere mit der anderen gepackt hielt. »Siehst du doch auch so, Frances?«

Ich war sprachlos.

Aled bedeckte mit den Fingern die Stelle, an der die abgeschnittenen Haare gewesen waren. Sehr langsam, wie ein Zombie, sagte er: »Frances ... muss jetzt nach Hause gehen ...«

Carol lächelte – auf eine Art, die entweder vollkommene Selbstvergessenheit ausdrückte oder eine böse Psychose. »Ja, gut, du musst bestimmt bald ins Bett!«

»Ja ...« Meine Stimme klang wie abgewürgt. Aled zog mich rasch am Arm zur Tür, bevor ich meinen Beinen selbst eine Bewegung abringen konnte. Ohne mich anzusehen, öffnete er die Tür und warf mich praktisch aus dem Haus.

Die Nacht war klar. Mit unendlich vielen Sternen.

Ich drehte mich zu ihm um. »Was ist ... gerade genau passiert?«

Aled nahm die Hand vom Kopf, und als wäre nicht alles schon schlimm genug gewesen, waren seine dunkelblonden Haare rot verfärbt. Ich packte seine Hand und drehte sie um. Ein schmaler Schnitt zog sich mitten über die Handfläche, der daher herrührte, dass er die Schere wegschlagen wollte.

Er riss seine Hand zurück. »Geht schon. So ist sie immer.«

»Tut sie dir weh?«, fragte ich. »Sag mir, ob sie dir wehtut. Sofort. Ich meine es ernst.«

»*Nein*. Ich schwörs.« Er schwenkte seine verletzte Hand. »Das war ein Unfall.«

»Das ist nicht richtig, sie kann nicht einfach – sie hat gerade – scheiße, ich meine ...«

»Alles okay, geh jetzt. Ich schreibe dir später.«

»Ja, aber wie kommt sie dazu –«

»Das tut sie eben, es ist wie ein Spiel für sie. Ich melde mich.«

»Nein, ich will jetzt mit dir darüber sprechen, Aled –«

»Verdammt, ich aber nicht!«

Aled Last fluchte nie, außer wenn er es wirklich dringend nötig hatte.

Er schlug mir die Tür vor der Nase zu.

Und ich konnte nichts dagegen tun.

Absolut nichts.

UNIVERSE CITY: Folge 132 – telefonzelle
UniverseCity

Cyborg-Angriff (schon wieder)

Scrollt nach unten zur Abschrift>>>

[...]
Ich habe mich genau siebenundvierzig Minuten versteckt – mein Moonometer hatte ich dabei – und zwar in der
Telefonzelle am Elektrizitätswerk auf der Tomsby Street. Da
sucht einen keiner. Jeder weiß, dass es in der Telefonzelle
spukt. Ich will nicht darüber reden, was ich dort gesehen
habe.

Während ich mich versteckte und wartete, dachte ich gleichzeitig nach und traf Entscheidungen. Musste ich die Verfolgung durch die Cyborgs bis in alle Ewigkeit erdulden? Musste
ich mich alle zwei Minuten umdrehen und Ausschau nach diesen kalten Augen und Funken sprühenden Schaltkreisen halten? Nein. So kann man nicht leben. Nicht einmal inmitten
der barbarischen grausamen Barrikaden der City des Univer-
sums.
Glaub mir, Kumpel, es macht mir nichts aus, wenn ich hin und
wieder verprügelt werde. Anscheinend bin ich so lange hier in
der City, wie ich mich zurückerinnern kann. Das ist eigentlich
kein echter Notruf mehr – bei den Göttern, wenn überhaupt
jemand zuhören würde, hätte ich mittlerweile etwas von euch
gehört.

Es macht mir nichts aus, wenn ich hin und wieder verprügelt werde. Ich bin ziemlich hart im Nehmen. Ich bin ein Star. Mit stählerner Brust und Diamantaugen. Cyborgs leben und gehen dann kaputt, aber ich gehe nie kaputt. Selbst wenn mein Knochenstaub über die Mauern der City hinwegweht, werde ich dennoch am Leben sein, ich werde fliegen und winken und lachen.

[...]

IM DUNKELN

Ich bekomme jedes Mal eine E-Mail, wenn es einen neuen Eintrag auf Tumblr gibt. Deshalb war ich, gelinde gesagt, überrascht, als ich am nächsten Tag in der Pause meine Mails checkte und siebenundzwanzig E-Mails von Tumblr mit dem Betreff »Jemand hat eine Frage gestellt« vorfand.

Ich fuhr die Tumblr-App hoch und sah mir das an.

Anonym schrieb:
bist du February Friday????

Das entlockte mir ein Stirnrunzeln, doch ich scrollte weiter.

Anonym schrieb:
Eine Meinung zu den Gerüchten, du wärst February Friday? Xx

Anonym schrieb:
DU MUSST UNS SAGEN OB DU FEBRUARY FRIDAY BIST
DAS IST DEINE PFLICHT ALS GÖTTIN DER FANGEMEINDE

Anonym schrieb:
bist du wirklich february friday?

Anonym schrieb:

dein nachname heißt auf französisch januar, du bist mit dem Creator befreundet und deine schule ist an einem freitag im februar abgebrannt ... ZUFALL? Erklär das bitte x

Es waren über siebenundzwanzig Nachrichten. Tumblr hatte anscheinend irgendwann am Morgen aufgehört, mir E-Mails zu schicken. In allen Fragen ging es um February Friday.

Ich brauchte genau fünf Minuten, dann wusste ich, woher die Gerüchte stammten.

Univers3c1ties

Potenzieller February Friday?

Okay Leute, es ist reine Spekulation, aber könnte Frances Janvier (touloser) nicht February Friday sein? Ich habe ein bisschen geforscht (lol ich bin kein Stalker, ich schwöre) und meine, es ist spricht einiges dafür.

- Frances ging früher auf eine Schule, die am Freitag, dem 4. Februar 2011 abgebrannt ist (Quelle)
- Sie ist von Anfang an Fan der Show – hat sie vielleicht als Erste davon erfahren?? Hat ihr der Creator davon erzählt?
- Die Tatsache, dass sie zu den großen Namen der Fangemeinde zählt, und jetzt plötzlich bei der Show mitarbeitet?? Da besteht eindeutig eine Verbindung zu dem Creator und dem Podcast, die sie nicht vollständig offenlegt.
- *Ihr Nachname bedeutet Januar auf Französisch?? Zufall??*

Dazu kommen diese Tweets, die eine klare Sprache sprechen:

toulouse *@touloser*
die briefe an February finde ich in jeder folge fast am besten,
der creator ist ein genie!!!
13. April 11

toulouse *@touloser*
ich wünschte, es gäbe mehr briefe an February, in den letzten
folgen sind es weniger geworden ;_; mir fehlt dieses verrückte
Sprachdurcheinander
14. Dezember 11

toulouse *@touloser*
Ehrlich, Universe City hat mir das Leben gerettet. <3
29. August 11

ka. Wann sagt uns die Regierung die Wahrheit lol. Natürlich
alles Spekulation …
#universecity #universecitizens #radiosilence #toulouse
#francesJanvier #touladio #februaryfriday #briefeanfebruary

Das überraschte mich alles nicht mehr. Unser gemütliches
Privatleben, als wir noch zu zweit in seinem Zimmer geses-
sen und im Dunkeln in ein Mikrofon gelacht hatten, war für
Aled und mich längst Geschichte.

Dennoch waren die aufgeführten Punkte überhaupt nicht
überzeugend. *Universe City* hatte bereits begonnen, bevor
ich Carys kennengelernt hatte. Damals hatte ich von Aleds
Existenz also noch gar nichts gewusst. Insofern war es ausgeschlossen, dass ich February Friday war.

Außerdem wusste ich bereits, dass Daniel February Friday
war.

228

Allmählich ging mir das Ganze auf die Nerven.

Ich beschloss, es Aled nicht zu zeigen, zumal er ohnehin nichts dagegen tun konnte.

Allerdings war es wohl besser, wenigstens auf eine dieser Fragen einzugehen, weil die Fragerei sonst ewig so weitergehen würde.

Anonym schrieb:
Eine Meinung zu den Gerüchten, du wärst February Friday? Xx

touloser antwortete:
Ich bin nicht February Friday. Bei February Friday geht es speziell darum, dass niemand weiß, wer es ist. Wieso sind alle derart davon besessen, eine echte Person daraus zu machen? Aus dem Leben des Creators?? Ich dachte, es wäre eine Regel in der Fangemeinde, die Privatsphäre des Creators zu respektieren? Der Creator bleibt sicherlich aus gutem Grund anonym. Und ich weiß auch nicht, warum ihr denkt, ich wäre mit dem Creator befreundet.
In meinem Posteingang sind über fünfzig Nachrichten mit der Frage, ob ich February bin. Stopp. Erfreut euch an dem Podcast und hört auf, mich zu fragen, was ich nicht beantworten kann.

Ich war erschöpft. Freitags war ich immer todmüde, doch diesmal war es noch schlimmer. Ich weiß noch, dass es schlimmer war, weil ich im Zug zur Schule einschlief und träumte. Im Traum ging es um zwei beste Freunde, die in einer Eishöhle lebten.

Aled hatte mir nicht geschrieben und ich machte mir Sorgen.

Allerdings war mir nicht ganz klar, was mich derart stresste. Es war nicht nur eine Sache, sondern unfassbar viele Kleinigkeiten, die zu einer riesigen Stresswelle zusammenkamen. Es fühlte sich an, als würde ich ertrinken.

Bevor es zum Ende der Pause klingelte, checkte ich noch einmal die Einträge. Dann sah ich diese Nachricht:

Anonym schrieb:
Du sagst ›ich weiß auch nicht, warum ihr denkt, ich wäre mit dem Creator befreundet‹, obwohl wir beweisen können, dass der Creator dein Freund Aled Last ist?

BERÜHMT AUF YOUTUBE

»Isst du eigentlich jeden Tag das Gleiche zum Mittagessen?«
Ich hob den Blick von meinem Käse-Schinken-Panino.
Raine Sengupta setzte sich neben mich an unseren gewohn-
ten Tisch in der Oberstufen-Cafeteria. Raine hatte links einen grellorangen Rucksack geschultert und hielt ihr Handy
in der anderen Hand. Unsere anderen Freundinnen waren
noch nicht da.

»Ich bin sehr fantasielos«, sagte ich. »Und ich habe etwas
gegen Veränderungen.«

Sie nickte knapp, als wäre das eine gute Begründung.

»Woher weißt du das überhaupt?«, fragte ich.

»Du fällst eben auf, weißt du? Sitzt hier schon zehn Minuten, bevor wir anderen kommen.«

»Oh.« Super. »Das ist das komplette Gegenteil von dem,
was ich beabsichtigt hatte.«

»Nicht die von dir gewünschte Mittagsästhetik?«

»Ich dachte mehr an: ›Unsichtbares Mädchen möchte in
Frieden ihr Sandwich essen.‹«

Sie lachte. »Träumen wir davon nicht alle?«

Ich lachte ein bisschen mit und sie hievte ihren Rucksack
auf den Stuhl mir gegenüber. Es hörte sich an, als würde er
mindestens halb so viel wiegen wie ich.

Ich hatte versucht, nicht über die Nachricht bezüglich Aled nachzudenken. Seit der Pause war ich nicht mehr auf Tumblr gegangen.

Raine stützte sich mit einer Hand auf den Tisch. »Ich wollte dir nur Bescheid sagen, dass draußen vor dem Schultor irgendeine Scheiße abgeht, es geht um Aled Last.«

»Was?«

»Jep ... ich glaube, er wollte sich zum Mittagessen mit Daniel treffen und wurde irgendwie von einer Horde Kinder bedrängt.«

Ich legte mein Panino weg.

»Was?«

»Sie fragen ihn über *Universe City* aus. Vielleicht gehst du besser hin und siehst nach dem Rechten. Ich meine, bevor sie ihn noch zerquetschen –«

Ich stand sofort auf. »Wahnsinn, ja, okay.«

»Ich wusste nicht, dass ihr so gut befreundet seid«, sagte sie und holte ihre Lunchbox aus dem Rucksack. »Erstaunlich.«

»Warum?«, fragte ich, doch sie zuckte nur mit den Schultern.

Da die Uniform der Stufen 7-11 schwarz-gelb war, sah es ein bisschen so aus, als würde Aled von einem Bienenschwarm angegriffen werden.

Ungefähr fünfzehn Jugendliche hatten ihn direkt vor dem Schultor in die Enge getrieben und bombardierten ihn mit Fragen, als wäre er ein ausgewiesener Promi. Ein älterer Junge machte Handyfotos von ihm. Schülerinnen aus der Siebten kicherten jedes Mal, wenn er etwas sagte. Ein Junge aus dem gleichen Jahrgang stellte ihm mit lauter Stimme und ohne Pause eine Frage nach der anderen, zum Beispiel: »Wie bist du mit YouTube berühmt geworden?«, »Wie bekomme ich mehr Follower?« und »Folgst du mir auf Twitter?«

Ich blieb in ein paar Metern Entfernung stehen.

Woher wussten sie das?

Woher wussten sie, dass er Radio Silence war?

Das hatten wir nicht gewollt.

Das hatte er nicht gewollt.

Schließlich sah er mich.

Er war beim Friseur gewesen. Jetzt hatte er eine ganz normale Frisur.

Außerdem trug er wieder Jeans und Pullover.

Er sah unglücklich aus.

»Hast du das gemacht?«, fragte er mich, doch ich konnte nichts verstehen und sah nur, wie er die Lippen bewegte. Das machte mich so wütend, dass ich mich am liebsten durch die Menge gedrängt und die Kids angeschrien hätte, sie sollten ihn in Ruhe lassen.

»Hast du es ihnen verraten!?«

Er sah wütend aus.

Und enttäuscht.

Es brauchte nicht viel, bis ich dachte, ich sei eine Enttäuschung, obwohl ich es nicht gewesen war. Ich hatte sein größtes Geheimnis nicht gelüftet.

»SO, ALLE MAL HERHÖREN!«

Ich konnte nicht mehr an mich halten und schrie sie an.

Die Jugendlichen drehten sich zu mir um und wurden ein wenig ruhiger.

»Ich weiß nicht, was ihr euch dabei denkt, aber ihr dürft das Schulgelände in der Mittagspause erst verlassen, wenn ihr in der Oberstufe seid. Und da das, wie ich sehe, nicht der Fall ist, schlage ich vor, dass ihr wieder reingeht.«

Alle starrten mich an.

Ich setzte einen scharfen Blick auf und versuchte, jedem Einzelnen in die Augen zu sehen. »*Sofort*. Auch wenn ich nicht mehr Schülersprecherin bin, kann ich bei Afolayan einiges bewirken.«

Es funktionierte. Es funktionierte tatsächlich.

Ich weiß nicht, ob ihr das wisst, aber als Schüler ist es sehr schwierig, andere Schüler herumzukommandieren.

Als sie weg waren, blieben nur Aled und ich vor dem Tor zurück. Und er sah mich an, als würde er mich kaum kennen.

Vermutlich sah ich mir tatsächlich nicht sonderlich ähnlich, als ich in meiner Oberstufenuniform andere Schüler anschrie.

Aled schüttelte den Kopf. Vor allem anderen wirkte er perplex.

»*Was ist hier los?*« Daniels Stimme brach unser Schweigen. Als ich mich umdrehte, kam er durch das Schultor auf uns zu.

»Sie …« Meine Stimme war brüchig. »Sie wissen, dass Aled der Creator ist. Alle.«

»Warst du das?«, fragte Aled mich noch einmal, als wäre Daniel gar nicht da.

»*Nein*, Aled, ich schwöre –«

»Ich verstehe das nicht«, sagte Aled mit einer Miene, als würde er gleich anfangen zu weinen. »Es – es war wichtig für mich, dass es geheim blieb. Du hast nichts gesagt, bist du sicher? Bestimmt hast du es zufällig verraten …«

»Nein, sie haben mich gefragt, aber ich habe nicht – ich habe nichts verraten, ich *schwöre*.«

Aled schüttelte noch einmal den Kopf, doch anscheinend meinte er damit nicht mich.

»Das war's«, sagte er.

»Was?«, fragte ich.

»Es ist vorbei. Meine Mum wird davon erfahren und mich zwingen, aufzuhören.«

»Moment, *was*? Wieso sollte sie das tun?«

»Es ist vorbei«, sagte er, ohne auf mich einzugehen, und sein Blick trübte sich. »Ich gehe nach Hause.« Als er sich umdrehte und mit Daniel im Schlepptau fortging, hatte ich keine Ahnung, ob er mir glaubte oder nicht.

LÜGEN IST IM INTERNET
LEICHTER

Lügen ist im Internet leichter.

touloser
also ... der Creator ist nicht Aled Last. Ja Aled Last ist im richtigen leben mein freund, aber das heißt überhaupt nichts. der Creator ist jemand den ich nur online kenne. und noch mal – nein, ich bin nicht February Friday.
hört auf, Aled zu stalken, hört auf, fotos von ihm zu posten. hört auf, dem creator nervige Nachrichten über ihn zu schicken. Aled ist ein sehr guter freund von mir und ihr tut ihm damit wirklich keinen gefallen.
danke und tschüs
#ichhabediegerüchtesosatt #könntihreuchbittealleberuhigen
#ichwünschteechtihrhättetnierausgefundenwerichbin
#universecity #universecitizens #radiosilence #touloser

Keine Ahnung, warum ich das nicht schon eher zu Jess oder sonst wem sagen konnte.

Auf der Stelle wurde ich von Nachrichten überflutet, alle mit dem Vorwurf, ich würde lügen.

Anonym schrieb:
lol wir wissen dass du lügst

Anonym schrieb:
Was sollte dieser post bitte??

Anonym schrieb:
JETZT plötzlich versuchst du, eine gute lügnerin zu sein

Ich hatte keinen Schimmer, woher sie wussten, dass ich log, bis ich Aled eine Nachricht mit einem Link zu dem Post schickte.
Er antwortete fast sofort.

Aled Last
das ist zwecklos, sie wissen dass ich es war

Frances Janvier
Woher??? Und ohne Beweise???

Dann schickte er mir einen Link zu einem anderen Post auf Tumblr.

Universe-city-analyse-blog
Aled Last = der Creator?
Im UC-Tag wurde heute heiß diskutiert, ob ein Teenager namens Aled Last aus dem englischen Kent die Stimme und der Creator hinter Universe City ist. Ich tue euch allen mal den Gefallen, die vorhandenen Beweise zusammenzutragen, die größtenteils von der UC-Artistin Frances Janvier (touloser) stammen und zu einer eindeutigen Schlussfolgerung führen.

- Das Umfeld von Frances (underline touloser) (auch bekannt als die UC-Artistin und Stimme von Toulouse) bestätigte, dass sie und Aled Last sich im vergangenen Sommer nähergekommen sind – sie wurden in ihrer Heimatstadt zusammen gesehen und treten in ihren persönlichen Facebook-Accounts gemeinsam auf Fotos auf. Hier begann die Spekulation bezüglich Aled Last.
- Als sie im echten Leben mit der Frage konfrontiert wurde, ob Aled Last der Creator ist, antwortete Frances Berichten zufolge »das darf ich nicht verraten« [Quelle – dieser Person müssen wir natürlich glauben]. Wenn Aled Last nicht der Creator war, wo lag dann das Problem, zu sagen, dass er es nicht war?
- Ebenso wenig hat Frances Fragen zu Aled Last auf Tumblr und Twitter beantwortet, obwohl Leute behaupten, sie hätten ihr entsprechende Nachrichten geschickt. Noch mal – wieso hat Frances nicht einfach behauptet, Aled Last wäre nicht der Creator?

Ich gebe zu, das sind keine wasserdichten Beweise dafür, dass Aled Last der Creator ist. Das wichtigste Beweisstück stammt aus dem letzten Monat:

- In der Nacht der mittlerweile berüchtigten Ghost-School-Folge postete Frances über ihren Twitter-Account @*touloser* ein unscharfes Foto von limettengrünen Schuhen mit der Überschrift »Radio enttarnt« [Link]. Aled Last trägt diese Schuhe auf zahlreichen Fotos in seinem eigenen Facebook-Account:
- [Foto]
- [Foto]
- [Foto]
- Es handelt sich um ein altes design klassischer Vans,

die seit einigen Jahren nicht mehr hergestellt werden [Quelle]. Aus Aleds Facebook-Account kann man schließen, dass er sie seit drei oder vier Jahren besitzt. Ganz offensichtlich handelt es sich um äußerst seltene Schuhe, die die meisten Leute inzwischen weggeworfen hätten – nur sehr wenige Menschen tragen über Jahre hinweg ein einzelnes Paar Schuhe.

- Dazu kommt, dass auf mehreren Screenshots der Ghost-School-Folge eine blonde Gestalt mit längeren Haaren zu sehen ist, die Ähnlichkeit mit Fotos von Aled aufweist.
- [Foto]
- [Screenshot]
- [Screenshot]

Ihr seid natürlich herzlich eingeladen, eure eigenen Schlüsse zu ziehen. Aber meiner Meinung nach steht damit fast hundertprozentig fest, dass Aled Last der Creator von Universe City ist.

Zu dem Post gab es bereits über zehntausend Kommentare.

Es war widerlich. Leute, die Aled im echten Leben kannten, hatten Daten von seinem privaten Facebook entwendet. Sie hatten zugehört, als ich mich mit Jess unterhalten hatte und mich *zitiert*. Was sollte das? Wofür hielten die mich? Für einen Promi?

Viel schlimmer war, dass sie recht hatten.

Aled Last war der Creator. Sie hatten Beweise gesammelt und es herausgefunden.

Und das war alles allein meine Schuld.

Frances Janvier
Scheiße … es tut mir so leid aled, ich kann dir nicht sagen wie leid es mir tut

Aled Last
schon gut

DER ZEITSTRUDEL

Um 18 Uhr bekam ich eine Facebook-Nachricht von Raine.

(18:01) **Lorraine Sengupta**
Hey, wie ist das mit Aled gelaufen?? Am Ende alles gut??

(18:03) **Frances Janvier**
Alle wissen, dass er der Creator ist. Auf Tumblr haben sie es rausgefunden
:/

(18:04) **Lorraine Sengupta**
Und macht ihn das fertig??

(18:04) **Frances Janvier**
Total

(18:05) **Lorraine Sengupta**
Wieso??
Beschwert er sich echt nur, weil er jetzt unfassbar viele Follower im Internet hat?
Das sind doch First-World-Probleme.

(18:07) **Frances Janvier**
Er wollte damit nicht an die Öffentlichkeit
Das würdest du verstehen, wenn du den Podcast hören würdest. Es ist wirklich etwas Persönliches

(18:09) **Lorraine Sengupta**
Jep aber es gibt Schlimmeres als eine Internetberühmtheit zu werden oder

Ich hätte ihr gern gesagt, dass es darum nicht ging.
Was hatte Aled gesagt? Dass seine Mutter ihn zwingen würde, aufzuhören?
Hatte er übertrieben? Oder würde das tatsächlich passieren? Aber wieso sollte sie so etwas tun?

(18:14) **Lorraine Sengupta**
Wieso bist du überhaupt so besessen von diesem jungen Weißen lol

(18:15) **Frances Janvier**
Ich bin nicht von ihm besessen haha
Ich mag ihn einfach sehr

(18:16) **Lorraine Sengupta**
Sexmäßig??

(18:16) **Frances Janvier**
NEIN omg
Kann ich einen Typen nicht einfach gernhaben, ohne was anzufangen?

(18:17) **Lorraine Sengupta**
Na klar lol!!! Wollte es nur wissen :D
Und was findest du an ihm nun so toll??

(18:18) **Frances Janvier**
Mit ihm fühle ich mich ein bisschen weniger schräg

(18:18) **Lorraine Sengupta**
Weil er auch schräg ist?

(18:19) **Frances Janvier**
Jep haha

(18:20) **Lorraine Sengupta**
Oh das ist echt süß
Na ja ich finde du bist sowieso eine gute Freundin, Respekt
Aber ich finde immer noch nicht, dass Aled Grund hat sich aufzuregen ... er ist fertig, weil er berühmt ist
Abgesehen davon, dass er einer der Intelligentesten in seiner Schule ist!! An welche Uni geht er? Auf die direkt unter Oxbridge in den Tabellen? Echt, scheiß drauf!!!
Er darf sich überhaupt nicht beklagen. Er lebt das perfekte Leben. Top Uni, erfolgreicher YouTube-Kanal, was gibt's da zu jammern? Nur weil ein paar Kids ihn mit Fragen löchern? Wirklich so was Blödes habe ich noch nie gehört. Ich würde alles dafür geben, er zu sein, mit so einem perfekten Leben

Erneut fehlten mir die Worte und ich wollte diese Unterhaltung wirklich nur noch beenden. Ich wünschte, ich könnte in den Himmel fliegen, mich an einem Flugzeug festhalten und in der Ferne verschwinden.

(18:24) **Lorraine Sengupta**
Dein Fave ist problematisch könnte man sagen

(18:24) **Frances Janvier**
Haha stimmt

(18:27) **Lorraine Sengupta**
P.S. gehst du heute Abend zu diesem Act im Spoons??

(18:29) **Frances Janvier**
Act?

(18:30) **Lorraine Sengupta**
Jep, vor allem Leute aus dem vorherigen Abschlussjahrgang.
Es ist der letzte Abend, bevor die meisten zur Uni gehen

(18:32) **Frances Janvier**
Die kenne ich alle nicht
Da würde ich nur mit einer Tüte Chips in der Ecke sitzen

(18:32) **Lorraine Sengupta**
Du kennst mich!! Und vielleicht kommt Aled auch??

(18:33) **Frances Janvier**
Meinst du?

(18:33) **Lorraine Sengupta**
Vielleicht ... aber ich werde auf jeden Fall hingehen!!

Ich wollte wirklich nicht. Ich wollte zu Hause bleiben, mir eine Pizza bestellen, mir sieben Folgen von *Parks & Recreation* reinziehen und Aled siebzig Nachrichten schicken. Doch jetzt konnte ich nicht mehr richtig Nein sagen und ich wünschte mir, dass Raine mich mochte, weil das nicht viele Leute taten. Ich war schwach und schräg und einsam und dumm.

»Oh mein Gott, Frances, deine *Jacke*.«

Raine saß um 21 Uhr vor meinem Haus in ihrem Auto, einem dunkelroten Ford Ka, der gefährlich danach aussah, als würde er gleich in die Luft fliegen – und beobachtete mich, wie ich auf sie zukam. Ich trug eine schwarze Jeansjacke mit dem weißen Schriftzug »Tomboy« auf den Ärmeln. Ich sah großartig (lächerlich) aus. Wenn ich mit meinen Freundinnen ausging, zog ich meistens etwas Normaleres an, aber ich war ungeheuer schlecht gelaunt und mir war alles egal außer dem, was ich Aled angetan hatte. Klamotten sind ein Spiegel der Seele.

»Heißt das ›Oh mein Gott, du siehst total albern aus‹?«, fragte ich, während ich mich auf den Beifahrersitz setzte, »denn das wäre eine verständliche Reaktion.«

»Nein, ich meine, ich wusste nicht, dass du so … pop punk bist. Ich dachte, ich müsste dir eher ein bisschen was Nerdiges austreiben, aber du bist gar kein Nerd, oder?«

Das schien sie ernst zu meinen.

»This is real, this is me«, sagte ich.

Raine blinzelte. »Hast du gerade *Camp Rock* zitiert? Besonders pop punk ist das jetzt nicht.«

»I've gotta go my own way.«

»Okay, erstens ist das aus *High School Musical* …«

Wir fuhren aus dem Dorf raus. Raine trug weiße Platform Trainers und gestreifte Söckchen, ein graues T-Shirt-Kleid und eine Harrington-Jacke. Sie wirkte immer so unangestrengt cool, wie aus einer Werbung in einem Indie-Magazin, das man nur online ordern kann.

»Du wolltest so was von nicht mitkommen, stimmt's?«, fragte Raine grinsend, während sie das Lenkrad kreisen ließ. Sie fuhr erstaunlich gut.

»Haha, als ob ich was Besseres vorgehabt hätte«, erwiderte ich und verschwieg ihr, dass mir bei der Vorstellung, schon wieder ins Spoons zu gehen, vor Nervosität der Schweiß ausbrach. Denn dort würde ich tausend Leute aus der Schule und aus dem letzten Jahrgang treffen, die ich kaum kannte, und es würde peinlich sein – und dann würden da noch jede Menge grässlicher Typen sein und ich hätte doch unbedingt etwas Langweiligeres anziehen sollen und ich tat es ja nur aus einem einzigen Grund. Ich nahm das alles nur aus dem einzigen Grund noch einmal auf mich, weil ich die Chance nutzen wollte, mich vielleicht bei Aled zu entschuldigen, damit wir wieder Freunde werden konnten, bevor er am nächsten Tag zur Uni fuhr und jede Menge neue Freunde fand und mich vergaß …

»Du sagst es«, meinte Raine.

Wir hatten die Autobahn erreicht. Raine schaltete mit einer Hand das Radio an, holte einen iPod aus der Tasche und wischte über das Display. Aus den Lautsprechern kam Musik – ihr iPod hatte offenbar eine Art FM-Transmitter.

Sie spielte Drum'n Bass.

»Wer ist das?«, fragte ich.

»Madeon.«

»Cool.«

»Meine Lieblingsmusik für solche Trips.«

»Trips?«

»Zum Autofahren, meine ich. Fährst du gar nicht?«

»Ich kann nicht, kein Geld.«

»Dann such dir einen Job. Ich habe den ganzen Sommer vierzig Stunden in der Woche für diesen Müllhaufen gearbeitet.« Sie klopfte aufs Lenkrad. »Meine Eltern sind total arm, die können mir kein Auto kaufen, und ich *brauchte* eins, im Ernst. Ich musste aus meiner Stadt rauskommen.«

»Und wo hast du gearbeitet?«

»Bei Hollister. Sie sind total diskriminierend, aber sie zahlen gut.«

»Na dann.«

Raine drehte die Musik lauter. »Dieser Madeon ist genauso alt wie ich. Vielleicht mag ich seine Musik deshalb so. Oder ich habe nur das Gefühl, ich hätte im Leben nichts geschafft.«

»Es klingt, als wäre man im Weltraum«, sagte ich. »Oder in einer futuristischen Stadt, in der alles dunkelblau ist, wo man Silber trägt und Raumschiffe über einen hinwegfliegen.«

Raine sah mich an. »Du bist echt voll das *Universe City*-Fangirl, was?«

Ich lachte. »Und wie, bis ich sterbe.«

»Ich habe mir heute ein paar Folgen angehört, von den neuen, bei denen du mitmachst.«

»Echt? Und wie findest du es?«

»Cool.« Sie dachte kurz nach. »Es … es hat was. Die Handlung ist, na ja, keine höhere Literatur oder so, aber die Figuren und die Umgebung und die Sprache, also, das hypnotisiert einen irgendwie. Yeah. Richtig gut.«

»Und was glaubst du, läuft da was zwischen Radio und

Toulouse?« Diese Frage wurde in den letzten vier Wochen immer häufiger gestellt, und das war mir peinlich, weil es schließlich um Aled und mich ging und viele Leute dachten, die Figuren stünden für echte Menschen. In der Schule war ich mindestens drei Mal darauf angesprochen worden, ob Radio und ich im richtigen Leben dateten. Dabei hatten wir der Beziehung von Radio und Toulouse nicht den Hauch von Romantik verliehen.

Raine dachte kurz über meine Frage nach. »Mmm. Weiß nicht, darum geht's doch gar nicht, oder? Ich meine, wenn sie zusammenkämen, wäre es schön, aber wenn nicht, zerstört oder ändert es nichts. Romantik ist in diesem Podcast eigentlich nicht das Thema, oder?«

»Genau das finde ich auch.«

Auf einmal wurde die Musik lauter, Raine schaltete einen Gang runter und fuhr auf die rechte Spur.

»Das ist super«, sagte ich und tippte auf das Display ihres Radios.

»Was?«, fragte Raine. Die Musik war zu laut.

Als ich nur lachend den Kopf schüttelte, grinste Raine mich verwirrt an. Wahnsinn, ich kannte sie kaum und doch war ich hier und hatte ansatzweise echt Spaß. Vor uns erstreckte sich die Autobahn, dunkelblau, mit grellen Lichtern. Sie sah aus wie ein Zeitstrudel.

Raine kannte praktisch jeden, der ins Spoons kam. Alles Leute, die vor vier Monaten von den verschiedenen Schulen der Stadt abgegangen waren und sich noch ein letztes Mal trafen, bevor sie an die Uni gingen und nach und nach den Kontakt zueinander verlieren würden.

Ich hielt drei peinliche Gespräche aus, bevor ich Alkohol

brauchte, den Raine mir besorgte, weil ich erst siebzehn war. Sie selbst trank Wasser, weil sie fahren musste, doch irgendwann gestand sie mir: »Ich habe schon vor einer ganzen Weile aufgehört zu trinken, nachdem ich tausend Dummheiten gemacht hatte.« Ich überlegte, was sie damit meinen könnte. Ich hätte das mit dem Trinken auch sein lassen sollen, aber diese schrecklichen Unterhaltungen mit Unbekannten hätten mich sonst wahrscheinlich emotional vernichtet.

Spoons war rappelvoll. Es war grauenhaft.

»Im August wollte ich mit meiner Freundin eigentlich nach Disneyland fahren«, sagte ein Typ zu mir, während ich auf meinen dritten Drink wartete. »Aber dann haben wir das Geld doch lieber für die Uni gespart, weil wir keine Unterhaltsbeihilfen bewilligt bekommen haben. Deshalb brauche ich das Geld, bis ich einen Job gefunden habe.«

»Echt? Ich dachte, jeder bekommt diese Unterhaltsbeihilfe«, sagte ich.

»Als Darlehen, das stimmt. Aber das reicht nicht mal für die Miete, es sei denn, man wohnt im letzten Loch. Die Gratis-Beihilfe bekommt man nur, wenn man arm ist oder die Eltern geschieden sind oder so.«

»Oh«, sagte ich.

»Ja, und jeder dachte, der Schülersprecher vom Jungengymnasium würde in Cambridge angenommen werden«, sagte ein Mädchen eine halbe Stunde später. Ich saß mit meinem vierten Getränk an einem runden Tisch, während Raine mit vier Leuten gleichzeitig redete. Das Mädchen schüttelte den Kopf. »Er war seit der Siebten konstant Stufenbester. Aber dann haben sie ihn einfach nicht genommen. Sieben andere, aber ihn nicht. Dabei hatten alle die ganze Zeit gesagt: ›Also, der geht *auf jeden Fall* nach Cambridge.‹ Es war schrecklich.«

»Das ist echt schade«, sagte ich.

»Ich habe überhaupt keine Ahnung, was ich machen soll«, sagte ein anderer Typ, der ein Joy-Division-T-Shirt und eine Jeansjacke trug und eine komische Haltung hatte, als würde er sich für irgendetwas schämen. »Keine Ahnung, wie ich das erste Trimester bestanden habe. Ich habe absolut gar nichts getan. Und jetzt geht's weiter und ich … ich weiß echt nicht, was ich da mache.« Er sah mich erschöpft an. »Ich wünschte, ich könnte noch einmal von vorne anfangen und alles anders machen. Ich wünschte, ich könnte zurück auf Anfang und alles Mögliche verändern … ich habe ganz schön Scheiße gebaut … ich habe ganz schön Scheiße gebaut … «

Aus Spoons wurde wie immer Johnny R und keiner von uns bekam es so richtig mit. Ich weiß nicht einmal mehr, wie ich ohne Ausweis reingekommen bin, aber plötzlich lehnte ich dort ganz links an der Bar mit einem Drink, der wie Wasser aussah, aber dem Geschmack nach definitiv Alkohol enthielt.

Als ich nach links schaute, entdeckte ich ein Mädchen, das offenbar genau das Gleiche tat wie ich – sie lehnte an der Bar, vor sich einen Drink, und starrte ausdruckslos in die Menge. Als sie meinen Blick bemerkte, drehte sie sich um – eine klassische Schönheit mit großen Augen, vollen Lippen und den schönsten Haaren, die ich je gesehen hatte. Sie reichten ihr bis zur Taille und die Strähnen, die nicht dunkelviolett waren, waren zu einem Graulila ausgeblichen. Das erinnerte mich an Aled.

»Alles okay?«, fragte sie.

»Äh, ja«, antwortete ich. »Ja.«

»Du siehst ein bisschen weggetreten aus.«

»Nee, ich langweile mich nur.«

»Haha, ich auch.«

Pause.

»Gehst du auf die Academy?«, fragte ich.

»Nein, nein, ich studiere. Ich war auf den Gymnasien.«

Sie war auf die Gymnasien gegangen, das sagte man, wenn man auf meine alte abgebrannte Schule gegangen war und dann zum Jungengymnasium gewechselt hatte.

»Alles klar.«

Sie trank einen Schluck. »Aber ich finde es furchtbar. Vielleicht höre ich auf.«

»Was findest du furchtbar?«

»Die Uni. Ich bin schon im zweiten Trimester, aber …« Sie verstummte, während ich verwirrt die Stirn runzelte. Wieso hassten alle die Uni so sehr?

»Ich glaube, ich gehe nach Hause«, sagte das Mädchen.

»Sind deine Freunde nicht hier?«

»Doch, aber … keine Ahnung. Ich glaube, ich gehöre nicht zu … ach, ich weiß nicht.«

»Was?«

»Früher war ich so oft hier, aber ich glaube nicht …« Sie lachte unvermittelt.

»Was?«

»Eine meiner früheren Freundinnen … sie sagte immer, dass ich es irgendwann satthaben würde. Sie sagte auch immer Nein, wenn ich sie in der 13 überreden wollte mitzukommen, als wir endlich beide achtzehn waren. Sie hat immer nur gesagt, nein, sie würde es schrecklich finden, und dann meinte sie, ich würde es auch irgendwann schrecklich finden und sie hätte einfach nur schon ein bisschen Vorsprung vor mir.« Sie lachte erneut. »Sie hatte recht. Wie immer.«

»Und, ist sie heute hier?«

Das Mädchen sah mich an. »Nein …«

»Sie hört sich cool an.«

Das Mädchen strich sich durch die langen Haare. In dem Licht wirkte das Violett so schön, dass sie wie eine Elfe aussah. »Ist sie auch.« Als sie an mir vorbeischaute, konnte ich in der Dunkelheit ihre Augen nicht sehen. »Nicht zu fassen, dass sie die ganze Zeit über recht hatte«, sagte sie, glaubte ich, denn die Musik war zu laut, um alles zu verstehen. Ich wollte gerade noch einmal »Was?« rufen, doch sie zog die Augenbrauen hoch, lächelte gezwungen und sagte: »Bis dann«, obwohl ich sie nie wiedersah. Dann verschwand sie und ich überlegte, ob ich den Kontakt zu Aled auch verlieren würde, wenn er weg war, und ob ich eines Tages ganz allein mit einem Drink in einem Club sitzen und den Freunden beim Tanzen zusehen würde – mit ihren leeren grauen Gesichtern, die ich noch gar nicht kannte, alles übertönt von der lauten Musik.

Ich kippte meinen Drink herunter.

SORRY

»Frances, Frances, Frances, Frances, Frances ...« Raine lief im dritten Stock auf mich zu, wo ein Dubstep-Remix von *White Sky* von Vampire Weekend lief.

Ich war betrunken und wusste nicht mehr so richtig, was ich tat oder warum. Ich machte einfach.

Raine hatte einen Plastikbecher mit einer klaren Flüssigkeit in der Hand und eine Sekunde lang glaubte ich tatsächlich, es wäre ein ganzer Plastikbecher voll Wodka.

Als sie meinen Blick sah, lachte sie. »Mensch, das ist Wasser! Ich fahre doch!«

Über unseren Köpfen dröhnte *Teenage Dirtbag*.

Raine hob die Hand und zeigte zur Decke. »Wow! Frances, dazu müssen wir tanzen.«

Ich lachte und ich lachte immer weiter, wie immer, wenn ich betrunken war. Ich folgte ihr in die Menge der Tanzenden. Alle schwitzten und vier Typen versuchten, mich anzumachen. Als einer die Hand auf meinen Hintern legte und ich zu verklemmt war, etwas dagegen zu unternehmen, goss Raine ihm das Wasser über den Kopf und er brüllte sie an. Ich lachte. Raine lachte. Im Übrigen war ich total schlecht im Tanzen. Raine tanzte gut. Und hübsch war sie auch. In meinem betrunkenen Kopf fragte ich mich, ob ich mich in sie verknallt hatte, und darüber musste ich mich auch wieder kaputtlachen. Nein. Ich war in niemanden verliebt.

Aled tauchte immer wieder in meinem Sichtfeld auf, als würde er teleportieren. Er hatte so viele magische Seiten, aber in ihn war ich auch nicht verknallt, obwohl er in seinen T-Shirts immer so gut aussah und seine Haare hübsch verstrubbelt waren, weil uns allen so heiß war. Später tanzte ich mit Maya zu einem psychedelischen London-Grammar-Song und Maya sagte: »Frances, du bist ja ein vollkommen anderer Mensch!«, und ich entdeckte Aled in einer Ecke, wo er mit jemandem sprach – ach ja, natürlich mit Daniel. Ich musste noch mal mit Aled reden, aber er sollte mich nicht hassen. Ich wünschte mir verzweifelt, alles wäre wieder gut, leider fehlten mir die Mittel, um es wiedergutzumachen.

Seit ich wusste, dass Aled und Daniel zusammen waren, fielen mir lauter Kleinigkeiten auf, die ich zuvor übersehen hatte. Zum Beispiel, wie Daniel Aled ansah, wenn er redete, wie Daniel Aled am Arm zog und Aled widerspruchslos mitkam, wie sie sich im Gespräch so weit zueinander vorbeugten, als würden sie sich gleich küssen. Ich war wirklich zu blöd.

Maya und Jess und zwei Typen namens Luke und Jamal waren ebenfalls betrunken und lästerten über Raine, während wir alle tanzten. Sie nannten sie eine Schlampe oder so ähnlich und meinten, sie fänden sie alle sehr merkwürdig. Als Maya mir einen seltsamen Blick zuwarf, während sie sich die Mäuler zerrissen, kapierte ich erst, dass ich sie stirnrunzelnd ansah.

Ich dachte immer noch darüber nach, was das Mädchen mit den violetten Haaren gesagt hatte. Ich verstand absolut nicht, warum sie ihr Studium abbrechen wollte, und hatte noch nie gehört, dass jemand so etwas vorhatte, andererseits … konnte nicht jeder gern studieren. Ich schon, das wusste ich. Insofern spielte es keine Rolle, was sie gesagt hatte. Ich war die Streberin Frances Janvier. Ich würde an die Uni Cambridge gehen, mir einen guten Job angeln, haufenweise Geld verdienen und ich würde glücklich sein.

Oder? Doch. Uni, Job, Geld, Glück. So machte man das. So lautete die Formel. Weiß doch jeder. Ich wusste es.

Vom Nachdenken bekam ich Kopfschmerzen. Vielleicht war auch nur die Musik zu laut.

Als ich merkte, dass Aled und Daniel zur Treppe gingen, folgte ich ihnen wie selbstverständlich, ohne Raine auch nur zu sagen, wohin ich ging, was ihr nichts ausmachen würde, sie hatte genug Leute zum Reden. Ich wusste nicht, was ich sagen sollte, aber dass ich etwas sagen musste, war klar. Ich konnte das nicht so stehen lassen, ich wollte nicht so zurückgelassen werden. Daniel war immer schon vor mir da gewesen und es war dumm gewesen zu glauben, dass Aled mich jemals als seine beste Freundin betrachten würde, obwohl er doch schon ewig einen besten Freund hatte, auch wenn er, Aled, der absolut beste und herausragendste Freund in meinem ganzen Leben gewesen war. Kann sein, dass ich mein restliches Leben werde leben müssen, ohne je wieder eine so fantastische Person wie ihn zu treffen.

Beinahe hätte ich die beiden in der Menge verloren, weil in meinen Augen allmählich alle gleich aussahen – so viele Skinnyjeans und kurze Kleider, Undercuts und Platform-Plimsolls und Wayfarer-Brillen und Samt-Haargummis und Jeansjacken. Schließlich drängte ich mich nach draußen in den Raucherbereich und schnappte nach Luft, so kalt war es – war nicht eigentlich Sommer? Moment – nein, Anfang Oktober. Wie war das passiert? Es war so ruhig draußen, kalt und still und dunkel …

»Oh«, sagte Aled, als ich praktisch mit ihm zusammenstieß. Selbstverständlich rauchten wir beide nicht, doch drinnen war es so heiß gewesen, dass ich dachte, ich schmelze, wenn ich nicht für ein paar Minuten rausgehe. Nichts gegens Schmelzen, so war das nicht gemeint – es hätte eine Menge Probleme gelöst.

Aled schien allein zu sein, mit einem Drink in der Hand. Er trug eins seiner langweiligeren kurzärmeligen T-Shirts und super unauffällige Skinnyjeans. Und seine Frisur … er sah überhaupt nicht aus wie er selbst. Am liebsten hätte ich ihn umarmt, als könnte ich ihn damit in sein normales Ich zurückverwandeln.

Draußen war es dunkel und voll und alle Bänke waren besetzt. Aus der Tür zum Erdgeschoss von Johnny R hörte man einen Remix von *Chocolate* von The 1975, weswegen ich beinahe die Augen verdreht hätte.

»Es tut mir so leid«, sagte ich sofort, obwohl es sich schrecklich kindisch anhörte. »Ehrlich, Aled, ich bin einfach … ich kann dir gar nicht sagen, wie sehr …«

»Geht schon«, sagte er, ohne eine Miene zu verziehen. Eine glatte Lüge. »Ich war nur überrascht. Alles okay.«

Er sah nicht überrascht aus.

Er sah aus, als wollte er sterben.

»Es ist *nicht* okay. Es ist nicht okay. Niemand sollte es erfahren und jetzt wissen es alle. Und deine Mum, ich meine … du hast gesagt, sie würde dich vielleicht zwingen aufzuhören oder so …«

Er stand mit verschränkten Beinen vor mir – ohne seine

limettengrünen Plimsolls, sondern mit total normalen weißen Sneakers, die ich noch nie an ihm gesehen hatte.

Er schüttelte verhalten den Kopf. »Ich, also … ich verstehe nicht, warum du nicht einfach gelogen hast. Ich verstehe nicht, warum du nicht einfach *Nein* gesagt hast, als sie dich gefragt haben, ob ich es war.«

»Ich … « Ich weiß auch nicht, warum ich nicht lügen konnte. Schließlich habe ich die ganze Zeit gelogen. Meine gesamte Persönlichkeit war eine einzige Lüge, sobald ich das Schulgebäude betrat, oder etwa nicht? Moment, nein … die Schul-Frances war keine Lüge, sie war nur … keine Ahnung … »Es tut mir leid.«

»Ja, okay, ich *weiß* es langsam«, blaffte Aled. Er schnauzte mich tatsächlich an.

Ich wollte nur, dass es ihm gut ging. Dass es uns gut ging.

»Geht's dir gut?«

Er sah mich an.

»Ich komme klar«, sagte er.

»Nein.«

»Was?«, fragte er.

»Geht's dir gut?«, fragte ich noch mal.

»Ich habe doch schon gesagt, ich komme klar!« Als er lauter wurde, wäre ich beinahe einen Schritt zurückgewichen. »Meine Güte, es ist, wie es ist. Wir können nichts dagegen tun. Hör bitte auf, es noch schlimmer zu machen, als es ohnehin schon ist!«

»Aber für dich ist es doch schlimm … «

»Das spielt keine Rolle«, sagte er. Ich hatte das Gefühl, in eine Million winziger Teilchen zu zerbrechen und davongeweht zu werden. »Es ist zu unbedeutend, um sich dermaßen aufzuregen, also spielt es keine Rolle.«

»Aber du *regst* dich *auf*.«

»Hör endlich auf, darüber zu reden!« Er wurde noch lauter und klang schon fast panisch.

»Du bist mein wichtigster Freund«, sagte ich.

»Hast du nicht genug eigenen Kram, um den du dich kümmern musst?«, fragte er.

»Nein.« Ich lachte wieder, dabei war mir zum Heulen zumute. »Nein, in meinem Leben ist alles in Ordnung, total langweilig und gut. Ich erlebe nie etwas. Ich bekomme gute Noten, ich habe eine tolle Familie, das war's. Kein Grund zur Klage. Darf ich mich dann nicht um die Probleme meiner Freunde kümmern?«

»Mein Leben ist okay«, sagte er, doch seine Stimme klang heiser.

»Okay!«, sagte ich oder schrie es vielleicht – möglicherweise war ich betrunkener, als ich dachte. »Okay, okay, okay, okay, okay. Alles ist okay. Uns geht's gut.«

Als Aled zurückwich, sagte mir seine betroffene Miene, dass ich schon wieder etwas falsch gemacht hatte. Wieso war ich so blöd?

»Was denkst du eigentlich, was du hier machst?«, sagte er laut. »Wieso bist du so besessen von mir?«

Das traf mich wie ein Stich ins Herz.

»Ich bin einfach – ich höre dir zu!«

»Nicht nötig! Ich will über nichts reden! Hör auf, mich zu *belästigen*!«

Das war's.

Er würde mir überhaupt nichts sagen.

Er wollte nicht.

»Nur – warum hast du das getan?«, fragte Aled und ballte die Fäuste.

»Warum habe ich was getan!?«

»*Allen erzählt, dass ich der Creator bin!*«

Ich schüttelte heftig den Kopf. »Hab ich nicht, ich schwöre, ich habe nichts …«

»Du *lügst*!«

»Wa– was …«

Als er diesmal einen Schritt auf mich zuging, wich ich tatsächlich zurück. Vielleicht hatte er getrunken, doch ich konnte es nicht genau erkennen, weil ich selbst viel getrunken hatte.

»Du – du hast mich nur benutzt, um dich im Internet beliebt zu machen, stimmt's?«

Das verschlug mir die Sprache.

»Hör endlich auf so zu tun, als hättest du mich gern!« Mittlerweile schrie er mich voll an. Die Leute guckten schon. »Du interessierst dich doch nur für *Universe City*! Du bist ein Fangirl wie jedes andere, das mich bloßstellen und mir das *Einzige* wegnehmen will, das mir wirklich etwas bedeutet! Ich kann deine wahre Persönlichkeit nicht einmal erkennen, du bist bei jedem anders. Du hast diese Sache von Anfang an geplant und so getan, als würdest du gern mit mir abhängen und dich null für Ruhm im Internet und diese ganze Scheiße interessieren …«

»Was – N-nein –« Mein Verstand setzte aus. »Das stimmt nicht!«

»Was ist es denn dann? Wieso bist du so besessen von mir?«

»Es tut mir leid«, sagte ich, doch ich wusste nicht, ob ich einen Laut über die Lippen gebracht hatte.

»Sag das nie wieder!« Aleds Gesicht war zerknautscht, er hatte Tränen in den Augen. »Hör auf zu lügen! Das ist nur eine neue Wahnvorstellung von dir, genau wie damals mit Carys.«

Ich war kurz davor, mich zu übergeben.

»Ich bin nur der Ersatz. Du bist von mir *besessen*, genau wie von Carys, und du hast das Einzige, was ich hatte, kaputtgemacht, das einzig Gute in meinem Scheißleben, genau wie du Carys' Leben zerstört hast. Stehst du auch auf mich?«

»Nein – das ist – ich stehe nicht auf dich …«

»Und wieso bist du dann jeden Tag bei mir aufgetaucht?« Er sprach, als würde jemand anderer durch ihn sprechen. Aled war so wütend, er kam immer noch näher. »Gib's wenigstens zu!«

Meine Stimme war mittlerweile schrecklich schrill. »Ich stehe nicht auf dich!«

Glaubst du mir?, dachte ich. *Glaubt mir überhaupt jemand?* Vielleicht war ich die Einzige, die mir glaubte.

»*Was zum Teufel läuft dann hier!? Warum hast du mir das angetan?*«

Die Tränen liefen mir über die Wangen. »Ich – es war ein Versehen …«

Aled trat einen Schritt zurück. »Du hast mir selbst gesagt, Carys wäre deinetwegen *abgehauen*.«

Das letzte Wort sagte er so laut, dass ich erneut zurückwich. Mittlerweile heulte ich total und, Gott, ich hasste mich, ich hasste mich selbst so sehr. Es tut mir leid, es tut mir leid, es tut mir leid, es tut mir leid, es tut mir leid …

Plötzlich tauchte Daniel vor mir auf, schubste mich praktisch weg und sagte: »Hau ab, Frances, lass ihn in Ruhe«, und dann stand Raine vor mir und bot ihm die Stirn. »Reg dich ab, Mann! Was hast du zu ihr gesagt?« Dann fingen sie an, einander anzuschreien, und ich hörte nicht richtig zu, bis

Raine fauchte. »Er gehört dir verdammt noch mal nicht.«
Schließlich waren die beiden weg und ich verließ den Club,
setzte mich auf die Bordsteinkante und versuchte, nicht
mehr zu weinen. Doch die Tränen hörten nicht auf zu flie-
ßen …

»Frances, oh Gott.«

»Es tut mir leid, es tut mir leid, es tut mir leid, es tut mir
leid …«

»Du hast nichts verbrochen, Frances!«

»Ich habe schon wieder alles zerstört …«

»Das ist nicht deine Schuld.«

»Doch, ich bin an allem schuld.«

»Es ist nicht wichtig, er kommt darüber hinweg, das ver-
spreche ich dir.«

»Nein – nicht nur das, auch Carys. Das mit Carys … das
war meine Schuld, dass sie weggelaufen ist … und niemand
weiß, wo sie ist und Aled ist ganz allein mit seiner Mum und
ich bin an allem schuld …«

Mit einem Mal saß ich auf einer Bank, schmiegte den Kopf
an Raines Schulter, während Raine mit dem Handy Musik
spielte und es mir vorkam, als würde die Musik direkt aus
ihrer Hand ertönen. Doch der Handy-Lautsprecher war
scheiße und die Musik klang weniger nach Musik als nach
dem dumpfen Dröhnen eines Autoradios um zwei Uhr morgens auf der Autobahn. Der Typ sang *I can lay inside* und die
Musik war so dunkel wie der Himmel und sie spielte mit
mir, betrunken und benommen, wie ich war, und ich konnte
mich nicht mehr daran erinnern, was ich sagen wollte.

3

HERBSTTRIMESTER
b)

DIE KUGEL

- Am nächsten Tag textete ich Aled. Dann schrieb ich ihm eine Nachricht auf Facebook. Schließlich rief ich ihn an. Da ich nichts von ihm hörte, ging ich um Viertel vor sieben abends mit der Absicht aus dem Haus, bei ihm zu klopfen, doch das Auto seiner Mutter war weg und er auch.
- Am Wochenende schrieb ich ihm eine ausführliche Entschuldigung auf Facebook, die sich schon erbärmlich anfühlte, als ich sie schrieb, und immer noch erbärmlich war, als ich sie noch einmal durchlas. Beim Schreiben begriff ich, dass es tatsächlich nichts gab, womit ich die Dinge besser machen konnte, und dass ich vermutlich den einzigen echten Freund verloren hatte, den ich in meinem ganzen Leben gehabt hatte.
- In den übrigen Oktobertagen war mein Verhalten noch unterirdischer, als ich es für möglich gehalten hätte. Ich weinte jeden Tag und schlief schlecht. Außerdem wurde ich wegen dieser beiden Dinge sehr wütend auf mich selbst. Ich nahm zu, doch das interessierte mich eigentlich nicht. Dünn war ich schließlich noch nie gewesen.
- Im Oktober musste ich zudem unendlich viel für die Schule tun. An den meisten Abenden saß ich über den Haus-

aufgaben. Für den Kunstkurs musste ich mich richtig rein-
hängen und *wöchentlich* Essays in Englisch schreiben.
Wenn ich mich anhand von Büchern auf meine Bewerbungsgespräche in Cambridge vorbereiten wollte, konnte
ich mich nicht konzentrieren, doch ich zwang mich, sie
trotzdem zu lesen: *Die Canterbury-Erzählungen* und *Söh-
ne und Liebhaber* und *Wem die Stunde schlägt*. Ohne einen
Studienplatz in Cambridge wären all die Anstrengungen
meiner Schullaufbahn umsonst gewesen.

- Eines Abends sah ich Aled, wie er mit einem Koffer vom
Bahnhof kam – vermutlich wollte er das Wochenende zu
Hause verbringen. Beinahe wäre ich rausgerannt, um ihn
zu sehen, doch wenn er wieder mein Freund hätte sein
wollen, hätte er auf meine Nachrichten reagiert. Ich wollte
gerne wissen, wie er es an der Uni fand – er war auf einigen Fotos in der Einführungswoche auf Facebook mar-
kiert, lächelnd und trinkend mit anderen Erstis –, hin und
wieder kostümiert. Ich wusste nicht, ob ich froh oder traurig sein sollte, aber beim Anblick dieser Bilder fühlte ich
mich einfach nur schrecklich.

- Selbstverständlich spielte ich nicht mehr Toulouse in *Universe City* und hörte auch auf, für den Podcast zu zeichnen. Aled veränderte die Handlung dahingehend, dass
Toulouse unvermittelt aus der Stadt verbannt worden war.
Das machte mich sehr traurig, als hätte er mich höchstpersönlich verbannt.

- Auf Tumblr erreichten mich tausend Fragen zu den Gründen. Ich antwortete nur, so sei die Geschichte eben – Tou-
louses Auftritt war beendet.

- Auf Tumblr wollten auch viele wissen, wieso meine Zeichnungen in den Videos von *Universe City* nicht mehr auf-

tauchten und wieso ich in letzter Zeit überhaupt keine Zeichnungen mehr postete. Ich schrieb zurück, ich hätte Stress in der Schule und bräuchte mehr Zeit dafür.

- Ich bekam unendlich viele Nachrichten.
- Beinahe hätte ich mir komplett die Kugel gegeben und meinen Tumblr-Account gelöscht, doch das brachte ich nicht übers Herz und versuchte stattdessen, Tumblr möglichst fernzubleiben.
- Am ersten November wurde ich achtzehn. Die Erwartung, mich anders zu fühlen, wurde natürlich enttäuscht. Ich glaube nicht, dass es viel mit dem Alter zu tun hat, wie erwachsen man ist.

DIE SCHUL-FRANCES

»Frances, du siehst so *grummelig* aus«, sagte Maya lachend. »Was ist los?«

Die täglichen Mittagessen mit meinen Schul-»Freundinnen« brachten mich immer weiter dazu, meine Taschen zu packen, die Stadt zu verlassen und nach Wales zu trampen.

Meine Schulfreundinnen waren als solche nicht schlecht, sie waren eben nur die Freundinnen von Schul-Frances – der stillen, stets fleißigen Frances – statt von der echten Frances, die Memes liebte, fanatisch auf gemusterte Leggings abfuhr und allmählich kurz vor einem Nervenzusammenbruch stand. Da Schul-Frances total öde war, unterhielten sie sich nicht wirklich gern mit ihr oder achteten besonders darauf, wie es ihr ging. Inzwischen wurde mir mehr und mehr bewusst, dass Schul-Frances im Grunde gar keine Persönlichkeit besaß. Ich konnte es niemandem verübeln, wenn man sie auslachte.

Jetzt, Anfang November fiel es mir immer schwerer, die Schul-Frances zu verkörpern.

Ich lächelte Maya an. »Haha, alles gut, bin nur gestresst.«

»Nur gestresst« nahm im Laufe der Zeit die gleiche Bedeutung von »mir geht's gut« an.

»Oh mein Gott, ich auch«, sagte sie und redete mit jemand anderem.

Raine drehte sich zu mir um. Beim Mittagessen setzte sie sich immer neben mich und ich war ihr dafür extrem dankbar, weil sie praktisch der einzige Mensch war, mit dem ich mich unterhielt.

»Sicher, dass es dir gut geht?«, fragte sie deutlich weniger von oben herab als Maya. »Ehrlich gesagt, siehst du ein bisschen krank aus.«

Ich lachte. »Danke.«

Sie grinste. »Nein! Ich meine – hm, du bist in letzter Zeit nicht so ganz du selbst.«

»Haha. Ich weiß gar nicht genau, wer das ist.«

»Bist du immer noch so fertig wegen Aled?«

Sie fragte so direkt, dass ich beinahe noch mal gelacht hätte. »Ich glaub schon, ein bisschen ... er antwortet einfach auf keine Nachricht.«

Raine sah mich einen Augenblick lang an.

»Er ist ein echtes Arschloch«, sagte sie, woraufhin ich ein milde traumatisiertes Lachen hechelte.

»Was? Wieso?«

»Wenn er nicht einmal genug Verstand hat, um zu erkennen, dass du die ganze Zeit seine Freundin gewesen bist, was soll es dann? Er hat eindeutig nicht genug für dich übrig, um eure Beziehung wertzuschätzen. Es wäre besser, wenn du ihn auch nicht mögen würdest.« Sie schüttelte den Kopf. »Solche Freunde braucht keiner.«

Obwohl ich wusste, dass es viel komplizierter war und alles meine Schuld war und ich nicht die Spur von Mitleid verdient hatte, fühlte es sich gut an, was Raine sagte.

»Kann sein«, sagte ich.

Als sie mich umarmte, war es das allererste Mal, und ich drückte sie zurück, so gut es von meinem Platz aus ging.

»Du hast bessere Freunde verdient«, sagte sie. »Du bist der reinste Sonnenschein.«

Ich wusste nicht, was ich sagen oder denken sollte, also blieb es bei der Umarmung.

WINTER-OLYMPIONIKE

»Frances, wann finden deine Bewerbungsgespräche in Cambridge statt?«

Ich ging an der Backstagetür der Schulaula vorbei, als Daniel zum ersten Mal seit September wieder mit mir redete. Er stand mit einem Teilnehmer der Winterolympiade neben dem Bühnenvorhang. Der Sportler sollte eine Rede vor den Schülern der Stufen 7, 8 und 9 halten.

Da Daniel mir schließlich aus gutem Grund böse war und ich nicht mehr Schülersprecherin war, hatte ich keinen Anlass mehr, seine Nähe zu suchen. Deshalb war ich auch nicht erstaunt gewesen, als er in den Gängen keinen Blickkontakt mehr zu mir aufnahm.

Da ich nicht dringend irgendwohin musste, betrat ich den Backstage-Bereich. Daniel hatte nicht auf besonders grobe Weise gefragt.

»Am 10. Dezember«, antwortete ich. Es war Mitte November, also hatte ich noch ein paar Wochen Zeit. Bisher hatte ich noch nicht alles gelesen, was ich in meinem Bewerbungsschreiben angegeben hatte. Es war einfach unmöglich, mich gleichzeitig auf die Gespräche vorzubereiten und weiter für die Kurse zu lernen.

»Ah«, sagte er. »Ich auch.«

Seit unserem letzten Gespräch wirkte er ein wenig verändert. Zunächst dachte ich, er hätte sich die Haare wachsen lassen, doch das konnte ich nicht genau sagen, weil er sie stets zu einer Tolle aus der Stirn kämmte.

»Wie läuft es denn?«, fragte ich. »Bist du gut vorbereitet? Und weißt alles über … Sachen wie Bakterien und … Skelette und so?«

»Bakterien und Skelette …«

»Was? Ich habe keine Ahnung, was in Biologie drankommt.«

»Aber du hattest doch Bio bei der GSCE-Prüfung.«

Ich verschränkte die Arme. »Der Zellkern ist das bestimmende Element in der Zelle. Die Zellmembran – was macht noch mal die Zellmembran? Hoffentlich weißt du, was die Zellmembran macht. Vielleicht fragen sie das ab.«

»Unwahrscheinlich.«

»Was fragen sie dich dann?«

Er sah mich an. »Das würdest du sowieso nicht verstehen.«

»Na, dann ist es wohl gut, dass ich mich nicht für Biologie bewerbe.«

»Jep.«

Mit einem Mal merkte ich, dass Raine ebenfalls hinter der Bühne war und den Olympiasportler interviewte. Er tat mir ein bisschen leid – offensichtlich war er nur wenige Jahre älter als wir und wirkte für einen Athleten auf gewisse Weise wie ein unbeholfener Nerd, riesengroß mit dicker Brille und einer Jeans, die ein bisschen zu kurz war. Bei der Vorstellung, zwanzig Minuten vor Schülern der Stufen 7 bis 9 zu reden, geriet er offenbar ein wenig in Panik und Raine tat nichts, um ihn zu beruhigen. Anscheinend war er auf das Gymnasium am anderen Ende der Stadt gegangen, das auch

Aled besucht hatte, und sollte nun hier über seine Erfolge, seine Leistungen und so etwas sprechen.

Daniel sah, wie ich Raine ansah, und verdrehte die Augen. »Sie wollte ihn kennenlernen.«

»Oh.«

»Egal, es geht um Folgendes«, fuhr Daniel fort und sah mir in die Augen. »Ich brauche eine Mitfahrgelegenheit nach Cambridge.«

»Du brauchst eine Mitfahrgelegenheit …?«

»Ja. Meine Eltern müssen arbeiten und ich habe nicht genug Geld, um allein nach Cambridge zu fahren.«

»Können deine Eltern dir nicht Geld für den Zug geben?«

Daniel knirschte buchstäblich mit den Zähnen, als wollte er keinesfalls sagen, was er gleich antworten würde.

»Meine Eltern geben mir kein Geld«, sagte er. »Und ich musste meinen Job aufgeben, um für die Schule lernen zu können.«

»Sie geben dir nicht mal Geld für *Cambridge*?«

»Ihnen ist das nicht wichtig.« Er schüttelte den Kopf. »Wenn es nach ihnen ginge, müsste ich gar nicht studieren. Mein Dad – mein Dad möchte, dass ich für ihn arbeite … er betreibt ein Elektronikgeschäft …« Daniel verstummte.

Ich starrte ihn an. Auf einmal tat er mir wirklich furchtbar leid.

»Ich wollte mit dem Zug hinfahren«, sagte ich. »Meine Mutter muss arbeiten.«

Daniel nickte und senkte den Blick. »Ah, okay. Kann man nichts machen.«

Als Raine sich auf dem Stuhl vorbeugte, auf dem sie rittlings saß, wirkte der Olympiasportler irgendwie erleichtert.

»Ich kann euch hinbringen«, sagte sie. »Wenn ihr wollt.«

»Was?«, fragte ich.

»Was?«, fragte Daniel.

»Ich fahre euch hin.« Raine grinste breit und stützte das Kinn auf die Hand. »Nach Cambridge.«

»Du hast Schule«, entgegnete Daniel sofort.

»Na und?«

»Du willst schwänzen?«

Raine zuckte mit den Schultern. »Ich fälsche eine Entschuldigung. Hat bisher immer geklappt.«

Der innere Konflikt spiegelte sich in Daniels Miene. Ich fand es immer noch extrem seltsam, dass er einem Mädchen sein Herz ausgeschüttet hatte, mit dem er absolut nichts gemeinsam hatte. Andererseits hatte er es vielleicht genau deshalb getan.

»Okay«, sagte er und scheiterte bei dem Versuch, sich seine Verärgerung nicht anmerken zu lassen. »Ja, das wäre super.«

»Echt, danke«, sagte ich. »Voll nett von dir.«

Nach einer kurzen peinlichen Pause signalisierte ein Lehrer vom anderen Ende der Bühne Daniel, rüberzukommen und den Olympiasportler vorzustellen. Nachdem Daniel ihn präsentiert hatte, ging der Sportler auf die Bühne und Daniel trat wieder ab.

Während der Rede schwiegen Daniel und ich. Der Sportler machte seine Sache nicht besonders gut und verlor immer wieder den Faden. Vermutlich sollte er die Zuhörer dazu ermuntern, viel für die Schule zu tun, und etwas über seine sportliche Karriere sagen. Er war auch durchaus selbstbewusst, aber er sagte immer wieder Sätze wie: »Ich war nicht richtig gut in der Schule« und »In der Schule fühlte ich mich immer ein wenig fremd« und »Ich glaube nicht, dass wir unser Leben nach den Noten ausrichten sollten, die wir in den Klausuren bekommen.«

Danach lächelten Daniel und ich und bedankten uns dafür, dass er gekommen war, und er fragte, ob er gut gewesen war, was wir selbstverständlich bestätigten. Schließlich wurde er von einem Lehrer abgeholt und ich machte mich mit Daniel auf den Rückweg zum Gemeinschaftsraum.

Auf dem Weg durch die Gänge fragte ich ihn: »Warst du in letzter Zeit viel mit Aled zusammen?«

Daniel sah mich an und fragte: »Du weißt das mit uns, oder?«

»Ja.«

»Tja, er redet nicht mehr mit mir.«

»Wieso nicht?«

»Ich weiß es nicht. Er hat einfach eines Tages aufgehört, mir zu schreiben.«

»Völlig ohne Grund?«

Daniel schwieg und schwankte fast im Gehen, als würde ihn die Last der ganzen Sache zu Boden drücken. »Wir haben uns an seinem Geburtstag gestritten.«

»Worum ging's?«

Keine Ahnung, warum ich so überrascht war. Ich kann oft nicht begreifen, wie schnell sich die Leute anderweitig orientieren. Sie vergessen einen innerhalb von wenigen Tagen, stellen neue Fotos auf Facebook und lesen nicht mehr, was man ihnen schreibt. Sie machen woanders weiter und schieben einen zur Seite, wenn man zu viele Fehler begeht. Vielleicht war es richtig so. Was konnte ich schon dazu sagen?

»Das spielt keine Rolle«, antwortete Daniel.

»Mit mir redet er auch nicht mehr«, sagte ich.

Von da an schwiegen wir.

(WELT)RAUM

»Es wird ein bisschen spät, meinst du nicht auch, France?«, fragte Mum, als sie mit einer Tasse Tee ins Wohnzimmer kam.

Ich hob blinzelnd den Blick vom Laptop. Von der Bewegung bekam ich sofort Kopfschmerzen. »Wie viel Uhr ist es?«

»Halb zwölf.« Sie setzte sich aufs Sofa. »Du lernst doch nicht etwa immer noch? Diese Woche hast du jeden Abend etwas für die Schule getan.«

»Nur noch diesen Abschnitt.«

»In sechs Stunden klingelt dein Wecker.«

»Ja, ich bin gleich fertig.«

Sie trank ihren Tee. »Du machst immer weiter. Kein Wunder, dass du unter Belastungsschmerzen leidest.«

Immer wenn ich eine bestimmte Sitzhaltung einnahm, tat neuerdings die linke Seite meines Brustkorbs weh. Zeitweise fühlte es sich an, als würde ich einen besonders langsamen Herzinfarkt erleiden. Deshalb versuchte ich, nicht allzu oft darüber nachzudenken.

»Ich finde, du solltest ins Bett gehen«, sagte meine Mutter.

»Ich kann nicht!«, fauchte ich lauter als beabsichtigt. »Unmöglich. Du verstehst das nicht. Das muss ich morgen in der ersten Stunde abgeben. Das heißt, ich muss es jetzt machen.«

Mum schwieg für einen Moment.

»Wie wäre es am Wochenende mit Kino?«, fragte sie dann. »Eine kleine Pause von all dem Cambridge-Stoff. Vor ein paar Wochen ist dieser Weltraumfilm rausgekommen.«

»Keine Zeit. Vielleicht nach den Bewerbungsgesprächen.«

Sie nickte. »Okay.« Sie stand auf. »Okay.« Sie verließ das Wohnzimmer.

Um ein Uhr nachts war ich mit dem Essay fertig und ging ins Bett. Obwohl ich erwog, mir die neueste Folge von *Universe City* anzuhören, weil ich es bisher nicht geschafft hatte, war ich letztendlich doch zu müde und mir war auch nicht danach, sodass ich einfach im Bett lag und darauf wartete, endlich einzuschlafen.

HASS

Ich hatte mich mehrere Wochen davor gedrückt, Tumblr zu checken. In meinem Account warteten sowieso nur haufenweise Nachrichten mit der Frage, warum ich so lange kein Update gemacht hatte, sowie die Erinnerung, dass ich seit über einem Monat keine Zeichnung hochgeladen hatte.

Außerdem machte mir die Fangemeinde Angst. Ungelogen.

Seit alle wussten, wer Aled Last im echten Leben war, durchlief der *Universe City*-Tag eine Phase, in der jedes Foto von Aled, das sie in die Finger bekamen, gepostet und rebloggt wurde. Viele waren das allerdings nicht – zwei waren von seinem privaten Facebook-Account geklaut, eins stammte von der Facebookseite des Johnny R'. Dazu ein verschwommenes Foto auf der Straße an seiner Universität. Nachdem einige Leute posteten, was das alles für eine widerliche Verletzung der Privatsphäre einer Person war, die unbedingt anonym bleiben wollte, hörten die meisten Leute zum Glück auf zu posten.

Dennoch schien niemand etwas über ihn zu wissen. Die Fans wussten nicht, wie alt er war, wo er wohnte oder was er studierte. Aled bestätigte auf Twitter rein gar nichts – er ignorierte alles, als würde gar nichts geschehen. Und allmählich erstarben die Gerüchte und es ging wieder um *Universe City*. Als wäre überhaupt nichts passiert.

Generell glaubte ich langsam, dass das alles nicht so gravierend war, wie wir dachten.

Bis Ende November. Als es noch viel schlimmer wurde.

Der erste Post, der in der Fangemeinde die Runde machte, brachte ein neues Foto von Aled zutage.

Er saß auf einer Steinbank, die offenbar auf einem städtischen Marktplatz stand. Ich war zwar noch nie in Aleds Universitätsstadt gewesen, doch ich vermutete, dass das Foto dort aufgenommen worden war. Er hatte eine Tescotüte in der einen und sein Handy in der anderen Hand. Ich fragte mich, wem er wohl schrieb.

Er hatte die Haare wieder wachsen lassen, sodass sie ihm ins Gesicht fielen, und sah beinahe aus wie damals im Mai, als wir uns kennengelernt hatten.

Es gab keine Bildunterschrift zu dem Foto und die Fragebox des Tumblr-Blogs, von dem aus es gepostet wurde, war nicht aktiviert. Deshalb konnte man die Person, die das Foto gepostet hatte, nur kritisieren, indem man es repostete. Genau das war passiert und der Post bekam innerhalb weniger Tage 20.000 Kommentare.

Der zweite Post kam nicht einmal von einem *Universe City*-Blog.

troylerphandoms23756
ich hab mir Universe City angesehen weil phil es neulich empfohlen hat, aber … findet vielleicht noch jemand … dass es super elitär ist? Also richtig richtig privilegiert? Das ganze ist eine riesige metapher dafür, wie scheiße der autor das bil-

dungssystem findet, oder nicht? In ländern der dritten welt hungern leute, um eine ausbildung zu bekommen ... echt jetzt, Universe City = university ... nicht gerade subtil lol

Das wurde dutzendweise mit einer Vielzahl abfälliger Kommentare auf *Universe City*-Blogs geteilt und am liebsten hätte ich selbst auch etwas dazu gesagt – es war eine absolut lächerliche Stellungnahme.

Andererseits hatte Aled tatsächlich erwähnt, dass er nicht gern studieren würde. Oder doch nicht? War das ein Scherz gewesen?

Und dann kam der dritte Post von derselben Person, die das heimlich aufgenommene Foto von Aled in der Stadt hochgeladen hatte.

Es war ein weiteres – ziemlich dunkles – Foto von Aled, auf dem er eine Tür aufschloss. Gut lesbar standen die Worte »St John's College« an der Hausmauer.

Und das bedeutete, dass nun alle, die es sahen, wussten, wo Aled wohnte.

Diesmal wurde auch eine Bildunterschrift mitgeliefert:

youngadultmachine
ich bring aled last um dieses prievilegierte arschloch er tut böses, bildung ist ein prievileg und er hat kain recht den lebensweg unserer kids schlecht zu machen. Das iss gehirnwäsche bei unsern kids.

Beim Lesen drehte sich mir der Magen um.

Das konnte doch niemand ernst meinen?

Es war unmöglich herauszufinden, ob ein und dieselbe Person das Foto gemacht und diesen Text geschrieben hatte.

Ich wusste nicht, was ich von alldem halten sollte.

Es war purer Hass. Hass im Netz.

Universe City war nur eine Geschichte – ein magisches Sci-Fi-Abenteuer, das mir einmal in der Woche ein kleines zwanzigminütiges Zeitfenster des Glücks bescherte. Es hatte keine tiefere Bedeutung. Sonst hätte Aled mir das gesagt.

Oder?

UNIVERSE CITY: Folge 140 – so
UniverseCity
96.231 Views

haltet ihr das alles für eine Art Witz?

Scrollt nach unten zur Abschrift>>>

[...]
Ich frage mich, wieso ihr hier überhaupt je zugehört habt! Schaltet ihr nur jede Woche euer Radio ein, um euch eine lustige Geschichte über dien dummen alten Radio und siere Freunde anzuhören, die ein neues Monster ausschalten und den Fall lösen wie eine bescheuerte Scooby-Doo-Gang aus dem 26. Jahrhundert? Ich sehe euch vor mir. Ihr lacht euch kaputt, während wir hier langsam an den Abgasen der City zugrundegehen oder im Schlaf ermordet werden. Habt ihr je wirklich gehört, was ich gesagt habe?

Ihr seid genauso wie all jene, die ich in der alten Welt kannte. Ihr rafft euch niemals zu etwas auf.
[...]

GUY DENNING

»Frances … ich rate dir davon ab, dich mit dem Gesicht auf das Pult zu legen, wenn ich mit Henna gearbeitet habe«, sagte Raine Anfang Dezember im Kunstunterricht zu mir. Ich fertigte mit Kreide und Kohlestiften die Kopie eines Porträts von Guy Denning an – mein Thema im Kunstkurs war Isolation. Raine trug Henna auf eine Skeletthand aus Pappmaschee auf – ihr Kursthema war Rassismus gegen Hindus in Großbritannien.

Ich richtete mich auf und betastete mein Gesicht. »Habe ich da was?«

Raine sah mich an und setzte eine konzentrierte Miene auf. »Nein, alles okay.«

»Argh.«

»Was ist?«

»Ich hab nur Kopfschmerzen.«

»Schon wieder? Mensch, lass das mal checken.«

»Ist nur der Stress. Und Schlafmangel.«

»Man weiß nie. Es könnte auch ein riesiger Gehirntumor sein.«

Ich schnitt eine Grimasse. »Bitte sprich nicht von Gehirntumoren. Ich bin extrem hypochondrisch.«

»Oder ein Aneurysma kurz vorm Platzen.«

»Sei still.«

»Wie kommen Sie beide so voran?« Unsere Kunstlehrerin Miss García tauchte an unserem Tisch auf, als wäre sie appariert. Ich zuckte so heftig zusammen, dass ich beinahe meine Zeichnung verschmiert hätte.

»Gut«, sagte ich.

Sie betrachtete mein Werk und setzte sich auf den freien Stuhl neben mir. »Sie sind auf dem richtigen Weg.«

»Danke!«

Sie tippte mit dem Finger auf das Papier. »Sie können hervorragend Dinge wiedergeben, ohne ihren eigenen Stil zu verlieren. Sie zeichnen nicht nur fotografisch ab – durch Ihre Interpretation schaffen Sie etwas Neues. Sie eignen es sich an.«

Ich verspürte so etwas wie Glück. »Vielen Dank.«

Miss García musterte mich durch ihre viereckige Brille und schlang ihre gehäkelte Strickjacke enger um ihren Körper. »Was wollen Sie studieren, Frances?«

»Englische Literatur.«

»Ach, wirklich?«

Ich lachte. »Ist das so überraschend?«

Sie beugte sich über das Pult. »Ich wusste nicht, dass Sie sich dafür interessieren. Eher hätte ich darauf getippt, dass Sie etwas Praktisches machen.«

»Oh … was zum Beispiel?«

»Na ja, ich dachte immer, Sie würden sich auf die Kunst verlegen. Vielleicht irre ich mich ja, aber ich hatte das Gefühl, Sie haben Spaß daran.«

»Ja, also, das stimmt …« Ich verstummte. Ein Kunststudium hatte ich noch nie in Erwägung gezogen. Klar machte mir Kunst Spaß, aber als Studium … das wäre doch brotlos,

oder nicht? Und wo lag der Sinn, wenn ich in anderen, nütz-
licheren Fächern so viel bessere Noten bekam? Ich würde
nur mein Potenzial verschwenden. »Ich kann mir das Studium doch nicht danach aussuchen, was mir Spaß macht.«

Miss García zog die Augenbrauen hoch. »Ah.«

»Außerdem habe ich meine Bewerbungen bereits abge-
schickt. Nächste Woche habe ich Gespräche in Cambridge.«

»Ja, natürlich.«

Nach einer peinlichen Pause stand Miss García wieder auf
und sagte: »Weiter so, meine Damen«, bevor sie ging.

Ich warf Raine einen flüchtigen Blick zu, doch sie konzentrierte sich wieder auf ihr Henna. Zum Ärger der Schullei-
tung wollte sie nicht studieren, sondern hatte sich bei mehreren Unternehmen um eine Ausbildung beworben. Ich
hätte sie gern nach ihrer Meinung gefragt, doch da sie gar
nicht wusste, wie viel Raum das Zeichnen in meinem Leben
einnahm, wäre sie wahrscheinlich keine große Hilfe gewesen.

Ich betrachtete erneut die Kopie, an der ich gerade arbeite-
te – das verschmierte Mädchengesicht mit geschlossenen
Augen – und fragte mich, ob Guy Denning studiert hatte. Er
war einer meiner absoluten Lieblingskünstler. Das musste
ich zu Hause nachschlagen.

Wikipedia zufolge hatte er sich bei zahlreichen Kunstaka-
demien beworben und war nirgends genommen worden.

DRÜCK AUF PLAY

Drei Tage vor den Bewerbungsgesprächen in Cambridge stellte ich fest, dass ich seit drei Wochen keine Folge von *Universe City* gehört hatte. Ich hatte nicht auf Aleds Twitter geschaut, ich hatte Tumblr nicht gecheckt. Und ich hatte nichts gezeichnet.

Das war im Grunde keine große Sache, fühlte sich aber irgendwie merkwürdig an. Eigentlich hatte ich bisher immer gedacht, ich hätte an all diesen Dingen Spaß, doch möglicherweise war ich im Kern doch eher verkopft. Obwohl ich mit der Zeit immer mehr Schichten meiner Persönlichkeit ablöste, drehte ich mich im Kreis. Jedes Mal, wenn ich glaubte, herausgefunden zu haben, was mir wirklich Freude bereitete, begann ich von Neuem, mich zu hinterfragen. Vielleicht empfand ich aber auch einfach nicht mehr besonders viel Freude.

Aled und ich waren gut befreundet gewesen, das war unbestritten. Er hatte die Freundschaft beendet und wollte nie wieder mit mir reden – wieso sollte ich darüber traurig sein? Er war derjenige, der sich irrte und er hatte keinerlei Recht, wütend auf mich zu sein. Ich dagegen hatte zu der alten Schul-Frances zurückkehren müssen, die still, langweilig und erschöpft war. Aled genoss das Leben an der Uni in vollen Zügen, während ich nachts nur fünf Stunden schlief und mit höchstens zwei Menschen am Tag sprach.

Ich lud eine Folge von *Universe City* runter, doch ich konnte mich nicht überwinden, die Playtaste zu drücken, weil ich noch lernen musste. Und das war wichtiger.

UNIVERSE CITY: Folge 141 – nichtsiger tag
UniverseCity

Heute habe ich gar nichts gemacht

Scrollt nach unten zur Abschrift>>>

[...]
Jede Woche passiert etwas und das ist anstrengend. Doch manchmal, Kumpel, gibt es auch einfach nichts zu berichten. Hin und wieder übertreibe ich ein bisschen, damit ich etwas Aufregendes erzählen kann. Wisst ihr noch, wie ich euch erzählt habe, dass ich mit dem BOT22 runter zum Leftley Square gesurft bin? Tja – das war eine Lüge. Es war nur ein BOT18. Ich habe gelogen. Ich habe wirklich gelogen und das tut mir leid.

Zeitweise fühle ich mich selbst wie ein BOT18. Alt und eingerostet, weh und verpennt. Unterwegs in der City, immer im Kreis, allein. Kein Getriebe mehr in meinem Herzen, kein Code mehr in meinem Gehirn. Nur noch kinetische Energie, die von anderen Kräften sanft angetrieben wird – Klang, Licht, Staub, Wellen, Beben. Ich bin so verloren wie eh und je, Freunde. Merkt ihr das?

Es wäre schön, wenn ich bald gerettet würde. Das würde mir enorm gefallen. Das wäre schön. Es würde mir wirklich enorm gefallen.
[...]

WAS SOLLTE MAN SONST TUN

Am Tag der Bewerbungsgespräche in Cambridge fuhr Raine um neun Uhr in ihrem dunkelroten Ford Ka bei mir vor. Sie schrieb mir »WARTE DRAUSSEN« und ich schrieb zurück »komme gleich«, obwohl ich nicht die geringste Lust hatte, aus dem Haus zu gehen.

Die beiden Essays, die ich eingereicht hatte, steckten in meiner Tasche, damit ich sie auf der Fahrt noch einmal lesen konnte. Außerdem eine Wasserflasche, eine Packung Polos, ein paar Folgen von *Universe City*, die ich zur Beruhigung auf meinen iPod geladen hatte und eine Viel-Glück-Halt-die-Ohren-steif-Nachricht von meiner Mum, die sie unter ein ausgedrucktes Foto von Beyoncé geschrieben hatte. Bevor Mum zur Arbeit gegangen war, hatte sie mich in den Arm genommen und gebeten, sie über Facebook auf dem Laufenden zu halten und direkt nach den Gesprächen anzurufen. Danach ging es mir ein bisschen besser.

Mein Outfit bildete meiner Meinung nach eine erfolgreiche Balance zwischen Ich-bin-eine-erwachsene-und-gebildete-und-intelligente-junge-Frau und Ich-glaube-nicht-dass-meine-Kleidung-Ihre-Entscheidung-beeinflusst. In diesem Sinne trug ich eine schlichte blaue Skinnyjeans, einen noch schlichteren schwarzen Pullover und darunter eine grün karierte Bluse. So etwas würde ich normalerweise nie anziehen, doch ich fand, ich sah ziemlich intellektuell und doch auch noch wie ich selbst aus.

Insgesamt fühlte ich mich extrem unwohl. Ich schob es auf die Nerven.

Raine folgte mir mit ihrem Blick von der Tür zum Auto.

»Du siehst unglaublich langweilig aus, Frances«, sagte sie, als ich einstieg.

»Gut«, erwiderte ich. »Ich will sie nicht verschrecken.«

»Insgeheim habe ich die Daumen für deine bunte Leggings gedrückt. Oder deine schwarze Jeansjacke.«

»Ich kann mir nicht vorstellen, dass man in Cambridge so etwas trägt.«

Wir lachten schallend und fuhren zu Daniel.

Daniel wohnte mitten in der Stadt gegenüber einem Tesco Express in einem sehr schmalen Reihenhaus, das nicht einmal eine eigene Einfahrt besaß. Raine brauchte ganze drei Minuten, um vernünftig einzuparken.

Ich schrieb Daniel – mittlerweile hatte ich seine Handynummer – und als er aus dem Haus kam, trug er wie üblich seine Schuluniform.

Ich stieg kurz aus, damit er sich hinten auf die Rückbank setzen konnte. »Du hast dich für den Anzug aus der Schule entschieden?«

Er musterte mich von Kopf bis Fuß. »Ich dachte, das machen alle.«

»Ach ja?«

Er zuckte mit den Schultern. »Dachte ich, aber vielleicht stimmt das gar nicht.« Als er einstieg, hatte sich meine Angst mindestens verdreifacht.

»Du bist keine große Hilfe, Daniel«, sagte Raine und verdrehte übertrieben die Augen. »Wir sind so schon mega nervös.«

»Du auch?« Daniel lachte, als ich vorne wieder einstieg. »Du führst doch gar keine Gespräche. Du sitzt sechs Stunden im Costa Coffee und spielst *Candy Crush*.«

»Entschuldige bitte, ich bin euretwegen extrem nervös. Und mit *Candy Crush* habe ich schon vor zwei Monaten aufgehört.«

Damit brachte sie mich zum Lachen und ich war zum ersten Mal, seit wir das Ganze vereinbart hatten, froh, nicht allein zu diesen Bewerbungsgesprächen fahren zu müssen.

Die Fahrt nach Cambridge dauerte zweieinhalb Stunden. Daniel hatte Kopfhörer auf und sagte kein Wort. Ich konnte es ihm nicht verübeln, denn mein eigener Magen machte im Minutenabstand einen Salto nach dem anderen, als würde ich gleich alles vollkotzen.

Ich war Raine dankbar dafür, dass sie mich nur selten ansprach und es mir überließ, die Musik auf ihrem iPod auszuwählen. Mit Bon Iver-Remixes im Hintergrund las ich eine halbe Stunde lang meine Essays und starrte für den Rest der Fahrt aus dem Fenster. Die Autobahn übte eine beruhigende Wirkung auf mich aus.

Alles, was ich je für die Schule getan hatte, war auf diesen Moment ausgerichtet.

Seit ich mit neun Jahren von Oxford und Cambridge erfahren hatte, war ich davon überzeugt gewesen, dass ich dort studieren würde.

Was sollte man sonst tun, wenn man ausnahmslos in jeder Stufe die besten Noten herausholte?

Wieso sollte ich mir diese Gelegenheit entgehen lassen?

WENIG KONSTRUKTIV

»Ach du heilige Scheiße«, sagte Raine, als wir durch Cambridge fuhren. »Als wäre die Stadt aus Kaviar.«

Es war kurz vor Mittag. Mein erstes Bewerbungsgespräch war für zwei Uhr anberaumt, und Daniels für halb drei. Ich unterdrückte eine Panikattacke.

»Alles ist sehr braun«, fuhr Raine fort. »Echt wenig Grau. Wie ein Filmset.«

Der Ort war wirklich schön und fühlte sich im Kontrast zu dem vielen Grau in unserer eigenen Stadt beinahe unecht an. Der Fluss in Cambridge passte in *Herr der Ringe*, während man in dem Fluss in unserer Stadt eher Einkaufswagen oder eine Leiche vermutet hätte.

Nachdem wir zehn Minuten ziellos herumgekurvt waren, fanden wir endlich einen Parkplatz. Obwohl Raine sich nicht sicher war, ob man dort tatsächlich parken durfte, beschloss sie, sich keine allzu großen Sorgen zu machen. Ganz im Gegensatz zu mir, doch sie war die Fahrerin, deshalb hielt ich den Mund. Daniel war anscheinend in eine andere Dimension eingetreten und bekam nicht mit, was wir sagten.

Einige Fakultäten sahen aus wie Paläste. Natürlich hatte ich Fotos davon gesehen, doch sie wurden von der Realität bei Weitem übertroffen.

Es fühlte sich nicht einmal mehr an wie in der wirklichen Welt.

Im Nullkommanichts hatten wir einen Starbucks-Laden gefunden.

»Ich nehme es zurück, dass alles braun ist«, sagte Raine, sobald wir uns gesetzt hatten. »Seit wir hier sind, habe ich keinen einzigen Menschen mit brauner Hautfarbe gesehen.« Selbst sie schien sich nicht wohlzufühlen und das war nachvollziehbar, da sie mit ihrer scharfen Frisur, einer pastellblauen Bomberjacke und Platform Trainers auffiel wie ein bunter Hund.

»Stimmt«, sagte ich.

Ich trank meinen Kaffee, bezweifelte jedoch, dass ich das Sandwich essen konnte, das ich dazu gekauft hatte. Daniel hatte sein eigenes Mittagessen mitgebracht und angesichts der in Frischhaltefolie eingepackten Sandwichs musste ich an Ron Weasley im Zug nach Hogwarts denken. Nicht dass Daniel sie essen würde – er saß reglos da und ließ nur ein Bein auf und ab wippen.

Raine lehnte sich zurück und musterte uns.

Dann meinte sie: »Also, ich will euch noch ein paar Dinge sagen.«

»Bitte nicht«, entgegnete Daniel rasch.

»Was Konstruktives.«

»Nichts, was du sagst, kann konstruktiv sein.«

»Dann eben … was weniger Konstruktives.«

Daniels Blick war eindeutig: Fall bitte tot um.

»Leute, ich meine ja nur, wenn ihr es in Cambridge nicht schafft, wer dann?«

Wir sahen sie an.

»Das ist wirklich nicht konstruktiv«, sagte Daniel.

»Im Ernst jetzt.« Raine streckte uns ihre Hände entgegen. »Seit wann seid ihr die Jahrgangsbesten? Seit der Siebten? Und wetten, vorher wart ihr auch schon die Besten? Ich will ja nur sagen, ich würde die Welt nicht mehr verstehen, wenn ihr nicht angenommen würdet.«

Wir schwiegen.

»Und wenn wir die Gespräche vermasseln?«, fragte ich leise.

»Genau«, sagte Daniel.

Raine verschlug es kurz die Sprache. »Das wird nicht passieren. Ihr wisst viel zu viel über eure Themen und ihr seid beide super intelligent.« Grinsend zeigte sie auf sich selbst. »Wenn ich dagegen so ein Gespräch über mich ergehen lassen müsste, könnte ich auch gleich gehen. Oder ich müsste sie bestechen, mich überhaupt reinzulassen.«

Ich kicherte und sogar Daniel lächelte ein wenig.

Nachdem wir etwas gegessen hatten, machte ich mich auf den Weg zu dem College, an dem ich mich beworben hatte – und das ich ausgesucht hatte, weil es berühmt und angeblich besonders wissenschaftlich war. Raine umarmte mich zum Abschied, und obwohl Daniel mir nur knapp zunickte, tröstete mich auch das. Ich schrieb Mum, dass ich reinging, und sie schrieb zurück, dass sie an mich glaubte. Ehrlich gesagt, wünschte ich, ich würde auch an mich glauben.

Es lag nur daran, dass ich nervös war. Mir war seltsam zumute, weil ich nervös war. Das war alles.

Vor Monaten hatte ich ursprünglich geplant, mir zur Beruhigung eine Folge von *Universe City* anzuhören, bevor ich reinging. Das wollte ich nun nicht mehr.

Ein Student mit einem breiten Lächeln und einer vornehmen Stimme, der freiwillig einen Blazer trug, zeigte mir den Weg ins College.

Wie erwartet erhielt ich eine halbe Stunde vor dem Bewerbungsgespräch einen Zettel mit einem Gedicht auf der einen und einem Romanausschnitt auf der anderen Seite. Ich verstand nur sehr wenig und versuchte, Metaphern zu finden. In dem Buchausschnitt ging es um eine Höhle. Wovon das Gedicht handelte, habe ich vergessen.

Dann war die halbe Stunde vorbei, meine Hände waren schweißnass und mein Herz raste. Ich hatte mein ganzes Leben auf dieses Ziel ausgerichtet, auf dem Ergebnis würde ich meine Zukunft aufbauen. Ich musste mich nur intelligent, begeistert, originell und aufgeschlossen präsentieren. Die ideale Cambridge-Studentin – Moment, wie war das noch mal? Ich hatte mir alle Beispielvideos von Bewerbungsgesprächen auf der Webseite von Cambridge angeschaut. Sollte ich den Fragestellern die Hand schütteln? Ich hatte es vergessen. Das Mädchen, das vor mir hineingegangen war, trug ein Kostüm. Wieso hatten sich alle so fein gemacht? Sah ich dumm aus? Hatte ich das Handy auf lautlos gestellt? Und wenn ich es vermasselte? Wäre das das Ende? Wenn ich es jetzt vermasselte, nachdem ich so oft bis tief in die Nacht geschuftet hatte, nachdem ich ein Jahr lang all diese Bücher und Gedichte gelesen hatte? Und wenn ich diese Zeit nun verschwendet hatte? Wenn das alles umsonst gewesen war?

ALTE WEISSE MÄNNER

Beide Interviewer waren alte weiße Männer. Sicherlich sind nicht alle Fragesteller an der Universität von Cambridge alte weiße Männer und in meinem zweiten Gespräch an diesem Tag war eine Frau dabei, doch in meinem ersten Gespräch saßen mir alte weiße Männer gegenüber, und ich war nicht überrascht.

Da sie keine Anstalten machten, mir die Hand zu schütteln, tat ich es auch nicht.

Das Bewerbungsgespräch lief ungefähr so ab:

ALTER WEISSER MANN (A.W.M.) NR. 1: Gut, Frances, ich sehe hier, dass Sie auf A-Level neben Englisch, Geschichte und Politik auch Kunst gewählt haben, sowie Mathematik auf AS-Level. Wie kommt man zu einer derart gemischten Fächerwahl?

FRANCES: Oh … na ja, ich habe mich immer schon für eine Vielzahl von Themen interessiert. Ich habe mir gedacht, also auf A-Level, wäre es irgendwie gut, damit weiterzumachen, also beide Gehirnhälften aktiv zu halten, für eine breitere … erweiterte Lernerfahrung. Ich habe viele verschiedene Interessen, ja, so kam das.

A.W.M. NR. 1: [blinzelt und nickt]

A.W.M. NR. 2: In Ihrem Motivationsschreiben steht, dass das Buch, welches ursprünglich Ihr Interesse an einem Studium in Englischer Literatur geweckt hat, *Der Fänger im Roggen* von J.D. Salinger war?

FRANCES: Ja!

A.W.M. NR. 2: Und was genau hat Sie an diesem Buch so inspiriert?

FRANCES: [völlig unvorbereitet auf eine derartige Frage] Ah ... genau. Das waren die verschiedenen Themen, ehrlich gesagt, ich hatte einen starken Bezug zu den Themen, na ja, Desillusionierung und Entfremdung [lacht], nicht gerade neu, ich weiß, die typischen Teenager-Empfindungen! Äh, ja, aber in dem Buch fand ich noch viele andere Dinge interessant, aus akademischer Sicht zum Beispiel, äh ... Unter anderem hat mir sehr gut gefallen, wie Salinger die Sprache der Teenager in den 1940er- und 50er-Jahren *auf den Punkt getroffen* hat? Sein Buch ist das erste alte, also der erste Klassiker, den ich gelesen habe, der mir das Gefühl vermittelt hat, ähm, eine wahre Stimme zu verkörpern? Mit der Hauptfigur konnte ich mich sehr gut identifizieren, würde ich sagen ... und ich wollte gern verstehen, wie das funktioniert.

A.W.M. NR. 2: [nickt und lächelt, scheint aber nicht wirklich gehört zu haben, was ich gerade gesagt habe]

A.W.M. NR. 1: Nun, Frances, die große Frage lautet wohl: Warum wollen Sie Englische Literatur studieren?

FRANCES: [grauenhafte Pause] Ja, also [noch eine grauenhafte Pause – wieso zum Teufel fiel mir nichts ein?] Also, ich – ich fand Englische Literatur immer schon großartig. [Dritte grauenhafte Pause. Komm schon. Es gibt noch mehr Gründe. Alles ist gut. Nimm dir Zeit.] Englische Literatur war immer mein Lieblingsfach. [Stimmt gar nicht.] Seit ich klein war, wollte ich Literatur studieren. [Totaler Blödsinn. Wenn sie dir glauben sollen, darfst du nicht länger wie ein Roboter klingen.] Ich analysiere gerne Texte, um etwas über – den Kontext zu erfahren. [Ich verstehe das nicht, wieso bist du so? Es klingt, als würdest du lügen.] Und ich glaube, wenn ich an der Uni Literatur studieren würde, wäre das eine gute Motivation, um viel mehr zu lesen. [Moment, soll das heißen, dass du bisher wenig liest? Wieso bewirbst du dich dann überhaupt für Englische Literatur?] Was ich sagen will … [Wieso bewirbst du dich für ein Studium der Englischen Literatur?] Was ich sagen will, ist, dass ich immer schon … [Immer schon was? Dir diesbezüglich immer schon in die Tasche gelogen hast? Immer schon geglaubt hast, du hättest eine Leidenschaft für etwas, wofür du doch nicht brennst?]

A.W.M. NR. 2: Okay, machen wir weiter.

DAS EINZIG BESONDERE

Unmittelbar im Anschluss musste ich eine Klausur schreiben, in der ich zwei Prosatexte vergleichen sollte. Ich habe nicht nur vergessen, worum es darin ging, sondern auch, was ich geschrieben habe. Das Ganze fand in einem Raum statt, in dem ungefähr zwanzig Kandidaten um einen großen Tisch herumsaßen. Ich war ziemlich zappelig und hatte am Ende den Eindruck, alle anderen hätten viel mehr geschrieben als ich.

Danach fand das zweite Vorstellungsgespräch statt, das im Wesentlichen genauso verlief wie das erste.

Als ich ins Starbucks zurückkehrte, las Raine eine Zeitung. Sobald ich mich setzte, hob sie den Blick und schlug die Zeitung zu.

Plötzlich erkannte ich, was für eine gute Freundin sie war.

Sie hatte nicht den geringsten Grund, uns hierherzubringen. Wahrscheinlich hatte sie die ganzen drei Stunden über hier gesessen.

»Süße, wie ist es gelaufen?«

»Äh ...«

Es war grauenhaft gewesen. Ich hatte mitten in einem Vorstellungsgespräch an der Universität, die ich seit mindestens zehn Jahren als klares Ziel vor Augen gehabt hatte, begriffen, dass ich das Fach, für das ich mich bewarb, nicht studieren wollte. Es hatte mir die Sprache verschlagen, ich hatte vergessen, wie man locker seinen Blödsinn absondert, und mir damit jegliche Chance verbaut, angenommen zu werden.

»Keine Ahnung. Ich glaube, ich habe mein Bestes gegeben.«

Raine sah mich einen Augenblick lang an. »Und … das ist gut, oder? Mehr kann man nicht tun.«

»Genau.« Doch ich hatte keineswegs mein Bestes gegeben. Im Gegenteil. Wieso hatte ich das nicht kommen sehen? Wieso hatte ich es zugelassen, dass es so weit kam?

»Ist bestimmt nützlich, intelligent zu sein«, sagte Raine und lachte wenig überzeugend. Sie senkte den Blick und wirkte mit einem Mal sehr traurig. »Ich, also ich mache mir ständig Sorgen, dass ich obdachlos werde oder so. Ich wünschte, dass nicht das ganze Leben von den Noten abhinge.«

Nützlich, dachte ich, traf es so ziemlich auf den Punkt.

Während Daniel sein zweites Bewerbungsgespräch absolvierte, ging ich mit Raine in Cambridge spazieren. Raine hatte sich bereits ausführlich umgesehen und zeigte mir die schönen Ecken, zum Beispiel eine alte Brücke, die sich über den Fluss schwang, und ein Café, in dem es Milchshakes gab.

Als wir um halb sechs zum Starbucks zurückkehrten und Daniels Gespräch beendet sein sollte, sagte ich zu Raine, ich würde versuchen, ihn zu finden, damit er nicht allein im Dunkeln zurücklaufen musste. Raine gab zu bedenken, dass dann ich im Dunkeln zu seinem College gehen musste, doch als ich daraufhin vorschlug, sie solle mitkommen, stöhnte sie nur und meinte, sie würde sich nicht vom Fleck rühren, nachdem es uns gelungen war, die Sofas in der Ecke des Cafés in Beschlag zu nehmen.

Deshalb ging ich Daniel mit einem halben Becher Eggnogg Latte entgegen. Ich hatte wirklich keine Lust, noch länger im Starbucks rumzuhängen.

King's College, das College, an dem Daniel sich beworben hatte, wirkte selbst in der Dunkelheit wie ein Palast. Das Gebäude war riesig, weiß und gotisch und hatte keinerlei Ähnlichkeit mit dem cottageähnlichen College, an dem ich mich beworben hatte. Daniel gehörte genau dorthin.

Er saß, in seine dicke Daunenjacke eingemummelt, allein auf einer niedrigen Backsteinmauer. Sein Gesicht wurde von seinem Handy beleuchtet. Man konnte seinen Anzug und seine Krawatte sehen und er machte wirklich den Eindruck, als würde er dorthin gehören. Ich konnte mir gut vorstellen, wie er mit einundzwanzig in einem vornehmen Gewand zur Abschlussfeier in einer Kathedrale ging oder mit einem schlaksigen Typen namens Tim lachend Richtung Debattierclub lief, wo Stephen Fry eine Rede über die Privatisierung des Gesundheitssystems hielt.

Als ich näher kam, hob er den Blick. Ich lächelte ihm verlegen mit geschlossenem Mund zu – eine typische Frances-Geste.

»Hey«, sagte ich und setzte mich neben ihn. Er scheiterte bei dem Versuch, mich anzulächeln. »Alles okay?«

Ich konnte nicht genau erkennen, ob er geweint hatte.

Es hätte sehr gut sein können.

»Ja«, sagte er und atmete aus. Doch es ging ihm nicht gut.

Auf einmal beugte er sich vor, stützte die Ellbogen auf die Beine und vergrub das Gesicht in den Händen.

Es war nicht zu übersehen, wie schlecht es ihm ging.

»Ich muss … einfach einen Platz bekommen«, sagte er. »Alles andere zählt nicht … ich muss …«

Er richtete sich wieder auf, ohne mich anzusehen.

»Mit dreizehn habe ich in der Schule einen Preis bekommen … ich hatte die besten CAT-Testergebnisse, die an unserer Schule je erreicht worden waren …« Er wippte mit einem Bein auf und ab, schüttelte den Kopf und lachte. »Ich war … ich fand mich unfassbar *intelligent*. Ich dachte, ich wäre der intelligenteste Mensch auf der Welt.«

Erneut schüttelte er den Kopf.

»Aber jetzt … bin ich nur … in unserem Alter kapiert man, dass man überhaupt nichts Besonderes ist.«

Er hatte recht. Ich war nichts Besonderes.

»Das ist alles, was ich habe«, sagte Daniel. »Das ist das Einzige, was an mir besonders ist.«

Sein Fach war ihm wichtig. Mir war meins egal.

Daniel warf mir einen flüchtigen Blick zu. Er sah müde aus, seine Frisur war zerzaust und sein Knie wippte auf und ab. »Was machst du hier?«

»Ich dachte, du könntest vielleicht ein wenig moralische Unterstützung gebrauchen«, sagte ich und fand es direkt gemein. Deshalb schickte ich rasch hinterher: »Außerdem ist es für einen jungen Mann gefährlich, so allein im Dunkeln.«

Daniel schnaubte.

Wir blieben einen Moment lang schweigend sitzen und blickten auf die dunkle Straße und die Geschäfte auf der anderen Seite.

»Willst du einen Schluck Eggnogg Latte?« Ich hielt ihm meinen Becher hin. »Schmeckt ein bisschen wie Erde.«

Er beäugte das Getränk misstrauisch, nahm es dann aber entgegen und trank einen Schluck. »Danke.«

»Gerne.«

»Und was machen wir jetzt?«

»Nach Hause fahren, würde ich sagen. Mir ist schweinekalt.«

»Klingt gut.«

Wir schwiegen erneut.

»War dein Gespräch wirklich so schlecht?«, fragte ich.

Daniel kicherte. Das kannte ich nur von ihm, wenn er betrunken war. »Müssen wir darüber reden?«

»Oh. Nein, 'tschuldigung.«

Daniel atmete tief ein. »Es war nicht schlecht. Aber eben auch nicht perfekt.« Er schüttelte den Kopf. »Es hätte perfekt laufen müssen.«

»Du bist zu streng zu dir.«

»Nein, ich bin realistisch.« Er fuhr sich mit einer Hand durchs Haar.

»In Cambridge werden nur die Besten genommen. Also muss ich der Beste sein.«

»Hat Aled dir wenigstens viel Glück gewünscht?«

Er lachte. »Aled … wow. Du sagst einfach alles, was dir durch den Kopf geht, was?«

»Nur zu dir.« Ich schüttelte den Kopf. »Sorry, das hörte sich echt unheimlich an.«

»Ha. Tja, nein, hat er nicht. Ich hatte dir erzählt, dass wir nicht mehr miteinander reden?«

»Ja.«

»Ihr denn?«

»Nein.«

»Oh. Ich dachte, ihr hättet euch mittlerweile vielleicht vertragen.«

Er klang fast verbittert.

»Ich würde meinen, dass er sich zuerst mit dir verträgt –«, setzte ich an, doch er unterbrach mich mit einem Lachen.

»Wirklich?« Er zog die Augenbrauen hoch. »Wow. Du bist dümmer, als ich dachte.«

Ich rutschte nervös herum. »Was willst du damit sagen?«

Er drehte sich zu mir und sah mich ungläubig an. »Du bist in jederlei Hinsicht besser als ich, Frances. Du denkst *wirklich*, er würde mich lieber mögen als dich?«

»Was –«, stammelte ich. »Du – ihr seid zusammen. Und du bist sein bester Freund.«

»Nein, bin ich nicht«, sagte er. »Ich bin nur jemand, den er ab und zu küsst.«

KINDERKÜSSE

Mittlerweile regnete es in Strömen und die Straßen wirkten im Dunkeln deutlich weniger vornehm. Daniel tippte mit dem halb leeren Starbucks-Becher gegen sein Knie.

Dann lachte er erneut und sah mich an, als hätte er keine Lust mehr, gemein zu mir zu sein. »Bin ich etwa kurz davor, mein ganzes Leben vor dir auszubreiten?«

»Nur wenn du willst …«

»Aber du möchtest es wissen, oder? Was da zwischen uns ist.«

Das stimmte.

»Irgendwie schon«, sagte ich.

Daniel trank seinen Latte.

»Und ich würde Aled gerne besser verstehen«, fügte ich hinzu.

Er sah mich fragend an. »Wieso?«

Ich zuckte mit den Schultern. »Eigentlich verstehe ich nichts von dem, was er tut. Beziehungsweise seine Entscheidungen. Es ist … es ist interessant.« Ich schlug die Beine übereinander. »Und er bedeutet mir immer noch etwas. Auch wenn es mir andersrum lieber wäre.«

Er nickt. »Das verstehe ich. Ihr wart befreundet.«

»Seit wann seid ihr Freunde?«

»Seit unserer Geburt. Unsere Mütter haben früher zusammen gearbeitet und wurden dann beinahe gleichzeitig schwanger.«

»Und seitdem wart ihr beste Freunde?«

»Ja. Wir waren auf derselben Grundschule, dann auf dem Jungengymnasium, bis ich in der Oberstufe auf die Academy gewechselt bin. Wir haben jeden Tag was zusammen gemacht – früher habe ich auch in eurem Dorf gewohnt, wusstest du das? Bis ich elf war.«

Ich schüttelte den Kopf.

»Ja, wir haben jeden Tag miteinander abgehangen, Fußball auf den Feldern gespielt, geheime Stützpunkte gebaut und Videospiele gespielt, oder wir sind Fahrrad gefahren. Was man so macht … als beste Freunde. Das waren wir.«

Daniel verstummte und trank einen großen Schluck Latte.

»Und … dann…« Ich wusste nicht genau, wie ich das Thema ansprechen sollte. »Wann habt ihr angefangen, miteinander zu gehen? Wenn ich das so fragen darf …«

Daniel schwieg kurz.

»Es gab keinen richtigen Anfang«, antwortete er. »Es war nicht – also, ich weiß gar nicht, ob wir miteinander gegangen sind.«

Beinahe hätte ich nachgefragt, wie er das meinte, doch dann wollte ich ihn lieber in seinem eigenen Tempo erzählen lassen. Er wirkte nervös und stammelte ein wenig, während er den Blick auf den Asphalt gesenkt hielt.

»Ich wusste schon sehr früh, dass ich schwul war«, fuhr er leise fort. »Es war uns beiden bewusst, schon als wir zehn oder elf waren. Sobald wir kapiert hatten, was schwul bedeutete, war sonnenklar, dass ich es bin. Wir …«

Er strich sich durchs Haar.

»Als kleine Jungs haben wir uns hin und wieder geküsst. Wenn wir allein waren. Kinderküsse, ganz kurz auf den Mund, das fanden wir lustig. Wir waren immer schon … sehr zärtlich miteinander und haben geschmust … wir waren nett zueinander, nicht so gemein wie die meisten Kinder. Ich glaube, unsere Verbindung war so tief, dass wir die gesamte heteronormative Propaganda einfach verpasst haben, die einem in dem Alter übergestülpt wird.«

Es hörte sich unglaublich süß an, doch Daniels Stimme bebte, als würde er über einen Toten sprechen.

»Wir haben gar nicht kapiert, wie sonderbar das war – tja, bis wir zehn, elf Jahre alt waren. Doch das hat uns nicht davon abgehalten. Ich glaube … na ja, dass ich es immer romantischer fand als Aled. Aled verhielt sich, als wäre es etwas, das eher Freunde im Allgemeinen taten als etwa Paare. Aled … der war immer schon seltsam. Was die Leute denken, ist ihm egal. Gesellschaftliche Normen nimmt er eigentlich gar nicht richtig wahr … er lebt eben in seiner eigenen kleinen Welt.«

Ein Studierendenpärchen ging an uns vorbei und Daniel wartete, bis sie weg waren.

»Und man könnte sagen … also ja, als wir älter wurden, wurde es ein bisschen – ein bisschen ernster. Schluss mit Küsschen, wenn du verstehst?« Er gluckste verlegen. »Mit vierzehn, habe ich – den ersten großen Schritt gemacht. Wir haben in seinem Zimmer ein Videospiel gespielt und ich … also ich habe ihn einfach gefragt, ob ich ihn richtig küssen dürfte. Aled war ein bisschen überrascht, aber er meinte ›ja, okay‹, und dann habe ich das gemacht.«

Als ich den Atem anhielt, lachte Daniel über meinen Gesichtsausdruck.

»Wieso erzähle ich dir das alles überhaupt? Wahnsinn. Na ja, also von da an ging es weiter ... Knutschen und mehr. Ich habe immer vorher gefragt ... weil er ... er sagt nie direkt, was er will ... er ist so still und ... gleichzeitig kann man ihn unglaublich leicht bequatschen ... jedenfalls habe ich ihn immer gefragt und betont, dass er auch Nein sagen könnte, wenn er dies und das nicht tun wollte ... aber er hat immer Ja gesagt.«

Daniel verstummte, versunken in seinen Erinnerungen, als würde es ihm bildlich vor Augen stehen. Das war ein Leben, das meine Vorstellungen sprengte. Ich konnte mir kaum vorstellen, mit einem anderen Menschen so viel zu teilen, und das auch noch über eine derart lange Zeit.

»Es war wirklich etwas ... nur für uns. Wir wollten nicht *in einer Beziehung sein* oder uns im Beisein von Freunden und Bekannten paarmäßig verhalten. Es gehörte uns allein, ganz privat, als müssten wir es beschützen, damit der Rest der Welt es nicht kaputtmachte. Ich weiß nicht recht, warum ... wahrscheinlich fühlten wir uns einfach überhaupt nicht wie in einer Beziehung. Weil wir zuallererst und vor allen Dingen beste Freunde waren. Deshalb konnten wir es anderen Leuten auch nicht erklären.«

Daniel holte tief Luft.

»Jeder war so wichtig für den anderen. Wir haben uns alles erzählt. Wir haben alles miteinander zum ersten Mal erlebt, wir waren unser ein und alles. Er ist – er ist ein Engel.«

Ich hatte noch nie erlebt, dass jemand so über einen anderen Menschen sprach.

»Aber der Knackpunkt war, dass Aled – er wollte kein Coming-out, weil ... er sich nicht für schwul hält. Er sagt, er fühlt sich außer zu mir zu niemandem hingezogen.«

»Er kann noch viele andere Sachen sein«, sagte ich rasch.

»Tja, was auch immer er ist, er weiß es nicht. Und ich wollte mich auch nicht unbedingt an einer reinen Jungen-schule outen, damit bittet man quasi darum, ausgegrenzt und schlimmstenfalls missbraucht zu werden. Also, ich habe es bei anderen ja erlebt ... in der Stufe über mir war ein Typ, den ich echt bewundert habe, ein Freund von Aled ... aber ... ich hatte zu viel Angst davor, was die Leute sagen würden. Deshalb wollte ich bis zur Oberstufe an der Academy warten und mich dann outen, aber dann ... hatte ich dort keine richtig engen Freunde und ... da das Thema nie zur Sprache kam ...«

Er schüttelte den Kopf und trank noch einen großen Schluck.

»Doch im letzten Jahr, seit Carys abgehauen ist ... hat Aled sich verändert. Und ich auch. Wir machen nicht mehr viel zusammen ... und wenn, hatte ich das Gefühl, er kommt nur zu mir, um seinen Problemen aus dem Weg zu gehen, und nicht, weil er mich wirklich sehen will. Das mit seiner Mutter weißt du, oder?«

»Ja.«

»Na ja, bevor ihr euch angefreundet habt, war er oft bei mir, um ihr aus dem Weg zu gehen. Aber dann bist du auf der Bildfläche erschienen und ... dann brauchte er mich wohl nicht mehr so.«

»Das ist ... aber ihr seid von Geburt an Freunde. Und seit Jahren zusammen.«

»Wenn es ihm wichtig wäre, würde er öfter mit mir re-den.« Daniel holte tief Luft, als würde er sich das zum ersten Mal eingestehen. »Eigentlich glaube ich sogar, dass er mich auf diese bestimmte Weise nicht besonders mag. Er macht das halt, weil er sich daran gewöhnt hat, weil er sich mit mir wohlfühlt und ... weil er Mitleid mit mir hat. Aber nicht, weil er wirklich ... drauf steht ... oder so.«

Als er diesmal innehielt, kamen ihm die Tränen. Er ließ die Schultern hängen und wischte sich über die Augen.

»Immer muss ich anfangen.«

»Aber warum ...« Ich flüsterte fast, obwohl außer uns niemand auf der Straße war. »Warum machst du dann nicht ... Schluss? Wenn keiner von euch mehr so verliebt ist?«

»Ich habe nie behauptet, dass *ich* nicht mehr in *ihn* verliebt bin. Ich bin *verrückt* nach ihm.« Als Daniel eine Träne über die Wange lief, lachte er schnaubend. »Tut mir leid, ich bin der letzte Loser.«

»Bist du nicht.« Ich schlang die Arme um ihn und zog ihn an mich. Auf diese Weise verharrten wir kurz, bis ich ihn wieder losließ.

»An seinem Geburtstag habe ich versucht, mit ihm zu reden«, fuhr Daniel fort, »aber er wollte nichts davon wissen und hat mir nur immer wieder versichert, wie sehr er mich mag. Aber ich habe gemerkt, dass er log, und bin schrecklich wütend geworden. Er hat sogar beim Ich-habe-noch-nie-Spiel gelogen und so getan, als hätte er nie ›Ich liebe dich‹ zu mir gesagt und es nicht gemeint. Ich merke das. Ich merke es, wenn er mich anlügt! Wieso geht er mir ständig aus dem Weg, wenn er mich so sehr liebt? Er steht nicht einmal zu seiner Sexualität. Nicht einmal mir gegenüber.«

Er wischte sich wieder über die Augen.

»Und ... in der Nacht ... hat er immer wieder gesagt, er wollte das, also mit mir schlafen, aber ich habe Nein gesagt, weil ich dachte, er sagt nicht die Wahrheit, und dann ist er auch sauer geworden.« Daniel schloss mit einem gequälten Gesichtsausdruck die Augen. »Er ist es einfach gewohnt, dass ich da bin, und er will mir nicht wehtun, weil er es weiß – er weiß, dass ich in ihn verliebt bin. Auf diese Weise mag er mich nicht mehr.«

»Wieso bist du dir da so sicher?«

Er warf mir einen flüchtigen Blick zu. »Deinen unerschütterlichen Optimismus in Ehren …«

»Nein, ich meine …« Ich biss mir auf die Lippe, während ich nach den richtigen Worten suchte. »Was ist … ich weiß, wie schwer es ihm fällt, zu sagen, was er denkt, aber … was wäre, wenn er dich … ähm … wirklich liebt? Woher nimmst du die Gewissheit, wenn er nicht ausdrücklich gesagt hat, dass er es nicht tut?«

Daniel lachte. Es klang, als hätte er längst aufgegeben.

»Alle wollen ein Happy End für ein schwules Paar, oder?«, meinte er.

Ich war so traurig, dass ich gehen wollte.

»Mein schlimmster Albtraum ist, ihn unwissentlich zu etwas zu zwingen, was er nicht will …« Die Tränen liefen ihm übers Gesicht. »U-und … na ja, ich schätze, die Menschen verändern sich und es muss weitergehen, aber …« Er beugte sich vor und vergrub das Gesicht in den Händen. »Er hätte wenigstens … wenigstens offiziell Schluss machen können, statt mich auf diese Weise zu verlassen …« Er weinte jetzt so heftig, dass ich ihn kaum verstehen konnte, und er tat mir so leid, dass ich beinahe mitgeweint hätte. »Ist ja in Ordnung, wenn er das mit mir nicht mehr will … echt okay … aber ich will meinen besten Freund wiederhaben … ich möchte nur verstehen, was er genau fühlt. Keine Ahnung, warum er mir aus dem Weg geht. Und jedes Mal wenn ich zu dem Schluss komme, dass er mich nicht mehr mag, zweifele ich an mir selbst, weil er *nichts gesagt* hat. Er soll mir einfach nur die Wahrheit sagen. Wenn … wenn er mich anlügt, weil er mir damit irgendwie helfen will, tut es nur noch mehr weh.«

Als er laut aufschluchzte, nahm ich ihn erneut in den Arm und wünschte, ich könnte etwas tun – *was auch immer*.

»Manchmal habe ich das Gefühl, er interessiert sich nur für seinen YouTube-Kanal … Es dreht sich nur um ihn, um seine Universe City. Das ist seine Seele im Audioformat. Radio und February Friday gefangen in einer grauen Welt … das ist sein Leben. Eine … bescheuerte Science-Fiction-Analogie.«

Als er February Friday erwähnte, machte mein Herz einen kleinen Hüpfer und ich fragte mich, ob Daniel überhaupt wusste, dass damit er gemeint war.

»Er ist mein einziger echter Freund«, sagte er. »Und er hat mich einfach hier zurückgelassen. Er fehlt mir … es ist nicht mal das Miteinanderschlafen … einfach das Zusammensein … dass er bei uns übernachtet … Videospiele … ich möchte nur seine Stimme hören … er soll mir die Wahrheit sagen …«

Während er weinte, hielt ich ihn einige Minuten lang im Arm und begriff, dass wir uns in genau der gleichen Situation befanden, die für Daniel jedoch hundertmal schlimmer zu ertragen war. Ich wollte auch, dass Aled zurückkam. Wieso schrieb er nicht zurück? Verabscheute er uns wirklich so sehr?

Es lag nur an mir, anders war es eigentlich nicht zu erklären, oder?

Ich hatte sein Vertrauen missbraucht. Ich hatte ihn vertrieben. Und er kehrte nicht zurück.

Wir wussten nicht, ob wir seine Stimme in der wirklichen Welt je wieder hören würden.

Sobald Daniel sich ein wenig beruhigt und aufgerichtet hatte, sagte er: »Weißt du was? Als ich ihn zum ersten Mal richtig geküsst habe … ist er zurückgewichen.«

UNFASSBAR MÜDE

Auf der Rückfahrt redeten Daniel und ich nicht viel miteinander, obwohl ich vage vermutete, dass wir jetzt befreundet waren.

Nachdem wir eine halbe Stunde geschwiegen hatten, sagte Raine: »Leute ... also, wenn sie euch nicht nehmen, das wäre doch keine *Katastrophe*, oder doch?«

Wir waren beide der Meinung, dass es sehr wohl eine Katastrophe wäre, doch ich erwiderte sofort: »Nein. Geht schon.«

Raine merkte bestimmt, dass ich log. Sie gab jeglichen Versuch auf, uns während der Fahrt noch einmal anzusprechen.

Zu Hause imitierte ich die Gesichtsausdrücke der Interviewer, die sie während meiner Vorstellungsgespräche aufgesetzt hatten, wobei ich möglicherweise ein wenig übertrieb. Mum lachte und bedachte sie mit allen möglichen Schimpfwörtern. Dann bestellten wir Pizza und schauten *Scott Pilgrim gegen den Rest der Welt*.

Ehrlich gesagt, war ich richtig erleichtert, dass es vorbei war.

Fast ein Jahr lang hatte ich mir deswegen totalen Stress gemacht.

Und selbst wenn ich vielleicht doch nicht mehr Englische Literatur studieren wollte, spielte es keine Rolle. Die Würfel waren gefallen. Was geschehen würde, lag nicht mehr in meiner Macht.

An diesem Abend erließ ich mir die Hausaufgaben, fiel um Mitternacht ins Bett und machte es mir mit meinem Laptop gemütlich. Ich dachte daran, etwas zu zeichnen – das hatte ich schon seit Wochen nicht mehr getan –, doch irgendwie war mir nicht danach. Mir fiel nichts ein, das ich hätte zeichnen können. Stattdessen scrollte ich ein wenig durch Tumblr, bevor mich das Gefühl beschlich, dass ich damit eigentlich nur meine Zeit vergeudete. Ich schloss den Tab, weil ich die Seite sonst ständig weiter aktualisiert hätte.

Dann erwog ich, ein paar der letzten Folgen von *Universe City* nachzuholen – wie viele hatte ich mittlerweile verpasst? Vier? Fünf? So viele hatte ich bisher noch nie ausgelassen.

Das war ... also das war schon komisch, oder?

Für jemanden, der sich als einen der Top-Fans in der Fangemeinde bezeichnet hätte.

Für jemanden, der den Creator so gut kannte.

Ich checkte nicht mal mehr Aleds Twitter. Oder den *Universe City*-Tumblr-Tag. Da ich meine eigene Fragebox auf Tumblr schon ewig ausgeschaltet hatte, waren auch keine Fragen mehr zu Aled und dem Creator gekommen. Ich war nicht mehr Teil des Podcasts und zeichnete auch nicht mehr dafür, es gab überhaupt keine Verbindung mehr zwischen mir und dem Podcast. Es war über einen Monat her, seit ich meine letzten Zeichnungen auf meinen Blog gestellt hatte.

Auf einmal war ich unfassbar müde. Ich schaltete den Laptop aus – ich konnte nichts Interessantes damit anstellen – und ebenso die Lichterkette. Dann steckte ich mir die Kopfhörer in die Ohren, lud die neueste Folge von *Universe City* auf meinen iPod und startete die Aufnahme.

UNIVERSE CITY: Folge 142 – ja
UniverseCity

hi

Scrollt nach unten zur Abschrift>>>

[...]
Ich weiß nicht, ich bin ein bisschen müde ...
[10 Sek Pause]
Gestern Abend ging ich die Brockenborne Street hinunter und
da sah ich dieses – dieses phosphoreszierende ...
Hm.
Weißt du was, ist egal.
Genau genommen dachte ich- also, ich meine, ich habe eine
Idee ... Ich dachte ... und wenn wir Schluss machen?
Haha, nein, sorry, das ist ein – das ist nicht –
Ah.
Ich wünschte, February Friday wäre hier. Ich habe sien ... seit
vielen vielen Jahren nicht gesehen.
[...]

STUNDEN ÜBER STUNDEN

Es war unterirdisch.

Das war wirklich eine grauenhafte Folge.

Radio brachte fast keinen vollständigen Satz heraus. Es gab keine erkennbare Handlung. Keine anderen Figuren. Nur Radio, der zwanzig Minuten über Dinge redete, die außer Aled niemand verstehen konnte.

Und was sollte die Anspielung auf February Friday zum Schluss?

Was sollte das?

Seit vielen vielen Jahren nicht gesehen?

War February Friday etwa doch nicht Daniel? Aled hatte Daniel noch vor wenigen Monaten getroffen. War das nur eine Übertreibung? Sicherlich übertrieb er an dieser Stelle einfach.

Daniel hatte behauptet, Aled würde in *Universe City* sein eigenes Leben beschreiben, was ich am Abend albern gefunden hatte, doch nachdem ich das hier gehört hatte …

Ich meine, February Friday war eine Person aus dem wirklichen Leben. Aled hatte das praktisch bestätigt.

Möglicherweise war der Rest auch echt.

Ich setzte mich im Bett auf. Müde war ich jetzt nicht mehr.

February Friday war Daniel.

Oder – keine Ahnung.

Falls Aled es ernst gemeint hatte, dass sie sich seit Jahren nicht gesehen hatten …

Ich hörte mir die Folge noch einmal an und suchte nach weiteren Hinweisen, doch der Klang seiner Stimme machte mir jedes Mal aufs Neue deutlich, wie *erschöpft* Aled klang, wie er über die Worte stolperte und nicht zu wissen schien, worauf er hinauswollte. Er hatte sich nicht die Mühe gemacht, die Tonlage seiner Stimme zu verändern – er war nur er, hier und jetzt, mit seinem albernen altmodischen Radio-Akzent, und selbst den vergaß er manchmal.

Das passte gar nicht zu ihm. Wenn Aled eins wichtig war, wenn er an eine Sache niemals halbherzig heranging, dann war es *Universe City*.

Irgendwas stimmte da nicht.

Ich versuchte einzuschlafen und brauchte doch Stunden über Stunden.

4

WEIHNACHTSFERIEN

EIN INTERNET-RÄTSEL

Normalerweise hatte ich Aleds Twitter-Account *@Universe-City* auf meinem Browser stets geöffnet.

Dies sind einige Beispiele für Aleds Tweets von *@UniverseCity*:

RADIO *@UniverseCity*
IM DUNKELN SIND GERÄUSCHE LAUTER –!

RADIO *@UniverseCity*
ich weiß was unsere träume letzten sommer angerichtet haben ... ja ich rede mit dir romy. du kannst dich nicht mehr verstecken

RADIO *@UniverseCity*
universe city fashion-update: schotter ist in, kobolde sind out, pass auf, dass du immer einen locher dabeihast (ich habe euch !!! GEWARNT !!!)

RADIO *@UniverseCity*
@NightValeRadio wir hören zu "" hören immer zu

Diese Tweets verstand ich normalerweise überhaupt nicht und deshalb fand ich sie so toll. Selbstverständlich habe ich sie jedes Mal retweetet.

Doch seit ich die Person kannte, die hinter dem Twitter-Account steckte, interpretierte ich viel mehr in Radios – Aleds – Tweets, als ich hätte tun sollen.

Nach seiner Klausur in Englischer Literatur tweetete er:

RADIO *@UniverseCity*
\das alphabet ist beschädigt, nur noch sieben buchstaben sind übrig ... !! RETTET SIE !!

Das hier hat er im September um vier Uhr morgens getweetet, ein paar Stunden nachdem er mir von einem Streit mit seiner Mutter erzählt hatte:

RADIO *@UniverseCity*
*** WICHTIG: die sterne sind immer auf unserer seite ***

Doch seit er zur Uni ging, wurden Aleds Tweets immer finsterer.

RADIO *@UniverseCity*
wie viele unglückliche junge menschen braucht man, um eine glühbirne zu wechseln. bitte, das meine ich ernst, seit zwei wochen sitze ich im dunkeln

RADIO *@UniverseCity*
karrierechancen: metallstaub, das kalte vakuum des weltraums, supermarktkassierer

RADIO *@UniverseCity*

hat jemand tipps, wie man es vermeidet, in beton einzusinken?

Ich nahm an, dass er das mit Absicht machte. *Universe City* driftete ohnehin in eine düsterere Richtung ab. Große Sorgen machte ich mir deshalb nicht.

Stattdessen hörte ich mir in den drei Wochen der Weihnachtsferien alle Folgen von *Universe City* noch mal an, um herauszufinden, wer February Friday war.

Danach hatte ich immer noch keinen Schimmer.

Aled hatte tatsächlich schon mehrmals betont, er hätte February Friday »viele viele Jahre« nicht gesehen. Also konnte es wirklich nicht Daniel sein, insofern hatte ich mich geirrt.

Und das nervte mich. Ich hasste es, wenn ich falschlag.

Und wisst ihr was? Wenn man es genau nimmt, hasse ich nichts mehr als ein Internet-Rätsel.

GALAXIENDECKE

Am Nachmittag des 21. Dezember baute Mum mich seelisch auf, damit ich an Aleds Tür klopfte.

Ich lief auf unserer Veranda ein wenig auf der Stelle und Mum schaute mit verschränkten Armen auf mich hinab.

»Falls Carol aufmacht«, sagte Mum, »meidest du folgende Themen: Politik, Schulessen-Standards, Alkohol und die alte Dame, die bei der Post arbeitet.«

»Was hat sie gegen die alte Dame bei der Post?«

»Sie hat ihr einmal zu viel berechnet und Carol verzeiht nie, Carol vergisst nie.«

»War klar.«

»Und wenn es Aled ist …« Mum seufzte. »Quatsch ihn nicht damit voll, wie leid es dir tut. Er weiß ganz genau, wie leid es dir tut, nachdem du es ihm tausendmal gesagt hast.«

»Vielen Dank, Mutter, das ist sehr feinfühlig von dir.«

»Nur die Harten kommen in den Garten.«

»Super.«

Mum klopfte mir auf die Schulter. »Wird schon schiefgehen, keine Sorge. Mit Reden kommt man immer ein Stückchen weiter, versprochen, vor allem im direkten Gespräch. Ich setze immer noch wenig Vertrauen in euch junge Leute und euer … wie heißt es gleich? ›Tumble‹?«

»Tumblr, Mum.«

»Nun ja, das hört sich in meinen Ohren ein wenig zwielichtig an. Von Angesicht zu Angesicht ist es am leichtesten.«

»Okay.«

Sie zeigte auf Aleds Haus. »Los!«

Als Carol Last die Tür öffnete, war das unsere erste Begegnung seit dem Haarschneidevorfall, an den ich ungelogen immer noch mindestens einmal am Tag dachte.

Sie sah genauso aus wie damals. Kurzhaarfrisur, mollig und mit ausdrucksloser Miene.

»Frances!«, rief sie hörbar überrascht. »Alles okay, Liebes?«

»Hi, ja, mir geht es gut, danke«, antwortete ich zu schnell. »Und Ihnen?«

»Oh, ich komme zurecht.« Sie lächelte und schaute in die Luft über meinem Kopf. »Es ist einiges los, viel zu tun, immer was Neues!«

»Ah«, erwiderte ich und versuchte, interessiert zu klingen, jedoch nicht interessiert genug, um mit ihr ins Gespräch zu kommen. »Ja, also, ich wollte eigentlich nur wissen, ob Aled zu Hause ist.«

Ihr Lächeln fiel in sich zusammen. »Verstehe.« Sie musterte mich, als wollte sie mich gleich anschreien. »Nein, Liebes, tut mir leid. Er ist noch an der Uni.«

»O-oh.« Ich steckte die Hände in die Taschen. »Kommt er – kommt er denn an Weihnachten?«

»Das fragst du ihn besser selbst«, antwortete sie und verzog die Lippen zu einem dünnen Strich.

Mittlerweile hatte ich Angst vor ihr, doch ich ließ nicht locker.

»Es geht darum – er antwortet nicht auf meine Nachrichten. Und da ... habe ich mir Sorgen gemacht. Ich wollte nachsehen, ob es ihm gut geht.«

»Oh, *Darling*.« Sie lachte mitleidig. »Es geht ihm bestens, das kann ich dir versichern. Die Uni verlangt ihm nur einiges ab – und das ist richtig so! Er muss hart arbeiten und bleibt über die Feiertage dort, weil er einige Abgabefristen nicht einhalten konnte.« Sie schüttelte den Kopf. »Der dumme Junge. Wahrscheinlich hat er zu viel Party gemacht, statt seine Arbeiten zu schreiben.«

Party war mit Sicherheit das Letzte, was Aled machte, doch ich wollte seine Mutter nicht als Lügnerin darstellen.

»Weißt du was?«, fuhr sie fort. »Der Junge hatte immer schon Probleme, sich zum Lernen zu motivieren. Er hat so viel Potenzial – er könnte promovieren, wenn er nur wollte. Aber er hat sich immer von seinen albernen kleinen Projekten und allem Möglichen ablenken lassen. Wusstest du, dass er seine Zeit damit verschwendet hat, irgendeine lächerliche Geschichte zu schreiben und sie auf seinem Computer *vorzulesen*? Ich weiß bei Gott nicht, wie er an ein *Mikrofon* gekommen ist.«

Ich lachte, obwohl es nicht lustig war.

Aleds Mutter war nicht mehr zu bremsen. »So was Dämliches! Dies ist eine entscheidende Phase in eurem Leben, in der ihr euch zu hundert Prozent aufs Lernen konzentrieren solltet. Ansonsten ruiniert ihr womöglich euer ganzes Leben!«

»Ja«, zwang ich mich zu sagen.

»Ich habe unseren Aled unterstützt, wo ich nur konnte, aber ... Manchmal frage ich mich schon, ob er die richtige Einstellung hat, wenn du verstehst, was ich meine. Mein

Junge ist *außerordentlich* talentiert, aber er *macht nichts daraus*. Und ich habe mir so viel Mühe gegeben, ihm zu helfen, seit er klein war, aber er hört einfach nicht zu. Immerhin war er nie so schlecht wie seine Schwester.« Sie lachte verbittert. »So ein gehässiges Kind.«

Allmählich war mir die Situation nur noch peinlich, doch sie sah mir mit neu erwachtem Interesse in die Augen.

»Ich habe mir ein paar Gedanken gemacht, als er vor ein paar Wochen angerufen hat. Er klagte, ihm würde die Motivation für seinen Abschluss fehlen, und … na ja, ich glaube tatsächlich, dass mit seiner Mentalität etwas nicht stimmt. Deshalb habe ich sein Zimmer ein bisschen umgeräumt.«

Das hörte sich nicht gut an.

»Der Raum spielt eine große Rolle für die Motivation, findest du nicht? Und ich sehe sein Zimmer als eins der entscheidenden Probleme an. Immer *derart* unordentlich – das weißt du doch auch noch, oder?«

»Äh, kann sein …«

»Wie auch immer, ich habe es umgestaltet und bin davon überzeugt, dass er demnächst viel erfolgreicher dadurch sein wird.« Mit einem Mal trat sie einen Schritt zurück. »Komm doch rein und sieh es dir an, Liebes.«

Mir wurde schlecht.

»O-okay.« Ich ging ins Haus und folgte ihr nach oben zu Aleds Zimmer.

»Ich habe nur hier und da etwas umgestellt. Die Veränderung wird ihm sicher gefallen.«

Sie öffnete die Tür.

Die erste Sache, die mir einen Schock versetzte, war, wie weiß alles war. Aleds bunte Bettdecke und die Tagesdecke mit der Stadtlandschaft waren verschwunden und durch schlichte weiß-beige-gestreifte Bettwäsche ersetzt worden. Mit den Vorhängen war seine Mutter ähnlich verfahren. Der Teppichboden war geblieben, doch sie hatte einen weißen Läufer daraufgelegt. Die Lichterketten lagen verheddert in einem Pappkarton an der Seite. Sämtliche Sticker waren von seiner Kommode entfernt worden und an den Wänden hing kein einziges Poster, keine Postkarte, kein Ticket, kein Flugblatt und kein Flyer mehr, ja nicht einmal ein Zettel – ein paar lagen zerknüllt in der Kiste mit den Lichterketten, doch das war auf keinen Fall alles. Die Zimmerpflanzen waren noch da, verdorrt. Die Wände waren weiß und ich wusste wirklich nicht, ob sie stets weiß gewesen waren, oder ob Carol sie gestrichen hatte.

Zu meinem großen Entsetzen war die Decke mit der Galaxie übermalt.

»Das fühlt sich doch richtig *frisch* an, oder? Ein sauberer leerer Raum formt auch einen sauberen schärferen Verstand.«

Ich rang mir ein »Ja« ab, doch es klang sicher wie hervorgewürgt.

Aled würde heulen, wenn er das sah.

Sie war in seine Privatsphäre – sein Zuhause – eingedrungen und hatte alles kaputtgemacht.

Sie hatte alles zerstört, was er liebte.

3.54 Uhr

Meine Mum hat sich bestimmt Sorgen gemacht, als ich mit dem Pappkarton unter dem Arm und der Tagesdecke mit der Stadtlandschaft nach Hause kam und etwas von Renovierung plapperte.

Nachdem ich die Situation verständlich erklärt hatte, verzog meine Mutter das Gesicht in grenzenloser, unverstellter Abscheu.

»Sie sollte sich schämen.«

»Wetten, dass er deshalb an der Uni geblieben ist – bestimmt will er gar nicht nach Hause, weil er sich da eingesperrt fühlt und denkt, dass sich niemand um ihn kümmert …« Als es erneut aus mir heraussprudelte, schickte Mum mich aufs Sofa, damit ich mich beruhigte. Sie machte mir einen warmen Kakao und setzte sich neben mich.

»Ich bin *sicher*, dass er an der Uni Freunde gefunden hat«, sagte sie. »Und an den Universitäten gibt es so viele Hilfsprogramme – Seelsorger, Beratungsstellen und anonyme Anbieter. Er ist bestimmt nicht mutterseelenallein.«

»Und wenn doch«, flüsterte ich und versuchte, nicht schon wieder in Tränen auszubrechen. »Wenn er … leidet …«

»Gibt es wirklich keine Möglichkeit, Kontakt zu ihm aufzunehmen?«

Ich schüttelte den Kopf. »Aled reagiert weder auf Nachrichten noch auf Anrufe. Er ist sechs Stunden weit entfernt und ich habe nicht einmal seine Adresse.«

Mum holte tief Luft. »Wenn das so ist … du machst dir Sorgen, ich weiß, aber … du kannst nicht wirklich viel tun. Und nichts davon ist deine Schuld.«

Doch genauso fühlte es sich an, schon allein deshalb, weil ich Bescheid wusste und ihm nicht helfen konnte.

Damals brauchte ich jede Nacht ungefähr drei bis vier Stunden, um einzuschlafen, doch in dieser Nacht war es besonders schlimm. Ich wollte meinen Laptop nicht ausschalten, weil mir in meinem Zimmer schrecklich einsam zumute war, und das Licht wollte ich auch nicht ausschalten, weil ich die Dunkelheit nicht ertragen konnte.

Ich konnte nicht aufhören zu denken, ich konnte mein Gehirn nicht abschalten. Es fühlte sich an wie eine Panikattacke.

Genau das war es. Ich hatte eine Panikattacke.

Als ich das letzte Mal jemandem in Not nicht geholfen hatte, war diese Person weggelaufen und hatte nie wieder etwas von sich hören lassen.

Ich durfte nicht den gleichen Fehler zweimal machen.

Ich musste die Geschehnisse achtsam beobachten und entsprechend handeln.

Dann scrollte ich durch meinen Tumblr-Account und betrachtete die vielen Zeichnungen. Ich stellte mir vor, jemand würde sie löschen und meinen Laptop zerstören – allein bei dem Gedanken packte mich die Wut. Was wäre, wenn mir das jemand nehmen würde, so wie Aleds Mutter ihm seine gesamte Welt weggenommen hatte, seinen winzig kleinen Rückzugsort …

In meine Bettdecke gekuschelt, scrollte ich durch meine Handykontakte zu Aleds Namen. Zuletzt hatte ich ihn im Oktober angerufen.

Einmal mehr machte den Kohl auch nicht fett.

Ich klickte auf das Telefonsymbol neben seinem Namen.

Es klingelte. Und dann nicht mehr.

A: … Hallo?

Seine Stimme klang genau, wie ich sie in Erinnerung behalten hatte. Leise, ein wenig rau, leicht nervös.

F: A-Aled, oh, Wahnsinn – ich hätte nicht gedacht, dass du drangehst …

A: … Oh, tut mir leid.

F: Nein, du musst dich nicht entschuldigen, ich bin – ich bin nur – es tut so, *so* gut, deine Stimme zu hören.

A: Ah …

Was sollte ich sagen? Das war vielleicht meine letzte Chance.

F: Und … wie geht es dir so? Wie ist die Uni?

A: Ganz … gut.

F: Schön … das ist schön.

A: Aber harte Arbeit.

Er gluckste. Ich fragte mich, was er alles nicht sagte.

F: Aber du kommst zurecht?

A: Äh …

In der anschließenden langen Pause hörte ich meinen eigenen Herzschlag.

.

A: Also, es ist … schwierig. Und ziemlich anstrengend.
F: Ja?
A: Aber das geht vielen anderen auch so.

Irgendwie hörte er sich seltsam an.

F: Aled … du kannst es mir erzählen, wenn du dich schlecht fühlst. Klar, wir reden nicht mehr wirklich miteinander, aber ich … ich habe dich immer noch … sehr gern … Kann sein, dass du mich noch hasst, und ich weiß auch nicht, was du über mich denkst … und ich weiß, dass ich mich nicht andauernd entschuldigen soll. Aber … du bist mir wirklich wichtig und darum habe ich auch angerufen.
A: Haha, als ob, hast du nicht mal gesagt, du hättest Angst davor, Leute anzurufen?
F: Aber nicht bei dir, noch nie.

Dazu schwieg er wieder.

F: Ich war heute bei dir zu Hause, um zu fragen, ob du da bist.
A: Echt? Wieso?
F: Ich … wollte mit dir reden. Weil du nicht auf meine Nachrichten reagierst.
A: Tut mir leid … ich fand … ich fand es irgendwie schwierig zu … äh …

Als er verstummte, hatte ich keine Ahnung, was er damit sagen wollte.

F: Also, deine Mum ... ich habe mit ihr gesprochen. Sie hat ... sie hat dein Zimmer umgeräumt. Sie hat die Decke übermalt und solche Sachen.

A: ... Echt ...?

F: Ja, aber ich habe eine Menge Sachen gerettet – hab ihr einfach gesagt, ich würde das Zeug benutzen, bevor sie alles wegwirft ...

Stille in der Leitung.

F: Aled? Bist du noch da?

A: Moment – heißt das, sie hat ... alles weggeworfen?

F: Ja! Aber ich habe richtig viel gerettet. Also, vielleicht nicht alles, aber doch eine ganze Menge ...

A:

F: Wie – wie kommt sie dazu, so etwas zu tun – ohne dich zu fragen, meine ich?

A: Das ist ...

F:

A: Haha. Mach dir keinen Stress.

Was sollte ich dazu sagen?

A: Mum war immer schon so. Es überrascht mich nicht mehr. Es überrascht mich kein bisschen.

F: Kommst du ... fährst du Weihnachten nach Hause?

A: ... weiß nicht.

F: Du kannst auch zu uns kommen, wenn du Lust hast?

Ich erwartete ein klares Nein, doch das kam nicht.

A: Seid ihr nicht … hätte deine Familie nicht etwas dagegen?
F: Überhaupt nicht! Meine Mutter kennst du ja, und meine Großeltern und Tanten und Onkel und Cousins und Cousinen sind alle sehr laut und nett. Wir behaupten einfach, wir wären zusammen.
A: Okay … das wäre – yeah, das wäre echt toll. Danke.
F: Da nicht für.

Er hatte mir verziehen. Er hasste mich nicht. Er HASSTE MICH NICHT.

F: Wieso bist du um diese Zeit eigentlich noch wach?
A: Äh … ich … ich versuche, ein Essay zu schreiben … meine Frist musste verlängert werden …

Diesmal war die Pause noch länger.

F: Ah … das hört sich öde an.
A: Ja …

Plötzlich atmete er scharf ein. Ich fragte mich, ob er erkältet war.

F: Ganz schön spät für ein Essay …
A: (Pause) Ja …

Die nächste lange quälende Stille.

F: Wird es … denn gut?
A: Äh … also … nicht wirklich …

Beim nächsten Satz bebte seine Stimme und ich kapierte endlich, dass er weinte.

A: Eigentlich … will ich nicht … Ich will das nicht schreiben. Ich habe nur auf den Bildschirm gestarrt – schon den ganzen Tag …
F:
A: Ich will das nicht … ich will nicht weitermachen …
F: Aled, es ist viel zu spät, um ein Essay zu schreiben. Geh jetzt schlafen und schreib morgen früh weiter.
A: Das geht nicht – ich muss morgen früh um zehn abgeben.
F: Aled … darum wartet man nicht bis zur Nacht vor der Abgabe, um ein Essay zu schreiben …
Dazu sagte er zunächst nichts, sondern holte erneut zitternd Luft.

A: Ja.
F:
A: Ja, sorry. Sorry. Ich hätte nicht …
F: Alles okay.
A: Wir sehen uns.

Er legte auf, bevor ich noch etwas sagen konnte.
Ich schaute auf mein Handy. Es war 3.54 Uhr.

VERBRANNT

»Ach du Scheiße, deine *Haare*.«

Aled stieg am Abend des 23. Dezember mit einem Rucksack auf dem Rücken und einem Koffer in der Hand aus dem Zug.

Seine Haare waren schulterlang, die Spitzen pastellpink.

Er trug eine schwarze Skinnyjeans, eine beigefarbene Kordjacke mit Fleecefutter und die limettengrünen Plimsolls mit violetten Schnürsenkeln. Außerdem hatte er Kopfhörer im Ohr. Ich hatte meinen weiten Topman-Mantel, Leggings mit Gittermuster und *Star-Wars*-Vans angezogen.

Aled lächelte mich an. Ein wenig verlegen, aber es war eindeutig ein Lächeln.

»Findest du, das sieht gut aus?«

»Krass gut!«

Ich blieb ein paar Sekunden vor ihm stehen, nur um ihn anzusehen, und dann nahm er die Kopfhörer raus und ich hörte den Rest des Songs – *Innocence* von Nero. Nero kannte er von mir.

»Du hast die Musik zu laut gestellt«, sagte ich, bevor er etwas anderes sagen konnte.

Er blinzelte und lächelte leicht. »Ich weiß.«

* * *

Auf dem Weg ins Dorf redeten wir über banale Dinge – die Zugfahrt, Weihnachten, das Wetter. Es war mir ganz egal. Mir war klar, dass wir nicht einfach dort weitermachen konnten, wo wir aufgehört hatten.

Ich war einfach froh, dass er da war.

Als wir unser Haus betraten, bot Mum ihm zur Begrüßung eine Tasse Tee an, doch Aled schüttelte den Kopf.

»Ich gehe kurz rüber zu meiner Mum und erkläre ihr, dass ich Weihnachten bei euch verbringe.«

Ich blinzelte. »Ich dachte, das wüsste sie längst.«

»Nein, das muss ich ihr persönlich sagen.«

Er stellte seinen Rucksack in die Diele und lehnte den Koffer an die Wand.

»Wahrscheinlich bin ich in zehn Minuten wieder da.«

Ich glaubte ihm nicht.

Eine halbe Stunde später geriet ich in Panik. Mum auch.

»Meinst du, ich sollte rübergehen?«, fragte sie. Wir standen am Wohnzimmerfenster, beobachteten Aleds Haus und lauerten auf die kleinste Bewegung. »Vielleicht hilft es, wenn ich mit ihr rede. Die meisten Erwachsenen hören lieber auf andere Erwachsene.«

Und dann hörten wir Aled schreien.

Es war eigentlich kein richtiger Schrei, eher ein lang gezogenes Heulen. Im richtigen Leben hatte ich so ein Geräusch noch nie gehört.

Ich rannte zur Haustür und riss sie auf. Gleichzeitig öffnete Aled seine eigene Haustür und taumelte hinaus. Als ich zu ihm lief, wankte er stark und ich befürchtete, er wäre verletzt, doch ich konnte an seinem Äußeren nichts dergleichen erkennen. Allerdings verzerrte er das Gesicht, weil er hemmungslos schluchzte. Ich fing ihn auf, während er auf den Bürgersteig sank und die schmerzerfülltesten Geräusche von sich gab, die ich je gehört hatte – als wäre auf ihn geschossen worden, als läge er im Sterben.

Dann begann er zu schreien: »Nein, nein, nein, nein, nein …«, tränenüberströmt, und ich fragte verzweifelt, was passiert war, was sie ihm angetan hatte, doch er schüttelte nur den Kopf und schluckte erstickt, als könnte er nichts sagen, selbst wenn er wollte. Doch dann verstand ich.

»S-sie hat ihn umgebracht – s-sie hat ihn umgebracht.«

Mir wurde übel.

»Wen? Was ist passiert? Sag es mir …«

»Meinen … meinen Hund … meinen Hund Brian …«

Und dann schluchzte er wieder so laut, als hätte er in seinem Leben noch nie geweint.

Ich blieb wie angewurzelt sitzen.

»Sie … hat deinen Hund … umgebracht?«

»Sie hat gesagt … sie konnte sich nicht um ihn kümmern, … weil ich weg war und er – er alt war, deshalb hat sie – sie hat – sie hat … ihn *einschläfern* lassen.«

»Nein …«

Er heulte erneut laut auf und vergrub das Gesicht in meinem Pullover.

Ich wollte nicht glauben, dass jemand so etwas tun konnte.

Doch wir saßen unter der Straßenlaterne und Aled bebte in meinen Armen, und das war echt, das geschah wirklich. Sie nahm Aled alles, was er hatte, und verbrannte es. Sie verbrannte ihn ganz langsam, bis er starb.

VERROSTETE HÄNDE
AUS DEM NORDEN

»Der hetze ich die Polizei auf den Hals«, sagte Mum zum vierten Mal. Seit einer halben Stunde saßen wir im Wohnzimmer. »Erlaubt mir wenigstens, rüberzugehen und sie anzuschreien.«

»Das würde nichts bringen«, sagte Aled. Er klang, als wollte er sterben.

»Was können wir tun?«, fragte ich. »Es muss doch irgendetwas geben ...«

»Nein.« Er stand vom Sofa auf. »Ich fahre zurück zur Uni.«

»Was?« Ich stand ebenfalls auf und folgte ihm aus dem Raum. »Warte, du kannst doch Weihnachten nicht allein verbringen!«

»Ich will nicht in ihrer Nähe sein.«

Wir schwiegen alle.

»Als Carys und ich zehn waren«, fuhr er fort, »hat unsere Mum einen Haufen Klamotten verbrannt, die Carys im Secondhandladen gekauft hatte. Carys fand eine dieser Hosen supertoll, die sie mit ihren Freundinnen dort geholt hatte ... der Stoff hatte ein Galaxiemuster ... aber unsere Mum meinte, sie wäre prollig, und dann hat sie sie einfach im Garten verbrannt, während Carys geschrien und geweint hat. Sie hat sogar versucht, sie aus den Flammen zu retten, und sich die Hände verbrannt, und Mum hat sie nicht mal getröstet.« Sein Blick war leer, als wäre nichts dahinter. »Ich musste … ich musste ihre Finger unter … unter den kalten Wasserstrahl halten …«

»Oh Gott«, sagte ich.

Aled senkte den Blick und sprach leiser. »Sie hätte sie einfach wegwerfen können, aber sie musste sie unbedingt *verbrennen*.«

Meine Mutter und ich versuchten noch eine Viertelstunde lang, ihn zu überreden, seine Meinung zu ändern und zu bleiben. Vergeblich.

Er reiste ab.

Schon wieder.

Es war fast neun, als Aled und ich zum zweiten Mal an diesem Tag am Bahnhof ankamen, und obwohl ich ihn erst vor zwei Stunden dort abgeholt hatte, kam es mir vor, als wäre es Tage her.

Wir setzten uns auf eine Bank. Gegenüber erstreckte sich die Landschaft unter einem schwarzen düsteren Winterhimmel.

Aled zog die Knie an und stellte die Füße auf die Bank. Er rieb sich die Hände.

»Oben im Norden ist es richtig kalt«, sagte er und streckte mir seine blassen Finger hin. Die Haut über den Knöcheln war rau. »Sieh nur.«

»Verrostete Hände aus dem Norden«, sagte ich.

»Was?«

»So nennt meine Mum das.« Ich strich mit einem Finger über die trockene Haut. »Wenn die Haut über den Knöcheln so rau wird. Verrostete Hände aus dem Norden.«

Aled lächelte. »Ich muss mir Handschuhe kaufen. Die trage ich dann die ganze Zeit.«

»Wie Radio.« In *Universe City* zieht Radio siere Handschuhe niemals aus. Keiner weiß, warum.

»Yeah.« Er zog die Hand zurück und schlang die Arme um die Knie. »Manchmal denke ich wirklich, ich *bin* Radio.«

»Möchtest du meine Handschuhe haben?«, fragte ich unvermittelt und zog sie aus. Sie waren dunkelblau mit einem hübschen Strickmuster auf dem Handrücken. Ich reichte sie Aled. »Ich habe jede Menge Handschuhe.«

Er sah mich an. »Die kann ich dir doch nicht wegnehmen!«

»Sie sind echt alt.« Das stimmte.

»Frances, wenn ich die annehme, habe ich voll das schlechte Gewissen, wenn ich sie trage.«

Er wollte sie wirklich nicht haben. »Na gut.« Ich zuckte mit den Schultern und zog sie wieder an.

Wir schwiegen eine Minute, dann sagte er: »Tut mir leid, dass ich deine Nachrichten nicht beantwortet habe.«

»Alles okay, du warst zu Recht sauer auf mich.«

Stille. Ich wollte alles darüber wissen, was er an der Uni gemacht hatte. Ich hätte ihn schrecklich gern alles gefragt, was ich über *Universe City* nicht wusste. Ich wollte ihm erzählen, wie grässlich es zurzeit in der Schule war, wie sehr mir die Schlaflosigkeit zusetzte, sodass ich jeden Tag Kopfschmerzen bekam.

»Wie geht's dir?«, fragte Aled.

Ich sah ihn an. »Gut.«

Und er wusste, dass es mir keineswegs gut ging. Und ihm auch nicht. Doch mir fiel nichts ein, was ich noch hätte sagen können.

»Was macht die Schule?«

»Ich kann das Ende kaum erwarten«, antwortete ich. »Andererseits ... versuche ich, Spaß zu haben.«

»Du gehörst doch nicht zu den Leuten, die unbedingt vor der Uni ihre Jungfräulichkeit verlieren wollen, oder?«

Ich runzelte die Stirn. »Gibt es die wirklich?«

Er zuckte mit den Schultern. »Nicht, dass ich wüsste.«

Ich lachte.

»Du bist also total fleißig?«, fragte er.

Lügen konnte ich nun auch nicht. »Das kann man so nicht sagen. Schlaflose Nächte und so.«

Er lächelte und wandte den Blick ab. »Manchmal denke ich, wir sind eigentlich eine Person ... und wurden vor unserer Geburt zufällig zweigeteilt.«

»Wieso?«

»Weil du genauso bist wie ich, nur ohne den Schrott.«

»Unter dem Schrott«, schnaubte ich, »ist nur noch mehr Schrott. Wir sind schrottig bis auf die Knochen.«

»Ah«, sagte Aled. »Der Titel meines Debüt-Rap-Albums.«

Wir mussten beide lachen. Unser Gelächter hallte durch den Bahnhof.

Dann ertönte über unseren Köpfen eine Stimme.

»Auf Gleis 1 – fährt in Kürze – um 21.07 Uhr – der Zug nach – London St Pancras ein.«

»Oh«, sagte Aled, ohne Anstalten zu machen aufzustehen.

Ich beugte mich zu ihm rüber und umarmte ihn. Ich drückte ihn fest an mich, schlang die Arme um seinen Rücken und streckte das Kinn über seine Schulter. Aled erwiderte die Umarmung und ich dachte, mit uns war alles okay.

»Sind an der Uni ein paar Leute, mit denen du Weihnachten feiern könntest?«, fragte ich.

»Äh …« Er hielt inne. »Jep, äh … ich glaube, ein paar Studierende aus dem Ausland sind geblieben …«

Dann kam sein Zug und Aled stand auf, nahm seinen Koffer und stieg ein. Als er sich noch einmal umdrehte und winkte, sagte ich: »Bon voyage!«

Er entgegnete mit einem traurigen Lächeln: »Frances, du bist wirklich …« Doch er brachte den Satz nicht zu Ende und ich hatte keine Ahnung, was er mir sagen wollte. Aled steckte sich die Kopfhörer in die Ohren, die Tür schlug zu und er wich vom Fenster zurück. Ich konnte ihn nicht mehr sehen.

Als der Zug anfuhr, war ich kurz davor, wie im Film von der Bank aufzuspringen, mitzulaufen und ihm durchs Fenster zuzuwinken. Doch dann dachte ich, wie blöd das aussehen würde, und blieb sitzen, bis der Zug abgefahren war und ich mit der Landschaft allein war, nur ich und die Felder und das weite Grau.

MEINE FREUNDIN

Ich küsste Carys Last an dem Tag, bevor sie von zu Hause weglief. Sie fand es scheußlich und mich auch. Und dann war sie abgehauen und ich war schuld.

Es passierte an dem Tag, an dem die GCSE-Klausurergebnisse verkündet wurden – ich war in der Zehn, sie in der Elf. Abends war sie rübergekommen, um zu feiern beziehungsweise zu jammern, denn sie war überall durchgefallen.

Sie hatte keine einzige Klausur bestanden.

Ich saß mit ungeöffneten Chipstüten und Limoflaschen auf dem Sofa – verschmähtem Essen und Trinken zum Feiern – und sah Carys zu, die auf dem anderen Sofa wütende Reden schwang.

»Weißt du was? Es ist mir so was von egal. Es geht mir komplett am Arsch vorbei. Und, was soll mir schon passieren? Dann muss ich das Schuljahr eben wiederholen. Dagegen kann niemand etwas machen. Und wenn ich das wieder nicht schaffe, scheiß drauf! Dann such ich mir einen Job, irgendwo, wo Noten keine Rolle spielen. Kann sein, dass ich dumm bin, aber ich kann alles Mögliche. Meine Mum ist so eine *blöde Kuh*, ich – ich meine, was erwartet sie eigentlich? Ich bin doch nicht mein Bruder! Ich bin nicht das verdammte Wunderkind! Was will die von mir?«

So ging es eine Weile weiter. Als Carys anfing zu weinen, setzte ich mich neben sie und legte den Arm um sie.

»Ich bin keine Versagerin, ich kann auch was! Noten – das sind doch bloß Zahlen. Was soll's, wenn ich mir Trigonometrie nicht merken kann, oder was Hitler gemacht hat oder Photosynthese und so'n Zeug.« Sie sah mich an, ihre Mascara nur noch dunkle Flecken unter den Augen. »Ich bin doch keine Versagerin, oder?«

»Nein«, flüsterte ich.

Dann beugte ich mich vor und küsste sie.

Ganz ehrlich – ich würde lieber nicht darüber reden.

Mir zieht sich alles zusammen, wenn ich nur daran denke.

Es dauerte nur eine Sekunde, dann stand Carys auf.

Darauf folgte eine kurze unerträgliche Stille, als könnten wir beide nicht glauben, was gerade geschehen war.

Und dann schrie sie mich nur noch an.

»Ich dachte, du bist meine Freundin«, schrie sie wiederholt, genau wie »ich bin allen egal«. »Du hast die ganze Zeit nur so getan«, tat vermutlich am meisten weh.

Ich hatte nicht so getan. Sie war meine Freundin gewesen und sie war mir überhaupt nicht egal und ich hatte ihr auch nichts vorgespielt.

Am nächsten Tag lief sie von zu Hause fort. Innerhalb eines Tages blockte sie mich auf Facebook und löschte ihren Twitter-Account. In der darauffolgenden Woche wechselte sie die Telefonnummer. Nach einem Monat dachte ich, ich wäre darüber hinweg, doch in Wirklichkeit bin ich nie darüber hinweggekommen. Auch wenn ich nicht mehr in sie verknallt war, bedeutet das nicht, es wäre niemals passiert – es wird immer meine Schuld bleiben, dass Carys Last weggelaufen ist.

SCHÄDEL

»Soll ich rausgehen?«, fragte Mum. »Kann ich machen, wenn es dir dann besser geht.«

»Mir kann nichts und niemand helfen«, sagte ich.

Es war Januar. Der Tag war gekommen. Wir standen uns am Küchentresen gegenüber. Ich hielt einen Briefumschlag in der Hand, der die Mitteilung enthielt, ob ich an der University of Cambridge angenommen wurde.

»Okay, ich gehe nach nebenan«, sagte ich. Ich hatte meine Meinung geändert.

Mit dem Brief in der Hand ging ich ins Wohnzimmer und setzte mich aufs Sofa.

Mein Herz raste, meine Hände zitterten und ich schwitzte wie verrückt.

Gleichzeitig versuchte ich nicht darüber nachzudenken, dass ich einen Großteil meines Lebens verschwendet hatte, wenn ich nicht genommen wurde. Fast alles, was ich in der Schule geleistet hatte, bezog sich auf Oxbridge. Ich hatte meine A-Level-Fächer in Gedanken an Oxbridge gewählt. Ich war wegen Oxbridge Schülersprecherin geworden. Mit Oxbridge vor Augen hatte ich mir konstant fantastische Noten erarbeitet.

Ich öffnete den Umschlag und las den ersten Abschnitt.

Ein Satz reichte, und schon fing ich an zu weinen.

Nach dem zweiten brachte meine Kehle eine Art Kreischen hervor.

Dann las ich nicht weiter. Es war nicht nötig.

Ich war nicht angenommen worden.

Mum kam ins Wohnzimmer und hielt mich, während ich weinte. Ich hätte mich schlagen können. Ich hätte mich schlagen können, bis mein Schädel platzte.

»Ist nicht schlimm, alles wird gut«, sagte Mum immer von Neuem und wiegte mich bedächtig, als wäre ich wieder ein Baby. Doch nichts würde gut werden, ich würde nicht darüber hinwegkommen.

Als ich ihr das sagte, beziehungsweise schluchzte, erwiderte sie: »Okay, na gut, du darfst traurig sein. Heute darfst du deswegen weinen.«

Das tat ich auch.

»Sie wissen nicht, wen sie sich entgehen lassen«, murmelte Mum nach einer Weile und strich mir übers Haar. »Du bist der intelligenteste Mensch auf der ganzen Welt. Du bist der beste Mensch auf der ganzen Welt.«

FUCK YOU ALL

Es wäre die Untertreibung des Jahres zu behaupten, ich wäre deswegen extrem fertig gewesen. Meine Bewerbungsgespräche waren schlecht gelaufen, klar, doch irgendwie hatte ich gehofft, trotzdem reinzukommen. Als die erste Welle des Schocks und der Enttäuschung abgeklungen war und Mum und ich Pizza bestellt hatten und *Zurück in die Zukunft* schauten, war ich wegen meiner übersteigerten Erwartungshaltung sauer auf mich selbst. Das war die zweite Reaktion. Als ich um drei Uhr nachts wach lag, hasste ich mich dafür, eine privilegierte Ziege zu sein. Wer heulte bitte schön, weil sier sich an *EINER* der FÜNF Universitäten, an der sier sich beworben hatte, nicht genommen worden war? Andere heulten vor *Glück*, wenn sie an irgendeine Uni gehen durften.

Die zahlreichen Statusmeldungen »Omg ich habe einen Studienplatz in Cambridge/Oxford!!! :D«, die den ganzen Tag über auf Facebook aufpoppten, halfen auch nicht gerade. Schon gar nicht, wenn sie von Leuten kamen, die sonst in Klausuren regelmäßig schlechter abschnitten als ich.

Doch als ich Daniel Juns Post sah, verspürte ich tatsächlich einen Hauch von Freude, weil er es geschafft hatte. Er hatte es verdient.

Daniel Jun [Dae-Sung]
4 Std.
Studienplatz für Biologie an der University of Cambridge!
Könnte nicht glücklicher sein x
106 gefällt das

Er hatte sich totgeschuftet. Und niemand hatte ihn dabei unterstützt. Daniel hatte es ehrlich verdient. Und ich hatte ihn gern, ernsthaft, mittlerweile hatte ich ihn richtig gern.

Aber erlaubt ihr mir einen absolut selbstsüchtigen Moment?

Also …

Ich hatte wirklich alles dafür getan, unfassbar viele Bücher gelesen und mich ein Jahr lang darauf vorbereitet. Ich war das intelligenteste Mädchen in der Stufe, und das, seit ich wusste, was intelligent bedeutete und dass die Intelligenten nach Cambridge gingen.

Trotzdem war ich nicht angenommen worden.

Alles umsonst.

Ihr denkt sicher, ich hätte keinen Grund, mich zu beklagen, oder dass ich ein weinerlicher Teenager bin. Und yeah, dass ich mir das alles nur eingebildet habe. Das heißt nicht, dass es nicht real war. Deshalb fuck you all.

5

FRÜHLINGSTRIMESTER

a)

WEISSES RAUSCHEN

An den verbliebenen Januartagen bemühte ich mich, nicht allzu viel zu denken. Ich erledigte meine Hausaufgaben eher geistesabwesend. Über Cambridge hatte ich mit niemandem gesprochen, doch alle wussten Bescheid. Obwohl ich Aled mehrmals geschrieben hatte, um mich zu erkundigen, wie es ihm ging, hatte er wieder nicht reagiert.

Am Ende des Monats musste ich zahlreiche Arbeiten abgeben und jede Nacht lange aufbleiben, um fertig zu werden. In der Nacht vor dem Abgabetermin ging ich gar nicht erst ins Bett und machte mich am Morgen ohne eine Minute Schlaf auf den Weg zur Schule. Später musste ich Mum anrufen und sie bitten, mich in der Pause abzuholen, weil ich befürchtete, ohnmächtig zu werden.

Nebenher hörte ich weiter *Universe City*. Die Folgen im Dezember und Januar waren ziemlich nichtssagend. Aled schien nicht zu wissen, was er tat, und vergaß fast vollständig einige laufende Nebenhandlungen. Die neuen Figuren waren uninteressant und tauchten nur selten in der Geschichte auf.

Am letzten Freitag im Januar postete er die Folge, die der Fangemeinde von *Universe City* den Todesstoß versetzte.

Die Folge hatte den Titel »Goodbye« und bestand aus zwanzig Minuten langem weißen Rauschen.

DU MUSST VON EINEM STERN GEKOMMEN SEIN

Die Fangemeinde brach in kollektiver Verzweiflung so gut wie zusammen. Der Tumblr-Tag wurde überschwemmt von langatmigen Nachrufen, unglücklichen Nachrichten und emotionaler Fanart. Da das alles sehr traurig war, schaute ich es mir nur kurz an.

Aled postete seinen letzten Tweet noch am selben Tag.

RADIO *@Universe City*
tut mir leid. ich brauche ein bisschen zeit. Auch wenn ihr klein seid, seid ihr alle sehr wichtig für das universum. goodbye <3
31 Jan 14

Dann überfluteten die Leute meinen Posteingang mit ihren Fragen, obwohl ich mit *Universe City* nichts mehr zu tun hatte.

Anonym schrieb:
Du bist jetzt seit ein paar Monaten nicht mehr regelmäßig auf Tumblr aktiv. Außer dem Creator bist du die einzige Person, die jemals an der Show beteiligt war. Vor Kurzem hast du deine Fragebox wieder angestellt, deshalb hoffe ich, dass du

nichts gegen meine Frage hast. Weißt du irgendwas über die
»Goodbye«-Folge, die vor zwei Wochen gepostet wurde (vorausgesetzt, du hast sie überhaupt gehört)?

touloser antwortete:
ich weiß auch nicht was ich sagen soll aber ich bin genauso
traurig wie ihr alle, weil der creator beschlossen hat so zu handeln aber sier ist offenbar gerade mit privatangelegenheiten
beschäftigt. da außer dem creator niemand weiß ob universe
city wiederkommt schlage ich vor normal weiterzumachen. So
was passiert immer wieder. schade dass es mit etwas passiert
ist, das so vielen menschen so viel bedeutet.
ich kenne den creator. universe city war sehr sehr wichtig für
sien. das ist total untertrieben. universe city war im grunde
alles was sier hatte. und lange zeit war es auch das einzige was
ich hatte. ich weiß nicht so recht was ich nun mit mir anfangen
soll. ich weiß auch nicht was der creator tun wird. ich weiß
nicht was ich sagen soll

Keine Ahnung, warum er den Podcast beendet hatte. Vielleicht hatte seine Mutter ihn dazu gezwungen. Oder er hatte
nicht mehr genug Zeit für die Produktion. Möglicherweise
hatte er aber auch einfach keine Lust mehr.

Dennoch war ich verwirrt, weil es ihm ganz offensichtlich
so viel bedeutete. Es war ihm wichtiger gewesen als alles andere.

Aled hatte nicht einmal verraten, wer February Friday war.

Am Abend der Folge mit dem weißen Rauschen saß ich
mit meinem Laptop im Wohnzimmer und dachte zum ersten Mal seit mindestens einem Monat wieder darüber nach,
wer February Friday sein könnte.

In diesem Moment fiel es mir wie Schuppen von den Augen.

Das, was Aled an dem Abend seiner Rückkehr ins Dorf über Carys gesagt hatte, war mir seit Wochen durch den Kopf gegangen, und mit einem Mal kapierte ich, warum.

Feuer.

Das Gartenfeuer aus Klamotten.

Sie hatte sich die Finger in den Flammen verbrannt.

Für ihn war es eine x-beliebige Geschichte. Hinsichtlich der Beziehung zwischen Carys und ihrer Mutter hatte er mir ausgerechnet diese erzählt.

Ich lud Aleds *Universe City*-Transkriptions-Blog runter und ließ eine CTRL-F-Suche nach dem Wort »Feuer« in den ersten zwanzig Folgen laufen. Die entscheidenden Stellen kopierte ich anschließend in ein neues Word-Dokument.

- Und nach dem Feuer wars das, du warst weg
- Ich sehe dich in jedem Feuer, das brennt
- Im Endeffekt wünschte ich, ich wäre derjenige, der ins Feuer gefallen ist, obwohl es vielleicht egoistisch ist, so etwas zu sagen
- Das Feuer, das an dir leckte, muss von einem Stern stammen
- Du warst immer mutig genug, um im Feuer zu brennen

Danach bestand für mich nicht mehr der geringste Zweifel.

Carys Last war February Friday.

ERFOLGLOS

Es war ein einziger Hilferuf gewesen.

Universe City. Die ganze Sache.

Es war ein Hilferuf von einem Bruder an seine Schwester.

An diesem Wochenende fand ich heraus, was ich tun musste.

Ich musste Carys dazu bringen, Aled zu helfen.

Es war so weit gekommen, dass nur sie ihm noch beistehen konnte.

Die Briefe an February waren von Anfang an Teil des Podcasts gewesen. Aled schrieb seit Jahren an Carys. Sie fehlte ihm. Er wollte mit ihr reden. Und er hatte keine Ahnung, wo sie sich aufhielt.

Falls sie überhaupt irgendwo war.

Aleds Mum hatte ihm Carys' Aufenthaltsort verschwiegen – keine Ahnung, wie, keine Ahnung, warum. Doch ich musste die ganze Zeit daran denken und machte mir Sorgen. Ich hatte meine Chance gehabt, Carys zu helfen und hatte sie um Längen verpasst.

Ja, genau darum ging's, oder?

Ich hatte zuvor die Gelegenheit gehabt zu helfen, erfolglos.

Und ich konnte es noch nie leiden, keinen Erfolg zu haben.

MÄDCHEN MIT DEM SILBERHAAR

»Yo, kleiner Blonder, tausch den Platz mit mir.«

Am darauffolgenden Montag hob ich den Blick von meinem Aufgabenblatt für Geschichte und sah, wie ein Mädchen mit silbernen Haaren den Jungen neben mir von seinem Platz vertrieb und sich selbst dort niederließ. Sie machte es sich gemütlich, stützte den Ellbogen auf den Tisch und das Kinn in die Hand und schaute mich an. Das Mädchen mit dem Silberhaar war Raine Sengupta.

Erst kürzlich hatte sie ihr ursprünglich schwarzes Haar strahlend silbern gefärbt und ihr Undercut war so extrem, dass die rechte Seite geradezu komplett rasiert aussah. Haare sind der Spiegel der Seele.

»Frances, Süße, dir geht's nicht besonders, oder?«, fragte sie und nickte mir ernst zu.

In der Schule hing ich immer noch ziemlich häufig mit Raine und Maya und den anderen ab, doch sie wussten nichts von dem, was ich mit Aled und *Universe City* erlebt hatte.

Ich lachte. »Was meinst du damit?«

»Ich meine, du bläst immer noch Trübsal.« Sie seufzte. »Trauerst du immer noch Cambridge nach?«

Ich hatte das Gefühl, ich würde vor lauter Panik wegen

Aled, Carys und der Idee, ihnen zu helfen und in meinem Versagerleben wenigstens ein Mal etwas Gutes zu tun, explodieren, doch ich sagte nur:

»Nein, nein, alles gut. Versprochen.«

»Okay, das ist schön.«

»Ja.«

Raine starrte mich weiter an und senkte dann den Blick auf das, was ich gerade tat – ich kritzelte auf dem Aufgabenblatt herum, statt die Lösungen aufzuschreiben.

»Hey, das ist gut! Wie deine Zeichnungen für *Universe City*!«

Ich nickte. »Danke …«

»Scheiß doch auf die Uni und geh auf eine Kunstakademie oder so was«, sagte sie. »Du würdest Miss García damit sehr glücklich machen.« Obwohl Raine scherzte, nahm ich ihren Vorschlag eine Sekunde lang ernst, was vor allem mich selbst überraschte, und sofort verdrängte ich den Gedanken wieder.

»Was ist denn nun los?«, fuhr sie fort.

Ich wollte es ihr verraten und auch wieder nicht. Ich wollte es IRGENDWEM verraten, war mir aber nicht sicher, ob Raine die Richtige dafür war. Gab es überhaupt eine passende Person, der ich mein Herz ausschütten konnte, nach allem, was ich erlebt hatte?

Ich tat es trotzdem.

Von meiner Mitarbeit bei *Universe City* über das, was Aled Daniel angetan hatte, was ich Aled angetan hatte, bis zu dem, was seine Mutter Aled angetan hatte und dass Carys February Friday war und schließlich das mit der »Goodbye«-Folge. Einfach alles.

Alles, nur das eine nicht, das ich außer Aled immer noch

niemandem gestehen konnte – die Sache mit Carys und mir. Dafür fand ich nicht die richtigen Worte.

»Das ist eine ganze Menge«, sagte Raine. »Und was ist dein Plan?«

»Wie meinst du das?«

»Du willst das alles einfach so laufen lassen?« Sie verschränkte die Arme. »Aled sitzt mutterseelenallein an der Uni in der Falle. Carys ist irgendwo da draußen und hat keine Ahnung, was mit ihrem Bruder los ist. *Universe City* wurde ohne Erklärung beendet. Und niemand wird etwas dagegen unternehmen. Außer dir vielleicht.«

Ich starrte auf mein Aufgabenblatt. »Na ja, ich möchte Carys schon gern finden, damit sie Aled helfen kann, aber … das ist wahrscheinlich gar nicht möglich.«

»Bist du nicht mit Aled befreundet?«

»Ja, natürlich.«

»Und du willst ihm helfen?«

»Also …« Ja, klar wollte ich ihm helfen. Wieso war ich so zögerlich? »Keine Ahnung.«

Raine strich sich die längeren Strähnen ihrer Haare hinters Ohr. »Ich will nur sagen – okay, das hört sich albern an, aber das sagt meine Mum immer –, wenn bei dir total viel los ist, musst du dir den größeren Zusammenhang ansehen. Tritt einen Schritt zurück, sieh dir das große Ganze an und überlege, was in diesem Moment am wichtigsten ist.«

Ich richtete mich auf. »Meine Mum sagt genau das Gleiche.«

»Was? Wahnsinn!«

»Ja, sie nennt es die umfassende Übersicht!«

»Echt, genau davon rede ich!«

Wir mussten grinsen.

Raine versuchte wirklich, mir zu helfen.

»Weißt du, was meiner Meinung nach im Sinne des großen Übersichtsplans helfen würde?«, meinte Raine, schlug
ein Bein über das andere und sah mir in die Augen. »Carys
Last zu suchen.«

DAS RINGBUCH

Aus den folgenden Gründen hatte ich Angst, nach Carys zu suchen:

- Es war bereits achtzehn Monate her, seit ich Carys Last zuletzt gesehen und gesprochen hatte.
- Und bei diesem letzten Mal hatte ich sie, ohne zu fragen, geküsst und sie war nicht gerade begeistert gewesen. Deswegen war sie von zu Hause weggelaufen und seit diesem Tag hatte ich ein schlechtes Gewissen und schämte mich.
- Dazu kam die Mühe, die es kosten würde, Carys Last aufzuspüren, da die einzige Person, die ihren Aufenthaltsort kannte, eine furchterregende Hundemörderin war, die mich wahrscheinlich noch mehr stressen würde (falls das überhaupt möglich war).

Trotzdem hielt mich die Vorstellung aufrecht, einmal in meinem absolut nutzlosen Leben etwas Konstruktives zu tun.

Genau darum ging es anscheinend.

Cambridge hatte mich nicht gewollt und ich hatte das Gefühl, mein Leben vergeudet zu haben.

Das ist lächerlich und erbärmlich, ich weiß. Glaubt mir, das habe ich verstanden.

Am nächsten Tag kam Raine nach der Schule mit zu mir, damit wir ihren »Carys-Suchplan« besprechen konnten.

Da Raine immer noch große Defizite in allen drei A-Level-Fächern hatte, musste sie nach wie vor in der Mittagspause und in jeder Freistunde vor Dr. Afolayans Büro Hausaufgaben erledigen.

Das bedeutete aber auch, dass sie jedermanns Kommen und Gehen in und aus diesem Büro beobachtete, das im Übrigen eher einem großen Konferenzraum glich – mit einer Klimaanlage, einem Plasmabildschirm an der Wand, diversen Zimmerpflanzen und bequemen Sesseln.

Eine Besucherin war Carol Last von der Elternpflegschaft.

Raine zufolge hatte Carol stets ein pinkfarbenes Ringbuch dabei, wenn sie zu einer Besprechung in die Schule kam.

Und Raine war sich sicher: Wenn Carol Carys' Adresse kannte, würde sie in diesem Ringbuch stehen.

Ich hatte keine Ahnung, wie wir Carol genau vor ihrer Nase das Ringbuch wegnehmen sollten, und, ehrlich gesagt, wollte ich das auch nicht. Schließlich hatte ich noch nie etwas gestohlen und wollte nicht zur Diebin werden. Abgesehen davon, dass mir allein von der Vorstellung, sie könnte mich erwischen, regelrecht schlecht wurde.

»Keine Angst«, sagte Raine. Wir saßen an unserem Frühstückstresen und aßen Bourbonkekse direkt aus der Packung. »Meine moralischen Maßstäbe liegen viel niedriger. Ich habe schon mal geklaut.«

»Du hast *geklaut*?«

»Sozusagen. Ich habe Thomas Lister die Schuhe wegge-

nommen, weil er mich im Bus mit einem Sandwich bewor-
fen hat.« Sie hob grinsend den Kopf. »Er musste aussteigen
und in Socken durch den Schnee laufen. Sehr hübsch.«

Laut Plan sollte Raine frontal mit Carol zusammenstoßen
und einen Stapel Bücher fallen lassen. Theoretisch würde
Carol ihr Ringbuch ebenfalls aus der Hand gleiten, sodass
Raine es unauffällig einstecken konnte.

Aus meiner Sicht war es ein schrecklich schlechter Plan,
denn er beruhte a) darauf, dass Carol das Ringbuch in der
Hand hatte und nicht in ihrer Tasche, und b) darauf, dass
Raine ihre Bücher auf eine ganz bestimmte Weise fallen ließ,
sodass sie das Ringbuch unbemerkt von Carol aufheben
konnte, sowie c) darauf, dass Carol sofort nach dem Fallen-
lassen vergaß, es überhaupt in der Hand gehabt zu haben.

Mit anderen Worten, ich konnte mir nicht vorstellen, wie
das funktionieren sollte.

Wir wussten nicht einmal, ob Carys' Adresse drinstand.

Zufällig war Mum auch in der Küche, und als Raine mit
der Darlegung des Plans fertig war, sagte sie: »Ich glaube
auch nicht, dass es funktioniert, Mädels.«

Wir drehten uns zu ihr um.

Mum steckte lächelnd ihr langes Haar hoch. »Lasst mich
mal machen.«

Wir wussten, dass Carol am Donnerstag, den 13. Februar,
um 14 Uhr zu einem Meeting der Elternpflegschaft kommen
würde. Ich fragte mich, was für Jobs diese Eltern hatten, dass
sie sich an einem Donnerstag um zwei Uhr freinehmen
konnten. Außerdem war mir nicht klar, wieso Carol überhaupt Mitglied der Pflegschaft an einer Schule war, die keins
ihrer beiden Kinder besuchte.

Mum hatte sich einen Tag freigenommen. Sie sagte, sie würde ihren Urlaub ohnehin nie aufbrauchen.

Unter uns: Ich glaube, Mum fand die Vorstellung, Teil des Plans zu sein, richtig aufregend.

Sie hatte bei Dr. Afolayan einen Termin um 15 Uhr vereinbart und wollte mit Carol sprechen, wenn diese vom Meeting der Elternpflegschaft kam. Sie verriet uns nicht, wie sie an Carys' Adresse gelangen wollte. Während all dies passieren würde, würden Raine und ich im Geschichtskurs sitzen und keine Ahnung haben, was da abging.

»Überlasst das ruhig mir«, sagte Mum mit einem verschwörerischen Grinsen.

An diesem Tag fuhr Raine mit mir mit dem Zug nach Hause. Mum wartete am Küchentisch auf uns. Sie trug den einzigen Hosenanzug, den sie besaß, und hatte ihr Haar mit einer Spange hochgesteckt. Auf diese Weise sah sie wie der Stereotyp einer Mutter aus.

Sie hielt das pinkfarbene Ringbuch hoch.

»*Wahnsinn!*«, kreischte ich, schleuderte meine Schuhe in die Ecke und warf mich auf den Barhocker. Im nächsten Moment saß Raine neben mir und himmelte meine Mutter an. »Wie zum Teufel haben Sie das gemacht?«

»Ich habe sie gefragt, ob ich es mir kurz ausleihen dürfte«, antwortete sie und zuckte lässig mit den Schultern.

Ich lachte hüstelnd. »*Wie bitte?*«

Mum beugte sich über den Tisch zu uns vor. »Ich wollte wissen, ob sie die Kontaktdaten des hiesigen Abgeordneten hätte, weil ich ihm einen gepfefferten Brief darüber schreiben wollte, wie unfassbar wenig Hausaufgaben ihr faulen Schüler und Schülerinnen aufbekommt und dass die hiesi-

gen Schulen euch im Stich lassen und zu Losern erziehen.«
Sie hielt uns das Ringbuch hin. »Ich hatte aber selbstverständlich ein eiliges Meeting und überhaupt keine Zeit, mir
die Adresse zu notieren. Deshalb bat ich Carol, es mir zu lei-
hen, und versprach, ihr den Ordner nach dem Meeting in
den Briefkasten zu stecken. Also beeilt euch.«

»Sie mag dich wirklich«, sagte ich kopfschüttelnd und griff
nach dem Ringbuch.

»Bei der Post drängt sie mir immer ein Gespräch auf«, erwiderte Mum achselzuckend.

* * *

Ich durchforstete mit Raine das gesamte Adressbuch in
knapp zehn Minuten, ohne einen Eintrag zu Carys Last zu
finden.

Anschließend gingen wir die Notizen durch, fanden jedoch nur eine breite Auswahl an Einkaufslisten, To-do-Listen, Notizen bezüglich ihrer Arbeit (ich hatte immer noch
keinen Schimmer von ihrem Beruf) sowie Mums Notizen
von ihrem Meeting, die aus den Worten »blah blah blah«,
einem lächelnden Smiley und einem hingekritzelten Dino-
saurier bestanden. Die Seite riss ich schon mal raus.

»Ich glaube, da steht nichts drin«, sagte ich enttäuscht. Ich
hatte fest daran geglaubt, dass wir etwas finden würden. Carol musste doch irgendwo die Adresse ihrer Tochter aufge-
schrieben haben.

Falls sie überhaupt eine Adresse besaß.

Raine stöhnte. »Was sollen wir jetzt machen? Es ist schon
Februar, Aled ist seit fast zwei Monaten weg ...«

»Februar«, sagte ich unvermittelt.

»Was?«

February.

»February.« Ich zog das Ringbuch zu mir. »Ich will nur noch eine Sache nachschauen.«

Mit Bedacht blätterte ich jede einzelne Seite im Adressbuch um. Dann hielt ich inne, schrie »JA!« und tippte mit dem Finger auf die Seite.

»Oh mein Gott«, flüsterte Raine.

Im Abschnitt »F« des Adressbuchs gab es nur vier Einträge. Der oberste verzeichnete eine Person, die offenbar nicht einmal einen Nachnamen hatte. Unter »Name« stand auf der gestrichelten Linie nur ein Wort:

February.

LONDON'S BURNING

Am nächsten Freitag fuhr ich mit dem Zug nach London. Mum hatte mir das Versprechen abgenommen, ununterbrochen eine Anti-Vergewaltigungspfeife bei mir zu tragen und ihr stündlich eine Nachricht zu schicken.

Ich war wild entschlossen.

Ich würde Carys finden, damit sie Aled beistand.

Schließlich stand ich vor einem recht gepflegten Stadthaus in einer Wohngegend. Es sah deutlich besser aus, als ich erwartet hatte. Natürlich war es jetzt keins von diesen vornehmen weißen Stadthäusern, die man sich bilderbuchmäßig in London vorstellt, aber Carys wohnte keineswegs in einer Bruchbude. Ich hatte mit bröckeligen Mauern und verbretterten Fenstern gerechnet.

Als ich die Vordertreppe hinaufging und klingelte, ertönte die Melodie von *London's Burning*.

Eine junge schwarze Frau mit knallpinken Haaren öffnete die Tür. Ich musste mich bei ihrem Anblick erst wieder fangen, da sie Gänseblümchen in ihre explodierenden Locken geflochten hatte und ich noch nie so eine tolle Frisur gesehen hatte.

»Alles okay?«, fragte sie in typischem Londoner Tonfall. Ehrlich gesagt, klang sie ein bisschen wie Raine.

»Äh, ja, ich suche Carys Last?«, erwiderte ich mit zittriger Stimme und räusperte mich. »Sie wohnt anscheinend hier?«

Die Frau verzog mitfühlend das Gesicht. »Tut mir leid, aber hier wohnt niemand namens Carys.«

»Ah …« Ich verlor den Mut.

Doch dann hatte ich einen Geistesblitz.

»Moment – und wie sieht es mit February aus?«

Die Frau wirkte überrascht. »Oh! Ja, du meinst Feb! Bist du eine alte Freundin von ihr oder …«

»Äh, ja, kann man so sagen.«

Sie grinste und lehnte sich an den Türrahmen. »Mann. Ich wusste, dass sie ihren Namen geändert hat, aber … *Carys*. Verdammte Scheiße, das klingt derart *walisisch*.«

Ich musste mitlachen. »Und … ist sie da?«

»Nein, du, sie ist auf der Arbeit. Wenn du ein bisschen Zeit hast, kannst du da mit ihr sprechen. Oder du wartest hier?«

»Ah, verstehe. Ist es weit?«

»Nein, am Themseufer, in South Bank. Sie arbeitet im National Theatre, also als Tourguide, und sie veranstaltet Workshops für Kinder und solche Sachen. Ungefähr zehn Minuten mit der U-Bahn.«

Nachdem ich halb erwartet hatte, dass Carys sich eher schlecht als recht mit einer Art Mindestlohnjob durchschlug, staunte ich nicht schlecht.

»Meinst du? Störe ich sie da nicht bei irgendwas?«

Die Frau sah auf ihre Uhr, die klotzig und gelb war.

»Nein, es ist nach sechs, da ist sie mit den Workshops fertig. Wahrscheinlich findest du sie im Souvenirshop, da hilft sie meistens aus, bis sie um acht Feierabend macht.«

»Okay.« Ich verharrte auf der Stufe. Das wäre geschafft. Ich würde Carys bald treffen.

Oder – nein. Moment. Ich musste das erst überprüfen, um mich zu vergewissern.

»Also, Carys ...« Ich verbesserte mich rasch. »*February* ... äh ... ich will nur sichergehen, sie – sie hat blonde Haare –«

»Blond gefärbtes Haar, blaue Augen, große Titten und ein Gesicht, als wollte sie dir die Kehle aufreißen?« Die Frau kicherte. »Meinst du die?«

Ich lächelte nervös. »Äh, genau.«

Ich brauchte noch mal zwanzig Minuten zum National Theatre. In South Bank – einem Viertel am Flussufer mit Cafés, Buden, Restaurants und Straßenkünstlern – wimmelte es nur so von Leuten, die essen gehen oder eine Theatervorstellung besuchen wollten, und es war mittlerweile schon ziemlich dunkel. Jemand spielte einen Song von Radiohead auf einer akustischen Gitarre. Ich war erst ein Mal hier gewesen, auf einem Schulausflug, um eine Inszenierung von *War Horse* zu sehen.

Während ich mich mit Google Maps zum Theater durchschlug, überprüfte ich meine Kleidung – ein gestreiftes Trägerkleid über einem T-Shirt, das mit Sprechblasen übersät war, eine dicke graue Strumpfhose und eine gemusterte Strickjacke. Ich fühlte mich wohl in meiner Haut und das verlieh mir ein wenig mehr Zuversicht.

Am Eingang des National Theatre wäre ich am liebsten umgekehrt und nach Hause gefahren. Ich schickte meiner Mutter das Emoji mit dem weinenden Gesicht und sie schickte mir einen gereckten Daumen, mehrere Salsa tanzende Mädchen und ein vierblättriges Kleeblatt zurück.

Kaum hatte ich das Gebäude – einen riesigen grauen Klotz,

der überhaupt nicht wie ein Londoner Theater aussah – betreten, sah ich auch schon den Souvernirladen und ging hinein.

Ich brauchte einen Moment, bis ich Carys entdeckt hatte, obwohl ich sie eigentlich sofort hätte sehen müssen, weil sie genauso hervorstach wie früher.

Sie sortierte Bücher in einem Regal um und stellte Neuerscheinungen aus einem Pappkarton dazu, den sie unter den Arm geklemmt hatte. Ich ging auf sie zu.

»Carys«, sagte ich, und als sie diesen Namen hörte, runzelte sie die Stirn und drehte sich blitzschnell um, als hätte ich sie erschreckt.

Sie brauchte einen Augenblick, doch dann erkannte sie mich.

»Frances Janvier«, sagte sie mit ausdrucksloser Miene.

DAS WUNDERKIND

Sie erschreckte mich in vielerlei Hinsicht. Ihre Haare zum Beispiel, die jetzt wasserstoffblond waren, beinahe weiß, mit einem Pony, der ihre Stirn nur zur Hälfte bedeckte – ihre Augen wirkten viel größer, man merkte richtig, dass sie einen ansah. Wahnsinn, für den aufwendigen Eyeliner-Strich hat sie bestimmt eine halbe Stunde gebraucht.

Sie hatte roten Lippenstift aufgelegt, trug ein bauchfreies gestreiftes Marinetop, einen wadenlangen beigefarbenen Rock und pastellrosa Platform-Mary-Janes. Um ihren Hals hing ein Ausweis vom National Theatre. Sie sah aus wie vierundzwanzig.

Das Einzige, was geblieben war, war die Lederjacke. Ob es nun die gleiche war wie früher, konnte ich nicht erkennen, doch der Effekt war der gleiche.

Sie sah aus, als wollte sie mich umbringen oder verklagen. Vielleicht beides.

Und dann fing sie leise an zu lachen.

»Ich wusste es«, sagte sie und da war er, der vornehme »Made in Chelsea«-Akzent, sanft wie Aleds, als würde sie ins Fernsehen gehören. »Ich wusste, dass mich irgendwann jemand aufspürt.« Sie schaute auf mich herunter und sie war es tatsächlich, doch ich hatte nicht das Gefühl, mit jemandem zu reden, den ich kannte. »Aber auf dich wäre ich nicht gekommen.«

Ich kicherte verlegen. »Überraschung!«

»Hm.« Sie zog die Augenbrauen hoch, drehte sich dann um und rief der Kassiererin zu: »Hey, Kate! Kann ich heute früher gehen?«

Die Frau rief zurück, das könnte sie machen, und Carys holte ihre Tasche. Dann verließen wir gemeinsam das Theater.

Carys ging mit mir in die dazugehörige Bar, was mich kein bisschen wunderte. Sie hatte schon mit sechzehn gern getrunken und fand es jetzt immer noch gut.

Außerdem bestand sie darauf, mir einen Drink zu spendieren. Obwohl ich sie davon abhalten wollte, bestellte sie zügig zwei Daiquiris, die vermutlich jeweils zwanzig Pfund kosteten, so wie ich die Preise in London einschätzte. Ich zog meine Jacke aus, legte sie über den Hocker und bemühte mich, nicht mehr so affenartig zu schwitzen.

»Und wie ist es dazu gekommen?«, fragte Carys, trank mit zwei winzigen Strohhalmen einen Schluck von ihrem Cocktail und sah mir in die Augen. »Wie hast du mich gefunden?«

Ich musste laut lachen, als mir das Theater um das Ringbuch einfiel. »Meine Mum hat das Adressbuch deiner Mum geklaut.«

Carys runzelte die Stirn. »Meine Mum dürfte meine Adresse gar nicht haben.« Sie wandte den Blick ab. »Oh, Shit, bestimmt hat sie den Brief an Aled gelesen.«

»Du – du hast Aled einen Brief geschrieben?«

»Ja, letztes Jahr, als ich in meine WG gezogen bin. Ich wollte ihm nur meine Adresse geben und sagen, dass es mir gut geht. Ich habe sogar mit February unterschrieben, damit er wusste, dass ich mich jetzt so nannte.«

»Aled ...« Ich schüttelte den Kopf. »Aled hat nichts von dir gehört. Das hat er mir gesagt.«

Carys schien mich nicht gehört zu haben. »Meine Mutter, scheiße. Ich weiß wirklich nicht, warum mich das überrascht.« Sie atmete tief aus, zog die Augenbrauen hoch und sah mich an.

Ich überlegte, wo ich anfangen sollte. Ich hatte ihr so viel zu sagen, ich hatte so viele Fragen.

Sie kam mir zuvor. »Du siehst anders aus. Deine Sachen sehen mehr nach *dir* aus. Und du trägst die Haare offen.«

»Äh, danke, ich –«

»Und, wie geht's dir?«

Carys bombardierte mich minutenlang mit Fragen und verhinderte auf diese Weise, dass ich auf irgendein Thema zu sprechen kam, das mir am Herzen lag, wie zum Beispiel 1) dein Zwillingsbruder legt seit sieben Monaten ein beunruhigendes Verhalten an den Tag, 2) es tut mir unglaublich leid, dass ich so eine miese Freundin war, 3) wie schaffst du es, dein Leben derart auf die Reihe zu kriegen, mit achtzehn, und 4) erklär mir bitte, warum du jetzt February heißt.

Nach wie vor war sie die einschüchterndste Person, die ich je kennengelernt hatte. Eher noch bedrohlicher. Alles an ihr erschreckte mich zu Tode.

»Hast du es endlich nach Cambridge geschafft?«

»Nein«, antwortete ich.

»Ah. Und was ist jetzt dein Plan?«

»Äh ... keine Ahnung. Nicht so wichtig. Ich bin nicht hier, um darüber zu reden.«

Carys sah mich an, sagte aber nichts.

»Ich habe dich gesucht, weil es um Aled geht«, sagte ich.

Sie zog die Augenbrauen hoch. Da war sie wieder, die übliche ausdruckslose Miene. »Ach ja?«

Ich fing von vorne an und erklärte ihr, wie Aled und ich Freunde geworden waren, wie wir uns und unsere schräge *Universe City*-Verbindung gefunden hatten. Ich erzählte Carys, dass ich ihn aus Versehen als Creator geoutet und er nicht mehr zurückgeschrieben hatte. Dann sagte ich, seine Mum wolle alles zerstören, das ihm etwas bedeutete.

Während Carys aufmerksam zuhörte, trank sie in kleinen Schlucken ihren Cocktail, aber ich bemerkte ihre wachsende Sorge. Ich selbst spielte eher mit meinem Glas, mal in der einen, mal in der anderen Hand.

»Das ist …«, sagte sie, sobald ich zum Ende gekommen war. »Gott, ich hätte nie gedacht – *niemals* hätte ich gedacht, dass sie es auch mit ihm macht.«

»Was macht?«, fragte ich beinahe widerwillig.

Carys dachte einen Augenblick nach, schlug die Beine übereinander und warf die Haare über die Schulter. »Unsere Mutter glaubt, dass man ohne akademische Erfolge kein erfülltes Leben führen kann.« Sie stellte ihr Glas weg, hob eine Hand und zählte einzeln an ihren Fingern ab, während sie sprach. Wie früher war ihre Haut mit winzigen Brandmalen übersät. »Das erfordert immer und überall Bestnoten, zur Wahl stehen nur akademische GCSE- und A-Level-Fächer und am Ende steht der Abschluss an einer herausragenden Uni.« Sie ließ die Hand sinken. »Davon ist sie so felsenfest überzeugt, dass wir aus ihrer Sicht ruhig sterben können, wenn wir das nicht hinkriegen.«

»Scheiße«, sagte ich.

»Ja.« Carys lachte. »Leider gehörte ich, wie du sehr wohl weißt, zu jenen Menschen, die – Ich konnte mich noch so anstrengen, ich bekam einfach keine guten Noten. Nirgends. Aber Mum dachte, sie könnte mich *zwingen*, auf magische Weise intelligent zu werden. Nachhilfe, mehr Hausaufgaben, Sommerkurse etc. Was natürlich absolut lächerlich war.«

Carys trank noch einen Schluck. Sie erzählte diese Geschichte so lässig, wie andere über ihren Urlaub reden würden.

»Aled war der Intelligentere von uns beiden. Er war der Traumjunge. Die Bevorzugung war bereits offensichtlich, bevor unser Dad uns verließ, als wir acht waren. Mum konnte mich nicht ausstehen, weil ich keine Rechenaufgaben lösen konnte – ich war das dicke, dumme Kind – und sie machte mir das Leben zur Hölle.«

Erneut fragte ich beinahe gegen meinen Willen: »Was hat sie getan?«

»Nach und nach hat sie mir alles genommen, was mir irgendwie Freude bereitete.« Carys zuckte mit den Schultern. »Ungefähr so – wenn du bei dem Test nicht mit A abschneidest, darfst du dich am Wochenende nicht mit deinen Freunden treffen. Wenn du bei diesem Aufgabenblatt nicht zehn von zehn Punkten bekommst, nehme ich dir für zwei Wochen den Laptop weg. Und allmählich wurde sie immer gemeiner. Zum Beispiel, wenn du in der GCSE-Probeklausur kein A bekommst, sperre ich dich für das Wochenende in deinem Zimmer ein. Wenn du durch diese Prüfung fällst, gibt es keine Geburtstagsgeschenke.«

»Hilfe …«

»Sie ist das totale Monster.« Carys hob einen Finger. »Aber sie ist auch *schlau*. Sie tut nichts Illegales oder irgendetwas, das nach Missbrauch aussieht. Und deshalb kommt sie mit allem davon.«

»Und ... glaubst du ... so etwas tut sie jetzt auch Aled an?«

»Wenn ich bedenke, was du mir erzählt hast ... also, das hört sich ganz danach an. Er war ihr *Wunderkind*. Niemals hätte ich ... ich meine, wenn ich gewusst hätte ... wenn er meinen Brief gelesen und mir geantwortet und es mir *verraten* hätte ...« Sie schüttelte den Kopf und führte den Satz nicht zu Ende. »Ich konnte mich nicht einmal selbst gegen sie wehren und hätte nicht auch noch ihn verteidigen können. Als ich nicht mehr da war ... brauchte sie anscheinend eine andere Person, die sie vernichten konnte.«

Mir fehlten die Worte.

»Und ich fasse es nicht, dass sie den Hund hat *einschläfern lassen*«, fuhr sie fort. »Das ist einfach ... furchtbar.«

»Aled war am Boden zerstört.«

»Ja, er hat den Hund wie verrückt geliebt.«

In der darauffolgenden Pause trank ich einen großen Schluck von meinem Drink, der sehr stark war.

»Ehrlich gesagt, habe ich ihn damals gehasst.«

Das war ein Schock. »Du hast ihn *gehasst*? Wieso?«

»Weil nur ich von unserer Mum gequält wurde. Weil er das Wunderkind war und ich das dumme. Weil er sich nie für mich eingesetzt hat, kein einziges Mal, obwohl er doch mitbekam, wie schlecht sie mich behandelte. Ich habe für alles ihm die Schuld gegeben.« Als sie meinen fassungslosen Blick bemerkte, zog sie die Augenbrauen hoch. »Oh, keine Angst, so denke ich mittlerweile nicht mehr. Ich gebe ihm für nichts mehr die Schuld, verantwortlich ist allein diese Frau. Wenn er tatsächlich für mich eingetreten wäre, hätte sie uns *beiden* das Leben unerträglich gemacht.«

Die ganze Angelegenheit war unsagbar traurig und ich musste unbedingt dafür sorgen, dass sie wieder miteinander redeten, selbst wenn es das Letzte war, was ich je tun würde.

»Wie auch immer, irgendwann musste ich einfach raus da.« Carys trank aus und stellte das Glas ab. »Wäre ich geblieben, hätte ich mich für den Rest meines Lebens schlecht gefühlt. Sie hätte mich gezwungen, A-Level-Kurse zu belegen und vermutlich ein Schuljahr zu wiederholen, wenn ich unweigerlich durchgefallen wäre. Später hätte ich Probleme gehabt, einen Job zu finden, der den Ansprüchen meiner Mum genügte.« Sie zuckte mit den Schultern. »Deshalb bin ich abgehauen. Ich habe meine Großeltern aufgesucht – die Eltern meines Vaters – und eine Weile bei ihnen gewohnt. Mein Dad ist ein hoffnungsloser Fall, aber meine Großeltern haben den Kontakt nie abreißen lassen. Dann kam ich ans National Youth Theatre, wo ich einen ihrer Schauspielkurse gesponsert bekam, für den ich vorgesprochen hatte. Und dann habe ich mich hier für einen Job beworben.« Als sie die Haare zurückwarf wie ein Filmstar, musste ich lachen. »Und jetzt habe ich ein tolles Leben! Ich wohne mit Freunden zusammen und habe einen interessanten Job, der mir Spaß macht. Das Leben besteht nicht nur aus Schulbüchern und Noten.«

Die Erkenntnis, dass sie glücklich war, wärmte mein Herz.

Ich hatte damit gerechnet, eine Menge über Carys Last zu erfahren, wenn ich sie gefunden hatte, aber mit alldem nicht.

»Trotzdem …« Sie lehnte sich zurück. »Tut es mir leid, dass es Aled so schlecht geht.«

»Ich mache mir schon Sorgen um ihn, seit er mit *Universe City* aufgehört hat.«

Carys neigte den Kopf. Ihr weißblondes Haar schimmerte

im Schein der vielen LED-Lampen an der Bar. »Aufgehört mit … der Uni?«

Da fiel bei mir der Groschen.

Carys hatte keine Ahnung, worum es in *Universe City* ging.

»Du – du kennst die Geschichte von *Universe City* gar nicht.« Ich schlug die Hand vor die Stirn. »Oh mein Gott.«

Sie sah mich verblüfft an.

Und dann erzählte ich ihr alles, was in *Universe City* passiert war, inklusive February Friday.

Ihre eisige Miene schmolz bei meinem Bericht. Sie machte große Augen und schüttelte mehrmals den Kopf.

»Ich dachte, du wüsstest das«, sagte ich zum Schluss. »Ich meine … ihr seid doch Zwillinge.«

Sie schnaubte. »Wir haben keine übersinnliche Verbindung.«

»Das meine ich nicht, ich dachte, er hätte es dir erzählt.«

»Aled sagt *gar nichts*.« Sie hatte erneut die Stirn gerunzelt und war tief in ihre eigenen Gedanken versunken. »Er sagt einfach nie *irgendwas*.«

»Ich dachte, du hättest dich vielleicht deshalb February genannt –«

»February ist mein zweiter Vorname.«

Die Stille war ohrenbetäubend.

»Und dabei ging es nur um mich?«, fragte Carys schließlich.

»Na ja … im Grunde genommen ging es hauptsächlich um ihn. Aber du solltest zuhören. Er wollte dir etwas mitteilen.«

Sie seufzte. »Ich habe immer schon gedacht, wie ähnlich ihr euch seid.«

Ich drehte den Strohhalm in meinem Glas. »Wieso?«

»Weil ihr nie sagt, was ihr wirklich denkt.«

FAMILIE

Wir blieben noch eine Zeit lang und sprachen über unsere Leben. Carys war nur drei Monate älter als ich, aber sie war zehnmal reifer. Sie hatte Vorstellungsgespräche für verschiedene Jobs gehabt, sie bezahlte Rechnungen und Steuern und trank Rotwein. Ich konnte nicht einmal allein einen Arzttermin vereinbaren.

Als ich um halb zehn sagte, ich müsste allmählich nach Hause fahren, bezahlte sie unsere Drinks (ohne auf meinen Protest einzugehen) und dann gingen wir zur Waterloo Station zurück.

Es war mir noch nicht gelungen, sie um eine wie auch immer geartete Hilfe für Aled zu bitten, dabei war das hier die einzige Gelegenheit.

Nachdem wir uns in der Mitte des Bahnhofs zum Abschied umarmten, fragte ich sie.

»Besteht irgendeine Chance, dass du – du Kontakt zu Aled aufnimmst?«, flüsterte ich.

Das schien sie nicht zu überraschen. Sie setzte erneut ihre typische ausdruckslose Maske auf. »Das ist der Hauptgrund deines Besuchs, stimmt's?«

»Nun … ja.«

»Hm. Du magst ihn wirklich.«

»Er ist ... der beste Freund ... den ich je hatte.« Sofort erschien mir dieser Satz ganz schön armselig.

»Das ist süß«, sagte sie. »Aber – ich glaube nicht, dass ich noch mal mit ihm reden kann.«

Mich verließ der Mut. »Was – wieso?«

»Ich habe dieses –« Sie druckste herum. »Ich habe dieses Leben einfach hinter mir gelassen. Mich weiterentwickelt. Das geht mich alles nichts mehr an.«

»Aber ... er ist dein Bruder. Familie.«

»Familie bedeutet gar nichts«, erwiderte sie und ich begriff, wie sehr sie davon überzeugt war. »Man hat nicht die Pflicht, seine Familie zu lieben. Wir haben nicht darum gebeten, geboren zu werden.«

»Aber – Aled ist ein *Guter*, er ist – ich glaube, dass er Hilfe braucht, und mit mir redet er nicht –«

»Das geht mich nichts mehr an!«, sagte sie lauter. Es fiel niemandem auf – um uns herum herrschte reger Betrieb, eine Vielzahl von Stimmen hallte durch den Bahnhof. »Es gibt kein Zurück, Frances. Ich habe mich entschieden, zu gehen und nicht zurückzublicken. Aled wird die Uni schaffen, dafür war er schon immer bestimmt. Ehrlich, das kannst du mir glauben, ich bin schließlich mit ihm aufgewachsen. Wenn irgendwer an der Uni komplizierte Sachen studieren und einen tollen Abschluss machen könnte, dann er. Wahrscheinlich genießt er das Leben in vollen Zügen.«

Ich glaubte ihr nicht.

Er hatte mir gesagt, dass er nicht zur Uni wollte. Damals im Sommer. Er hatte es überall verkündet und niemand hatte ihm zugehört. Und jetzt war er dort. Als ich ihn im Dezember angerufen hatte, hatte er sich angehört, als wollte er sterben.

»Die Briefe an February richten sich an dich«, sagte ich. »Sie waren für dich. Er produzierte *Universe City* bereits, als du noch zu Hause gewohnt hast – in der Hoffnung, dass du es zufällig hörst und mit ihm redest.«

Carys schwieg.

»Ist es dir egal?«

»Natürlich nicht, aber –«

»Bitte«, sagte ich. »Bitte. Ich habe Angst.«

Sie schüttelte verhalten den Kopf. »Angst wovor?«

»Dass er verschwindet«, antwortete ich. »Genau wie du.«

Sie erstarrte und senkte dann den Blick.

Ich wünschte mir fast, sie hätte ein schlechtes Gewissen deswegen.

Sie sollte sich genauso fühlen wie ich seit zwei Jahren.

»Du willst mir Schuldgefühle einreden, Frances«, sagte sie grinsend. »Ich glaube, ich mochte dich lieber, als du noch ein Weichei warst.«

Ich zuckte mit den Schultern. »Diesmal sage ich nur die Wahrheit.«

»In der Wahrheit liegt die Kraft, sagt man das nicht so?«

»Hilfst du ihm?«

Sie holte tief Luft, kniff die Augen zu und steckte die Hände in die Taschen.

»Ja.«

DER »ZWISCHENFALL«

Wir gingen zu Carys' Wohnung, holten ein paar Sachen und fuhren nach St. Pancras, um mit dem Zug zu mir zurückzufahren. Da es zu spät war, um einen Zug in den Norden zu erwischen, wo Aleds Uni lag, beschlossen wir, bei mir zu schlafen und am nächsten Morgen dorthin zu fahren. Ich schrieb meiner Mutter und sie meinte, das ginge in Ordnung.

Im Zug redeten wir nicht viel. Es fühlte sich beinahe surreal an, wieder auf diese Weise mit Carys zusammen zu sein – sich an einem Tisch gegenüberzusitzen und im Dunkeln aus dem Fenster zu schauen. Alles Mögliche war anders als früher, doch wie sie sich auf ihre Hand stützte und wie ihr Blick flackerte, das war geblieben.

Im Dorf betrat sie unser Haus und zog sich die Schuhe aus. »Wow. Hier hat sich nichts verändert.«

Ich lachte. »Wir sind nicht die Besten im Do-it-yourself.«

Mum kam aus der Küche in den Flur. »Carys! Du meine Güte, was für eine tolle Frisur! Ich hatte auch mal so einen Pony, stand mir überhaupt nicht.«

Carys musste auch lachen. »Danke! Heutzutage sehe ich tatsächlich was.«

Sie redeten ein paar Minuten über belanglose Dinge, dann

gingen wir ins Bett – es war schon kurz vor Mitternacht. Draußen war es dunkel, doch die Straßenlaternen warfen inmitten des Dunkelblau ein schwaches orangefarbenes Licht ins Zimmer.

»Weißt du noch das eine Mal, als ich bei dir übernachtet habe?«, fragte Carys, nachdem ich im Badezimmer meinen Schlafanzug angezogen hatte.

»Ach ja«, sagte ich, als wäre es mir gerade erst wieder eingefallen. Dabei hatte ich es nie vergessen. Es war zwei Tage vor dem »Zwischenfall«. Wir hatten hier nach einer Party gepennt, nachdem Carys mich zu einer weiteren Hausparty geschleppt hatte, auf die ich eigentlich nicht hatte gehen wollen. »Du warst betrunken, haha.«

»Jep.«

Als sie ins Bad ging, um sich die Zähne zu putzen und den Schlafanzug anzuziehen, versuchte ich zu ignorieren, wie peinlich mir die ganze Situation war, zumal Carys mich immer wieder seltsam ansah.

Wir legten uns in mein Doppelbett, ich schaltete die Deckenlampe aus und die Lichterkette ein, und Carys drehte den Kopf zu mir. »Wie fühlt es sich an, wenn man intelligent ist?«

Ich lachte leise schnaubend, konnte sie jedoch nicht ansehen, und schaute stattdessen nach oben zu meiner Lichterkette. »Wieso hältst du mich für intelligent?«

»Noten, meine ich. Deine Noten sind gut. Wie ist das so?«

»Nicht … sehr besonders. Nützlich, könnte man sagen. Nützlich.«

»Ja, das kommt hin.« Sie drehte den Kopf wieder zurück und blickte ebenfalls zur Decke. »Das wäre wirklich ganz nützlich gewesen. Meine Mum hat alles versucht, um mich zu guten Noten zu zwingen. Hat nichts genützt, ich bin einfach nicht intelligent genug.«

»Aber du bist in wichtigeren Dingen intelligent.«

Sie sah mich wieder an und grinste. »Oh, das ist süß.«

Ich warf ihr einen Seitenblick zu und musste wider Willen lächeln. »Was? Es stimmt.«

»Du bist süß.«

»Ich bin nicht süß.«

»Doch.« Sie hob die Hand und strich über meine Haare. »Deine Haare sehen süß aus so.« Dann fuhr sie sanft mit einem Finger über meine Wange. »Ich hatte vergessen, dass du Sommersprossen hast. Süß.«

»Hör auf, ›süß‹ zu sagen«, prustete ich.

Doch sie streichelte weiter mit den Fingerspitzen meine Wange. Nach einer Weile drehte ich ihr den Kopf zu und begriff, dass der Abstand zwischen uns nur wenige Zentimeter betrug. Carys' Haut schimmerte im Schein der Lichterkette erst blau, ging langsam in pink über, dann grün und wieder blau.

»Es tut mir leid –« Meine Stimme überschlug sich, bevor ich den Satz beenden konnte. »Entschuldige, dass ich keine bessere Freundin war.«

»Du willst dich dafür entschuldigen, dass du mich geküsst hast«, sagte sie.

»Ja«, flüsterte ich.

»Hm.« Als sie die Hand wegnahm, begriff ich, was sie vorhatte. Da mir nicht rechtzeitig etwas einfiel, konnte ich nicht verhindern, dass sie sich vorbeugte und mich küsste.

Ich ließ es ein paar Minuten geschehen. Es war okay. Irgendwann merkte ich jedoch, dass ich nicht mehr auf sie stand und dass ich das alles überhaupt nicht wollte.

Gleichzeitig drehte sie sich ganz zu mir herum, sodass sie sich neben meinem Kopf auf den Ellbogen stützte und beinahe über mich beugte. Sie drückte ihr Bein an meins und küsste mich bedächtig, als wollte sie ausgleichen, dass sie mich vor zwei Jahren angeschrien hatte. Es kam mir so vor, als hätte sie in der Zwischenzeit ziemlich viele geküsst.

Nachdem ich verarbeitet hatte, was gerade passierte, löste ich mich von ihr, indem ich den Kopf wegdrehte.

»Ich will … das nicht«, sagte ich.

Einen Augenblick lang verharrte sie reglos, rückte dann von mir ab und legte sich wieder hin.

»Okay«, sagte sie. »Kein Problem.«

Pause.

»Du bist nicht heimlich in mich verknallt, oder?«, fragte ich.

Sie lächelte in sich hinein.

»Nein«, sagte sie. »Ich wollte mich nur entschuldigen. Das war ein Wiedergutmachungskuss.«

»Wofür willst du dich entschuldigen?«

»Dafür, dass ich dich volle zehn Minuten angeschrien habe, weil du mich geküsst hast.«

Wir mussten beide lachen.

Ich war erleichtert.

Vor allem war ich erleichtert, weil ich eindeutig nicht mehr in Carys verliebt war.

»Hat Aled eine Freundin?«, fragte sie.

»Oh … das weißt du auch nicht …«

»Was?«

»Aled, äh … erinnerst du dich an seinen Freund Daniel?«

»Sie sind *zusammen*?« Carys kicherte. »Das ist toll. Das ist echt toll. Hoffentlich macht das Mum so richtig fertig.«

Ich lachte, weil ich nicht wusste, was ich sagen sollte.

Carys legte die Hände unter ihre Wange.

»Können wir uns eine Folge *Universe City* anhören?«, fragte sie.

»Du willst eine Folge hören?«

»Ja. Ich bin neugierig.«

Ich drehte mich wieder zu ihr um und kramte mein Handy unter dem Kopfkissen hervor. Dann lud ich die erste Folge hoch – warum nicht am Anfang beginnen? – und drückte auf Play.

Als Aleds Stimme erklang, legte Carys sich auf den Rücken, wo sie seiner Stimme lauschte und die Decke anstarrte. Sie gab keine Kommentare ab und reagierte, wenn überhaupt, eher minimal. Allerdings lächelte sie an einigen lustigen Stellen. Nach wenigen Minuten blendete ich mich ebenfalls aus, weil ich vielleicht einschlafen würde, und dann war da nur noch Aleds Stimme, die aus der Luft über unseren Köpfen zu uns sprach, als wäre er mit uns in diesem Zimmer. Als die Folge zu Ende war und die letzten Töne von *Nothing Left for Us* verklangen, fühlte sich mein Zimmer quälend leer und ruhig an. Still.

Ich warf einen flüchtigen Blick auf Carys, die zu meiner Überraschung immer noch so dalag wie zuvor und blinzelte, als wäre sie tief in Gedanken versunken. Dann lief ihr eine Träne über die Wange.

»Das war traurig«, murmelte sie. »Das war wirklich traurig.«

Ich schwieg.

»Das hat er die ganze Zeit gemacht. Sogar bevor ich abgehauen bin ... hat er gerufen.«

Sie schloss die Augen.

»Ich wünschte, ich könnte so subtil und schön sein. Alles, was ich kann, ist schreien …«

Ich wandte mich ihr wieder zu. »Warum wolltest du ihm nicht helfen?«

»Ich habe Angst«, flüsterte sie.

»Wovor?«

»Dass ich ihn nicht wieder verlassen kann, sobald ich ihn gesehen habe.«

Danach schlief sie beinahe sofort ein und ich beschloss, Aled eine Nachricht zu schicken. Vermutlich würde er nicht zurückschreiben oder es gar nicht bemerken. Davon ließ ich mich nicht abhalten.

Frances Janvier
Hey, Aled, ich hoffe, bei dir ist alles ok. Ich wollte dir nur sagen, dass ich Carys gefunden habe und wir dich morgen an der Uni besuchen. Wir machen uns echt Sorgen um dich und lieben dich und vermissen dich xxx

UNIVERSE CITY: Folge 1 – dunkelblau
UniverseCity

In Not. Hänge in Universe City fest. Schickt Hilfe.

Scrollt nach unten zur Abschrift>>>

[...]
Ich bin nicht in dich verliebt, aber dir, mein Freund, will ich alles verraten. Vor langer Zeit hatte ich die schreckliche Veranlagung, nie auch nur ein Wort zu sagen, und ich verstehe wirklich nicht mehr, wie oder warum das passieren konnte. C'est la vie.

Aber du hast etwas an dir, das in mir den Wunsch weckt, ich könnte sprechen wie du – ich habe dich aus der Ferne beobachtet und du bist der beste Mensch, den ich in meinem ganzen Leben getroffen habe. Du kannst die Leute dazu bringen, dir fraglos zuzuhören, selbst wenn du diese Fähigkeit nicht oft einsetzt. Beinahe möchte ich lieber du sein. Ergibt das irgendeinen Sinn? Wohl nicht. Ich laber nur rum, sorry.

Egal. Ich hoffe, dass du mir aufmerksam zuhörst, wenn wir uns eines Tages wiedersehen. Ich habe sonst niemanden, dem ich diese Dinge erzählen kann. Vielleicht hörst du auch jetzt nicht zu. Musst du, wie gesagt, auch nicht, wenn du nicht willst. Wie sollte ausgerechnet ich dich zu irgendetwas zwingen? Ich bin nicht, ich bin nichts. Aber du – oh, du – also, ich würde dir stundenlang zuhören.
[...]

5

FRÜHLINGSTRIMESTER

b)

DIE KUNST SPIEGELT
DAS LEBEN WIDER

»Übrigens bin ich pleite«, sagte Raine durch das offene Fenster ihres winzigen Ford Ka. »Ich hoffe, ihr habt ein bisschen Geld dabei.«

Ich hatte Raine am nächsten Morgen angerufen und innerlich gefleht, dass sie sich an dem »Aled-Befreiungsplan« beteiligen würde. Selbstverständlich war sie zu allem bereit.

»Ich zahle das Benzin«, sagte Carys, als sie hinten einstieg.

Raine sah sie bewundernd an.

»Ich bin Carys«, sagte Carys.

»Ja«, sagte Raine. »Wow.« Sie merkte, dass sie glotzte, und räusperte sich. »Ich bin Raine. Du siehst Aled nicht besonders ähnlich.«

»Wir sind Zwillinge, aber nicht ein und dieselbe Person.«

Ich schob den Beifahrersitz wieder in Position und setzte mich. »Und du willst uns wirklich so weit nach Norden bringen?«

Raine zuckte lässig mit den Schultern. »Allemal besser als Schule.«

Carys kicherte. »Stimmt.«

In dem Moment, als Raine den Motor anließ, schoss mir etwas durch den Kopf. »Meint ihr, wir sollten Daniel fragen, ob er mitkommen will?«

Raine und Carys schauten mich nur an.

»Ich glaube, wenn er das alles wüsste, würde er … würde er mitfahren wollen.«

»Du bist wirklich der aufmerksamste Mensch überhaupt«, sagte Raine.

Carys zuckte mit den Schultern. »Je mehr, desto besser.«

Ich rief Daniel an und erzählte ihm alles.

»Passt?«, fragte Raine.

»Jep. Aber wir müssen ihn abholen.«

Carys blickte starr aus dem Fenster.

Raine beobachtete sie im Rückspiegel. »Alles klar bei dir dahinten? Wo guckst du hin?«

»Alles okay, lasst uns fahren.«

Als wir bei Daniel vorfuhren, saß er auf der kleinen Backsteinmauer vor seinem Haus. Er trug einen weinroten Pullover zu seinem Schulanzug und sah aus, als stünde er kurz vor einer Panikattacke.

Ich stieg aus, damit er sich hinten neben Carys setzen konnte. Sie tauschten einen langen Blick.

»Heilige Scheiße«, sagte er. »Du bist wieder da.«

»Ich bin wieder da«, erwiderte sie. »Und ich freue mich auch, dich zu sehen.«

Die Fahrt dauerte sechs Stunden. Anfangs war die Stimmung ganz schön angespannt – Raine schien sich vor Carys so in Acht zu nehmen, wie ich es früher getan hatte, einfach weil Carys so einschüchternd wirkte. Daniel schob sein Handy von einer Hand in die andere und bat mich wiederholt, genau zu erzählen, was Aled an Weihnachten erlebt hatte.

Nach zwei Stunden hielten wir an einer Tankstelle, damit Raine Kaffee tanken und wir alle zur Toilette gehen konnten.

Auf dem Rückweg zum Auto fragte Raine Carys auf dem windigen Parkplatz: »Wohin bist du denn nun eigentlich verschwunden?«

»Nach London«, antwortete Carys. »Ich arbeite für das National Theatre. Ich leite Workshops und so. Ziemlich gut bezahlt.«

»Hey, ich kenne das National! Vor ein paar Jahren habe ich dort *War Horse* gesehen.« Raine sah Carys forschend an. »Brauchtest du dafür keine Ausbildung?«

»Nein«, sagte Carys. »Sie haben nicht mal gefragt.«

Daniel runzelte die Stirn und Raine schwieg, doch sie grinste breit. Als Carys einstieg, flüsterte Raine mir ins Ohr: »Ich mag sie.«

Danach wurde es insgesamt lockerer. Raine reichte mir ihren iPod und ich lege Madeon auf, doch Daniel beschwerte sich über die Lautstärke. Ich gab auf und ließ Radio 1 laufen. Carys starrte durch ihre Sonnenbrille aus dem Fenster, als wäre sie Audrey Hepburn.

Ich war extrem nervös. Aled hatte nicht zurückgeschrieben. Vermutlich war er einfach in seinem Zimmer an der Uni oder in einer Vorlesung oder Ähnlichem, doch ich musste immer wieder daran denken, ob er nicht vielleicht etwas … Schwerwiegenderes tat.

Solche Dinge passierten, oder etwa nicht?

Und Aled hatte niemanden mehr.

»Geht's, Frances?«, fragte Daniel. Mittlerweile saßen wir beide hinten. Anscheinend interessierte es ihn wirklich, denn er sah mich mit seinen dunklen Augen forschend an.

»Er … er hat einfach niemanden. Aled hat niemanden mehr.«

»Ach, das ist Quatsch.« Daniel lehnte sich mit spöttischer Miene zurück. »In diesem Auto sitzen vier Leute, nur für ihn. Seinetwegen habe ich Chemie geschwänzt.«

Die Autobahn hatte etwas Beruhigendes, das hatte ich immer schon so empfunden. Ich steckte meine Kopfhörer in die Ohren, hörte eine Folge *Universe City* und betrachtete den Schleier aus Grau und Grün in der Landschaft. Neben mir lehnte Daniel den Kopf an die Fensterscheibe und umklammerte mit beiden Händen sein Handy. Carys trank aus einer Wasserflasche, während Raine die Lippen zu einem Radiosong bewegte, doch wegen der Kopfhörer konnte ich nicht erkennen, welcher es sein könnte. In meinen Ohren sagte Aled beziehungsweise Radio: »Ich wünschte, ich hätte so viele Geschichten zu erzählen wie sie«, und obwohl wir alle wegen der gleichen Sache Panik schoben, fühlte es sich in diesem Augenblick friedlich an. So entspannt hatte ich mich schon ewig nicht mehr gefühlt. Als ich die Augen schloss, vermischten sich das Brummen des Autos, das Rauschen des Radios und Aleds Stimme zu einem herrlichen Sound.

Eine halbe Stunde vor dem Ziel sagte ich: »Es fühlt sich an wie in *Universe City*.«

Raine lachte. »In welcher Hinsicht?«

»Radio steckt in *Universe City* fest. Und endlich hat jemand zugehört. Rettung ist unterwegs.«

»Die Kunst spiegelt das Leben wider«, sagte Carys. »Beziehungsweise ... vielleicht ist es auch umgekehrt.«

EIN COMPUTER MIT EINEM TRAURIGEN GESICHT

Entgegen unseren Erwartungen kamen wir schneller als gedacht in Aleds Universitätsstadt an.

Sie glich in vielerlei Hinsicht unserer Heimatstadt, mit schlanken Häusern und Straßen aus Kopfsteinpflaster wie in einem Roman von Dickens, einem kleinen Marktplatz mit einer Ansammlung von High-Street-Geschäften und einem Fluss, der sich durch das Ensemble schlängelte. Mittlerweile war es nach neun und es war eine Menge los, überall Studierende auf den Straßen und in den Pubs.

Wir brauchten zwanzig Minuten, um das St. John's College zu finden. Raine parkte verbotenerweise direkt davor auf einer gelben Doppellinie. Das College wirkte winzig wie ein Reihenhaus und ich begriff nicht ganz, wie ein derart kleines Haus ein Universitätscollege beherbergen sollte. Doch sobald wir es betreten hatten, stellten wir fest, dass es sich über zahlreiche angrenzende Gebäude erstreckte.

Unbeholfen standen wir im Eingang herum. Auf der rechten Seite lag ein breites Treppenhaus und vor uns führten zwei Flure weiter hinein.

»Und jetzt?«, fragte ich.

»Weiß Aled eigentlich, dass wir kommen?«, fragte Daniel.

»Ja, das habe ich ihm geschrieben.«

»Hat er geantwortet?«

»Nein.«

Daniel sah mich an. »Das heißt, wir sind einfach hier aufgekreuzt.«

Keiner sagte etwas.

»Ehrlich gesagt, waren wir ein bisschen im Panikmodus, Mann«, erwiderte Raine schließlich. »Es hörte sich an, als würde Aled sich umbringen oder so was.«

Sie sprach aus, was bisher keiner gewagt hatte. Wir verfielen erneut in Schweigen.

»Weiß denn jemand, wo sein Zimmer liegt?«, fragte Carys.

»Wir können uns am Empfang erkundigen«, schlug ich vor.

»Ich mache das«, sagte Carys, ohne zu zögern, und ging auf den älteren Mann zu, der am Empfang saß. Nachdem sie kurz mit ihm geredet hatte, kam sie zurück. »Er darf es uns anscheinend nicht sagen.«

Daniel stöhnte.

»Sollen wir ein paar Studierende fragen?«, meinte Raine. »Ob sie ihn kennen?«

Carys nickte zustimmend.

»Und wenn niemand Aled *kennt*?«, gab ich zu bedenken.

Raine wollte gerade etwas erwidern, als eine unbekannte Stimme von der Treppe her fragte: »Sorry – habt ihr eben ›Aled‹ gesagt?«

Wir drehten uns alle zu einem Typen um, der ein Poloshirt mit dem Logo des Universitätsrudervereins trug.

»Ja?«, antwortete ich.

»Seid ihr Freunde von zu Hause?«

»Ja, ich bin seine Schwester«, sagte Carys und klang zehn Jahre älter, als sie war.

»Oh, Gott sei Dank«, sagte der Student.

»Wieso Gott sei Dank?«, zischte Daniel.

»Äh … weil er sich in letzter Zeit ziemlich seltsam benommen hat. Ich wohne gegenüber und er … na ja, erstens verlässt er kaum noch sein Zimmer, zweitens kommt er nicht mal mehr zu den Mahlzeiten. Solche Sachen.«

»Wo ist denn sein Zimmer?«, fragte Carys.

Der Student beschrieb uns den Weg dorthin.

»Ich bin so erleichtert, dass er zu Hause Freunde hat«, sagte der Student, bevor er ging. »Ich meine, er macht so einen *isolierten* Eindruck.«

Wir beschlossen, dass ich allein zu Aled gehen sollte.

Irgendwie war ich froh darüber.

Es kam mir wie eine Ewigkeit vor, während ich durch die mit blauem Teppichboden ausgelegten Gänge mit beigefarbenen Wänden lief, von denen die Farbe abblätterte, und vorbei an glänzenden Türen. Endlich hatte ich sein Zimmer gefunden.

Ich klopfte.

»Hallo?«

Keine Antwort, ich klopfte noch einmal.

Nichts.

Dann versuchte ich es mit der Klinke. Da die Tür nicht abgeschlossen war, ging ich hinein in den dunklen Raum mit den zugezogenen Vorhängen. Ich schaltete das Licht an.

Das konnte man nur als Bruchbude bezeichnen.

Das Zimmer bestand aus einem typischen winzig kleinen Uniraum, kleiner als mein Zimmer zu Hause. Es bot Platz für ein Einzelbett, zwei Quadratmeter Fußboden, einen schäbigen Kleiderschrank und einen ebenso schäbigen Schreibtisch. Die Vorhänge waren derart zerschlissen, dass die Straßenlaternen hindurchschimmerten.

Mehr Sorge bereitete mir der Zustand des Zimmers. Das war kein normales Durcheinander, zumal Aled nie unordentlich gewesen war. Auf seinem Schreibtischstuhl häuften sich Klamotten und weitere lagen auf dem Boden – von dem Teppichboden war kaum noch etwas zu sehen. Der Kleiderschrank war so gut wie leer, das Bett war nicht gemacht und die Bettwäsche sah aus, als wäre sie seit Monaten nicht gewechselt worden. Auf dem Nachttisch standen mindestens zwölf leere Wasserflaschen neben einem Laptop, dessen On-Lämpchen sanft blinkte. Nur die Wände waren sauber. Er hatte keine Poster oder Fotos aufgehängt und den dumpfen pfefferminzgrünen Betonstein so gelassen, wie er ihn vorgefunden hatte. Es war eiskalt, er hatte das Fenster aufgelassen.

Auf dem Schreibtisch lag eine wilde Mischung aus Zetteln, Tickets, Flyern, Essensbehältern und Limodosen. Ich nahm ein Blatt vom Schreibtisch. Bis auf wenige Zeilen war es leer.

Lyrik 14/1 – George Herbert: Vorlesung Form und Stimme
1630er
Paratext – Gerard genette. Die Textform, die ein Gedicht annimmt – wie es auf der Seite aussieht
Dialog – trochäisch
John wesleys Christus 1744 1844?????

Der Rest des Blattes war mit Schlangenlinien vollgekritzelt.

Etwas ziellos durchsuchte ich die Papiere auf seinem Schreibtisch und fand zahlreiche Notizen von Vorlesungen, die nur aus ein oder zwei Stichpunkten bestanden. Außerdem lagen dort mehrere Briefe von der Finanzierungshilfe für Studierende, die ihn mahnten, einen Folgeantrag zu stellen, wenn er im nächsten Trimester Fördergelder bekommen wollte.

Schließlich fand ich den ersten handschriftlichen Brief.

Ernsthaft wie kannst du es wagen eine Show abzuschaffen die so vielen Menschen so viel bedeutet? Du glaubst du hast alles unter Kontrolle, aber die Show hat sich derart entwickelt – du wärst nicht mal in dieser Position, wenn wir nicht gewesen wären. Bring Universe City zurück oder du wirst es bereuen.

Und noch einen.

FUCK YOU ALED LAST! DU HAST DAS GLÜCK VON SO VIELEN LEUTEN AUF DER GANZEN WELT ZERSTÖRT. HOFFENTLICH FREUST DU DICH

Und einen dritten.

Lol wieso lebst du weiter wenn du Universe City nicht mehr machst? Du hast Tausenden das Herz rausgerissen. BRING DICH GEFÄLLIGST UM

Und einen vierten, fünften.

Insgesamt fand ich neunzehn Stück auf seinem Schreibtisch verstreut.

Ich war verwirrt und erschrocken und dann fiel mir das Foto wieder ein, auf dem Aled vor mehreren Monaten gezeigt wurde, wie er sein College betrat. Diese Leute mussten nur einen Brief schreiben, seinen Namen auf den Umschlag setzen und ihn an sein College schicken. Das Ergebnis war, dass Aled mit Hassmails bombardiert wurde.

Zu guter Letzt entdeckte ich einen Brief mit dem YouTube-Logo im Briefkopf, auf dem noch weitere Logos verzeichnet waren, die ich alle nicht kannte. Rasch überflog ich den Text.

Sehr geehrter Mr Last,

da Sie auf unsere E-Mails nicht reagiert haben, hoffen wir, dass wir Ihnen nicht zu nahe treten, wenn wir Ihnen einen Brief mit der Post schicken. Wir von Live!Video möchten Sie einladen, im Sommer an unserer Veranstaltung Live! Video London teilzunehmen. Da Ihr You-Tube-Kanal Universe City im letzten Jahr hochgradig an Beliebtheit gewonnen hat, würden wir Ihnen gern vorschlagen, eine Liveversion der Show auf die Bühne zu bringen. Wir haben noch nie eine Liveversion eines erzählenden Kanals wie dem Ihren aufgeführt und würden uns sehr geehrt fühlen, mit Ihrer Show zu starten.

Mehrere Folgeschreiben bestätigten, dass Aled nicht geantwortet hatte, und das machte mich mit einem Mal sehr traurig.

Unter dem Papierhaufen fand ich sein Handy. Da es ausgeschaltet war, schaltete ich es ein – ich kannte den Code. Sofort erhielt er acht neue Nachrichten. Die meisten waren von mir, die älteste von Anfang Januar.

Seit Januar hatte er sein Handy nicht mehr eingeschaltet.

»Scheiße, was soll das?«, sagte eine Stimme in meinem Rücken.

Als ich mich umdrehte, stand Aled an der Tür.

Er trug ein T-Shirt, auf dem ein Computer mit einem traurigen Gesicht abgebildet war, und eine hellblaue Ripped Jeans. Seine Haare fielen mittlerweile über seine Schulter hinweg auf den Rücken und waren grüngrau wie bei jemandem, der sie mehrfach in verschiedenen Farben gefärbt hatte und sie jetzt rauswachsen ließ. In einer Hand hielt er eine Zahnbürste und eine Zahnpastatube.

Am auffälligsten war jedoch, dass er extrem abgenommen hatte, seit ich ihn zuletzt an Weihnachten gesehen hatte. In der Zeit, in der wir uns öfter getroffen hatten, war Aled nicht gerade dünn gewesen und jetzt hatte sein Gesicht jede Rundung verloren, waren seine Augen hohl und sein T-Shirt hing an ihm wie ein Zelt.

Vor Schock hatte er den Mund aufgerissen. Er wollte noch etwas sagen. Und dann rannte er weg.

HÖR ZU

Ich stürmte hinter ihm her, verlor ihn jedoch rasch aus den Augen und stand plötzlich draußen im Dunkeln. Ich war mir ziemlich sicher, dass er aus dem Gebäude gelaufen war, aber ich hatte keine Ahnung, in welche Richtung. Bei dem Wetter würde er sich in Jeans und T-Shirt schnell den Arsch abfrieren. Ich kramte nach meinem Handy, scrollte in den Kontakten und rief ihn an, doch er ging natürlich nicht dran. Dann fiel mir erst wieder ein, dass sein Handy in seinem Zimmer lag und ohnehin seit Wochen ausgeschaltet gewesen war.

Ich wusste nicht, was ich tun sollte. Würde er wieder auftauchen, wenn ich drinnen auf ihn wartete? Oder würde er etwas Gefährliches tun?

Fest stand, dass er nicht rational denken konnte.

Ich drehte mich um und betrachtete die Tür zum College.

Reingehen kam nicht infrage.

Ich rannte die Straße hinunter ins Stadtzentrum.

Dort entdeckte ich ihn beinahe sofort. In seinem weißen T-Shirt stach er aus der Gruppe Studierender in ihren warmen Jacken und Pullovern hervor, die sich lachend unterhielten und aussahen, als hätten sie den Spaß ihres Lebens. Hatten sie vermutlich auch.

Ich rief Aleds Namen und als er sich umdrehte und mich sah, rannte er erneut davon.

Wieso lief er weg?

Wollte er mir *so dringend* aus dem Weg gehen?

Ich folgte ihm ein paar Stufen hinunter auf eine Straße, um eine Ecke und auf eine Brücke. Er bog erneut rechts ab und verschwand auf einer anderen Treppe. Während ich ihn verfolgte, kapierte ich plötzlich, wohin er wollte.

Er verschwand durch die Tür eines Nachtclubs.

Musik dröhnte nach draußen. Es gab keine Schlange, doch ich konnte sehen, dass es drinnen voll war.

»Alles okay, Mädchen?«, fragte der Türsteher mit einem starken Geordie-Akzent. »Kannst du dich irgendwie ausweisen?«

»Äh …« Konnte ich nicht. Schließlich hatte ich keinen Führerschein und trug nicht immer meinen Ausweis mit mir herum. »Nein, ich wollte nur …«

»Ohne Ausweis kann ich dich nicht reinlassen, Süße.«

Ich verzog das Gesicht. Es war keine gute Idee, mich mit einem kahlköpfigen Riesen aus Newcastle anzulegen, doch mir blieb nichts anderes übrig.

»Bitte, mein Freund ist gerade hier reingerannt, er ist total aufgewühlt und ich muss dringend mit ihm reden. Sobald ich ihn gefunden habe, gehe ich wieder, *versprochen* …«

Der Türsteher sah mich mitfühlend an, schaute auf die Uhr und seufzte.

»Geh schon, Mädchen, ist ja erst zehn.«

Ich bedankte mich atemlos und rannte in den Club.

Dort war es schlimmer als im Johnny R. Der Fußboden war schmutzig und klebte, die Wassertropfen rannen von den Wänden und in der Dunkelheit konnte man kaum etwas sehen. Die dröhnende Popmusik übertönte alles. Ich drängte mich durch die Masse der Studierenden, die auf und ab hüpften – seltsamerweise trugen die meisten Jeans und T-Shirts, ganz anders als die aufgemotzten Oberstufenschüler zu Hause im Johnny R. Ich suchte und suchte und beachtete die missbilligenden Blicke nicht, die mir die Tanzenden zuwarfen, als ich mich an ihnen vorbeidrängelte, eine Etage höher ging und dort dasselbe tat – und dann …

Da. Weißes T-Shirt, er lehnte an einer Wand. Im Discolicht wirkte sein Haar grasgrün.

Ehe er mich kommen sah, packte ich ihn an den Oberarmen. Er zuckte so heftig zusammen, dass ich spürte, wie sich seine Knochen bewegten.

»ALED!«, schrie ich, obwohl es wenig Sinn machte. Ich hörte mich nicht einmal selbst.

Die Musik war so laut, dass alles vibrierte: der Boden, meine Haut, mein Blut.

Er sah mich an, als hätte er noch nie ein menschliches Wesen gesehen. Dunkle violette Schatten lagen unter seinen Augen. Er hatte sich seit Tagen nicht die Haare gewaschen. Seine Haut leuchtete blau, rot, pink, orange …

»Was machst du denn?«, schrie ich, doch wir hörten es beide nicht. »Die Musik ist zu laut!«

Als er den Mund öffnete und etwas sagte, verstand ich auch das nicht und konnte es ihm leider auch nicht von den Lippen ablesen, obwohl ich mir noch nie so viel Mühe gegeben hatte, jemanden zu verstehen. Dann biss er sich auf die Lippe und blieb reglos stehen.

»Du hast mir so sehr gefehlt«, sagte ich, das einzig Wahre, das mir einfiel, und ich glaube, er hat es mir an den Lippen abgelesen, denn die Tränen schossen ihm in die Augen und er formte die Worte »du mir auch«. In der ganzen Zeit mit ihm hatte ich mich noch nie so sehr danach gesehnt, seine Stimme zu hören, wie jetzt.

Da mir nichts Besseres einfiel, schlang ich die Arme um seinen Bauch, legte meinen Kopf an seine Schulter und hielt ihn gut fest.

Zunächst rührte er sich nicht, doch dann hob er die Arme, ganz langsam, und legte sie um meine Schultern. Er neigte den Kopf an meinen und ungefähr eine Minute später spürte ich, wie er schluchzte. Und kurz darauf begriff ich, dass ich ebenfalls weinte.

Es fühlte sich so real an. Überhaupt nicht so, als würde ich versuchen, eine Person zu sein, die ich nicht war, als würde ich Theater spielen.

Ich hatte ihn lieb. Und er hatte mich auch lieb.

Das war alles.

NIEMAND

Wir gingen zum Marktplatz. Es gab keinen Anlass, auf dem Weg dorthin zu reden, doch wir hielten uns an den Händen, weil es richtig erschien.

Als wir uns auf eine Steinbank setzten, merkte ich erst Minuten später, dass Aled auf dem Foto, das der Stalker vor einigen Monaten auf Tumblr gepostet hatte, genau hier gesessen hatte.

Wenn ich schlecht drauf bin, kann ich es nicht ausstehen, wenn andere mich total bemitleiden. Und da ich wusste, dass Aled nicht einfach nur schlecht drauf war, ging ich die Sache anders an.

»Du hast dich wohl echt scheiße gefühlt, was?«, fragte ich. Wir hielten uns immer noch an den Händen.

Aleds Augenfältchen kräuselten sich ein wenig – die Andeutung eines Lächelns. Er nickte, sagte jedoch nichts.

»Was hat es denn ausgelöst? Wenn es eine bestimmte Person war, kann ich sie hundertprozentig zusammenschlagen.«

Jetzt lächelte er richtig. »Du kannst nicht mal eine Fliege zusammenschlagen.«

Der Klang seiner Stimme in der Luft – in der realen Welt – rührte mich beinahe erneut zu Tränen.

Ich dachte darüber nach. »Ich fürchte, das stimmt. Sie sind zu schnell. In den meisten Lebensbereichen bin ich sehr langsam.«

Er lachte. Es war magisch.

»Und wo drückt nun der Schuh?«, fragte ich, wie ein Arzt es tun würde.

Aled tippte mit den Fingern auf meine Hand. »Einfach ... überall.«

Ich wartete.

»Ich finde die Uni furchtbar«, sagte er.

»Ja?«

»Ja.« Ihm kamen erneut die Tränen. »Ich hasse die Uni. Alles daran. Es macht mich verrückt.« Als eine Träne über seine Wange lief, drückte ich seine Hand.

»Wieso hörst du dann nicht auf?«, flüsterte ich.

»Nach Hause kann ich nicht. Da ist es auch ganz schrecklich. Also ... kann ich nirgends hin.« Seine Stimme war rau. »Ich kann nirgends hin. Keiner da, der mir helfen könnte.«

»Ich bin hier«, sagte ich. »Und ich kann dir helfen.«

Er lachte noch einmal, doch nur ganz kurz.

»Wieso hast du aufgehört, mit mir zu reden?«, fragte ich, weil ich es immer noch nicht verstand. »Und mit Daniel?«

»Ich –« Seine Stimme brach. »Ich – ich hatte Angst.«

»Angst wovor?«

»Ich – ich laufe einfach vor allen Schwierigkeiten in meinem Leben davon«, sagte er und lachte verzweifelt auf. »Wenn es Probleme gibt, wenn ich mit jemandem darüber reden müsste, gehe ich der Sache aus dem Weg und beachte sie nicht weiter, als würde sie dadurch verschwinden.«

»Was ... also ... mit uns, du –«

»Ich konnte die Vorstellung einfach nicht ertragen ... dass

ihr ... keine Ahnung ... nichts mehr mit mir zu tun haben wollt. Deshalb hielt ich es für besser, euch zu ignorieren.«

»Aber – aber warum sollten wir so etwas tun?«

Mit seiner freien Hand wischte er sich die Augen. »Na ja, Dan und ich ... wir haben uns schon oft gestritten. Vor allem, weil er mir nicht glaubt, wenn ich sage, dass ich ihn mag. Er glaubt ernsthaft, ich würde ihn anlügen oder so was Bescheuertes, oder ich würde nur so tun, als würde ich ihn attraktiv finden, weil er mir leidtut und wir schon so lange befreundet sind.« Er sah mich an und bemerkte meine Reaktion. »Oh, das glaubst du doch nicht etwa auch, oder?«

»Daniel klang ziemlich überzeugt davon ...«

Aled stöhnte. »Das ist so dumm. Nur weil ich – weil ich nicht ständig über meine Gefühle rede ...«

»Wie soll es zur Problemlösung beitragen, wenn du ihm keine Beachtung mehr schenkst?«

Er schüttelte den Kopf. »Tut es nicht. Das weiß ich selbst. Ich hatte Schiss, darüber zu reden. Mich der Möglichkeit zu stellen, dass er ... er hätte ja unsere Beziehung beenden können, weil es den Anschein hat, ich würde nicht dazu stehen. Das mache ich schon seit dem Sommer so, weil ich ... weil ich ein verdammter Idiot bin. Und jetzt haben wir uns entfremdet und ... ich weiß nicht, ob es je wieder so wird wie vorher ...«

Ich drückte seine Hand.

»Und was ist mit mir?«, fragte ich.

»Ich habe es versucht«, erwiderte er sofort und sah mir in die Augen. »Ich habe es versucht. Ich habe so viele Antworten auf deine Nachrichten geschrieben, aber ich ... ich konnte sie einfach nicht abschicken. Ich dachte, dann würdest du mich hassen. Und je mehr Zeit verging, umso schlimmer wurde es und ich war mir immer sicherer, dass du mich nicht mehr leiden kannst und alles, was ich je zu dir sagen könnte, würde dich noch weiter von mir forttreiben und du würdest mich für immer vergessen.« Erneut standen ihm die Tränen in den Augen. »Ich dachte, es wäre besser, wenn ich überhaupt nicht reagiere. Immerhin ... bestünde dann weiterhin die Möglichkeit, dass es in meinem Leben etwas Gutes gab ... jetzt, da es *Universe City* ... nicht mehr gibt ...«

»Ich hasse dich nicht«, sagte ich. »Eher im Gegenteil.«

Er schniefte.

»Es tut mir schrecklich leid«, sagte er. »Ich weiß, dass ich mich idiotisch benommen habe. Alles wäre gut, wenn ich ... das schon viel früher gesagt hätte ...«

Das war natürlich richtig.

»Geht schon«, sagte ich. »Ich verstehe dich.«

Manchmal kann man nicht sagen, was man denkt. Manchmal ist das zu hart.

»Wieso hast du *Universe City* aufgegeben?«, fragte ich.

»Meine Mum hat mich jedes Mal angerufen, wenn ich eine neue Folge gesendet habe. Sie befahl mir, damit aufzuhören, sonst – sonst würde sie mir kein Geld mehr geben oder bei der Uni anrufen, solche Sachen. Anfangs habe ich nicht auf sie gehört, aber sie hat es so weit getrieben, bis mir vor jeder neuen Folge graute. Mir fiel nichts mehr ein und ich hatte keine Kraft, weiterzumachen.« Er verzog das Gesicht und weinte. »Ich *wusste*, dass sie es mir kaputtmachen würde. Ich wusste, dass sie mir auch noch das Letzte wegnehmen und *es zerstören* würde.«

Ich ließ seine Hand los und nahm ihn wieder in den Arm. Wir verfielen in Schweigen und obwohl nichts geregelt war, war ich ungeheuer erleichtert, weil er endlich einmal über seine Gefühle sprach.

»Wir wollen alle nur, dass es dir wieder besser geht«, sagte ich und ließ die Arme wieder sinken. »Wir alle.«

»Ihr alle – du und Daniel?«

Ich schüttelte den Kopf. »Carys ist hier.«

Aled erstarrte.

»Carys?«, wisperte er, als hätte er ihren Namen seit Jahren nicht ausgesprochen.

»Ja.« Beinahe hätte ich ebenfalls geflüstert. »Sie ist hier, um dich zu treffen. Sie ist mitgekommen, um dich zu sehen.«

Nun fing Aled an zu weinen, als hätte ich den Wasserhahn aufgedreht. Die Tränen liefen ihm in Strömen über die Wangen.

Das brachte mich zum Lachen, was vermutlich ziemlich unsensibel war, doch ich war plötzlich auf eine verdrehte Weise glücklich. Ich schlang erneut die Arme um Aled, weil mir vollkommen die Worte fehlten, und dann merkte ich, dass er irgendwie auch lachte, unter Tränen.

SO HOFFTEN WIR

Carys, Daniel und Raine saßen immer noch im Eingangsbereich, als wir ins College zurückkehrten. Sobald wir zur Tür hereinkamen und Aled Carys sah, blieb er wie angewurzelt stehen und schaute sie unverwandt an.

Carys stand auf und betrachtete ihn vom entgegengesetzten Ende des Raums. Früher hatten sie sich ähnlich gesehen – blaue Augen, blonde Haare –, doch jetzt entdeckte ich nicht die geringste Ähnlichkeit zwischen ihnen. Carys war größer und rundlicher und alles an ihr strahlte in sauberen, frechen, krassen Farben. Aled dagegen war klein, kantiger und wirkte aufgewühlt und verschattet, seine Haut fleckig, seine Sachen zerknittert, dazu die Haare in verschiedenen Grün-, Violett- und Grautönen.

Ich entfernte mich von Aled, als Carys auf uns zukam. Während sie ihn umarmte, hörte ich noch, wie sie flüsterte: »Es tut mir so leid, dass ich dich mit ihr allein gelassen habe, Aled.«

Daniel und Raine starrten die beiden von ihren Sesseln aus offen an. Daniel schien ein wenig verstört von Aleds veränderter äußerer Erscheinung, während Raine mit Herzchenaugen zusah wie bei einem rührenden Dokumentarfilm über ein Familiendrama.

Ich legte Daniel und Raine jeweils eine Hand auf den Kopf und drehte sie sanft zur Seite, bis sie wegsehen mussten.

»Wie geht's ihm?«, flüsterte Daniel, als ich mich zu ihnen setzte.

Lügen hatte keinen Zweck. »Sehr schlecht«, antwortete ich. »Aber wenigstens ist er nicht tot.«

Es war halb im Scherz gemeint, doch Daniel nickte zustimmend.

Wir hatten es geschafft.

Wir hatten ihn gefunden. Wir hatten ihm geholfen. Wir hatten ihn gerettet – so hofften wir.

Das dachten wir jedenfalls, bis die Collegetür aufsprang und eine mollige Frau mit kurzen Haaren und einer Einkaufstasche über einer Schulter hereinstürmte.

Ich sprang schneller auf, als ich mich je im Leben bewegt hatte. Bei ihrem Anblick zog Carys Aled weiter von der Tür fort in unsere Richtung und in den wenigen Augenblicken, bis er sich umdrehte und sie ebenfalls entdeckte, sah ich die Verwirrung in seinen Augen.

»Allie, Schatz«, sagte Carol.

ALLEIN

Alle waren auf den Beinen. Das konnte man wohl mit gutem Gewissen eine verfahrene Situation nennen.

Carol blinzelte. »Carys. Darf ich erfahren, was du genau hier machst?«

»Ich wollte Aled besuchen.«

»Und ich dachte, du legst keinen Wert auf Familie.«

»Nur auf die Guten«, sagte Carys mit zusammengebissenen Zähnen.

Carol zog eine Augenbraue hoch. »Nun ja, es ist, wie es ist. Ich bin nicht gekommen, um dich zu treffen, und will das, ehrlich gesagt, auch gar nicht. Ich will mit meinem *wahren* Kind sprechen.«

»Ich glaube nicht, dass du das verdient hast«, sagte Carys und ich spürte, wie alle im Raum unhörbar nach Luft schnappten.

»*Wie bitte?*«, fragte die Frau deutlich schriller. »Du hast *keinerlei* Mitspracherecht, wie ich mit meinem Sohn umgehe.«

Carys gluckste so laut, dass es hallte. »Ha! Oh doch, das kannst du mir glauben. Ich habe hier sehr wohl etwas zu sagen, nachdem du ihn gefoltert hast wie eine Scheiß-*Puppe*.«

»Wie kannst du es *wagen* …«

»Wie *ich* es wagen kann? Wie kannst *du* es wagen? Du hast den Hund umgebracht, Carol? Ihn umgebracht? Aled hat ihn geliebt, wir sind mit diesem Hund *aufgewachsen* …«

»Der Hund war eine Last und eine Plage und er hatte ein elendes Leben.«

»Lass mich mit ihr reden«, unterbrach Aled die beiden. Sie verstummten beide, obwohl er nur geflüstert hatte. Er löste sich aus Carys' Armen und ging zu seiner Mutter. »Komm, wir reden kurz draußen weiter.«

»Du musst das nicht allein durchziehen«, sagte Carys, rührte sich aber nicht vom Fleck.

»Doch«, sagte Aled und folgte seiner Mutter vor die Tür.

Wir warteten zehn Minuten. Und noch mal zehn. Raine lief immer wieder zur Tür und lauschte, um sich zu vergewissern, dass sie noch da waren. Immer wieder kamen Studierende vorbei und warfen uns irritierte Blicke zu.

Carys unterhielt sich leise mit Daniel, dessen Knie hektisch hin und her wippten, während ich in einem Sessel saß, über die Ereignisse nachdachte und mich fragte, was Carol Aled wohl zu sagen hatte.

»Er wird doch wieder, oder?«, sagte Raine, als sie sich zum sechsten Mal neben mich setzte. »Irgendwann wird es ihm wieder gut gehen.«

»Das weiß ich nicht«, sagte ich, weil es der Wahrheit entsprach. Aleds Schicksal hing einzig und allein davon ab, welche Entscheidungen er an diesem Abend traf.

»Woher wusste sie überhaupt, dass wir hier sind?«, fragte ich, denn niemand konnte glauben, Carol wäre zufällig an genau demselben Tag aufgetaucht, an dem wir vier sechs Stunden über Land gefahren waren, um Aled zu retten.

»Sie hat uns gesehen, als wir losgefahren sind«, sagte Carys unvermittelt. »Ich habe ihr Gesicht am Fenster gesehen.«

»Aber sie konnte doch trotzdem nicht wissen, wohin wir fahren würden!«, sagte Raine.

Carys lachte. »Aleds lang vermisste Schwester sitzt mit seinem besten Freund in einem Auto mit genügend Proviant für eine lange Fahrt? Das war nicht schwer zu erraten.«

Raine wollte etwas erwidern, als wir hörten, wie eine Autotür zuschlug. Sie sprang auf, riss die Tür auf und schrie »*NEIN!*« Wir liefen zu ihr und konnten gerade noch sehen, wie Aled mit seiner Mutter in einem Taxi davonfuhr.

UNIVERSITY

»Ich hätte nicht gedacht, dass es noch schlimmer kommen konnte«, sagte Daniel. »Und doch ist genau das gerade geschehen. Na, super.«

Wir standen mitten auf der Straße und sahen dem Taxi nach.

»Sie fahren bestimmt zum Bahnhof«, meinte Carys. »Sie will ihn mit nach Hause nehmen.«

»Das können wir natürlich nicht zulassen«, sagte ich.

Raine ging bereits zum Auto, das nach wie vor unschuldig auf der gelben Doppellinie vor dem Collegegebäude parkte.

»Alle einsteigen.«

Als wir nicht sofort reagierten, schrie Raine: »JETZT STEIGT IN DAS SCHEISS-AUTO!« Kaum waren wir drin, nahm sie die Verfolgung auf.

Ohne Rücksicht auf das Tempolimit brachte sie uns in drei Minuten zum Bahnhof, während Daniel fast permanent schrie: »Nicht so schnell! Du bringst uns alle um!« Wir stürmten in den Bahnhof, schauten auf die Anzeigetafel mit den Abfahrten und fanden einen Zug nach King's Cross, der in drei Minuten auf Gleis eins abfahren sollte. Wortlos rannten wir zu dem Gleis und da war er – Aled stand mit seiner

Mum neben einer Bank und ich schrie seinen Namen. Näher kamen wir wegen der Ticketkontrolle nicht heran. Er drehte sich mit aufgerissenen Augen um, als glaubte er, wir hätten die ganze Zeit nur in seiner Fantasie existiert.

»Fahr nicht mit ihr nach Hause!«, rief ich. Gegen die Dunkelheit war der Bahnhof orangefarben und golden beleuchtet. »Bitte, Aled!«

Als er sich in unsere Richtung drehte, packte seine Mutter ihn am Arm und hielt ihn eisern fest. Aled öffnete den Mund, doch er brachte kein Wort hervor.

»Wir helfen dir!« Eigentlich versuchte ich zu denken, bevor ich etwas sagte, doch mein Herz raste und ich konnte nicht mehr richtig denken, außer dass wir Aled möglicherweise nie zurückbekommen würden, wenn er erst in diesen Zug stieg. »Bitte, du musst nicht bei ihr leben!«

Carol wandte sich missbilligend ab, als könnte sie mich nicht verstehen, doch Aled hielt meinem Blick stand. Der Zug stand kurz vor der Einfahrt.

»Ich habe keine andere Wahl«, erwiderte er kaum verständlich, während der Zug im nächsten Moment mit kreischenden Bremsen einfuhr. »Hier kann ich nicht bleiben, ich kann nirgendwohin –«

»Du kannst bei mir bleiben!«

»Ja, oder bei mir!«, schrie Carys. »In London!«

»Du gehörst da nicht hin!« Ich ließ nicht locker. »Sie wird dich nur zwingen, an die Uni zurückzukehren! An die Uni hast du aber nie gehört …«

Carol zerrte ihn langsam zur Zugtür, und obwohl er sich nicht wehrte, sah er mich nach wie vor an.

»Es war die falsche Entscheidung … du … du dachtest, du musst studieren, obwohl du es überhaupt nicht wolltest oder – oder du dachtest, du willst es, aber dann stimmte es doch nicht … und nur, weil man uns gelehrt hat, dass es die einzige Möglichkeit ist.« Ich beugte mich mit meinem ganzen Gewicht über die Ticketschranke, als könnte ich sie durchbrechen. »Aber so ist es nicht, versprochen! Ich verstehe … ich glaube – ich glaube, ich habe den gleichen Fehler gemacht … beziehungsweise noch nicht, aber das werde ich ändern …«

Aled stolperte in den Zug, blieb aber an der Tür stehen, ohne den Blick von mir abzuwenden.

»Bitte, Aled, bitte …« Ich schüttelte wie wild den Kopf und begann zu weinen, nicht, weil ich traurig war, sondern weil ich Angst hatte.

Jemand gab mir einen Stups in die Seite und als ich hinschaute, hatte Raine ihre Hände verschränkt und hielt sie als Räuberleiter an mein Bein. Ich kapierte, was sie vorhatte, als sie mir zuzwinkerte und sagte: »Los, bevor der Tickettyp was merkt.«

Ich stellte den Fuß in ihre Hände und Raine warf mich buchstäblich über die Ticketschranke. Der Beamte rief mir nach, doch ich rannte zur Zugtür und blieb direkt vor Aled stehen. Während seine Mutter versuchte, ihn tiefer in den Zug zu ziehen, blieb Aled wie angewurzelt stehen. Er stand einfach da und beobachtete mich.

Ich reichte ihm die Hand.

»Bitte geh nicht mit … es gibt Alternativen … du steckst nicht in der Falle.« Meine Stimme bebte vor Panik und Verzweiflung.

»Und wenn doch?«, flüsterte er. »Was ist, wenn ich … wenn ich keinen Job kriege und … dann kann ich niemals ausziehen … und –«

»Du kannst bei mir wohnen und wir arbeiten im Schicht-
dienst in der Dorfpost und produzieren gemeinsam *Universe City*«, entgegnete ich, »und wir werden glücklich sein.«

Er blinzelte gegen die Tränen an. »Ich –« Er senkte den
Blick auf einen Punkt am Boden und sagte nichts mehr,
doch ich sah, wie er seine Entscheidung traf …

»Aled!« In seinem Rücken ertönte Carols scharfe und for-
dernde Stimme.

Aled wand sich aus ihrem eisernen Griff und nahm meine
Hand.

»Gott sei Dank«, murmelte ich und bemerkte gleichzeitig,
dass er seine limettengrünen Plimsolls mit den violetten
Schnürsenkeln trug.

Und dann stieg er aus dem Zug.

5
FRÜHLINGSTRIMESTER
c)

UNIVERSE CITY

Wir übernachteten alle dort, denn es war zu spät, um nach Hause zu fahren. Aled hatte eine zweite Bettdecke, auf der wir zu viert liegen konnten, und obwohl wir nicht mit viel Schlaf gerechnet hätten, schlief Raine gleich ein, nachdem sie »ich habe seit *Monaten* nirgends mehr übernachtet« gerufen hatte. Carys deckte sich mit ihrer Lederjacke zu und döste kurz darauf ebenfalls ein.

Innerhalb der nächsten Viertelstunde schlief auch Daniel, der seine Schuluniform gegen eine kurze Schlafanzughose und ein T-Shirt von Aled eingetauscht und sich unter Aleds Schreibtisch gequetscht hatte, weil das Zimmer für fünf Leute eindeutig zu klein war. Schließlich waren nur noch Aled und ich wach, setzten uns auf sein Bett und lehnten uns an die Wand.

»Was sollte das heißen, dass du irgendwie einen Fehler bezüglich der Uni gemacht hast?«, flüsterte er und drehte mir den Kopf zu. »Bist du – wie sieht denn nun dein Plan aus?«

»Na ja … also es ist so … Englische Literatur interessiert mich nicht wirklich, das will ich nicht studieren.«

Aled war verblüfft. »Nein?«

»Ich bin mir nicht mal sicher, ob ich überhaupt studieren will.«

»Aber … das war – das war dir doch wichtiger als alles andere.«

»Nur weil ich dachte, das müsste so sein«, erwiderte ich. »Und weil ich gut darin war. Ich war davon überzeugt, ich könnte nur so ein gutes Leben führen. Aber … das ist falsch.«

Ich legte eine Pause ein.

»Ich finde es toll, mit dir *Universe City* zu produzieren«, fuhr ich schließlich fort. »So fühle ich mich nicht, wenn ich lerne.«

Er starrte mich an. »Wie meinst du das?«

»Ich bin wirklich ich selbst, wenn ich mit dir zusammen bin. Und … dieses Ich … will nicht noch weitere drei Jahre über Büchern hocken, nur weil andere Leute das machen und es mir in der Schule nahegelegt wurde … Dieses *Ich will keinen Bürojob, nur weil er viel Geld bringt. Dieses Ich will machen, was ich will.*«

Er lachte kleinlaut. »Und was soll das sein?«

Ich zuckte mit den Schultern und lächelte. »Es gibt noch keinen Plan. Ich … ich muss ein bisschen sorgfältiger über all das nachdenken, glaube ich. Bevor ich Entscheidungen treffe, die ich vielleicht später bereue.«

»So wie ich«, sagte Aled, doch er lächelte.

»Tja, stimmt«, sagte ich und wir mussten beide lachen. »Ich könnte alles Mögliche machen. Ich könnte mir ein Nasenpiercing stechen lassen.«

Wir lachten erneut.

»Und wie sieht es mit der Kunst aus?«, fragte Aled.

»Hm?«

»Du stehst doch voll auf Kunst, oder nicht? Du könntest zur Kunstakademie gehen. Schließlich bist du richtig gut. Und es macht dich glücklich.«

Ich dachte darüber nach. Gründlich. Aled war nicht der Erste, der mir diesen Vorschlag machte. Und es gab keinerlei Zweifel, dass es mir Spaß machen würde.

Einen Augenblick lang fühlte es sich geradezu perfekt an.

Die letzte Erinnerung an diese Nacht besteht daraus, dass ich kurz aufwachte und hörte, wie Daniel und Aled sich unterhielten. Sie flüsterten so leise, dass sie kaum ein Geräusch machten. Aled saß immer noch neben mir auf dem Bett, während Daniel, soweit ich das erkennen konnte, vom Boden aus zu ihm hochschaute. Rasch schloss ich die Augen wieder, bevor sie merkten, dass ich wach war, und dachten, ich würde lauschen.

»Moment, das verstehe ich nicht«, sagte Daniel. »Ich dachte, das wäre jemand, der überhaupt keinen Sex haben will.«

»Für einige trifft das bestimmt auch zu …«, sagte Aled. Er klang nervös. »Aber Asexualität bedeutet … ähm … dass man sich zu niemandem *sexuell hingezogen* fühlt.«

»Verstehe. Okay.«

»Und andere wiederum haben einfach das Gefühl, dass sie … also … teilweise asexuell sind, weil sie sich nur zu Menschen sexuell hingezogen fühlen, die sie richtig, *richtig* gut kennen. Menschen, zu denen sie eine emotionale Bindung haben.«

»Okay. Und so bist du.«

»Ja.«

»Und du fühlst dich zu mir hingezogen. Weil du mich richtig gut kennst.«

»Ja.«

»Und deshalb stehst du nie auf jemand anderen.«

»Ja.« Eine Pause. »Das nennt man auch ›demisexuell‹,

aber ... ähm ... die Bezeichnung spielt eigentlich keine große Rolle –«

»Demisexuell?« Daniel kicherte. »Nie gehört.«

»Genau, ehrlich gesagt, ist es doch egal, wie es heißt ... ich
will dir ja nur erklären, wie ich mich ... fühle. Im Mittel-
punkt steht das Gefühl.«

»Schon gut, es ist ein bisschen kompliziert.« Es raschelte,
als würde Daniel sich umdrehen. »Wie hast du das alles
rausgefunden?«

»Im Internet.«

»Du hättest es mir sagen sollen.«

»Ich dachte, du hältst mich vielleicht ... für blöd oder so.«

»Wie komme ich dazu, die Sexualität anderer Leute zu be-
werten? Ich, der ich so was von schwul bin.«

Sie lachten leise.

»Ich wollte nur, dass du verstehst«, fuhr Aled fort, »warum ich kein Coming-out will oder so was. Es hat ganz sicher nichts damit zu tun, dass ich nicht auf dich stehen würde –«

»Nein, das habe ich verstanden. Ich verstehe das.«

»Und ich hatte Angst ... ich wusste nicht, wie ich es dir so
erklären sollte, dass du mir glaubst. Deshalb bin ich dir häufiger aus dem Weg gegangen ... und du dachtest, ich mag
dich nicht mehr ... und ich hatte Angst, du würdest mit mir
Schluss machen, sobald ich mit dir reden würde. Es tut mir
schrecklich leid, ich war so gemein zu dir –«

»Echt, du warst das letzte Arschloch.« Ich konnte hören,
dass Daniel lächelte und sie beide ein Lachen unterdrückten.
»Schon okay, mir tut's auch leid.«

Aled ließ den Arm vom Bett hängen. Ich fragte mich, ob
sie jetzt Händchen hielten.

»Kann es dann wieder werden wie früher?«, flüsterte Aled. »Können wir einfach wieder wir sein?«

Daniel zögerte einen Augenblick.

»Ja, das können wir.«

Am nächsten Morgen ging ich mit Aled in den Drogeriemarkt, um für alle Zahnbürsten zu kaufen. Carys hatte verkündet, ohne sich die Zähne geputzt zu haben, würde sie nirgends hinfahren. Während wir einkauften, schlenderte Aled zu den Haarfärbemitteln, und als ich mich dazustellte, fragte ich ihn, ob ich ihm die Haare färben sollte, wenn wir wieder in sein Zimmer zurückgekehrt waren. Er sagte Ja.

Wieder zurück, setzte er sich mit frisch gewaschenen Haaren auf seinen Schreibtischstuhl und ich stellte mich mit einer Schere, die wir bei WHSmith gekauft hatten, hinter ihn.

»Frances.« Er war erkennbar nervös. »Wenn du meine Frisur versaust, haue ich wahrscheinlich nach Wales ab und bleibe da, bis die Haare wieder nachgewachsen sind.«

»Reg dich ab!« Ich schnippte mit der Schere. »Ich bin Künstlerin. Ich habe ein A in meinem AS-Kunstkurs bekommen.«

Raine lachte von ihrem Zuschauerplatz auf Aleds Bett aus. »Aber Haareschneiden hast du nicht auf A-Level belegt, oder?«

Ich drehte mich um und zeigte mit der Schere auf sie. »Hätte ich aber, wenn sie es angeboten hätten.«

Ich schnitt Aleds Haare ein paar Zentimeter kürzer – sie fielen ihm immer noch über die Ohren, aber nicht mehr schlaff und schwer wie zuvor – und peilte einen Stufenschnitt an, damit er nicht wie ein mittelalterlicher Knappe aussah. Meiner Meinung nach war die Frisur insgesamt gut gelungen und Aled fand auch, dass es besser aussah als alles, worum er je beim Friseur gebeten hatte.

Anschließend bleichten wir seine Haare, was echt ewig dauerte und einen gelblich-orangenen Stich hinterließ. Ich fand es unfassbar witzig und machte tausend Handyfotos.

Nachdem wir damit fertig waren, färbten wir seine Haare pastellpink in Anlehnung an ein Gif, das er mir von einem Bandmusiker mit Jeansjacke zeigte, der längere, also ungefähr kinnlange Haare in einem sanften, gedeckten Pink hatte. Ich begriff, dass es genauestens einer Beschreibung von Radios Frisur in *Universe City* glich.

Wir waren genau fünf Minuten unterwegs, als Raines Auto schlappmachte.

Sie fuhr auf den Seitenstreifen und saß einen Augenblick lang reglos da. Dann fragte sie recht höflich: »Soll das ein schlechter Witz sein?«

»Was macht man, wenn man richtig weit weg von zu Hause liegen bleibt?«, fragte ich.

»Können wir nicht einen Abschleppdienst anrufen?«, fragte Daniel.

»Keine Ahnung«, antwortete Raine. »Ich hatte noch nie eine Panne.«

Wir stiegen alle aus.

»Wen ruft man an?«, fragte ich und sah Carys an.

»Frag mich nicht. Ich weiß zwar, wie ich meine Steuern bezahlen muss, aber mit Autos kenne ich mich nicht aus. Ich wohne in London.«

Daniel hatte auch keinen Führerschein, genauso wenig wie Aled und ich. Also standen wir weiter verunsichert herum.

Dann holte Carys seufzend ihr Handy heraus. »Ich google das mal, Moment.«

»Ich muss nach Hause« sagte Daniel. »Mittlerweile habe ich drei Chemiestunden verpasst und den Scheiß kann man schlecht aufholen.«

»Wir können immer noch den Zug nehmen«, sagte ich.

»Es kostet ungefähr neunzig Pfund nach Kent. Hab ich schon gecheckt.«

»Ich zahle das«, sagte Aled. Wir schauten ihn alle an. »In letzter Zeit habe ich echt wenig Geld ausgegeben. Und vor ein paar Wochen wurde das Uni-Darlehen ausgezahlt.«

»Aber was wird aus meinem *Auto*?« Raine warf sich theatralisch auf die Motorhaube und strich mit einer Hand über den Lack. »Ich kann es doch nicht einfach hier *stehen lassen*.«

»Außerdem ist es voll mit Aleds Sachen«, gab Daniel zu bedenken.

Carys seufzte. »Ich bleibe mit dir hier, Raine, wir kümmern uns um deinen Wagen. Ihr drei fahrt mit dem Zug nach Hause.«

»Was?«, fragte ich. »Echt?«

»Ja.« Carys lächelte. »Ich will sowieso mit der da reden.« Sie wies mit dem Kopf auf Raine, die gurrend die Motorhaube streichelte.

»Worüber?«

»Über Alternativen zur Uni für Leute, die nicht gut in Mathe sind.« Carys zuckte mit den Schultern. »So was gerät im Unterricht in Vergessenheit.«

Obwohl Daniel angekündigt hatte, im Zug zu lernen, schlief er fast sofort ein. Aled und ich saßen uns an einem Tisch gegenüber und sprachen schließlich über *Universe City*.

»Ich will nicht, dass es aufhört«, sagte ich.

Er holte scharf Luft und sagte: »Ich auch nicht.«

»Ich finde … du solltest einen Neuanfang wagen.«

»Ja … das würde ich gern tun.«

»Und, machst du es auch?«

»Vielleicht«, antwortete er, doch im nächsten Augenblick begannen wir bereits mit der Planung einer neuen Folge. Toulouse war wieder drin, indem sie ein dramatisches Comeback nach ihrem plötzlichen Verschwinden am Tor der Toten hinlegte. Außerdem konzentrierten wir uns auf eine Fortsetzung der längeren Nebenhandlungen – das *Dunkelblaue Gebäude*, February Friday und Universe City selbst. Wir flüsterten uns Textzeilen zu, die Aled in seinem Handy notierte, doch irgendwann weckten wir Daniel dennoch auf und er verdrehte die Augen, als er begriff, was wir taten. Aber er lächelte auch. Während er vergeblich versuchte, wieder einzuschlafen, hörte er uns zu.

»Du musst mindestens drei Wochen lang spülen«, sagte Mum. Wir saßen immer noch im Zug, auf halbem Weg nach Hause, als ich mit ihr telefonierte. Ich war durch den Gang zur Tür zwischen zwei Wagen gegangen, weil Daniel und Aled schliefen. »Außerdem darf ich den ganzen nächsten Monat aussuchen, welchen Film wir samstags schauen. Ich kann nicht einfach nach Belieben neunzig Pfund raushauen. Glaub mir, ich würde es nämlich tun, wenn ich könnte. Neulich war ich im Gartencenter und da gab es einen Brunnen in Form eines pinkelnden Hundes. Für achtzig Pfund. Also, das sind wichtige Anschaffungen, Frances, von denen wir hier reden, *wichtige Anschaffungen*, die ich opfere, damit du Zug fahren –«

»Okay, okay, alles klar.« Ich grinste. »Du darfst Samstag den Film bestimmen. Vorausgesetzt, es ist nicht Shrek.«

»Und wie wär's mit *Shrek 2*?«

»*Shrek 2* geht.«

Als Mum lachte, lehnte ich den Kopf an die Zugtür. Wir fuhren durch eine Stadt, keine Ahnung, welche. Ich wusste nicht genau, wo wir waren.

»Mum«, sagte ich.

»Schatz?«

»Ich glaube, ich will nicht mehr Englische Literatur studieren.« Ich hielt inne. »Überhaupt will ich nicht mehr an die Uni.«

»Oh, Frances.« Sie klang nicht enttäuscht. »Das ist okay.«

»Das ist okay?«, fragte ich nach, weil ich mir nicht sicher war.

»Ja«, sagte sie. »Absolut okay.«

SOMMER

EINE NEUE STIMME

Aleds Veranstaltung zählte zu den Hauptacts und fand um
16 Uhr im größten Saal statt. Ich vertrieb mir die Zeit damit,
ein paar anderen YouTubern zuzuschauen, während Aled
sich vorbereitete und die Show mit jemandem von der Backstage-Crew probte. Das Mädchen, das gerade auf der Bühne
stand, trat als Musical-Comedian auf. Sie redete viel über
Tumblr, interviewte ein paar Schauspieler und sang mehrere
Songs mit Bezug auf *Supernatural*.

Während ich zuschaute, stand plötzlich eine Person neben
mir, die mir bekannt vorkam.

Ihre Haarfarbe war undefinierbar schwarz oder vielleicht
tiefdunkelbraun, es war schwer zu sagen. Ihr dichter, voller
Pony verdeckte die Augenbrauen und sie wirkte irgendwie
erschöpft, als wüsste sie nicht so ganz genau, wo sie war.

Nachdem ich sie zehn Sekunden lang angestarrt hatte, erwiderte sie den Blick.

»Wir kennen uns irgendwoher«, kam sie mir zuvor. »Warst
du auf der Higgs?«

»Ja, vor Jahren, ich bin dann auf die Academy gewechselt …« Ich verstummte.

Sie musterte mich von oben bis unten. »Warst du mal als
Doctor Who verkleidet? Auf einer Party?«

Ich lachte überrascht auf. »Ja!«

Pause.

»Wie ist es auf der Academy?«, fragte das Mädchen. »Ich habe gehört, sie sind mittlerweile ganz schön anspruchsvoll. So war es in meiner Schule auch.«

»Jep ... ja, Schule halt.«

Wir kicherten wissend.

Das Mädchen wandte sich wieder der Bühne zu. »Wahnsinn, die Schule hat mich so was von fertiggemacht. Gut, dass es vorbei ist.«

»Oh ja«, sagte ich grinsend.

Ich ging hinter die Bühne. Da ich die Zeit aus den Augen verloren hatte, musste ich rennen, um nicht zu spät zu kommen.

Eine Frau, ganz in Schwarz gekleidet, mit einem Headset, wollte mich zu sich rufen, als ich hinter der Bühne durch einen Gang stürmte, doch ich sagte nur rasch: »Ich gehöre zu Radio« und schwenkte den Ausweis, den ich mir um den Hals gehängt hatte. Daraufhin ließ sie mich in Ruhe. Vermutlich sah ich wie ein Fan aus – ich hatte meine Teenage-Mutant-Ninja-Turtles-Leggings und ein weites Band-T-Shirt angezogen. Dann passierte ich eine nichtssagende Tür nach der anderen, bis am Ende ein Schild nach links zeigte: BÜHNE.

Ich bog links ab, lief eine Treppe hoch, dann durch die Tür mit der Aufschrift »BÜHNE« und landete in den dunklen Schatten des Backstage-Bereichs – umgeben von merkwürdigen Flaschenzügen, Winden, Drähten, Scheinwerfern und technischer Ausrüstung. Der Boden war auf undurchschaubare Weise mit Klebeband bedeckt, während zahlreiche schwarz gekleidete Männer und Frauen hin und her liefen und mich in einer Art Wirbelsturm aus Körpern festhielten, bis ein Typ stehen blieb und fragte: »Bist du mit dem Creator hier?« Was ich bestätigte.

Er grinste wie verrückt, ein ziemlich großer Mann mit Bart und einem iPad in beiden Händen. Er war mindestens dreißig.

»Oh mein Gott. Dann weißt du, wer er ist? Oh mein Gott. Ich habe ihn noch nicht gesehen. Alles, was ich weiß, ist, dass er Aled heißt, aber ich habe keine Ahnung, wie er aussieht. Vicky hat ihn angeblich schon gesehen, ich aber nicht. Er dürfte drüben rechts warten. Oh mein Gott, es ist so *spannend*.«

Da mir dazu rein gar nichts einfiel, sah ich zu, wie er wieder davonhuschte, und schlängelte mich hinter der Bühne weiter durch einen schmalen Gang zwischen dem hinteren Vorhang und einer schwarzen Ziegelwand, die mit Scheinwerfern bestückt war, als wären wir Flugzeuge, die an Land gelotst werden mussten.

Im Gegensatz zur linken Bühnenseite war die rechte praktisch leer. Ganz vorn standen drei Leute, von denen sich zwei über den dritten beugten.

Und dann sah ich ihn.

Einen Augenblick lang hielt ich inne.

Ich konnte es kaum fassen, dass es tatsächlich geschah.

Nein – ich konnte es sehr wohl glauben. Es war fantastisch. Es war spektakulär.

Endlich bemerkten mich die drei dort vorne, drehten sich zu mir um und traten ins Scheinwerferlicht – Aled und die beiden von der Backstage-Crew, ein Mann und eine Frau. Der

Mann war Anfang zwanzig und hatte blaues Haar, die Frau, die in den Vierzigern war, Dreadlocks.

Aled kam zu mir. Er sah auf die sonderbarste Weise fantastisch aus. Ein paar Sekunden lang sah er mir nervös in die Augen, wandte sich dann mit einem schüchternen Lächeln ab und nestelte an seinen Handschuhen herum. Grinsend musterte ich ihn vom Scheitel bis zur Sohle. Ja. Radio. Sein Haar war dämlich pastellfarben gefärbt und dämlich lang, aber komplett hinter die Ohren gesteckt. Dazu trug er einen dreiteiligen Anzug, Krawatte und Handschuhe. Das würde eine ganz neue Welle von Fan-Art auslösen. Sie würden ihn lieben.

»Du siehst so was von cool aus«, sagte ich und es war mein voller Ernst – er sah so cool aus, als würde er gleich abheben, zwischen die Wolken schweben und die neue Sonne werden. Er sah aus, als könnte er lächelnd jemanden umbringen, er sah aus wie der beste Mensch auf der ganzen Welt.

Ich hatte die Zusage der Kunstakademie in der Tasche. Aled wusste noch nichts davon. Noch nie im Leben war ich so aufgeregt gewesen, doch ich würde es ihm nicht ausgerechnet jetzt erzählen, sondern ihn später damit überraschen.

Heute war wirklich ein wundervoller Tag.

»Ich –« Er wollte etwas sagen, schluckte es dann aber doch hinunter.

Als es im Saal stockdunkel wurde, drehten die Zuschauer durch und kreischten. Hinter der Bühne konnten wir uns nur im Schein einer kleinen Schreibtischlampe erkennen, die an einem Rohr zu meiner Rechten klemmte.

»Zwanzig Sekunden«, sagte Dreadlocks.

»Es wird doch alles klappen, oder?«, fragte Aled mit bebender Stimme. »Das Drehbuch … das war – das war doch okay, oder etwa nicht?«

»Ja, es war großartig wie immer«, erwiderte ich. »Aber was ich denke, spielt keine Rolle. Das ist deine Show.«

Aled lachte – ein seltenes und schönes Ereignis. »Ohne dich wäre ich nicht hier, du Dummie.«

»Bring mich ja nicht zum Weinen!«

»Zehn Sekunden«, sagte der Typ mit den blauen Haaren.

»UND JETZT DARF ICH EUCH EINE NEUE STIMME IN DER EAST CONCERT HALL VORSTELLEN …«

Aled wurde kreidebleich, ich schwöre bei Gott. Selbst in der trüben Beleuchtung konnte ich es deutlich erkennen, sein Lächeln war wie weggewischt, er starb einen vorübergehenden Tod.

»EIN YOUTUBE-PHÄNOMEN MIT MITTLERWEILE ÜBER 700.000 ABONNENTEN …«

»Und wenn es ihnen nicht gefällt?«, fragte Aled kaum hörbar. »Sie erwarten unglaublich außergewöhnliche Sachen von mir.«

»Egal«, sagte ich. »Es ist deine Show. Wenn es dir gefällt, *ist es* unglaublich toll.«

»DER GEHEIMNISVOLLE STUDENT, DER SICH DREI JAHRE LANG HINTER EINEM LEEREN BILDSCHIRM VERSTECKT HAT …«

Die Bühne explodierte in Farbe, Scheinwerfer zuckten durch den Konzertsaal. Das Bass-Intro von *Nothing Left for Us* erklang und Aled nahm die Gitarre und hängte sie sich um.

»Oh mein Gott«, sagte ich. »Oh mein Gott, oh mein Gott …«

»Fünf Sekunden.«

»DER SCHEUE …«

»Vier.«

»DER ALLMÄCHTIGE …«

»Drei.«

»DER TODESVERACHTENDE …«

»Zwei.«

»DER REVOLUTIONÄRE …«

»Eins.«

»RADIO … SILENCE!«

Ich konnte nur seinen Hinterkopf sehen, und seinen Nacken, so gerade noch sichtbar über dem Anzugjackett, als er auf die hell beleuchtete Bühne hinaustrat, mit langsamen Schritten, während atemberaubende Musik dröhnte. Ich hielt die Luft an und sah alles. Ich sah, wie die Zuschauer aufsprangen, von Glück erfüllt, ihn endlich persönlich zu sehen, und es überwältigte mich, wie vielen Menschen Aled allein durch diese beiden Schritte auf die Bühne ein Lächeln aufs Gesicht gezaubert hatte.

Ich sah, wie die Backstage-Crew sich an den Vorhängen links von der Bühne drängelte, um einen Blick auf den anonymen Creator zu erhaschen. Ich sah, wie Aled eine behandschuhte Hand hob. Ich konnte jedes einzelne Gesicht in der Menge sehen. Alle lächelten, trugen Handschuhe und Anzüge wie Radio, einige hatten sich als Chester oder Atlas oder wie eine der neuen Figuren aus diesem Jahr verkleidet: Marine, Jupiter, Atom. Mir wurde warm ums Herz, als ich ganz vorn ein Mädchen sah, das sich als Toulouse kostümiert hatte.

Schließlich beobachtete ich, wie Aled oder Radio oder wer auch immer zum Mikrofon griff und den Mund öffnete, und ich flüsterte die Worte vor mich hin, während sier sie in die Menge brüllte.

»Hallo. Hoffentlich hört mir jemand zu …«

Universe City Live At Live!Video London 2014
Live!Video
1.562.979 views

Veröffentlicht am 16. Sep:
Radios allererster Live-Auftritt im Rahmen von Live!Video London 2014 in der East Concert Hall am Samstag, 22. August. Nachdem sier enthüllte, wie sier in Wirklichkeit aussieht, beschrieb Radio die Ergebnisse der Suche nach sierem Verlorenen Bruder und die neueste Entwicklung in sierer Suche nach einem Fluchtweg aus Universe City. Sier sprach außerdem über die Zukunft von Universe City und ihren Nachbarstädten im ganzen Land.

Info:
Radio ist der Creator der international gefeierten Web-Podcastserie *Universe City*, deren Podcasts seit März 2011 über zehn Millionen Views auf YouTube erzielten. Die Folgen dauern 20-25 Minuten und die Serie begleitet Studierende in Universe City, während sie die Geheimnisse, Schwächen und Heucheleien der City aufdecken. Erzähler ist ein Student, der nicht dort sein möchte – der rätselhafte Radio Silence.

[KEINE ABSCHRIFT VERFÜGBAR]

DANKSAGUNG

Ich bedanke mich bei allen, die mich beim Schreiben meines zweiten Buches unterstützt haben. Es hat ewig gedauert, aber jetzt haben wir es geschafft!

Ich bedanke mich bei den bedeutendsten Persönlichkeiten meiner Karriere – bei meiner Agentin Claire und meinen Lektorinnen Lizzie, Sam und Jocelyn. Ihr haltet mich in dem Glauben, ich würde keineswegs etwas Schreckliches, sondern etwas Tolles erschaffen, und alles wäre gut. Ohne euch wäre ich nicht weit gekommen.

Ich bedanke mich bei meinen Eltern und meinem Bruder wie immer dafür, dass sie die beste Familie aller Zeiten sind.

Mein Dank gilt zudem auch allen meinen wunderbaren Freund*innen zu Hause, die immer mit mir lachen, mich umarmen und auf Autofahrten mit mir singen. Ich bedanke mich bei meinen wunderbaren Mitbewohnerinnen an der Uni, die dafür sorgen, dass ich nicht durchdrehe. Vielen Dank, meine überaus wichtige Freundin Lauren James – du hast bei jedem Schritt dafür gesorgt, dass ich weiter an dieses Buch glaubte.

Dank gebührt auch *Welcome to Night Vale*, einem absolut herausragenden Podcast und einer bedeutenden Inspirationsquelle für *Universe City*.

Ich bedanke mich auch bei dir, Leser*in. Ob du nun neu dazugekommen bist oder mich schon kanntest, als ich 2010 auf Tumblr gepostet habe, wie verzweifelt ich versuchte, Schriftstellerin zu werden. Wer auch immer du bist, und wie auch immer du zu diesem Buch gefunden hast – ich habe es für uns alle geschrieben.

Das will ich lesen!

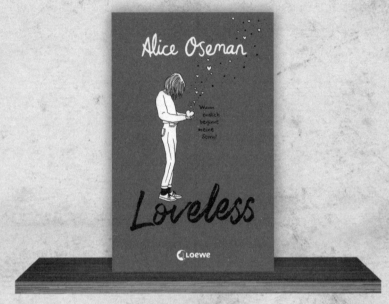

ISBN 978-3-7432-1219-0

Warten auf die große Liebe

Georgia ist 18 und noch immer ungeküsst. Sie war noch nie verliebt, noch nicht einmal ein bisschen verknallt. Dabei schwärmt sie für alles, was so richtig schön romantisch ist: Hochzeiten, Liebesgeschichten und Happily-Ever-Afters. Der Richtige wird schon noch kommen, oder? Oder *die* Richtige? Irgendwann … Aber was, wenn nicht?

Mit *Loveless* erzählt Alice Oseman eine warmherzige Geschichte über das A in LGBTQIA+ und beweist ein feines Gespür für die Themen einer diversen Zukunft.